U0917048

依然疯狂

［美］桑德拉·吉尔伯特 ［美］苏珊·古芭 著
张艳 许敏 译

CNS PUBLISHING & MEDIA
湖南文艺出版社
HUNAN LITERATURE AND ART PUBLISHING HOUSE

献给前仆后继的人

现在她在翱翔
比任何时候都害怕
天上有红色的伤疤，红色的彗星
越过杀死她的引擎——
那座陵墓，那座蜡像馆。[1]

——西尔维娅·普拉斯

谁知道呢？台下观众里（在卫斯理学院开学礼上）说不定有人以后会跟随我的步伐，身为总统伴侣管理白宫事宜。我祝她顺利！[2]

——芭芭拉·布什

有时候，我会被问到，（最高法庭的女性）要多少才够。我会说，“9位才够”。大家会很震惊。但法庭有9位男性的时候，从来没有人提出任何异议。[3]

——鲁斯·巴德·金斯伯格

没有人生来就是女性主义者。女性主义者都是塑造出来的。[4]

——贝尔·胡克斯

目　录

前言　可能与不可能

不能游行的人选择写作。2017 年 1 月 21 日，我们的很多朋友都准备参加女性大游行[i]，而我们深知自己因为各种不便，无法亲自参加。我们心想，我们怎么能落单呢？在华盛顿和全球其他城市开展大型游行的前一周，这个问题得到了解答。我们开始合著此书。

那时的空气里弥漫着激情，让我们想起 20 世纪 70 年代如火如荼的女性主义运动，那场足以改变社会的起义反映了女人和年轻女孩政治意识的崛起，有时甚至带动她们身边的男人和年轻男孩发生转变。影评家莫莉·哈斯凯尔（Molly Haskell）回顾那个年代时，捕捉到了那种兴奋不已的感觉："我们在拒绝过去，拒绝被约束，拒绝成为我们母亲那样的人。就好像长居内陆的整个民族爬上了悬崖，第一次看见辽阔无垠的大海……一切皆有可能。"[1]

当然了，2017 年 1 月，一切都不一样了。一位资深优秀的女性总统候选人输给了一位性情粗野、能力低下的男人。看似不可能的事情成为可能。事情**发生了**。全世界爆发了无以计数的抗议活动。这些活动显然是受到了女性主义的鼓舞。若不是 70 年代

---

i　2017 年 1 月 21 日至 22 日，也就是特朗普上任后的第二天和第三天，世界各地爆发了一系列女性主义游行示威活动，宣扬捍卫女性权利，反对特朗普早前的厌女言论和立场。——本书脚注皆为译者注

的女性解放运动对社会造成了深刻影响，人们对大选结果恐怕不会如此愤懑不平，也不会如此急迫地表示反对。与此同时，尽管这场巨大的抗议浪潮模仿的是70年代激情四射的游行示威，但人们很快便发现，点燃这场反叛之火的显然不是激情，而是绝望。如果说70年代的游行者觉得自己正在步入新纪元，那2017年的控诉者只觉得自己正凝视一个堕落的世界，看着它被幼稚而邪恶的腐败之人主宰。

为了讲述第二波女性主义浪潮的故事，我们选取了多位有代表性的女性——诗人、小说家、剧作家、歌手、记者和理论家等在我们眼里极具领袖气质的人物。她们一起推翻了女性运动人士都是白人中产阶级精英女性的不实形象。我们还决定聚焦北美女性作家，尽管我们之前所著的书都在审视不同国家的英语女作家的关系，但自从大选选出了一位排外的总统，我们在震惊之下缩小了研究范围，只关注本国的女性主义。

确实，我们可以选取别的重要人物进行研究，但我们选择的这几位，用19世纪伟大的妇女选举权论者索杰纳·特鲁思（Sojourner Truth）的话说，在局势紧张的时候还能继续前行。[2]我们不仅被女性名人的作品吸引，还被她们的私生活吸引，这些故事描绘了有血有肉的女人从私人生活转向政治生活时面临的问题。人们此前对女性主义的历史有很多误读，对一些事情大加谴责，对一些事则一概而论。我们的目标不是做同质化处理，而是向女性运动表达敬意，颂扬女性运动为当下带来更多可能，引领我们走向更加自由的未来。

长久以来，女性一直在讨论这样一个问题：在美国历史上，究竟出现了几波女性主义浪潮？有些人说三波，有些人说不止。但在整个 20 世纪晚期，以及 21 世纪的头 20 年里，女性所面临的问题、女性主义者对此的应对策略都在不断进化中。若我们可以通过历史溯源，认定第一波女性运动是从 1848 年的塞尼卡福尔斯会议[i]开始，到 1920 年第 19 修正案赋予妇女投票权结束，那我们也可以将第二波女性运动浪潮定义为从 20 世纪 50 年代开始至今：一路上战战兢兢，喧嚣嘈杂。

为了确保未来稳步前进，我们必须继续抗争、游说并宣传，因为索杰纳·特鲁思警告我们："如果我们一直等到局势稳定下来，要想再行动起来就要花很多时间了。"说这些话时，索杰纳·特鲁思已经"80 多岁了"，她相信自己"还活着，是因为还有事情等着我去做；大概是我还要帮着打破铁链吧"。我们俩也有类似的感觉。

玻璃天花板和碎玻璃

我耳边依然回响着旧时人们的口头禅：**我们已经走得远了，教授！我们打破了玻璃天花板！我们无所不能！我们在主动出击，文化环境在改变！**但文化环境真的在改变吗？如果真的在改

---

i 塞尼卡福尔斯会议，美国早期的妇女权利会议，于 1848 年 7 月 1 日在纽约的塞尼卡福尔斯镇举行。

变，为什么我们和很多朋友都觉得自己依然疯狂？这里的疯狂是一种愤怒，是一种被激怒、感到困惑，并渴望反抗的情绪。或许你走了很远之后，会遇到防守方的反击。或许你在打破玻璃天花板之后，会被迫在碎玻璃上行走。或许你在主动出击的过程中会摔倒。

离我们开始合著第一本书《阁楼上的疯女人》已经过去了40年，那时我们提出了一个问题："笔是阴茎的隐喻吗？"[3] 当时，我们尝试对过去几百年间作者身份如何与男性气质画上等号进行审视，以挖掘女性文学传统。眼下，我们试图理解性别对美国政治造成的影响，却发现自己又在思索一个类似的问题。这个时代据说更加自由，有好几位女性站了出来，成为有力的总统竞选人，但我们忍不住问，总统必须要有阴茎吗？[4]

目前为止，我们的总统大选都在暗示答案是肯定的。2016年，一位能力低下、厌女倾向严重的电视红人在选举团中打败了一位资深优秀、志向远大的女性政治家，哪怕后者以300万的优势赢得了普选。最近，精力充沛、经验丰富的女参议员三人团——卡玛拉·哈里斯（Kamala Harris）、艾米·克洛布彻（Amy Klobuchar）和伊丽莎白·沃伦（Elizabeth Warren）——退出了民主党初选，留下两位老男人，78岁的伯尼·桑德斯和77岁的乔·拜登竞争；最后，本应最没有竞争力的乔·拜登成了总统候选人。要如何解释最近的这几次溃败？是选举竞争力的问题。人们认为"纯"女人打不赢煽动民心、几乎像个神经病一样的特朗普，自称社会主义者的桑德斯也无法彻底击败这头怪物。

反对克林顿时那句具有欺压意味的“把她关起来”[i]已经向人们预示，特朗普会在任期内几度带来混乱和谎言，他的腐败会对政治传统造成威胁。他在应对新冠疫情时表现的无能，使混乱局面达到了巅峰。起初他否认新型病毒的危险性，保证一切尽在他的掌控之中，没有及时组织核酸检测和流调，保证防护用具和呼吸机供应，也没有执行全民居家隔离政策和其他必要的医学措施。在几场媒体见面会上，他吹嘘流行病学家和州长都要求居家隔离，但只有**他**能真正下达隔离命令，在另外几场吹风会上，他宣称负责的是各州州长，他本人没有责任。

病毒肆虐两个多月后，为了支持另类右派（alt-right）针对社交距离政策举行的游行抗议，特朗普开始发推特，大喊：“解放明尼苏达！解放密歇根！解放弗吉尼亚！”而社交距离政策明明是特朗普政府自己下令执行的。用华盛顿州州长杰·英兹利（Jay Inslee）的话说，特朗普此举“挑起了国内的叛变”。特朗普还居心叵测地加上一句：“救救第二修正案赋予你的权利（携带枪支的权利），现在它岌岌可危。”[5]他是在挑起**武装叛乱**吗？一两周后，他建议美国人靠往身体里注射消毒液——比如来沙尔牌消毒液——来治疗新冠。他是认真的吗？然后他命令军队使用会爆炸的闪光弹、催泪瓦斯、橡胶子弹和直升机来对付华盛顿的“黑人的命也是命”抗议活动（就为了他能在媒体面前拍一张摆拍照，

---

i 2016 年大选期间，特朗普曾指责希拉里与俄罗斯有不正当交易，并称要将希拉里送进监狱——“把她关起来”。

最后《圣经》还拿反了）。

当然了，如果是更传统的民主形式，就会让公民一人一票，不让候选人团阻碍多数人的意志，这样希拉里·克林顿，第一位在主流政党麾下竞选总统的女性，就能真的赢得大选了。这样一位教育背景良好、经验丰富的政治家，一定不会靠推特治国，也不会否认或逃避眼下重大医疗危机的存在，更不会在她的土地上煽动叛乱，或建议人们注射来沙尔牌消毒液，或出动军队对抗民权示威者。在另一个平行世界里，美国不会深陷无政府主义叙事的泥潭，相反，我们可以合理猜测希拉里·克林顿总统能让政府运作更加有序，其中肯定会有不足，也肯定会有反对者，但我们的政府将更加稳定可靠，打个比方，会更像安吉拉·默克尔领导的政府。

这位平行世界里的总统和我们一样，都是70年代的产物，我们有理由相信，是70年代的女性主义帮助她达到前所未有的高度，成为第一位由主流党派推选的参与美国总统大选的女候选人。同时她也是70年代的化身，鲜明地展示了女性解放运动能带来多深远的影响。她还是一位典型的受害者，向我们揭示了解放运动要不断直面来自对方的反击。70年代的时候，克林顿拿下了法学学位，努力保留娘家姓罗德姆，并决定自己不想“待在家里烤曲奇饼”，因为自己不是“站在男人身边的小女人”。[6]身为第一夫人，她有一句经典名言，“人权也是女性权利，女性权利也是人权”。[7]丈夫卸任后，她创造了了不起的纪录，先是成为第一位竞选获得公职的第一夫人，然后成为纽约州的第一位女性参议员，最后成为备受称赞的国务卿。[8]

使克林顿在国内政坛一举成名的历史性变革，正是当时驱使我们这一代人步入职场的变革。这种剧变成为学术探寻的对象，既改变了我们的生活，也改变了同时代很多人的作品。就好像是为了感谢这一点，也是为了唤起人们对第一波女性主义浪潮中的妇女选举权论者的回忆，在接受民主党初选提名时，克林顿夫人穿了白色的长裤套装，正如过去妇女选举权论者身着纯白服装，以示对自身事业的忠诚。

2016 年大选后，第二波女性主义浪潮经历了大起大落。2017 年 1 月 21 日的女性大游行声势浩大，让大家看到很多人都为大选的失败感到愤怒，在愤怒的同时也忍不住困惑，在这个取得了如此多成就的时代，怎么还会出现这种失败。我们也很迷惑。为什么要写这本书？因为我们依然疯狂，因为我们依然试图理解女性主义的过去和现在，以便能巩固它的将来。2016 年大选生动展现了女性主义成功的一面，也展现了它失败的一面，它向我们证明，女人和男人都要反复学习那些我们时代的人在 70 年代开始学习并传授的东西。我们在那个学期学习的东西后来成了教学素材，最后变成了《阁楼上的疯女人》。2016 年大选的后续影响证实，正如我们研究的疯女人，今天的女性主义者开始向一种具有反抗意味的疯狂靠近：一个被父权制禁止发声的女性形象，展现出令人震惊的执着。

70 年代如何改变了我们的生活

回到 1973 年，我们在印第安纳大学的人文学科大楼电梯里相遇，那时我们还无法预知女性主义带来的改变会影响整个 70 年代，乃至往后的时间。但那年出现了一些跨世代的转变，正如一本书的副标题暗示的那样——《1973 年 1 月：水门、罗诉韦德案、越南战争和永远改变美国的一个月》。[9]

就女性运动而言，我们要将那 10 年看作一个整体。还记得罗诉韦德案换来的生育权吗？还记得为通过《平等权利修正案》进行的斗争吗？还记得"夺回夜晚"[i]游行吗？还记得《女士》杂志吗？还记得女同性恋隔离论（lesbian separatism）和受虐待女性避难所的出现吗？想想《教育法修正案》第 9 条，该法案禁止任何受联邦资助的专业或教学活动出现性别歧视行为。还有《平等额度法案》，让单身、离婚或成为寡妇的女性第一次拥有自己名下的信用卡。立法终于保障 50 个州的女性都能在联邦法院任职。70 年代早期，《我们的身体，我们自己》（*Our Bodies, Ourselves*）出版，自由女神像上垂下一幅巨大的标语"全世界女性联合起来"。70 年代末期，国会通过了一项法案，禁止在工作领域歧视怀孕女性。

如果你上了年纪，请回忆一下，如果你还年轻，请上网搜

---

i "夺回夜晚"，20 世纪 70 年代开始的国际民权活动，关注针对女性的强奸和家庭暴力问题。

索：朱迪·芝加哥（Judy Chicago）和米莉亚姆·夏皮罗（Miriam Shapiro）的“女性之屋”展览[i]，马洛·托马斯（Marlo Thomas）的专辑《无拘无束的……你和我》，比利·简·金（Billie Jean King）在“两性之战”[ii]网球比赛中的胜利，南希·弗莱黛（Nancy Friday）关于女性性幻想的畅销书《我的秘密花园》(*My Secret Garden*)。也别忘记，如今“臭名昭著的大法官金斯伯格”在全由男性组成的最高法庭上抗议性别歧视，第一位黑人国会女议员雪莉·奇泽姆（Shirley Chisholm）竞选美国总统，芭芭拉·乔丹（Barbara Jordan）成为第一位在民主党全国大会上发表重要讲话的非裔美国人和女性。

尽管我们取得了这些进步，但也别忘记，正如著名历史学家鲁斯·罗森（Ruth Rosen）近期所言，在21世纪之前，没有人相信女人真的能在主要政党的支持下竞选总统（并获得大多数赞成票），也没有人相信女人可以竞选众议院发言人。[10]奇泽姆竞选总统的尝试获得了女性主义活动家格洛丽亚·斯泰纳姆（Gloria Steinem）的全力支持，证明竞选并不是天方夜谭，但由于获胜概率实在太小，这次尝试只能说是象征意义上的、具有表演性质的、非常乌托邦式的行为，是一次抛砖引玉，期待在更美好的将来这样的竞选能成为触手可及的现实。[11]毕竟一直到1985年，众

i 芝加哥和夏皮罗组织搭建了一座“女性之屋”，展现了女性被赋予的社会形象，以及这些形象如何被推翻。

ii 1973年，男网球运动员鲍比·里格斯和女网球运动员比利·简·金进行了一次对战，以金获胜告终，此次比赛后被称为“两性之战”。

议院的健身房才向女性开放；一直到 2009 年，游泳池都只对男性成员开放。至于参议院，一直到 1980 年，第一位没有政治裙带关系的女性才被选入，一直到 1992 年，沐浴设施才向女参议员开放；一直到 1993 年才开始正式使用（2013 年的时候从两间扩展到了 4 间）。

然而，女性对平等的期望值在 70 年代不断上升。全国女性政治核心会议开始支持女性候选人，全国女性研究协会成立，支持女性主义学术研究。专业出版物大量出现，[12] 值得注意的是，这些机构大多来自大学校园，由女性主义学者成立，她们迫不及待地挖掘女性的过去，重新定义女性的将来。所谓的闭塞保守的象牙塔里孕育着改变我们生活的进步思想。

彼时我们刚来到印第安纳大学，之前从来没有研究过女性历史或女性作家，也不认识几个做过此类研究的人，因为在当时，这个研究方向才刚开始被定义。[13] 我们两个在本科或硕博阶段都没有上过女教授的课。然而我们这一代人马上就要把女性主义视角整合进人文学科。我们的研究成果不仅能成为女性史和女性文学史领域的奠基石，还探究了女性在人类学、宗教、心理学、艺术、社会学、法律、种族研究、商业、科学中扮演的角色，分析了性别这个概念本身以及大众对性取向的普遍观点。学术研讨不断出现，逐渐整合，深刻地重塑了 21 世纪美国的政治、法律、医学环境。

我们开始相信，之所以会有如此深刻的变革，是因为我们这个群体过去和现在都生活在巨大的矛盾之中，急需对我们的处境和女性面临的悖论进行分析。直至今天，女性还是要面对那些悖论。我们当时对女性文学领域一无所知——确实，那时候它还不算“一个领域”——但我们被自己一直钟爱的书吸引，把它们整合成了一门课，在多次讨论之后，我们决定将这门课命名为“阁楼上的疯女人”。这次教学起到了巨大的革新作用。我们的教学大纲里包括数位女性作家，从简·奥斯汀到勃朗特姐妹，从艾米莉·狄金森到弗吉尼亚·伍尔夫，到西尔维娅·普拉斯，都是我们从小读到大的作家，但我们从来没有在本科或硕博阶段研究过她们的作品。我们和25位反应热烈的本科生讨论这些作家，正如威廉·巴特勒·叶芝（我们**研究过**的一位男性）所说，我们每个人都被“彻底改变了”，我们所研究的作家的文本也彻底改变了。[14]

这次经历改变了我们。我们渐渐不再像过去那般困囿于男权主义，我们的视角改变了。我们觉醒了，开始认识一段一直存在但我们从未了解过的历史。19世纪晚期，凯特·肖邦（Kate Chopin）在创作小说《觉醒》（*The Awakening*）的时候就有过类似的经历，但那本书绝版了；我们不知道它的存在。左拉·尼尔·赫斯顿（Zora Neale Hurston）在20世纪二三十年代也有过类似的经历，但她的作品也绝版了；我们不知道它的存在。还有夏洛特·珀金斯·吉尔曼（Charlotte Perkins Gilman），她广受赞誉的短篇小说《黄色墙纸》（*The Yellow Wallpaper*）以及她有关女性与经济的那些女性主义小册子都很难找到。在一次难忘的经历后，我们明白了挡在我们面前的是什么障碍。

我们邀请了著名诗人丹妮丝·莱维托芙（Denise Levertov）来参观教学。我们在印第安纳国际机场和她见面，带她来到大礼堂。椅子围成了一个半圆，墙上挂着紫色的画。一位学生把一件软雕像[i]作为礼物，放到了诗人脚边。我们大声朗读了几首她的诗，学生们热烈地讨论这些诗如何表达了女性被压抑的愤怒。"我完全没有那个意思。"丹妮丝·莱维托芙说。学生们礼貌地点点头。我们心想，**她什么都不知道，但她的诗什么都知道**。我们心想，**这些东西一直都在，也一直被否认**。后来，我们引用 D.H. 劳伦斯的话，告诉学生，"永远不要相信艺术家，要相信故事"。[15]

丹妮丝·莱维托芙不想被定义为女性作家。她宁愿被看作美国作家，尽管她是在英国出生长大的。在把伊丽莎白·毕肖普（Elizabeth Bishop）纳入我们合编的《诺顿女性文学选集》时，我们也遭到了同样的抵触情绪。毕肖普规定，若我们想收录她的散文，就必须加印一份声明，在声明中，毕肖普表示"毫无疑问，性别在艺术创作中扮演重要角色，但艺术是艺术，将写作、画作、乐曲等划分为两性，是在强调性别的价值，**而非**艺术的价值"。[16] 当然了，我们可以从很多不同角度研究毕肖普和莱维托芙：20 世纪诗歌、美国研究、女同性恋史、旅行文学、创伤研究，诸如此类。但是，为什么要拒绝被划分进女性作家的范畴？

格洛丽亚·斯泰纳姆说过："有权有势的人霸占了名词（和

i 软雕像，指用黏土、帆布等软性材料制成的雕像。

常规表达），弱势群体只剩形容词。”[17] 在莱维托芙和毕肖普看来，承认自己是女性作家，就等于承认自己低人一等，是没那么重要的作家。一个多世纪以来，文学课大纲上的伟大作家都是男人。随着我们继续讲授并赞美女性艺术家的天才之处，上述这些时刻让我们开始思索，为什么有些女性会拒绝认同自己的性别或女性主义？接下来我们会谈到这一点。

然而，回顾历史，我们在 70 年代经历的转变并不是孤立或没有前例的。这次转变只是女性几个世纪以来上过的女性主义课之一，是我们这代人从小学甚至更早就开始上的女性主义课之一。女性主义者今天面临的问题，不一定和她们的母亲昨天面临的问题一样，但矛盾本就在第二波女性主义浪潮中扮演着重要角色，因为女性要直面塑造她们生活的悖论。

希拉里·罗德姆那一代人所受的教育

不管你是爱她、恨她，还是对她无可奈何，在女性主义史的公众舞台上，这位被称作希拉里·克林顿的女人都扮演着重要角色，对我们而言，她是她所处的时代的典型代表。在 21 世纪的一场逐渐转变为两性和意识形态冲突的政治竞选中，这位来自中西部保守家庭、名叫希拉里·罗德姆的小女孩是如何充分体现第二波女性主义浪潮所面临的紧张局面的？在 1969 年到 1979 年这段关键的历史时期里，人们或多或少能找到答案。当时女性运动蓬勃发展，希拉里·罗德姆做出了改变她一生的决定。

21 岁时，罗德姆在卫斯理女子学院获得了政治荣誉学位，成为第一个被选中在学校开学典礼发言的学生。有趣的是，当时她和全国其他三位学生演讲者一起接受了《生活》杂志 1969 年 6 月 20 日刊的采访。尽管刚上大学时，她是共和党的巴里·戈德沃特（Barry Goldwater）的支持者，但本科期间的她发生了翻天覆地的改变。现在她出现在《时代》杂志上：长直发，不化妆，一副老气的眼镜，一副意志坚定的样子，看上去就和无数投身校园游行队伍的美国年轻女性一样。

确实是这样。在她胸有成竹的开学礼演讲上，她即兴地对共和党参议员爱德华·布洛克（Edward Brooke）所持的理念表达了抗议。[18] 这位议员在她前面发言，多次就他认为徒劳的学生抗议活动进行了评价。据一位好友所说，在他讲话时，她在讲稿边缘潦草地写下了对议员的回应。“我不得不对参议员布洛克说的一些话做出反应，”希拉里·罗德姆说，“如今我们所面临的问题，是如何将从政视作一门艺术，用它让不可能成为可能。”[19]

让不可能成为可能：克林顿那一辈的年轻女性——我们这一辈也是——在成长过程中都坚信我们能做到这一点。“4 年前来卫斯理时，我们就是带着关于可能和不可能的问题来的，”她果断地说，“我们刚来时，还不知道有什么是不可能的。可以想象得到，我们的期望很高。”然后她细说了 4 年后她依然认为可能发生的那些事物，至少是理想中的事物：不是“眼下无处不在的、贪婪的、竞争激烈的职场……而是某种更迫切的、热切的、穿透人心的生活模式”，还有最重要的“人类解放”。

这位理想远大的年轻女性在 20 多岁时，必须接受哪种生活模式呢？希拉里·罗德姆在大学期间就与非裔美国人关系要好；她们一起缅怀马丁·路德·金的逝世，梦想着更美好的未来，修改了学校的录取制度。[20] 等到 70 年代，她也在不断重复当年卫斯理学院取得的成绩。1973 年，她决定去耶鲁法学院攻读法学博士学位，一部分原因是“哈佛法学院有一位教授——一位睿智且热心的长者，近期在招博士生——看着我说，‘我们哈佛不需要再多一个女人了’”。[21] 然后她前往华盛顿工作（处理弹劾尼克松一案）。1975 年，尽管一度举棋不定，她最终还是搬到了阿肯色州，嫁给了她在法学院时交的男朋友比尔·克林顿，后者很快成为阿肯色州司法部长，并在 1979 年成为该州州长。在阿肯色州时，她继续从事律师行业，成为著名的罗斯律师事务所（Rose Law Firm）的第一位女性合伙人。

让我们从大获全胜的 1969 年快进到至关重要的 1979 年，31 岁的希拉里·罗德姆——没错，依然叫希拉里·罗德姆——就她阿肯色州第一夫人的新身份接受采访。[22] 这个时候，她的形象和大学毕业时偏嬉皮士的风格已截然不同。身为州长妻子，她身着粉色大摆裙套装、白色镶边衬衫、齐膝高的深红色长靴：非常女性化的粉色和白色，非常正式的靴子，那种“专门用来走路”[23] 的款式。男主持人对她百般刁难，她却能保持冷静，有些问题反复强调她和阿肯色人心中的州长妻子形象不合，她都能精准流利地应答。

采访者似乎想知道，她真的在意自己身为第一夫人要承担的责任吗？是什么驱使她保留自己的娘家姓，继续自己的职业生涯？她在椅子上稍微挪动了一下，但依旧泰然自若，就好像在迁就一个烦躁的孩子。“我对社会活动和公民活动感兴趣，但对我的职业生涯也感兴趣。**我看不出一定要二选一的理由**。”她耐心地解释道。她用自己好听且理性的嗓音指出：“我不想把自己的职业活动和（比尔的）政治活动混为一谈……保留娘家姓就是其中一个方法。”事实上，她还补充道：“我是自愿来阿肯色州的。”她希望阿肯色州能接受一个“出于自我意志”到来的人。

你可以察觉到分歧从这里开始。一个目光清澈、梦想着“人类自由”的小女孩被迫面对不可能。她的内心深处会不会愤愤不平，想逃离这场侮辱人的采访？在外界看来，她“坐拥一切”——嫁给了一位相貌英俊、事业成功的丈夫，同时在自己的专业领域也有所建树。但在电视上，面对来自公众的盘问，她越过重重难关，献上一场表演，就好像这种事对她这种“坐拥一切”的人来说很正常一样。不可能的事真的不可能吗？她似乎不这么想，至少当时不这么想。她身处这场带有微妙敌意的采访之中，笑容亲切，就好像她还在期待自己未来将有所作为，一如当年她年少有为地在开学礼上讲话，挤进华盛顿政治圈，成为执业律师和法学院教授，甚至是成为州长妻子。这块拼图为什么拼不起来？

很显然，和很多投身于第二波女性主义运动的年轻女性一样，希拉里在成长过程中坚信自己在世界上值得拥有一席之地。五六十年代上学的那批女孩，是第一批进入大学的女孩。她们、我们，以及我们行业里的很多人都是这样。仔细审视教科书后，我们从中发现了很多矛盾之处，这些矛盾塑造了希拉里·罗德姆1979年在阿肯色州的采访，也将塑造她之后的职业生涯。课本和老师（尤其是女子大学的老师，但有些“男女同校”大学的老师也是如此）都鼓励我们不断超越、勇夺奖项、以荣誉学位毕业、被选中去开学礼上演讲、编写学生报纸、上法学院、出版诗歌和小说。但与此同时，心灵鸡汤专栏、受众为青春期女孩的杂志、时尚设计师，甚至我们的父母都会直接推翻这种言论，不断告诫我们要美丽端庄、身材傲人，做贤妻良母。

有时候，哪怕我们坐在课堂的学术研讨小组里，深度探讨柏拉图谈话集，也会有很多人穿着因设计师迪奥风靡起来的大裙摆淑女长裙，或者后来流行的那种小小的迷你裙，外加大红色口红和深黑色眼线，甚至还有（如果需要的话）带软垫的胸罩，就是为了向他人保证我们有充足的女性气质。没错，我们有些人上大学不是为了赢得荣誉，而是为了赢得所谓的“夫人学位”[i]。但其他人——希拉里·罗德姆就是其中一位——似乎已经想到一个人不一定要“二选一”。

在阿肯色州待久了，有关她姓氏的闲言碎语越来越多，于是希拉里·罗德姆变成了希拉里·克林顿。她坚信丈夫在1980年的州长竞选中落选，有一部分原因是“我还保留着娘家姓”。后来她变成了希拉里·罗德姆·克林顿，甚至为了应对来自四面八

i　指有些女性上大学是为了物色未来的婚姻对象。

方对她个人形象的品头论足，她改变了她那备受瞩目的发型。与此同时，希拉里——现在她在公共场合只使用“希拉里”这个单名，听上去就像个流行歌手或公主之类的——变得越来越低调行事，而且由于丈夫作为州长薪水不高，她对于钱的问题越来越紧张。她在罗斯律师事务所深陷不明不白的“交易”，惹上不少公众危机。同时，因为丈夫私生活不检点，她不得不经常替他掩护，佯装一切安好对她来说可不容易。

比尔·克林顿成为总统后，她用自己的精力和智慧大力支持他，两人合体成为“克林顿夫妇”，反对的声音从阿肯色州低级的闲言碎语，变成了一首恢宏的国际交响曲，大多数时候，矛头直接指向“希拉里”。她的戒备心变得空前强烈，但野心也越来越大。最终，她搬进了白宫西翼的办公室。从此以后，比起第一夫人，她反而更像一名活动中的政治家。丈夫离开白宫后，她先是成为参议员，后成为国务卿。

她的公众形象逐渐变得小心谨慎，从前的希拉里·罗德姆逐渐向自己曾谴责的“眼下无处不在的、贪婪的、竞争激烈的职场”妥协。她支持伊朗战争，也多次为戈德曼·萨克斯（Goldman Sachs）之流的华尔街大亨演讲辩护。团队悉心打理她的外表，她穿着拉夫劳伦牌的定制长裤套装飞往全世界，直到精疲力竭。她的口号（“女性权利也是人权”）一定还在驱动她前进，但她曾思索过的“真实现实”（authentic reality）和“非真实现实”（inauthentic reality）之间的界限已经变得模糊。等到她第一次竞选总统，并在初选阶段输给了年轻的巴拉克·奥巴马时，她已经在通过否认自身的女性气质来塑造个人形象。“我不想别人觉得我是‘女性候选人’。”她后来解释说，我们国家当时不会欢迎她急切想表达的叙事，只会对此嗤之以鼻。“我的人生被女性解放运动塑造，也将奉献给女性解放运动。”[24]在 2008 年，这种故事显然是说不出口的。

不管她愿不愿意，2016 年多灾多难的竞选终于让她重回女性主义的怀抱。丑闻缠身的唐纳德·特朗普莫名其妙地指责她为“骗子希拉里”，而她似乎铁定心思要用微笑忍受这个骂名。她内心深处肯定还保留着希拉里·罗德姆的一面——那个开学礼上意气风发的演讲者，那位将不可能变为可能的女性。2016 年 6 月，她的一位同学向《纽约客》透露：“我们当时就预测希拉里会成为美国第一位女总统。”[25]近期，畅销书作家柯蒂斯·斯坦菲尔德（Curtis Sittenfeld）在《罗德姆》（*Rodham*，2020）中也做出了这个预言，书中激动人心的情节完全颠覆了惨淡的现实，取而代之的是一篇优美的童话，故事里的希拉里终于成为“真实的”自己。然而现实是，竞选惨败后，希拉里在很长一段时间内退出了一线。她自称很享受这种隐退。然后她再次出现在公众视野中，时政观察者们好奇她在想什么、她此刻是什么感受。在 2017 年的自传《发生了什么》（*What Happened*）中，她强调“性别歧视和厌女症”带来的厌恶与仇恨是“美国的一大流行病”。[26]

我们密切关注希拉里·罗德姆的复杂棘手的人生，是因为这位年轻的卫斯理学院毕业生耀眼的职业生涯中充满了悖论，从而在国际层面生动地展现了 70 年代女性主义面临的紧张和冲突。

我们接受教育是为了取得成功，社会却斥责我们的成功。我们被催着步入婚姻，婚姻却会阻碍我们的志向。老师教我们要实现自身理想，社会却指引我们支持丈夫的目标。我们决心要做真实的自己，不化妆也不讨好这个世界。社会却指引我们要多加粉饰，多打扮，好好打扮。经历“性别歧视和厌女症”时，我们只能紧咬嘴唇，克制自己的愤怒——然后竞选领导岗位，竞选编委会成员，竞选 CEO，竞选美国总统。

我们所面临的文化乱象

纵观特朗普胜利的前后几年，我们会发现，在这个时代，审视女性的生活、梦想、希望和绝望变得空前重要。尽管本世纪之初，很多学者宣称第二波浪潮已经结束——很多人开始谈论“后女性主义”（post-feminism）——但是女性主义及其需求消逝的速度，不会像共产主义国家消逝的速度一样快。

如今，贫困依然有着根深蒂固的女性属性，说明全球还有很大比例的女性在经济困境中苦苦挣扎。[27] 全球数百万女性被困在性交易中，无法接受正式教育，被当成财产对待。在美国，尽管企业家雪莉·桑德伯格（Sheryl Sandberg）建议我们“主动出击”，[28] 但玻璃天花板依然难破。中产阶级和工人阶级的妈妈若想赚钱养活自己，育儿依然是一大难题。在基督教保守派的推波助澜下，立法机构多次试图侵犯女性的生育自由。第一位黑人总统和他的活动家妻子离开白宫后，一群保守主义白人亿万富翁上任，占领了内阁。竞选前和竞选后，奥巴马的继任者都轻描淡写地承认自己曾对女性动手动脚。在这名继任者发表就职演说之前，《纽约时报》刊登了一次调查，调查显示“82% 的女性都说性别歧视是如今社会面临的问题”。[29]

在这样的环境下，女性主义在文化圈人气激增。2014 年 8 月，碧昂丝在 MTV 录像音乐大奖上登台表演，“女性主义者”这个词在她身后闪耀。明星们开始重塑这场运动。在《哈利・波特》系列里扮演赫敏的艾玛・沃森在联合国上讲话，呼吁人们将性别理解成“一个光谱”而非“两种对立的理念”。《布偶秀》里的猪小姐宣布“我是支持女性主义的小猪”。[30] 鉴于“是的所有女人”运动[i]的出现，女性主义学者丽贝卡・索尔尼特（Rebecca Solnit）将 2014 年誉为“女性主义者起义反抗男性暴力的一年”，女性开始集体发声，“对话的风向转变了”。[31] 要说清楚的是，在女性主义者对付的问题中，有很多还没有解决，但至少我们的女喜剧演员——蒂娜・费（Tina Fey）、艾米・舒默（Amy Schumer）和萨曼莎・比（Samantha Bee）——能让我们在看 YouTube 或电视的时候放声大笑。

2015 年，《赫芬顿邮报》的一位电视评论家喜迎电视界“女性主义黄金时代”的到来。她认为《女子监狱》《明迪烦事多》《丑闻》《同妻俱乐部》《透明家庭》《处女情缘》都是该时代的佐

---

i 2014 年，社交媒体上爆发了一场女性主义运动，用户在“是的所有女人”的话题下分享自己遭遇的厌女及暴力经历。

证。[32] 印有“女性主义者就长这个样子”的 T 恤人气疯涨。2017 年的女性大游行上，参议员克里斯汀·吉尔布兰德（Kirsten Gillibrand）表示所有人都在参与“女性运动的复兴”。[33] 华盛顿的集会——其他地方的集会——确实有复兴运动的氛围：游行者效忠于一场几乎像是宗教复兴的活动，向政治权力中心开启了一趟新旅途。她们——和我们——在女性主义面前看到了怎样的一条路？人们越发认识到，在接下来几个月里，她们面前将有很多条路。

厌女倾向严重的特朗普团队上任后，我们似乎随时要步入玛格丽特·阿特伍德（Margaret Atwood）在 1985 年的小说《使女的故事》（*The Handmaid's Tale*）里刻画的世界，2017 年流媒体平台葫芦网（Hulu）将该书改编成电视剧集后，该书再次登上畅销书榜。该书的再次畅销和剧集的热映都说明第二波女性主义浪潮在 21 世纪依然适用。《使女的故事》第一次出版就登上畅销书榜，它讲述了美国的“指挥官”滥用群众对外国恐怖主义的恐惧，最终导致国家垮台，满目疮痍的废墟上成立了一个叫吉利德的极权主义国家。故事围绕父权制神权统治下的吉利德共和国展开。吉利德的女性受到奴役，不能离婚，不能工作，不能开银行账户，更不能从政。她们甚至无法控制自己的身体。彼时地球已经受到严重污染，出生率断崖式下跌。堕胎和节育都被视为非法行为，指挥官的妻子不育，为了繁育后代，便曲解引用《圣经》里的故事，模仿拉结和利亚的行为。在希伯来《圣经》里，拉结和利亚两人不育，便让女仆为自己代孕。

阿特伍德笔下的使女主角奥芙雷德（Offred）被当成长脚的子宫，穿着红色斗篷，戴一顶白色大软帽，代表她是有生育能力的女性，将为她的指挥官主人代孕。她的名字象征着她变成了“弗雷德的”（of Fred）奴隶。阿特伍德解释说，这个名字还象征着人类被“献出”（offered），正如“宗教性质的牺牲或被献祭的受害者”。[34] 每月奥芙雷德都要在排卵期参与“仪式”，躺在指挥官妻子分开的两腿中间，等指挥官使她受孕。吉利德所有被施与此任的女性都只剩下身体上的价值。[35]

和小说一样，该剧集强调了社会如何强制对女性进行区分：女佣和妻子、嬷嬷[i] 和荡妇、上等女性和下等女性穿着迥然不同的服装，行使着不同角色。[36] 阿特伍德的小说和剧集都没有将这种女性间的严格区分全部怪罪于男性。奥芙雷德家里的指挥官妻子在指挥官上位前曾给自己取名叫塞丽娜·乔伊，当时她放弃了歌唱生涯，四处就“家是如何神圣不可侵犯、女性为何应该待在家里”发表演讲。塞丽娜·乔伊没有亲自动手，而是选择做演讲，但她把自己的这种失败描述得像她为全人类利益做的牺牲。[37] 另一位同流合污的人是莉迪亚嬷嬷，她用阴蒂切除手术逼不听话的使女就范，散布曾经属于女性主义者的言论：色情影片会诱发强奸，女性需要保存自己做母亲的能力。

《使女的故事》提醒我们，假意的解放叙事可能被反击势力利用，在女性主义连续不断遭受的反击中，女性自己也扮演着重

---

i　在小说和剧集中，嬷嬷是教育使女的角色。

要角色。我们将看到女性主义议题被女性反对者们曲解。我们将看到现实版的塞丽娜·乔伊从50年代开始站在全国舞台上，一直持续几十年，有时甚至能得到来自女性主义自身的支持。这种极度讽刺且复杂的现象值得追溯，因为直到今天，反女性主义的女性都是未来的活动家和思想家需要解决的重要难题。

剧版《使女的故事》也提到了第二波女性主义浪潮漫长过程中的另一个层面：对早前里程碑式文本的回收利用。电视的"女性主义黄金时代"之所以能成型，部分原因或许是早前的女性主义者提升了人们的意识。在80年代早期，曾凭借连环画小说《欢乐之家》(*Fun Home*)获奖的作家艾利森·贝克德尔(Alison Bechdel)开始刊登一系列名为《小心蕾丝边》的漫画，在漫画中回忆作为女同性恋活动家的每一天。在1985年的连环画《规则》中，一个角色创建了3条准则，只有通过这3条准则，电影在她这里才算过关："一、片中必须有两个以上的女性；二、她们必须和对方说过话；三、她们谈论的不能是男人。"[38] 从2010年开始，bechdeltest.com网站开始罗列通过贝克德尔测试的电影。

贝克德尔测试既不能用来衡量女性主义，也不能用来衡量一件艺术品的好坏，但它确实能追踪女性形象的变化。对今天的男性和女性来说，弗吉尼亚·伍尔夫的"我们通过回忆自己的母亲，来确定自己是不是女性"的言论听上去有些复古；但这种文本的存在，加上21世纪的游行中出现的打扮成使女的抗议者，都能证明我们在试图和长存的性别问题抗争时，会回顾女性主义者前辈走过的路。[39]

继续前行

吉利德不允许使女读书写字。19 世纪的奴隶也是这样，奴隶必须是文盲，因为读写能力一定会引向反叛。那么，女孩的受教育程度一直是民主国家是否繁荣的重要标志，也就不奇怪了。吉利德的剑桥大学教学楼被“上帝之眼”（秘密警察）控制。“救援行动”（公开处决）在哈佛园执行。基督教原教旨主义要求专制政体下的大学要么被取缔要么被殖民化，这其实恰恰从另一方面暴露了事实真相，至少在第二波浪潮中的美国是这样：大学成为女性主义的孵化器。当然了，并非所有活动家都是学者。但她们基本都从高等学府获得过学位，深受第一代进入高等学府的女性创造的讨论、语言和研究方法的影响，或对这些成果做出进一步贡献。这里的第一批女性指的不是作为平等的象征而零星地录取的女性，而是日后大量进入校园，可以形成关系网的那批女性。

希拉里·克林顿那代女性很多上过大学。[40] 国防奖学金和各大公立大学鼓励大量年轻女性在各个领域接受本科或硕博教育。1973 年，希拉里·克林顿在《哈佛教育评论》发表文章，关注儿童权利，从此声名鹊起，她在人文领域的同伴也创作了大量作品，为分析歧视性行为提供了方法论。与此同时，一些从事创意写作的女性发表了很多观点，为一些关键性谈话提供了讨论的话题。事实上，艺术和人文学科很少在社会运动中扮演如此重要的角色。在接下来的章节中，我们会讨论到，在 70 年代第一波女性主义浪潮过去半个世纪后的今天，“依然疯狂”的当代女性主义下隐藏着怎样的文化史。

我们的章节会按时间顺序排列，从50年代女性主义反叛的开始，到60年代女性主义抗议的爆发，再到70、80、90年代女性主义学者和艺术家的觉醒。但我们并不是想讲女性主义如何不断前进、越变越好的故事。等到21世纪初，女性主义话题下的一系列争论已经随时要沦为两败俱伤的斗嘴。正如《使女的故事》结尾预示的遥远未来——阿特伍德的小说结尾十分讽刺，一群学者在给奥芙雷德录下的证词降噪——等到90年代，女性主义者似乎陷入了哗众取宠和内斗的泥潭。但我们也不是想讲女性主义衰退、衰落或涅槃重生的故事，不过在书的结尾，我们对自己今天看到的女性主义复兴充满希望。准确地说，《依然疯狂》记录了几代女性作家如何记录下她们生活中的谜团，从而塑造一场场文化变革。

我们为什么选择只关注女性作家？一方面，我们这一生都在关注并赞美她们的成就。另一方面，女性诗人、小说家、剧作家、记者、歌词作家、散文作家和理论家正是第二波女性主义浪潮的重要动力来源。对这些思考者来说，想象别的可能——设想其他可能的模式、探究这些模式是什么——依然是促进社会和政治体系公平的前提。因为有她们的贡献，我们才能厘清自己未来继续斗争的对象。

鼓励阿特伍德的奥芙雷德活下去的，是前任使女住在指挥官房子里时在衣柜内墙上刻出的一句话：“Nolite te bastardes carborundorum。”这是一句伪拉丁语短语，意思是“别让那些浑蛋摧毁你”。[41] 指挥官将被明令禁止的书写工具递给奥芙雷德时，奥芙雷德心想：“莉迪亚嬷嬷会说，‘笔是嫉妒的对象’（pen is envy）……她会警告我们远离这种东西。”[42] 很多读者会听懂这个弗洛伊德式的笑话——阴茎嫉妒（penis envy）——也能明白笔的力量。几个世纪以来，女性一直在使用这种力量，但从古至今，这种力量一直错误地成为神秘的阴茎力量的代表。尽管前任使女选择了自杀，但奥芙雷德最终在前辈座右铭的激励下逃了出来。

讽刺的是，这句伪拉丁语曾被装裱悬挂在巴里·戈德沃特在华盛顿的办公室墙上。戈德沃特是1964年共和党的总统候选人，在布朗诉教育委员会一案中曾对最高法庭支持学校种族融合的裁决大加指责。他支持乔·麦卡锡（Joe McCarthy）的共产党“猎巫行动”，受到3K党和极端反女性主义者菲莉丝·施拉夫利（Phyllis Schlafly）的拥护。但阿特伍德向我们证明，正如保守人士可以滥用自由主义言论，女性主义者也可以挪用保守主义言论。这条定理的另一次应用，是民主党参议员伊丽莎白·沃伦在解读民权领袖科丽塔·斯科特·金（Coretta Scott King）的一封信件时用了明显带有女性主义者标记的一句话：“然而，她没有放弃。”共和党的米彻·麦康内尔（Mitch McConnell）对此表示抗议。

我们会深入解读第二波女性主义浪潮的思想如何在七八十年代到达巅峰，在世纪之交走下坡路，然后在2016年大选前后复苏，尽管这波浪潮的发展确有其部分合理性。但对于身处社会运动洪流之中的个体来说，停滞不前甚至倒退的历史阶段或能以某种隐秘的方式，为挑战重重的未来出谋划策。在接下来的章节里，女性主义是一种愿望、一种想象、一种渴望、一种幻想，或者是一个梦，它不幸与现实相冲突，但有时以滑稽的方式为现实创造了微小的另一种可能性。

尽管我们没有明说要讲述70年代女性主义的形成及后续发展，但我们的观点已经很明确了：从20世纪50年代开始，每过10年，女性生活中遇到的矛盾都会鼓舞女性学习或再学习，在局势紧张的时候用一种巧妙的方式继续前行。我们的前辈和同辈与我们一样，很少在观点上达成一致。她们相互争执，又相互支持，但不管怎样都没有放弃。通过探索她们坚持前行的方法，我们可以想出办法应对当下冠冕堂皇的厌女症结。现在，我们可以一起读出墙上的那句话：“**别让那些浑蛋摧毁你**。”

第一部分

沸腾的50年代

第一章　50年代的不同切面

塑造第二波女性主义浪潮的悖论根植于50年代的新维多利亚性文化。诗人罗伯特·洛威尔（Robert Lowell）对那个时代有一句著名的评价："静谧的50年代。"那10年里，女性被禁锢在牢不可摧的性别观念里：紧身腰带、长袜、带软垫的胸罩和裙衬。[1]和希拉里·克林顿一样，70年代的多数女性主义者都是在50年代上的学，我们不得不面对令人不知所措的矛盾观念，也正是这些矛盾，标志了西尔维娅·普拉斯、戴安·迪·普里玛（Diane di Prima）、洛琳·汉斯伯里（Lorraine Hansberry）、奥德蕾·洛德（Audre Lorde）等女性作家早期的人生。

矛盾的观念令人不知所措，甚至令人作呕。就连我们之中最激进的人，那时或多或少也是时代的帮凶，尤其是在白人中产阶级家庭长大的孩子。70年代女性主义**唯一**的桂冠诗人阿德里安·里奇（Adrienne Rich）欣喜地回忆说，当时为了反抗自己那位幻想激发孩子天赋的严父，她"花了好几个小时仿写化妆品广告"并且"仁慈地……放弃了《现代银幕》、《剧本》、喜剧演员杰克·本尼（Jack Benny）、电台节目《热歌游行》、歌手弗兰克·辛纳屈（Frank Sinatra）"。[2]西尔维娅·普拉斯对她所处的时代的流行文化更感兴趣。她从9岁起被寡母养大，母亲一边鼓励她学术上求精，一边要求她服从性别观念。她将自己包装成完美的美国女孩，开启职业生涯，成为学术玩物的化身，并在死后变成了（用评论家的话说）“文学界的玛丽莲·梦露”。[3]

众所周知，梦露是50年代家喻户晓的甜心，性感丰满，轻声细语，是“标准的金发美女”，虽然刚步入成年时，她还留着棕发，在飞机工厂里忙碌着。[4]她既是50年代中产阶级女孩心中“好”女孩的对立面，又是这些女孩的男友们渴望的对象，以及这些女孩自己悄悄渴望成为的对象。

西尔维娅·普拉斯VS玛丽莲·梦露？西尔维娅·普拉斯身上玛丽莲·梦露的一面？普拉斯记录过自己的一个梦境，在梦中

> 玛丽莲·梦露变成……某种神仙教母的形象……我几乎是含着泪告诉她，她和亚瑟·米勒（Arthur Miller）对我们来说多么重要，虽然他们可能完全不认识我们。她给我做了专业级的美甲。我没有洗头，问了她发型师的事，我说不管我去哪里，发型师都能把我剪得很可怕。她邀请我圣诞假期去她家，向我许诺我的生活将焕然一新、繁花似锦。[5]

令人震惊的是，做这个粉丝梦时，普拉斯已经是作家庄园[i]里享有盛名的住户了。然而她和其他青少年一样，依然渴望获得玛丽莲·梦露的帮助。她的其他几位仙女教母更能为她带来文学上

---

i 作家庄园（Yaddo），位于纽约州萨拉托加泉的一处住宅，建立的目的是为艺术家提供栖息地。

的灵感：在世的诗人中，有“艾迪丝·斯特威尔（Edith Sitwell）与玛丽安·摩尔（Marianne Moore）、年迈的女巨人与诗歌教母……梅·斯文森（May Swenson）、伊莎贝拉·加德纳（Isabella Gardner）以及与她关系更为亲密的阿德里安·塞西尔·里奇”，不过“菲丽丝·麦金利（Phyllis McGinley）出局了——她写打油诗，出卖了自己的才华”。同时，普拉斯决定使里奇“黯然失色”。[6]

两位截然相反的教母——肉欲的玛丽莲·梦露、尖锐古怪的玛丽安·摩尔——生动地展现了50年代年轻女性面临的巨大矛盾和困境，她们的生活反映了那10年里的性别观念，也反映了她们对这种观念的反抗。女性入住疯狂扩张的郊区，声称自己爱上了新的电冰箱，对《下厨的乐趣》（*Joy of Cooking*）的作者隆鲍尔（Rombauer）言听计从。普拉斯曾叫她“神圣的隆鲍尔”。[7]在韦斯切斯特新成立的诗歌协会上讲话时，菲丽丝·麦金利向年轻女性宣扬“郊区的狂喜”（suburban rapture）。[8]但在郊区中心和小城镇，精神分析学家和性学家还在就女性气质的本质争执不下。“垮掉的一代”宣扬反叛的同时，非裔女性正在组织反种族歧视游行，跨种族情侣加入民权活动家阵营，公然反抗种族隔离制度，女同性恋者创建了自己的组织和出版物。

在这些正面冲突中，好的、坏的、疯的女作家逐渐进化，在70年代成为女性主义中的名人，动摇了50年代臭名昭著的性别规范。在矛盾激化的50年代里，70年代的女性主义得以成型。

西尔维娅·普拉斯的纸娃娃

西尔维娅·普拉斯来自正在向社会上层流动的移民家庭，对她来说——尤其当时正处“二战”，家里还是德裔美国人——文化上的压力是巨大的。她如饥似渴地阅读“小女孩的”杂志（《十七岁》《小姐》）和针对家庭主妇的期刊（《女士家庭杂志》《持家有方》），并在 12 岁的时候开始自己做纸娃娃，又给娃娃做各种时尚服饰。她理想的形象不是婴儿宝宝，而是女娃娃，她的娃娃要有电影明星的身材，穿有诱惑意味的衣服，她甚至给某些服装命名，就好像在给《时尚》杂志投稿一样：“心碎”“炉边幻想曲”“巴黎之夜”。[9]

10 年后，她申请到了富布莱特奖学金，前往剑桥大学学习，在一篇名为《西尔维娅·普拉斯逛商店并预测 5 月底的时尚潮流》的文章[10]里，她把自己包装成了一个活娃娃。她身着舞会长裙和晚宴长裙，最震惊的是在两张性感照（其中一张出现在了报纸封面上）中，她穿着“单片”白色泳衣，上面“有黑色圆点，臀部绑了蝴蝶结”。不管有没有讽刺的意思——不太清楚她的意图——她把剪报寄给母亲，在上面签名“祝好，贝蒂·格拉布尔（Betty Grable）”。[11]等到身为记者为剑桥的《校队》杂志写稿时，普拉斯已经深深地被邋遢但帅气的诗人特德·休斯（Ted Hughes）吸引，特德自称只有“一条粗布裤子”和一件脏兮兮的黑色灯芯绒外套。[12]

一方面，她崇拜他，声称只有他的“格局配得上我”，他是个天才，诸如此类。[13]另一方面，她希望他多洗头，清理指甲，买更像样的新衣服。她相信他们联手能占领文学界。数月后，他们就在1956年的布鲁姆日[i]浪漫成婚，然后像海明威笔下的角色一样，前往西班牙南部度蜜月，靠几乎不花钱的土豆、鸡蛋、番茄和鱼过活，以惊人的毅力写作、游泳、疯狂晒黑，同时向母亲隐瞒了这段婚姻。普拉斯渴望一场真正的美国婚礼，“一袭粉裙……美味的酒水……肉和甜品都不缺”，外加“全套锃亮的金属餐具、棕绿相间的烤盘；如果可能的话，还要全套白色和森林绿的毛巾”。[14]

哪怕在西班牙的贝尼多姆市活得像个披头族，普拉斯也为找不到隆鲍尔《下厨的乐趣》中需要的材料而懊恼。但她坚持了下去，每天准备三餐（早上准备“拿铁咖啡”给她自己，“白兰地加牛奶”给特德，在沙滩上野餐，吃芥末鸡蛋，在火炉上烤鱼和土豆当晚餐）。[15]那么她的鳏夫为什么会就两人的蜜月写下《生日信》（*Birthday Letters*）中感情最强烈的一首诗，在诗中提到“你讨厌西班牙”呢？“你不会说这里的语言……电焊光/让你的血枯萎……一个美国追星族/你低头看到了戈雅画中葬礼上的微笑……正如你的惊慌/紧紧抓住身后的美国大学。”[16]

休斯的观察很准确。尽管他的妻子在家书中将西班牙描绘得生机盎然，最后她还是在对回归的渴望中庆幸自己能早早离开。

---

i 布鲁姆日，为纪念《尤利西斯》的主人公布鲁姆在爱尔兰街头游荡而诞生的节日，为每年6月16日。

"美国大学"里的约会游戏和五分短裤，写作比赛和低年级毕业舞会让她集矛盾于一身：一方面是志向远大的作家，另一方面是渴望年轻男孩的"贝蒂·格拉布尔"。1950 年，青少年时期的普拉斯在一篇日记中回顾自己某天在波士顿闲逛的经历，深刻反思自己的形象："我走在街上，几乎是自恋地爱着自己在商店窗户上的倒影。"[17] 在另一篇日记里，她回忆道："我坐在这里，微笑着，断断续续地想，'女人就是男人享乐的引擎，她们的卷发也好，蔻丹也好，不过是男人尘世欢愉的物件'。"[18] 几年后，她宣布自己在社交上取得了重大进展："简直是奇迹，令人难以置信……我要去参加那个高档活动了，参加耶鲁大学的低年级舞会，而且是和他，整所大学我唯一在乎的男孩子。"[19]

但她又在一篇又一篇的日记里抱怨自己的性别角色，社会如何规劝她守住贞洁，要求她结婚成为贤妻良母。"我不喜欢当女孩，但同样的，我必须意识到自己不能当男人。"她犹豫地写道。在详细阐释她的情绪时，她细致描述了自己对生而为女的不满：

> 生而为女真是我的一场悲剧。从我诞生的那一刻起，我就注定要发育出乳房和卵巢，而不是阴茎和阴囊；我所有的行为、思想和感受都要被我无法逃避的女性气质约束。没错，我和路演工作人员、水手和士兵、酒吧常客……深入交流的强烈欲望都因为我是女孩而无疾而终，女人总是处于被侵犯和殴打的危险中。我对男人和他们的生活有强烈的兴

趣，却总是被他们误解成我想引诱他们，或者我在邀请他们进入亲密关系。但是，上帝啊，我只想尽可能地和每个人深入交谈。我想睡在开阔的田野里，向西旅游，或者毫无顾虑地夜行。[20]

等到写《钟形罩》(*The Bell Jar*) 时，普拉斯对这一境况进行了更生动的展现。书中的叙述者 / 主角艾斯特・格林伍德（Esther Greenwood）在和男友交往后承认，她有孩子后就不想写诗了。"我开始觉得他们是对的，一旦你结婚生子，你就好像被洗脑了，在这之后你就变得像集权国家的奴隶一样麻木。"[21] 这本小说是普拉斯仅存于世的一本小说，在书中她对50年代的文化进行了审视，认为这种文化体现在时尚杂志所搭建的温室中，美国女孩被迫承受其中的罪恶：这个社会既要求她们争夺荣誉，又把她们塑造成乖巧娃娃的形象。

引发这部小说创作的事件和小说一样令人难过和不解。1953年6月，普拉斯成为《小姐》的"特邀编辑"，用特德・休斯的话说，这本杂志是专门写给狂热的"美国追星族"大学女孩看的。杂志社在纽约的麦迪逊大道上有一间装潢时尚的办公室，在办公室里，一群赢得了"特邀编辑"荣誉称号的女学生感受到了冲突，而这种冲突也正以戏剧化的方式困扰着50年代的女性。她们围坐在会议室里的长桌旁，会议室很像她们在大学的学术研讨室，但人们不是要求她们分析柏拉图或莎士比亚，而是要求她们分析下个季度不同款式的格子百褶裙和花边女士衬衫，然后穿上这些服装，为她们名义上正在“编辑”的特别版块摆姿势拍照。在几次貌似实地考察的怪异远足活动中，有人给她们换上新的亚麻织品、香水，甚至给她们做了新发型。杂志社给她们布置的写作任务倒也确实类似于写命题作文，但在主题上鼓励她们讨论时尚，别谈小说，只总结化妆品种类，别做批判性发言。[22]

20 岁的普拉斯和另一位特邀编辑住在只接待女性房客的芭比桑酒店，入住期间为自己的外表和社交形象而挣扎，觉得纽约的约会环境压抑不已难以融入，同时因艾森豪威尔时代的政治而抑郁，尤其被 6 月 19 日在全球范围内引起争议的罗森堡夫妇（Julius and Ethel Rosenberg）[i] 执行死刑一事吓坏了。后来她离开纽约，回到母亲家度过了夏天余下的时光，本该是大城市里精彩的一个月如今却只让她觉得恶心。和《钟形罩》的主角艾斯特·格林伍德一样，她把在纽约穿的华丽服装从酒店屋顶扔下去，然后回家接受心理治疗，原因是失眠、受到惊吓、自杀未遂，后来还住进了精神病院。

在接下来的岁月里，普拉斯开始思索性别和美国政治交叉的十字路口，她相信自己在那个多事之夏就站在十字路口旁。她一直都是平面艺术家，在 60 年代创作了一幅讽刺拼贴画，作品总结了她对这个时代的看法。后来她自己也成了这个时代的化身。拼贴画中央是艾森豪威尔，手上拿着一副扑克牌。桌上放着

---

i 美国的罗森堡夫妇在冷战期间因间谍罪被处以死刑，直至今天，人们对当时是否有足够证据证明两人当时参与苏联间谍活动仍然有争议。

治疗胃酸过多的药片，旁边还有一台摄像机，对着一位穿泳装的模特，旁边是一句标语："每个男人都想把自己的女人放在底座上。"但一辆轰炸机指着女模特的肚皮，旁边是另一句大写的标语："现在全美是**他和她**的时代。"[23]

他和她的时代

是什么让表面"静谧"的50年代成为这样一个扑朔迷离的转折点？首先，一种新的婚姻价值观出现并塑造了普拉斯和里奇的成长过程中所处的美国白人中产阶层。普拉斯的拼贴画所描绘的那个时代是艾森豪威尔等共和党人的天下，两性被分配了不同的角色：养家糊口的人和家庭主妇。"穿灰色法兰绒西装的男人"在一天辛劳后回到家，他在郊区的帮手，全身上下是50年代的"新打扮"，会穿着有大裙摆的长裙和端庄得体的毛衣，在干净整洁的贝蒂·克罗克/贝蒂·福尼斯式[i]厨房等着他。

距离中产阶级女性脱下40年代的垫肩已经过去很久了，距离她们换下铆钉女工[ii]的花手帕和裤子也过去许久了。她们似乎已经放下了踏出家门工作的志向——哪怕她们完全有能力每天开车接送赶校车的孩子或是通勤的丈夫。早在40年代，菲丽丝·麦金利欢快的十四行诗《5点32分》就为中产阶级的浪漫幻想奠定

---

i 贝蒂·克罗克，20世纪美国厨房用品广告商创作出来的家庭主妇形象。贝蒂·福尼斯，以家庭主妇形象闻名的演员。

ii 铆钉女工，"二战"期间美国官方为赞美进入工厂生产线的女性而创作的卡通形象。

了基础：在温暖的阳光下，养家糊口的人回到“家务诗人”，也就是他忠实履行职责的妻子身边。“她说，如果明天我的世界将被撕毁……我觉得我会记得……这个时刻，它是我所经历过最美好的时刻：/ 汽车从破旧的车站驶回……女性在开车……列车到站 / 男人下车，步伐疲惫但熟练。”[24]

奇怪的是，尽管男女被分成了养家糊口者和家庭主妇两种角色，但“一体”的观念依然占据主流，成为“适应”和“成熟”的道德标志。麦金利的私生活表面上和她在十四行诗里描述的世界一样理想化。不久以前，麦金利的一个女儿回忆说，她家就是“乐观、友善、可爱版的《广告狂人》”——这就和普拉斯的学术版贝蒂·格拉贝尔造型一样矛盾。[25]但在那个时代，电视还是新鲜事物，电视节目也都很欢快。全家人在周末聚在一起，沉迷于《艾迪·苏利文秀》、希德·凯撒主持的《秀出你自己》，还有各种油腔滑调的喜剧剧集——《我爱露西》《奥兹和哈莉特》——以迷人的方式展现了中产阶级妻子和小孩的滑稽举动（不管怎样，最后每个人都会同意“父亲懂得最多”。有一部剧集甚至就叫这个名字）。

结婚率急速上升：“几乎所有人都在二十四五岁的时候结婚”——普拉斯 23 岁结的婚；里奇 24 岁结的婚——“几乎每对夫妻都有 2 到 4 个孩子，结婚后很快就开始怀孕，在接下来几年里连怀几胎。”[26]女孩子很早就“稳定下来”，希望被“套住”。普拉斯一直坚持她和休斯想要 5 个孩子；里奇在 30 岁以前就有 3 个孩子。历史学家伊莱恩·泰勒（Elaine Tyler）就解释过，在婴儿潮[i]时期，“不育被视作不正常的、自私的、可怜的”。普拉斯自己就曾在一首诗里严厉斥责“不育的女性”，称她们就像“空无雕像的博物馆”。[27]在另一首诗里，她思索道：“至善至美太可怕了，它不可能孕育婴孩 / 它像在雪地里呼吸一样冷，填压着子宫。”[28]但在50年代回顾自己的育儿生活时，阿德里安·里奇记得“每位母亲对孩子都有过压倒性的、无法忍受的愤怒”。[29]

表面平静，地下暗流涌动。西尔维娅·普拉斯和安妮·塞克斯顿（Anne Sexton）都参加了罗伯特·洛威尔在马萨诸塞州坎布里奇市的诗歌工作坊，在那里，她们必须直面“静谧的50年代”引发的后果。[30]“静谧”这个词就已不言自明，提醒我们性别分工的观念如何在个体层面和公众层面塑造了诗人W.H.奥登（W.H.Auden）所说的“焦虑年代”。[31]“沉默的一代”中微笑的郊区居民实际上正遭受心痛和头痛的折磨。这种困扰着孤独的人群的个体焦虑，经常被“米尔顿”——一种新研制并广受欢迎的镇静剂——抹平。公众层面的焦虑则毫无疑问比个体焦虑要加倍强烈，聚焦在终结“二战”的那朵蘑菇云上。

对原子弹的恐惧加剧了对安全感的需求，而安全感越来越与家庭和灶台联系在一起。防空演习时孩子们在课桌下“寻找掩护”，他们的父母则在后院建起防空洞，存放大量罐头食品。众议院非美活动调查委员会领导的麦卡锡听证会和调查煽动红色恐惧，将自由派知识分子和艺术家具有反叛倾向的行为列入黑名

i 婴儿潮，指“二战”后50年代美国出生率猛增的现象。

单。效忠宣誓、朝鲜战争和罗森堡夫妇的死刑加剧了恐惧的氛围，同样加剧恐怖氛围的还有政府对“性别异端”的大清理，这些人被当成“安全威胁”遭到检举诉讼。[32]

就连那10年文坛的主流诗歌也变得形式拘谨，审美取向保守。普拉斯在磨炼文笔的时候，选择大量模仿十四行诗和法国田园诗，并用“衰老的巨人”玛丽安·摩尔的方式，仔细打磨出一首音节诗[i]。彼时摩尔是美国女诗人的理想形象：大龄未婚，性情古怪，披一件披肩，戴一顶乔治·华盛顿式的三角帽，在1955年兴致勃勃地给福特牌鲨鱼鳍形汽车起名为“埃德塞尔”（Edsel）——和她哥哥同名（在众多绰号中，摩尔还提出了“不屈的子弹”“智慧的鲸鱼”和“梦幻的乌龟壳”[33]）。

普拉斯在职业生涯之初是摩尔的崇拜者，不仅如此，摩尔也曾有一段时间是普拉斯的崇拜者。在1955年的曼荷莲学院的诗歌竞赛上，摩尔给普拉斯颁奖，急切地想和她合影。但两人后来关系恶化，部分原因是已婚女性和单身女性在“他和她的时代”深化的过程中分歧逐渐增大。摩尔作为3位评委之一（另外两位是W.H.奥登和斯蒂芬·斯潘德［Stephen Spender］），将“第一本书”（first-book）诗歌大奖颁给了休斯的《雨中鹰》（*Hawk in the Rain*），而且很快可以看出，她对这对夫妻中丈夫作品的喜爱多于对妻子作品的喜爱。普拉斯将作品寄给摩尔以求批评鉴赏，摩尔却告诫她不要“太极端”，也不要“没完没了”。[34]

---

i　音节诗，有格律的诗歌。

后来普拉斯写信给摩尔，问她愿不愿意做她申请古根海姆奖学金的推荐人，据某位学者所说，普拉斯“错误地（维护了）自己身为人母的价值”，大龄未婚的摩尔受到了冒犯。[35]1961年，被问起普拉斯申请古根海姆奖学金的事时，摩尔的回答带着莫名的敌意：

> 西尔维娅·普拉斯在曼荷莲学院赢得了格拉斯科诗歌奖，当时我是评委之一：她的作品非常有吸引力，显示出非凡的才华。她很有天赋，但对这一申请不够热情，我以前这么觉得，现在也这么觉得。她申请的方式也很不妥。你生孩子并不会得到赞扬，尤其在这样一个人口爆炸的世界。你应该三思而后行，看看自己还有没有能力和空间承担起为人父母的责任。西尔维娅·普拉斯近期专攻恶心的细节描写、蠕虫、细菌和精神空虚。她丈夫特德·休斯的道德感更强，才华是她的两倍，之前在希伯来青年协会的诗歌大赛上获奖，我和W.H.奥登和斯蒂芬·斯潘德是评委。我宁愿资助他继续创作，而不是把钱给西尔维娅。[36]

薇薇安·波拉克（Vivian Pollak）后来对这封信件发表了看法：“休斯没有因为身为人父而被责备——事实上，他也没有申请古根海姆奖学金（他已经有奖学金了）。”[37]

当然了，摩尔的评论没有揭露过多普拉斯的事，而是更多揭露了她自己的事，尤其暗示了那个时代对婚育的复杂态度。摩尔一直以单身女性的身份追逐事业，她对婚育的规避为她赢得了权力和名声。普拉斯则坚持成为“有三重威胁的女性：妻子、母亲和作家”，这种决心超出了女性身份的限制。[38] 年轻女性要么成为职业女性，要么成为家庭妇女，而不应该像普拉斯那样试图“一网打尽”。因此，普拉斯身上显露出对家庭的义务感，这点在摩尔眼里（毫无疑问，在其他人眼里也是如此）是矛盾的，更像是一种反叛的姿态，而不是合乎情理的追求。

另外，正如我们之前所看到的，普拉斯自己曾想反抗长出“乳房和卵巢，而不是阴茎和阴囊”所带来的“巨大悲剧”，但她也曾对休斯表示，自己充满激情地（也叛逆地）赞美在生育、持家和艺术之间建立全新的关系。然而，她拒绝成为麦金利那样的“家庭主妇诗人”（“她出卖了自己”）。她渴望成为“美国的女诗人”——不只是郊区的女诗人——同时希望特德是“英格兰的诗人”。但摩尔和麦金利不这么看，在她们眼里，她的志向有问题——而她俩在普拉斯眼里也有问题。[39]

生理和命运

人们在生理上和心理上对女性气质的设想，是怎样导致摩尔、麦金利和普拉斯等形象截然不同的名人在婚姻、生育和创作上意见相左呢？在女性主义者进入性别话题以前，这个领域被男性心理学家、女性心理学家和心理咨询师垄断，这些人靠支持传统社会结构里女性在核心家庭的正确定位而闻名。他们宣称，只有依附于男人和孩子，年轻女士才能获得幸福健康。弗洛伊德的性心理学理论支配了50年代人们的思想，尽管彼时阿尔弗雷德·金赛（Alfred Kinsey）的性学研究开始与其竞争，但它的地位依然无法撼动。

贤妻良母的普拉斯和大龄未婚的摩尔都不符合弗洛伊德学派心中的"正常"标准。摩尔一味地逃避婚姻，打扮得像乔治·华盛顿，和现代主义的大男孩们（庞德、威廉姆斯、艾略特等）厮混，在精神分析学派眼里就是典型的神经过敏。普拉斯立志成为"有三重威胁的女性：妻子、母亲和作家"，这一点也让她和50年代的主流观点相左。事实上，普拉斯去世以后，精神分析评论家大卫·霍尔布鲁克（David Holbrook）指控她"假扮男性做派"。[40]

在50年代，精神分析看上去还很"现代"，与此同时，性学作为一门学科激发了霭理士（Havelock Ellis）和克拉夫特·埃宾（Kraft-Ebbing）等世纪末的重要人物。但弗洛伊德的很多思想还在强化维多利亚时期人们对女性的观点，同时阿尔弗雷德·金赛和同事们推翻了一些关于女性性别的传统观点。讽刺的是，那几位将弗洛伊德精神分析学派著作译入美国的顶尖专家，就好像玛格丽特·阿特伍德《使女的故事》里以赛丽娜·乔伊为首的女性，扮演了惩戒的角色，规训女性，让她们屈服于自己的（残酷的）生理命运。双方都主要关注白人女性，都聚焦在美国以前极少在书面上谈论的器官：阴茎、阴道和阴蒂。

奇怪的是，曾经具有解放性的弗洛伊德的理念在50年代末期变得极具压迫意味，凡是有悖于弗洛伊德定义的女性气质的人，都会被诊断为精神失常，诊断依据就是弗洛伊德的女性性心理发展理论。今天可以在 YouTube 网站上看到精神分析学家玛丽尼娅·法恩汉姆（Marynia Farnham）很早以前的一个视频片段："玛丽尼娅·法恩汉姆博士就是要强烈反对女性追求职业生涯。"她和记者费迪南·伦德伯格（Ferdinand Lundberg）博士合著了畅销书《现代女性：失落的性别》(*Modern Woman*：*The Lost Sex*，1947)，坚称放弃传统角色会让女性和她们的丈夫及孩子不幸（我们随即看到一段影像，无人看管的孩子差点儿被汽车撞倒，幼儿园小孩在玩烟头）。法恩汉姆自己回避女性角色，打扮得像一个专家——白大褂、听诊器、剪得短短的头发，在医院的办公室里，旁边坐着一位恪守职责的秘书帮忙打下手。在那个只有极少数女性象征性地进入医疗机构的年代，她将社会的所有弊病归结于女性外出工作，从事专业或体力工作。

《现代女性：失落的性别》在 50 年代拥有广泛读者群，该书宣称抛弃家务、投入劳动市场的女性让自己和这个社会都病了。她们受到"女性主义情结"的侵害，该情结就好似大面积扩散的病灶。她们尤其"饱受严重'阴茎嫉妒'的困扰"。[41] 愤怒的女性主义者"对女性抱有敌意"，鼓励女性"杀死自己女性的一面，尝试像男人一样活着"。据伦德伯格和法恩汉姆所说，女性主义的统治带来了强烈的阴茎嫉妒，注定让女性走向性别失调。这种"表面上看上去全新的"性冷淡现象开始出现，因为"单纯的高潮永远不可能成为正常女性的终极性目标"。性高潮不能是目标，但孩子必须是目标：“要想性行为完全令人满意，女性必须在意识深处深刻且彻底地成为母亲。”不想成为母亲的女性或在“性行为”中寻求快感的女性似乎没救了：“倘若女性只是为了快感而做爱，她们就不可能获得性爱的快感。”

那些执念于“幼稚性欲”（infantile sexual activity）、关注“阴蒂刺激”的人被指控为“否认女性气质”，是“婚内性生活不顺”的罪魁祸首。教育更会加重问题：“女性受教育程度越高，越有可能性别失调”，并影响子女。不用说，“未婚母亲……是完全失败的女性”，老处女也是如此。神经过敏的已婚母亲如果选择“拒绝”或“掌控”，就堪比行为不良的罪犯；如果她表现得“过分深情”，她就是被阉割的“女孩子气的人”。这些心理失调大多被归咎于女性“病态地追求自我（ego）”。

正如一位美国性学思想史学家所提到的，《现代女性：失落的性别》为“大众读者”简化了海伦妮·多伊奇（Helene Deutsch）的理论。[42] 在《女性心理学》（*The Psychology of Women*, 1944）里，多伊奇提出了决定“女性人格”的三条“核心”特质，为伦德伯格和法恩汉姆日后的反女性主义的长篇大论奠定了基础。多伊奇认为女性天生会在家里的丈夫和孩子身上得到满足：“自恋、被动且有受虐倾向。”[43] 多伊奇在弗洛伊德观点的基础上提出了一条令人忧虑的理论，她认为女性人格的核心，在于女孩将阴蒂视作次一等的阴茎，并因此感到嫉妒。

多伊奇承认，有些女孩可能会觉得阴蒂是“不完善的发泄口”，但有些女孩会觉得它“太过原始，几乎算不上器官”。“小女孩经常‘缺少器官’。”“它就是不存在!”这种“生殖上的创伤”会持续存在，因为“阴道作为一个完全被动、只能接受的器官，一直等待着主动方帮它成为能生成兴奋感的器官”。青春期的女孩被迫在“没有阴茎以及阴道缺少响应方的危险境地”中穿梭。

据多伊奇所说，在“性交”中，疼痛无法从快感中剥离，而这点“和失去贞操的行为、因强暴失去贞操，以及身体被痛苦穿透都紧密相连”。同行卡伦·霍妮（Karen Horney）批评她竟然相信“女性在性交中的终极愿望是被强暴和侵犯；而女性在心理上希望被羞辱”，而她也极力与其争辩。但霍妮是对的；多伊奇确实宣称在正常的、有利的情况下，“‘未被开发的’阴道因为强奸的举动变得更加色情”。多伊奇认为，可以确定的是，“知识分子女性是男性化的；在这种女性体内，有温度的感性知识让步给了冷酷的、无意义的思考”。野心勃勃的女性为“男性气质情结”所困，就好像一个“虐待狂女巫”，展现出“过剩的主动进攻性”，而这源自“女孩生殖上的创伤”。不管她们的观点来自何方，[44] 多伊奇和玛丽尼娅一样，都是以职业女性的身份劝导女性远离职业理想。女性打击其他女性的权利——在这里是经济、教育和性兴奋方面的权利——原来是有利可图的生意。

精神分析学家将阴蒂视作不成熟的阴茎，或干脆不承认它存在，性学家阿尔弗雷德·金赛却将它定义为女性性高潮快感的主要来源。金赛 1953 年的《人类女性性行为》(*Sexual Behavior in the Human Female*) 比起理论研究，更注重实践经验，书中将各种活动中获得性高潮的频率判定为测量性活动的最佳方法。和弗洛伊德派的人截然相反，金赛质疑“阴道高潮”的真实性，争论道：“无论从生理上还是心理上看，阴道高潮对所有女性来说都几乎是不可能的。”[45]

金赛著作的目录罗列了大量他对女性性行为的调查，多年以来，批评家质疑过他的样本的代表性。他研究的人都是“普通人”吗？还是这些人落入了怀疑论者所说的“志愿偏见”（volunteer bias）的窠臼？50年代有多少女性愿意诚实回答关于亲密性关系的问题？即便如此，金赛录制的大量采访依然颠覆了弗洛伊德认为女性性别气质有单一模型的理论。他的书的题词献给“为数据做出贡献的近8000位女性”，也强调了“很多男性不明白，对女性而言，（阴蒂）是性刺激的核心部位，就和阴茎对于男性一样重要”。该书同样强调了“大多数男性很难理解女性不会一看到男性生殖器官就性兴奋”，这句提醒现在依然适用。

金赛的畅销书《人类女性性行为》出版后，反对者蜂拥而至，表达对金赛研究成果的震惊，最终导致金赛丢掉了洛克菲勒基金会提供的资金。[46]他对女性的婚前性行为和婚内通奸数量的报告受到强烈谴责。但金赛的发现在50年代文学女性的身上得到了验证，通过对她们的生活和信件的调查，我们知道普拉斯、里奇、迪·普里玛和洛德结婚时都不是“处女”。金赛还收到了很多封感激信。他记录下女性在婚前、婚姻中和婚外对自慰、性幻想和私人接触的响应程度，在一个人们还沉迷于《欲望号街车》和《冷暖人间》里潮湿的欲望描写、弗兰克·辛纳屈的低声歌唱、猫王性感的动作、玛丽莲·梦露和简·曼斯菲尔德的撩人表演的时代，金赛的研究成果显然是有吸引力的。

这种对性的欲望化是否把性行为的成功完全等同于高潮来临，从而和弗洛伊德性心理学一样带来严重后果呢？休·赫夫纳（Hugh Hefner）和他的花花公子俱乐部是金赛研究的长期支持者，这一点不是巧合。[47] 弗洛伊德和金赛的支持者似乎都把“阴道”和阴茎视为最重要的东西，比头脑和心还重要。即便这个社会不断把女性颂扬为性“玩伴”，等到50年代末期，已经有25%的已育女性外出工作。[48] 但即使对最勤奋的年轻女职员来说，那个时代的文化也会带来棘手的问题。

报纸上的招聘广告都限性别，其中大多数留给女性的工作都集中在低职位、低薪水的与服务相关的岗位：秘书、前台接待、电话接线员、销售员等“粉领”工作，幸运一点的女性得以从事教师和护士行业。在金融领域，单身女性、离婚女性或寡妇无法得到信用额度。现在被我们称为“生育自由”的东西在当时几乎不存在。所谓的安全期避孕法还是让女性生下了不少小孩，小巷子里的非法流产诊所也夺去了不少女性的生命。[49]

事实上，在50年代经典的“静谧”图景下，掩藏的是女性时而高调时而隐秘的反抗，这些女性要么从来不相信女性气质代表顺从，要么表面遵循社会规范，私下不满。21世纪的电视剧《广告狂人》是对那10年的缅怀纪念，剧中描绘了很多单身、古怪、意志坚定，即将在历史上留下浓墨重彩一笔的“疯”女人。尽管普拉斯、里奇、摩尔、法恩汉姆、多伊奇所在的白人资产阶级可能在 50 年代的文化中占据霸权位置，但那个年代不只有一种文化。弗洛伊德和金赛的支持者在推广理念的时候，似乎都没有意识到那个时代在社会、学术、种族层面上的复杂性。

第二章　种族、反叛和回应

普拉斯和里奇在史密斯学院和拉德克里夫学院尽职尽责地学习，结婚生子，在很长一段时间里遏制自己的反叛情绪，或者把这种情绪隐藏在秘密日记里。与此同时，“波希米亚人”“垮掉的一代”和黑人对50年代美国的虔诚发出了抗议。1955年，在艾伦·金斯堡（Allen Ginsberg）的同名诗歌里，他们的不满化作一声“嚎叫”。身为同性恋、犹太人、左翼人士以及被歧视的对象，金斯堡的抗议传遍东西海岸，表达了其对美国可怕一面的反抗：

> 火神！孤独！秽物！丑恶！垃圾箱和赚不到的美元！孩子们在楼梯下尖叫！小伙子们在军队里抽泣！老人们在公园内哭泣！……
>
> 火神！火神！机器人寓所！隐形的郊区！骸骨宝物！盲目的资本！魔鬼工业！幽灵国家！不可救药的疯人院！花岗岩阴茎！怪兽原子弹！[1]

在金斯堡的咆哮激起抗议的浪潮之前，就有一位年轻的女性曾经试图逃脱这种空洞文化的控制。

身为“垮掉的一代”女性主义者的戴安·迪·普里玛

和普拉斯一样，戴安·迪·普里玛于1934年出生于一个移民家庭（迪·普里玛夫妇是意大利人），在高中表现出色。她就读的亨特城市高中，是一所生源优秀的公办女高。和普拉斯一样，迪·普里玛被鼓励前往同样精英的斯沃斯莫尔学院深造。但两人的相似之处到此为止。尽管迪·普里玛有潜力成为普拉斯的翻版——年龄相同、背景相同——但普里玛选择了叛逆，固执地站在主流的**反面**。

普拉斯花费大量的笔墨描写了自己在史密斯学院的岁月，迪·普里玛却对斯沃斯莫尔十分厌恶：“我发现自己被装腔作势的学术生活、字正腔圆的演说、僵硬的肢体、无趣的服装、难吃的食物、大量酒精等环绕。”[2] 她对自己面前的其他选项也不太满意。“朝九晚五就是监狱，家庭就是毒药。至于校园的冷漠学术生活嘛，另一座监狱罢了。”她和自己年轻时的偶像约翰·济慈一样，追求艺术和“神圣的心之所爱”，选择“抛弃世俗……”，不受50年代的“特定文化的条文和习俗约束”。她从学院退学，离开家，在纽约下东区过着一种物质贫穷但精神自由的波希米亚式生活。在她虚构的自传《垮掉的一代回忆录》(*Memois of a Beatnik*）里，迪·普里玛回忆起和艾伦·金斯堡“诡异而小尺度的性狂欢”，在派对上，金斯堡“在人堆成的肉浪中”游走：“气氛既温暖又友善，和性无关——就好像和4个人同时在浴缸里泡澡。”[3]

迪·普里玛当时找不到任何女性主义理论来武装自己。但她非常清楚自己进入了一个男性主导的、时而“狂妄自大”的诗坛。但她宣称“我们共同走在艺术的道路上……正因如此，我才可以在这些男人之间行走，大多数时候不受冲击，大体上毫发无损”。普拉斯和很多同辈女孩一样都在寻觅男友、情人或潜在丈夫，迪·普里玛却将身边的男人定义为“神圣艺术之路上的朋友和同伴”。

迪·普里玛在2001年的纽约50年代回忆录《女性回忆录》（*Recollections of my Life as a Woman*）中说自己有很多情人。她爱上的第一个人是一位叫邦妮的女人，第二个是非裔美国诗人勒罗伊·琼斯（LeRoi Jones）。在这两场充满激情的艳遇之前，她就决定了要在22岁时生孩子。“我记得……脑海里的话，说如果没有孩子，我会生病的，”她在回忆录里说道，并尖锐地补充，“我从未想过让男人走进我的生活，走进我的家。这点毫无疑问……根据我的了解，男人都是麻烦。”

生下第一个女儿后，迪·普里玛一边照顾孩子，一边和勒罗伊·琼斯合作编辑一本名为《漂浮的熊》的文学杂志。她在格林威治村的一家书店工作，和一群朋友成立了“诗人剧院”，和艾伦·马洛（Alan Marlowe）步入“随遇而安的婚姻殿堂”（持续了6年半），还发表了自己的诗歌，最后又生了4个孩子。她和勒罗伊·琼斯的关系很紧张。最开始时，她写道：“她认为有两个东西能定义自己：自己和孩子。后来她觉得工作能定义自己……步入‘一段情缘’，不知道会前往何方。”

或许对普拉斯来说，这个方向将引向灾难。在和休斯的爱情游戏里，普拉斯的自尊心和占有欲紧紧地联系在一起，如果丈夫和“另一个”有魅力的女人走在街上，她就会大发雷霆。但在迪·普里玛看来，“在任何情况下都要维持形象”这点非常重要，哪怕面临的是出轨。“罗伊到处睡女人，撒谎……有时候爽约，有时候突然出现，有时候对我像对同龄人，有时候又像对皇后，有时候又像对仆人……不用说，这一切我都接受了。”然后，尽管他强烈反对——因为他曾娶妻并育有二子——她仍坚持怀上他的孩子，也就是她的第二个女儿。

他会“经常叫我黛女士”，迪·普里玛这样记载她和琼斯的日子，说他们会听着比莉·荷丽黛（Billie Holiday）的音乐做爱，“尤其是那几首冲突强烈、较为悲伤的歌”，但她承认“那个时候，我只是模模糊糊地意识到，那些歌承载着我们的苦涩、我们‘跨种族’爱情的难处”。不过她清楚的是，“这世界上没有地方容得下我们，没有哪里容得下我们的黑白皮肤，容得下我这个带孩子的单身母亲”。琼斯日后会更名为阿米尔·巴拉卡（Amiri Baraka），在60年代参与黑人艺术运动（Black Arts）。迪·普里玛和琼斯交往的回忆强调了非裔美国人文化在50年代的重要性。尽管主流叙事下的重要人物们大都是白人，但这一观念就和麦迪逊大道上的大多数白人办公室一样，实际上极具欺骗性。

格温多琳·布鲁克斯的布朗斯维尔

黑人很少出现在50年代的电影或情景喜剧里，哪怕出现，也是作为刻板印象中的保姆或汤姆叔叔的形象出现。但就在那个年代，未来的美国黑人桂冠诗人格温多琳·布鲁克斯不放过任何细节，描绘了一种与菲丽丝·麦金利的诗歌或《钟形罩》中截然不同的文化。布鲁克斯的短诗《吃豆子的人》于1959年首次发表，生动地描绘了一对身处贫困但意志坚强的夫妇：二人“最常吃的是豆子”，用的是“锡制的餐具”，桌子是一块“嘎吱作响的木头”。[4]布鲁克斯没有关注郊区的狂喜，而是关注布朗克斯南部街区生活中的问题和喜悦，那里是她的家乡芝加哥的黑人贫民区，第二波移民浪潮时，许多在南方受到压迫的非裔美国人前往北方寻找机会。

与麦金利平静的郊区相比，布鲁克斯的布朗斯维尔的状况要复杂得多。布鲁克斯的唯一一本小说《莫德·玛莎》(*Maud Martha*，1953)记录了一位青春期少女的故事，女主角因为自己比姐姐肤色深，更“黑”，也比自己肤色偏“黄”的丈夫更黑而沮丧。布鲁克斯的故事预告了托妮·莫里森(Toni Morrison)处女作《最蓝的眼睛》(*The Bluest Eyes*)的诞生，莫里森在小说里也讲述了类似的故事，但基调更为悲惨。[5]在《戴红帽子的布朗斯维尔女人》中，布鲁克斯尖锐地刻画了两种文化在厨房里的对峙——白人中产阶级生活富裕，而“吃豆子的人们”和莫德·玛莎不得不去白人中产阶级家帮佣。

故事《戴红帽子的布朗斯维尔女人》有个副标题，叫作《去迈尔斯夫人家打工》，其叙事视角是一位傲慢自大的白人雇主，故事里将“戴红帽子的女人”具象化地描述为：“他们家里以前从来没有过这样的东西。/真是奇怪，就像解开了缰绳/就像一头狮子……一头黑色的 / 熊。/ 它站在门口，/ 在高调但精神的红色的帽子下——/ 了无生机。”[6] 被迈尔斯夫人视作“它”和“熊”的东西被中介派来接替一位“爱尔兰女人……一个完美的人才，一张红脸的王牌”。很显然，迈尔斯夫人对用人都不友善，但面对自家孩子对布朗斯维尔女人的天真无邪的喜爱时，她感到尤为震惊，这点突出了看似闪闪发光的 50 年代的家庭中经常被忽略的种族紧张关系。当孩子回吻“有色人种女仆”时，迈尔斯夫人既嫌恶又愤怒：

发际线发热，肠子也发热，
审视着这粗俗反常的一幕，
除了她自己，她看到的事物都很祥和：
孩子、大块头黑人女人、漂亮的厨房毛巾。

当然了，年轻白人女性能应聘的“粉领”工作——文件整理员和秘书——在当时并不对年轻黑人女性开放，其实是不对任何年龄段的黑人女性开放。和西尔维娅·普拉斯一起担任《小姐》特邀编辑的没有一位是黑人，同理也没有亚洲人或拉丁美洲人。布鲁克斯的莫德·玛莎和布朗斯维尔的其他女性一样，都只能找用人的工作。尽管种族阶级划分明确，但在很多层面上，50 年代都受到繁荣的非裔美国人文化的塑造和补充。音乐圈的“景象”比以往更丰富，查理·帕克（Charlie Parker）、塞隆尼斯·蒙克（Thelonious Monk）、迈尔斯·戴维斯（Miles Davis）和约翰·科尔特兰（John Coltrane）主导着新的比波普（bebop）和爵士乐类型。路易斯·阿姆斯特朗（Louis Armstrong）还在活动，吹响他的小号，哈利·贝拉方特（Harry Belafonte）用加勒比海地区的口音唱着“男人聪明，女人更聪明”。[7]女性们也没落下：比莉·荷丽黛还是大众偶像；艾拉·费茨杰拉德（Ella Fitzgerald）刚开始录制她的经典单曲；1958年，比西尔维娅·普拉斯早一年出生的妮娜·西蒙（Nina Simone）刚以《小女孩蓝调》开启了自己辉煌且叛逆的职业生涯。

民权运动就像这种切分法（syncopation）节奏下持续不断的鼓声，正不断发酵。1950年，格温多琳·布鲁克斯的《安妮·艾伦》(*Annie Allen*）赢得了普利策奖。拉尔夫·艾利森（Ralph Ellison）的《隐身人》(*Invisible Man*）赢得了国家图书奖，詹姆斯·鲍德温（James Baldwin）出版了《土著孩子的笔记》(*Notes of a Native Son*)。马丁·路德·金领导了1955年的蒙哥马利抵制公交车运动，同年在南方某州的一辆公交车上，罗莎·帕克斯（Rosa Parks）拒绝坐到后排位置。在这个背景下，黑人剧作家洛琳·汉斯伯里写下了她重量级的《阳光下的葡萄干》(*A Raisin in the Sun*)，1959年在百老汇开演，它取得巨大成功。

洛琳·汉斯伯里斗争的不同阶段

妮娜·西蒙的R&B歌曲《年轻、有才、黑皮肤》纪念了活动家洛琳·汉斯伯里伴随民权运动的短暂一生。汉斯伯里出版的

第一部作品是一首名为《小厨房窗外的旗子》的小诗——汉斯伯里的父亲通过在种族隔离的芝加哥向黑人邻居出租带小厨房的公寓积累财富——该诗向格温多琳·布鲁克斯的《小厨房公寓楼》表示了敬意。[8]但和布鲁克斯不同，一直到近几年，汉斯伯里才受到较多关注，若考虑到她是第一个赢得纽约戏剧评论圈大奖的黑人剧作家（凭借《阳光下的葡萄干》），这一现象就显得很不寻常。在开幕那晚，西德尼·波蒂埃（Sidney Poitier）领着她上台谢幕时，她才 28 岁。

我们所知的事实里充满矛盾。汉斯伯里出生在一个富裕家庭，父母接受过大学教育，在母亲让她穿着白色毛皮大衣上学，其他孩子却因此打她后，她开始了自己的反叛之路："从那时起，我成了造反者"，从动用暴力的人中间选朋友。[9]鉴于她年轻时的偶像之一是海地革命领袖杜桑·卢维杜尔（Toussaint L'Ouverture），她认为自己是唱反调的人和被剥夺公民权利的人这一点也就不足为怪了。她本可以去传统的黑人大学霍华德大学上学，她的叔叔还是学校里非洲研究系的教授，但她选择在威斯康星大学度过了两年，该大学和很多高等学府一样，都不为黑人学生提供校内住宿。[10]在一篇校园题材的故事里，汉斯伯里的主人公发现大学"令人失望透顶"，要向"万古流芳的金赛报告"举杯致敬，致力于宣传"对'好女孩'和'坏女孩'的区分属于中世纪"。在退学之前，比起艺术，她更关注激进主义。

汉斯伯里相信人类能"掌握自己的命运"，她将这种怀疑主义归功于发生在自己青少年时期的广岛和长崎的原子弹爆炸，以及在自己刚满 20 岁时开启的冷战。[11] 她在纽约的波希米亚式的格林威治村与知识分子们畅聊，师承著名哲学家 W.E.B. 杜波依斯（W.E.B.Du Bois），并很快开始怀疑“现代”和“进步”这种词到底该不该被当成“西方”的近义词：“加纳的女性可以投票，瑞士的女性反而不行。”[12]

50 年代早期，在演员兼歌手保罗・罗伯逊（Paul Robeson）的《自由》杂志的编辑部，汉斯伯里从签约作家晋升为合约编辑，文章内容从埃及对英国统治的反抗，到哈莱姆区的质量下乘的学校。她每周赚 31.7 美元，她自己都开玩笑说，钞票的厚度就和她的身材一样纤细。她一边产出文章，一边越来越“厌倦贫困、死刑、愚蠢的战争，以及我们如何被广泛不平等地对待”。她代表保罗・罗伯逊出席乌拉圭的美洲和平会议时——罗伯逊因为和共产党有牵连，被吊销了护照——知道自己一回来就会受到联邦调查局的监控。

同一时期，她在自己一张照片上署名“年轻的艾达・B”，暗指艾达・B. 威尔斯，著名的呼吁废除私刑的记者。[13] 这种身份认同揭示了汉斯伯里激进主义的内核：她为纪念艾达・B. 威尔斯策划了一个艺术项目，为黑人歌剧演员芙洛伦斯・米尔斯（Florence Mills）致悼词，出席一个名为“真相与正义的旅居者”的小组的会议，和小组内的黑人女性一起抗议朝鲜战争和种族歧视。对民权越来越激进狂热的汉斯伯里嫁给了犹太评论家、制作人和歌曲创作者罗伯特・内米罗夫（Robert Nemiroff），当时大多数州都认为跨种族通婚是非法的。婚礼前夕，两人上街抗议罗森堡夫妇的死刑。内米罗夫于 1956 年合作谱写的歌曲《辛迪，哦，辛迪》由艾迪·费舍（Eddie Fisher）演唱，为内米罗夫赚到了 10 万美元，由此保证了夫妇二人的经济状况。

第二年，汉斯伯里终于可以专注于自己的写作，她盛赞西蒙·德·波伏娃的《第二性》(*The Second Sex*）是“美国最重要的书”。[14] 汉斯伯里表示，波伏娃和让–保罗·萨特的绯闻以及“她流传的‘女同性恋身份’”恰好佐证了书中的观点，即男性强迫女性“成为‘他者’”。波伏娃本身拒绝“接受传统观点认为的婚姻在人类发展进程中占据的神圣地位”，因此，指责她“不尊重婚姻就像指责共产党人不‘尊重’个人财产”。和那些诋毁波伏娃的人不同，汉斯伯里献上了她虔诚的回应：自己是“一位 23 岁的女性作家，在几个月的研读后若有所思地合上这本书，将其摆放在自己的‘参考’书架上最显眼的位置，手指因为崇敬而颤抖……她的思绪再次因为法国传来的观点熊熊燃烧着，**自由，平等，博爱——给每一个人！**”。

汉斯伯里宣称，女性被“束缚在日益脆弱的社会意识形态下，自主性不断受到阻碍——在哄骗下相信那些囚禁她的东西将实现她的价值”。她最后总结性地点明了女性留在家里的坏处：“从古至今，人们都在努力神化顾家的理念，实际上并不是这么回事，这种神化是对女性群体最大的攻击。”就像跟法恩汉姆和多伊奇直接作对，她宣称那些全身心投入到丈夫和孩子身上的女性会变成“我们所有人之中神经最过敏的人，这点毫无疑问”。

汉斯伯里在疯狂迷恋西蒙·德·波伏娃的时候写下了《阳

光下的葡萄干》，剧目的中心角色是一位寡妇妈妈，她的英雄行为包括将权力移交给儿子。在故事结尾，妈妈决定让儿子沃尔特·李成为家庭“领袖”，“本来就该是这样”。[15] 她的追求——让全家从芝加哥南部搬到郊区房产——似乎和汉斯伯里批评的家庭观截然相反。该剧的天才之处在于汉斯伯里将50年代的美国梦放进黑人工人阶级的生活里进行测试，然后悲伤地发现前者在后者中是缺失的。

由此她吸引了大量观众，让剧目得以在百老汇上映的同时（后被改编成电影，再后来被不断复排），也成功地讨论了50年代的性别和种族问题。[16]《阳光下的葡萄干》复刻了汉斯伯里父母的经历，当时他们从芝加哥的黑人社区搬到了富裕的白人社区，在那里，8岁的汉斯伯里受到手拿砖头的白人威胁——其中一块砖头击碎了前门玻璃，差一点儿就砸中了她——她的母亲拿着上膛的手枪在房子四周巡视。在实行种族隔离的学校里，小汉斯伯里被“吐口水、诅咒，在路上被多次殴打”，学校“不提供教育，只负责尽可能压制”。在家里被伊利诺伊州高等法庭定罪后，父亲和美国全国有色人种协进会合作，在全国最高法院上赢得了有利判决，尽管最后也没能解决房地产业内更大的歧视问题。

《阳光下的葡萄干》中杨戈家的年轻人很多比南妮和卡尔·A.汉斯伯里更穷困，在家里家外都得干家务活。寡妇蕾娜·杨戈，也就是剧中的“妈妈”，拿到了1万美元的保险金，尽管儿子沃尔特想投资酒水业，她却用这笔钱买下了白人社区的一栋房产。在最后一幕中，妈妈自愿将经济权力转移给了沃尔特·李，那时候的李受到酒水投资计划的同伴欺诈，但拒绝将资产卖给白人种族主义者，决定带领全家搬进新房子。[17] 没人比汉斯伯里更清楚等待着杨戈一家的是什么。尽管妈妈日后将继续面对种族主义，但她在全剧结尾实现了儿子“终于变成男人”的理想，依然取得了胜利。两代人的挣扎没有使沃尔特·李像母亲一样笃信宗教，却让他坚持不向那些认为他们家会“污染”白人社区的种族歧视者低头。

《阳光下的葡萄干》在两代人的冲突中描绘了女性主义的主题，妈妈的儿媳和女儿在冲突中变得强大，两个人都得以直面兰斯顿·休斯（Langston Hughes）所说的“延迟的梦想”，而不像“阳光下的葡萄干”一样被晒干。[18] 沃尔特·李的妻子鲁斯要决定是否堕胎，因为他们狭小的公寓几乎不容多添一个小男孩。沃尔特·李的妹妹贝内尔莎拼命想成为医生，却不得不面对经济困难和结婚的压力。尤其是面对两个截然不同的求婚者的请求时，贝内尔莎在剧中决定将自己的卷发理成平头——意识到自己拒绝那位“入乡随俗”“愿意放弃自己的文化，完全沉浸在主流且**压迫性**的文化中”的求婚者，并不意味着就要嫁给另一位尼日利亚的求婚者，搬到非洲去。受波伏娃的影响，汉斯伯里通过贝内尔莎创造了一个寻求自主性和职业成就的女性角色。

但通过妈妈这个令人产生共鸣的角色，汉斯伯里预测了有色人种女性主义者会采取和白人女性不一样的策略。汉斯伯里笔下的妈妈并没有脱离家庭，而是独自掌管了家庭。她没有寻求挑战男性霸权，而是恢复了儿子受损的男性身份，正如贝尔·胡克斯（bell hooks）在另一个语境下解释的那样，妈妈意识到“男性气质不一定要和性别歧视概念下的男性身份挂钩”。[19] 妈妈不需要工作的权利——她一辈子都在家里家外工作——她希望的是保障家庭的未来。汉斯伯里预测到，投身于解放运动的活动家必须同时关注性别和种族议题。

《阳光下的葡萄干》首演后几个星期，汉斯伯里向黑人作家群体发出强烈恳请，认为需要创造一些反映社会的艺术作品，驳斥如今盛行的陈词滥调：“女人都是傻瓜”“所有人都是白的”“欧洲文化就是世界文化”。她向“垮掉的一代”提出异议，认为他们对黑人用语的挪用显得高高在上，也批评诺曼·梅勒（Norman Mailer）受拙劣的原始主义影响创作的《白色黑人》(*The White Negro*)，同时敦促非裔美国作家想办法解决“肤色偏见”带来的“可怕恶意”，因为这种恶意会持续造成黑人被谋杀，不管“用还是**不用**绳子和玻璃，用的是各种老办法还是一些新办法”。尽管她目睹了很多可怕的不公，她还是寄希望于在蒙哥马利游行的数千民众，以及在小石城坚持进入白人学校的9位黑人学生。在看完《阳光下的葡萄干》的演出后，9位学生中的一位给她寄来了粉丝信，这一定让她非常有成就感。

在34岁死于胰腺癌之前，汉斯伯里分析了是什么让她给1959年那篇标志性的演说——直到1981年才得以发表——错误地取名为《黑人作家及他的根源》。她1961年的文章《为男人的平等辩护》一直没有发表，直到我们将其囊括到第一版《诺顿文学选集》里才得以与读者见面。文章谴责了社会秩序有效地让妇女处于“二等地位，毫无道理地强加**给男性公民**所谓的‘优越感’和‘权威性’，却很少招致口诛笔伐。事实上，‘优越感’和‘权威性’只会损害男性为人的资格，**否认他们的公民身份**”。[20]她引用玛丽·沃斯通克拉夫特（Mary Wollstonecraft）、苏珊·B.安东尼（Susan B. Anthony）、伊丽莎白·卡迪·斯坦顿（Elizabeth Cady Stanton）和哈莉特·塔布曼（Harriet Tubman）的话，反复抹去家庭主妇身上的神话色彩：“**不是女性主义者凭一己之力让家庭主妇感到不满，女性主义者自己的出身只可能是——全世界的家庭主妇！**”在贝蒂·弗里丹（Betty Friedan）之前，我们就有了洛琳·汉斯伯里。

百老汇的成功为汉斯伯里带去了权力，也给她带来了麻烦，汉斯伯里和丈夫分居，致力于组织活动，打击家乡及海外殖民地的种族主义。“吉米”·鲍德温叫她“甜心洛琳”，和她一起寻欢作乐，参加会议和抗议活动。汉斯伯里欣赏妮娜·西蒙在格林威治村的寨门的演出，愿意向她袒露自己的忧郁情绪以及独身的耻辱感：“我合上了百叶窗，这样就没人能看见了。没人能看见我。我一个人。复活节前夕坐在打字机前；喝酒；沉思；孤身一人。”

今天的读者能在伊玛尼·佩里（Imani Perry）的《寻找洛琳》（*Looking for Lorraine*）里感受到汉斯伯里的作品中她和其他女性的情欲关系。《寻找洛琳》捕捉到了一个超前于时代的女性惊人的美丽和智慧。但阿德里安·里奇注意到了内外部审查造成的伤害。[21]汉斯伯里原本创作的《珍妮·里德窗口的标志》剧目被迫改为《西德尼·布鲁斯坦窗口的标志》，在汉斯伯里去世当晚结束了演出。她的下一部剧《白色》（*Les Blancs*）本来有很多女性角色，最终版本却突出了男性主角。她再也来不及写她计划要写的玛丽·沃斯通克拉夫特的长剧剧目。沃斯通克拉夫特是一位被“摧毁过很多次”的坚强的发言人。汉斯伯里用假名给女同性恋杂志《梯子》——民权组织“比利提斯的女儿”（Daughters of Bilitis）于1955年创办的杂志——撰稿述说女同性恋面临的来自结婚、同性恋迫害和反女性教条的压力。[22]

1964年，汉斯伯里在墨西哥申请离婚，但继续让罗伯特·内米罗夫充当她的书稿管理人。同年，在一封写给《纽约时报》的信件中，她谈到民权运动中的激进派，用斜体强调了兰斯顿·休斯那首关于被延迟的梦的诗中的最后几个词：如果它不像阳光下的葡萄干那样被晒干，“**它会爆炸吗**”？[23]

奥德蕾·洛德的女同性恋生物神话

在红色恐怖时期，同性恋经常被认为会危害社会安全，因而被赶出工作岗位。很多女同性恋不得不对自己的身份保密。但就在这样一个压迫严重的时代，诗人奥德蕾·洛德加入了以格林威治村为中心的地下女同性恋社群。在她称为“生物神话”（biomythography）的《扎米：我名字的新拼写》（*Zami：A New Spelling of My Name*）中，她记录了一次她参加的宴会，宴会上客人们围着一盘“摆盘精致、每片单独折叠成阴部形状、一小滴蛋黄酱作为关键的那一点”的生肉片信口开河。[24]

其实她一直都是叛逆的那类人。戴安·迪·普里玛被她强有力的气场吸引，两人是亨特学院的同学，也是终身挚友：“奥德蕾·洛德——日后成为首屈一指的诗人——一直在那里，黑肤而狂热，在那时经常让人猜不透。她的双眼和沉默不语引领我们不断猜测。她有一种无所不知且轻蔑的气场。”[25]尽管如此，她选择“扎米”作为她回忆录的名字，这是一个“加利亚库岛语（Carriacou）的单词，意思是**在一起生活工作的女性**”。因为她母亲用这个词表示“只是朋友”：“可能是从一种结合了法语和西班牙语的方言来的，可能是从 les amies 来的，意思是‘朋友们’。”[26]

洛德的双亲出生于加勒比地区，在大萧条期间遭受严重歧视，这无疑导致了洛德早年人生的艰辛。她后来光顾了同性恋酒吧。她在哈莱姆区度过了童年，母亲对她的保护欲旺盛到恐怖的地步，但对自己的女儿在天主教学校被白人修女歧视一事却无能为力，还经常责打三姐妹中最小的奥德蕾。奥德蕾胖乎乎的，朝气蓬勃，眼睛严重弱视，母亲认为需要教导她不去期待公平的待遇，因为她永远不可能被公平对待。奥德蕾幼年早慧，很早就学会了读书写字，浸淫在母亲的加勒比料理和故事里，喜欢把 Audrey 里的 y 去掉，希望名字因此获得一种“对称性”。

她孤独地长大，坚信自己是家里的局外人。她只有一项精神寄托：每当有人问“你感觉怎样”，她就会“背一首诗，诗里某处包含至关重要的信息——她的感觉”。[27]她在公共图书馆里的儿童阅览室里背诵诗歌。诗歌成了她“开始创作的第一个原因，即自我表达的欲望。有时我想表达一些东西，却找不到诗歌帮助我表达，如果我不创作，就无法表达”。大声读出自己的第一首诗帮助她“找到了表达自己情绪的秘密方法”。

家里没有人把“种族当成现实中的问题”谈论。6岁时，洛德问两个姐姐：“**有色**是什么意思？”由于母亲肤色足够白，可以被视为白人，洛德决定也视自己为“和妈咪一样白”的人，却因姐姐们惊恐的反应而不解。亨特学院只有零星几个黑人学生，其中一个是洛德的朋友，在疑似被父亲虐待后选择了自杀。

尽管这个经历造成了创伤——她在自己的《诗歌选集》的开场诗中写道——但洛德也因此更加投入诗歌创作，她加入了一群白人女性文学爱好者，给这个团体取名“名牌货”：“一群狂热分子，为自己的怪异、疯狂、花里胡哨的彩色墨水和羽毛笔而自豪。”这群躁动的女孩是移民的女儿，也是志向远大的诗人，戴安·迪·普里玛就是其中一位。她们一起逃课，举办通灵集会，召唤她们崇拜的过世诗人的鬼魂。[28] 洛德一直活跃在学校的文学杂志《百眼巨人》上，并在17岁时，没错，在《十七岁》杂志上发表了诗歌。

在康涅狄格州斯坦福德的工厂工作的那段时间里，洛德和她生命中第一位重要的恋人建立了关系，对方也是工人，深深迷住了她，并向她传授了当下流行的对女同性恋性行为的态度。“**活泼的小黑眼睛，皮肤的颜色像沾满了黄油的焦糖，身体像维伦多尔夫的维纳斯。金吉尔胖得很美艳，能自如地控制自己优雅精**

准的身体运动。”尽管在金吉尔眼里洛德只是“城里来的小假小子”，但洛德从金吉尔身上学到了很多在高中学不到的东西：黑人历史、做爱。这些给她带来了“一直想要的快乐”，“我默默想道，如果我当时没有了解到这些东西，会变成什么样”。但金吉尔只肯“将两个女人之间的关系视作儿戏”，金吉尔的母亲也曾简单告诉过洛德，“交朋友很好，但婚姻就是婚姻”。

与此同时，洛德在楔石电器公司辛苦地工作——操作一台商业X光机，处理收音机和雷达设备要用到的石英石——这工作默默地影响着洛德：“没人说过四氯化碳会损坏肝，造成肾癌。没人说过在没有保护的情况下使用X光机会有持续的低剂量辐射，总量远远超过当时定义的安全标准。”《扎米》中这篇回顾过去的文章是洛德第一次确诊癌症后写下的。

后来在纽约，洛德开始意识到黑人身份让自己在女同性恋世界里处于不利地位，而女同性恋身份又让自己在黑人世界里处于不利地位，同时对恐惧政府监控的进步分子来说，自己又是异类。在中城区的亨特学院，她是一名（未出柜的）英语文学专业学生，而在下城区，她经常光顾格林威治村的酒吧：摇摆约会（Swing Rendezous）、矮种马马厩客栈（Pony Stable Inn）、弹珠（The Bagatelle）。洛德一边尝试群交，在图书馆任职赚钱，靠在商店行窃维持生计，一边报名了夜校课程。在母亲的房子里与一位亲密伴侣决裂前后——这件事让她“怒气冲天”，放在过去会变成“鼻血而不是眼泪流下来”——她在酒吧找到了慰藉。

但当时女同性恋酒吧基本都是白人酒吧。“身为黑人、女性、同性恋，并在白人堆里出柜，甚至到了在弹珠酒吧跳舞的程度，这些在很多黑人女同性恋眼里无异于自杀。”社会交往有严格的规范。洛德“不喜欢角色扮演男方和女方、黑人和白人，对Ky-Ky或AC/DC的称呼嗤之以鼻，结果被归到那类‘奇葩’女同性恋里。Ky-Ky是当时对为了钱和男性上床的女同性恋者的称呼。就是妓女”。在洛德的自我评价中，“我不够可爱弱小，当不了‘女方’，又不够刻薄强硬，当不了‘男方’”。同时，危险还来自于女便衣警察“搜寻女性衣物在三件以下的同性恋女孩。如果被抓到，你会因异装癖被捕”。

持续进行的心理治疗也无法改善洛德的抑郁，她得不断地与认为她是疯子的黑人女性、性侵犯她的黑人男性、认为“同性恋女孩受到的压迫和每一位黑人一样”的白人伴侣、要不是因为她的自来卷把她误认为民谣歌手奥代塔（Odetta）就差点告她入侵了自己领地的白人陌生人做斗争。她在50年代面对的生活难题在《扎米》里一览无余：一段不满意的异性恋感情；非法堕胎时的惊恐；在墨西哥找到女同性恋社区时的欣喜，因为那里的生活成本她可以承担。

这些问题帮助我们解释了为什么在60年代，这位黑人女同性恋活动家会“在哈莱姆区第149街的一间三房公寓里养活两个孩子和一位老公”。[29]尽管时有分歧，有时洛德也会和普拉斯、迪·普里玛、汉斯伯里拥有同样的决心，想找到或创造新的词汇，帮助她们挣脱束缚着自己的镣铐。

琼·狄迪恩的《时尚》vs.
贝蒂·弗里丹的"无名的问题"

哪怕有迪·普里玛、汉斯伯里和洛德这些反叛分子游荡在格林威治村的咖啡馆，《小姐》依然以奉承、躁动的姿态向女大学生灌输着校园的魅力。西尔维娅·普拉斯不是唯一青睐过这本杂志的未来文学巨星。1955 年，一个和煦的夏日，来自古老的萨克拉门托家庭、看起来谨慎小心的白人女孩踏入了旧时的埃德韦德机场，还时不时担心自己的裙子会不会不够时尚。

20 岁从加州大学伯克利分校本科毕业后，琼·狄迪恩马上就明白了纽约才是她要去的地方。但在《小姐》杂志社的充斥着香水味的走廊上待了一个月后，她选择重返校园，完成了弥尔顿学院的学业要求，作为"《时尚》巴黎写作大奖"获奖者再回到纽约，这个奖项比她之前获得的荣誉更有威望。现在她真的成了专业人士，学会了"书写有分量的东西"。[30] 在她写出的第一批文章里，她描写了巴黎大奖的另一位获奖者杰奎琳·布维尔（Jacqueline Bouvier），布维尔在获奖的文章里曾称自己梦想着成为"某位'20 世纪全能艺术总监'，身处高位监控一切"。

狄迪恩一直不喜欢肯尼迪总统——她是至死不渝的共和党人——但她意识到肯尼迪夫人会成为新时代的偶像，据她观察，杰姬·肯尼迪深刻地"引领着时尚变革"，自她出现在大众面前，人们"就此不再执着于某种款式的鼻子、某种形状的侧脸"。与此同时，狄迪恩鄙夷"垮掉的一代"，尤其是金斯堡，她也不喜欢洛琳·汉斯伯里，并把西尔维娅·普拉斯看作她在《小姐》上的竞争对手。尽管在政治上是保守分子，她本人却是志向远大的工作狂人。尽管从来不曾成为女性主义者，她也一直没有变成恪守己规的妻子和母亲，反而不断地用某种玩世不恭的能量追逐自己的目标。她在纽约的男朋友诺尔·帕门特尔（Noel Parmentel）说她一天在办公室里工作 12 个小时，再在家花 12 个小时创作自己的第一本小说。[31]

1960 年初，汉斯伯里登上百老汇，洛德和迪·普里玛在摇摆约会酒吧游荡，普拉斯去了作家庄园，狄迪恩也爬上了《时尚》的高层，之后是《生活》《周六晚报》《国家评论》，最后（在 60 年代早期）是好莱坞。在美泰公司大量生产由露丝·汉德勒（Ruth Handler）发明的芭比娃娃，《花花公子》主编休·赫夫纳在电视上主持综艺节目或脱口秀时，狄迪恩详尽地阐述了她对杰姬的感觉，注意到“她一出现，我们突然就忘记了那个美国女孩——那个想象中的完美女孩，举着网球球拍穿梭在全世界人们的想象里……反而爱上了这位美国女人，她思维缜密，富有责任心，对美好、美丽和昂贵的东西有适当的偏好”。凭借自己身为记者的敏锐直觉，狄迪恩似乎预言了下一场全国性爱慕的到来。

但在狄迪恩歌颂“美好、美丽和昂贵的东西”的时候，一位左翼犹太劳工阶层记者，也是 3 位孩子的母亲，正在调查普通美国女性的生活。她不只关注那些快乐的家庭主妇，也不只看向那些感觉自己被郊区，或郊区所代表的美国梦俘虏的人。作为史密斯学院的荣誉毕业生，贝蒂·高德斯坦·弗里丹从 1957 年开始在同学间派发问卷，询问她们的家庭和工作情况。

受《麦卡乐》杂志委托，弗里丹开始用史密斯学院女校友的调查问卷“写一篇抨击《现代女性：失落的性别》的杂志文章，证明教育并没有阻挠美国女性承担女性角色”。[32] 法恩汉姆和伦德伯格显然是错的。她这样想道：“很显然，教育让我们成了**更好的**妻子和母亲。”但调查结果令人震惊。一位接一位的受访者表示自己感到无聊甚至抑郁，抱怨家务困住了她们。凭借确凿的证据和主妇广泛的不满，弗里丹——当时在大学学习心理专业——不仅驳斥了法恩汉姆、伦德伯格和多伊奇的观点，还反驳了这些人视为理论基础的弗洛伊德学说，称弗洛伊德在性别问题上“受他所处的时代限制”，列举了大量弗氏理论的局限之处，为美国的母亲和妻子们提出一套“权利法案”。

尽管不属于左翼群体，弗里丹依然瞄准了白人中产阶级读者，希望将文章刊登在普拉斯发表故事的“大众杂志”上。在麦卡锡主义末期的焦虑影响下，她在政治观点上保持低调。但她曾坦诚地解释过自己和这个话题的私人联系：“我曾受苦过，因为害怕——看不到未来——感觉自己没有其他女性描述的那种气质。”[33] 她的文字里满是愤怒，日后她会创办举足轻重的女性组织，但也会成为女性主义活动圈子里臭名昭著的难相处的人。

或许正因为她的文字过于激情，《麦卡乐》拒绝了她的稿件，《女士家庭杂志》《小姐》和《红书》也相继拒稿。但她不愿被禁言，将稿件改写为一份书籍写作计划，卖给了 W.W. 诺顿出版公司。《女性气质的奥秘》(*The Feminine Mystique*）于 1963 年出版，首印仅有3000册，出版后却引发强烈反响，销量一跃而上，在书店货架上被扫荡一空。书里描写的不满情绪不是弗里丹编造出来的，甚至不是她第一个发现的。正如她自己表示的那样，“被困住的家庭主妇”已经成为一个循环往复的主题，出现在《生活》《新闻周刊》和《纽约时报》等杂志上。一位新闻评论员表示，“从弗洛伊德到家用电冰箱，从索福克勒斯到《育儿大全》的路已经被发现不好走了”。[34]

确实，这个问题已经被发现了。正如弗里丹声明的那样，“1960年，这个无名的问题撕碎了幸福的美国家庭主妇的形象，炸开了锅”。

第二部分

爆发的60年代

第三章　三个愤怒的声音

哪怕到了60年代，50年代的价值观也依然盛行。不过60年代有一件重大的公共事件。年轻的约翰·F. 肯尼迪带着他优雅从容的夫人入住白宫，取代了艾森豪威尔和他土里土气的妻子玛米。约翰·F. 肯尼迪和“杰姬”（杰奎琳）是新时代的代表，但他们似乎也满足50年代偶像夫妇的所有条件：丈夫是知识分子，家产丰厚；妻子是“社交明星”，美艳动人。艾森豪威尔夫妇则是40年代遗留下来的人。主持白宫晚宴时，玛米会直接从《持家有方》中选择标准的美式料理。希腊王室夫妇到访时，晚宴餐单包含了“鸡尾酒冷虾、苏打饼、芹菜心、芝士酱鱼肉、凉拌卷心菜、波士顿黑面包三明治、白葡萄酒、烤羊排配西班牙米饭”和“钻石形状的冰柠檬曲奇饼”，再配上其他美国南方特色菜。

杰姬的选择截然不同。她为摩纳哥的格蕾丝王妃和兰尼埃亲王策划了一场午宴，菜谱和香奈儿紧身连衣裙一样时髦。先是“软壳螃蟹配杏仁、1958年的普利尼-蒙哈榭白葡萄酒”，紧接着是“春羊肉串配时蔬，1955年的戈东格朗赛酒庄红酒、含羞草沙拉、1952年的唐·培里侬香槟”，最后是“草莓奶油杯、法式什锦点心、小杯黑咖啡”（请注意，在杰姬的菜单上，普通的陈年“白葡萄酒”被换成了1958年的普利尼-蒙哈榭白葡萄酒）。[1]

在光彩照人的同时，杰姬对家庭内务也是尽心尽力，在镜头前大方地展现对两个孩子的母爱，在全国观众面前扮演理想女性的形象，用甜美的声音宣告总统夫人的任务就是“照顾好总统”。[2]总统是头大色狼——他谨小慎微的妻子对此一清二楚——这种说法是抓不住粉丝的心的。担任第一夫人的第一年里，她分配给自己的任务就是顾家，不过她比一般的家庭主妇更有野心：野心大到把整个白宫重新装修了一遍。

在电视明星查尔斯·科林伍德（Charles Collingwood）的陪伴下，杰姬带大家参观了整栋房子，展示自己的成果。她解释说，白宫已经腐朽到几乎“像一间酒店”。她专门指出自己甚至换掉了国宴厅用的玻璃餐具。[3]整场精心录制的节目——主要面向女性——吸引了8000万人观看。当那个年代的性感偶像玛丽莲·梦露身着紧身礼裙，走上麦迪逊广场花园的舞台，用和杰姬完全不同的声音唱起“生日快乐，总统先生”的时候，一切看上去好像没有什么不对。把所有因素考虑在内的话，约翰·F.肯尼迪只能算半个理想伴侣。日后杰姬会把两人在白宫的这3年称为卡米诺王朝。[i]

但在50年代，在平静的水面下有几股暗流涌动着。1960年，第一款口服避孕药异炔诺酮-美雌醇片上市，引发了一场前所未有的性解放革命。然后是1962年，在为约翰·F.肯尼迪轻唱“生日快乐”后3个月，玛丽莲·梦露死于巴比妥酸盐服用过量。几乎是与此同时，安迪·沃霍尔——60年代的波普艺术大

i　卡米诺王朝，传说中亚瑟王朝的黄金时代，杰奎琳曾用卡米诺王朝比喻肯尼迪时代的总统。

师，正如梦露是50年代的性感符号——将梦露变成了一件永恒的艺术品。[4]

1963年2月11日，西尔维娅·普拉斯——和丈夫分居后心怀愤懑——把装着牛奶的马克杯和面包片放到孩子的婴儿床旁，打开窗户，把门缝封起来防止气体进入，随后走到楼下厨房，打开了煤气。她在卧室桌上留下的手写信堪比一颗炸弹。在自杀以前，她曾给母亲写过一封愤怒的家信，在信中怒吼“别再跟我说这个世界需要快乐的东西！比起那些幸福的婚姻，知道大家也会离婚，也会从地狱走一遭……我会更好受一些。让《女性家庭杂志》自己胡扯去吧”。[5]

8天后，1963年2月19日，W.W.诺顿出版了弗里丹的《女性气质的奥秘》。尽管最初毁誉参半，但截至2000年，该书依然畅销300万册。1963年，诺顿同时出版了阿德里安·里奇的第3本书《媳妇的快照》，日后诗人玛丽莲·黑克（Marilyn Hacker）会称这本书为“年轻反叛者人手一本的著作”，事实也确实如此。[6]

1963年8月28日，全国25万人在华盛顿游行示威，马丁·路德·金站在林肯纪念馆前面，发表了振聋发聩的演讲《我有一个梦想》。几个月前，洛琳·汉斯伯里在和罗伯特·肯尼迪见面后大声疾呼“我非常担心……看到伯明翰的白人警察站在黑人女性的脖子上的那张照片，我非常担心这个国家的人权状况”，随后气冲冲地夺门而出。[7]两个月后，妇女地位总统调查委员会（由约翰·F.肯尼迪建立，一直由埃莉诺·罗斯福主持，直到其于1962年去世）发布了其对“美国女性”的调查报告，指出在这个看似自由的社会里女性面临着诸多不平等。

1963 年 11 月 22 日，约翰 · F. 肯尼迪乘坐敞篷车穿过达拉斯市市中心时遇刺。几乎同一时间，就像之前对梦露那样，安迪 · 沃霍尔将杰姬变成了一件艺术品。在《二十个杰姬》(1964)中，他捕捉到她参加丈夫的葬礼时站在一位穿制服的保安前那目光低垂的脸庞。[8]

50 年代和那些优雅的浪漫梦境一起走到了终点，和梦露、约翰 · F. 肯尼迪，还有西尔维娅 · 普拉斯 · 休斯一样死去了。女性主义雏形诗人普拉斯的个人历史就是她留下的遗产，她的经历预示了日后的同辈阿德里安 · 里奇将表达父权制的不满，妮娜 · 西蒙将把民权运动的能量平移到女性性别事务上，唱响抗议之歌。

普拉斯陷入绝境，《爱丽尔》扬帆起航

如果说西尔维娅 · 普拉斯 · 休斯已经死了，那西尔维娅 · 普拉斯一定还活着。《爱丽尔》将见证普拉斯生命的延续，特德 · 休斯在亡妻书桌上看到这份手稿时，应该就有这种感觉。

尽管普拉斯努力维系 50 年代让她生出无限渴望的“小家”，但在一件接一件的家庭琐事下，两人的婚姻摇摇欲坠。大女儿弗里达出生后，夫妇俩开始找大一点的房子，终于找到了一处田园诗般的乡村住所：德文郡一栋茅草房顶的房子，建于 13 世纪，名叫“绿园居”。休斯在约克郡的乡村长大，自然被这片土地、花园和它的历史吸引。普拉斯则犹豫不决，但出于对家庭和诗歌

事业的热爱，她说服自己在这里定居，像自己希望的那样养育 5 个孩子，在面朝古代墓园的书房里度过每个早晨。她下厨、打理花园、写作，继承丈夫所继承的英国传统。1961 年的夏天，两位诗人带着刚出生不久的女儿搬到了绿园居，在那里短暂住了 14 个月。

早上，休斯会照顾弗里达，普拉斯得以有时间写作。下午则换他写作，她和女儿去镇里走一趟，或者在房子里缝窗帘。然后，1962 年 1 月 17 日，她生下了二儿子尼古拉斯，最开始是吓人的“蓝色和闪着光的”，然后是“一颗漂亮的男孩脑袋”。[9] 她在日记里记录了艰难的生产过程，指出现在“就像平安夜，一切都那么平安喜庆”。

确实，两个孩子的降生不仅是对普拉斯个人的恩赐，还是对她的诗歌创作的恩赐。她开始脱离现代主义传统，以母亲身份为她的孩子写下数首情绪饱满的诗。这在历史上是前所未见的。自文艺复兴时期起，父亲就会给儿子写诗，19 世纪多愁善感的“女诗人”会描写亡婴的葬礼，但普拉斯在精心创作一种全新的类型。《爱丽尔》特意用《清晨之歌》开篇，这是一首写给弗里达的动人抒情诗。诗歌以“爱让你像一块贵重的金表一样滴答前进”开场，不仅赞美让孩子降生的男女情爱，更表达了厚重的母爱。普拉斯描述了母亲在黎明时哺乳婴儿的古老场景。

> 一声啼哭，我翻身下床，身体像母牛一样笨重
> 穿着维多利亚式碎花睡袍

你的小嘴张开，和小猫一样干净。[10]

日后，在另一首哺乳主题的诗《尼克和烛台》中，她描写自己深夜醒来，去给孩子喂奶，但将这充满爱的一幕放在了世界性灾难的背景里，核弹毁灭世界的可能性在孩子头顶盘旋，孩子“流淌着干净的血”，并指出“你醒来后 / 要面对不属于你的痛苦”。

尼古拉斯出生几个月后，他出生当晚那“平安夜”的“平安喜庆”已经消失殆尽。尽管生活里依然有一些美好时刻——比如两位诗人都描写了绿园居花园的水仙花盛开的时候——但乡村生活的孤独，加上一边要照顾两个小孩，一边要维系一栋没有中央供暖和现代厨房设施的房子，最终把夫妻俩累坏了。“我们淹没在堆积成山的尿片和婴儿无止境的需求里，几乎看不到对方。”她对母亲说。在经历 1962 年夏天的戏剧性事件以前，两人的婚姻就已风雨飘摇。

接下来发生的故事对 20 世纪的诗歌史学家来说很熟悉：休斯之前将两人在伦敦的公寓转租给了阿西娅·韦维尔和大卫·韦维尔，韦维尔夫妇来休斯乡村的家过周末，貌美惊人的阿西娅已经和同事坦承自己准备“勾引特德”(西尔维娅的厨房日历显示，那天晚餐她用炖牛肉和姜饼招待了客人)。特德立刻就为阿西娅沦陷了。西尔维娅身上有丈夫所说的“X 射线般的直觉”，马上就察觉到事情不对劲。特德给阿西娅寄去情书，阿西娅在信封里附上一片有象征意义的草叶，作为自己热切的回应。这对爱侣在不同的酒店房间会面，热烈交媾。阿西娅模仿男人的声音打电话给特德，西尔维娅在特德之前接到电话，把那台黑色的电话机“连根拔起”，扔向墙壁——这样至少有几个月不能通电话了。西尔维娅的母亲来家里住了一个月，看到了太多夫妻不和，让西尔维娅都害怕起来。她把特德赶了出去，却渴望他能回家。弗里达问道：“爸爸在哪里？”

1962年8月，特德前往伦敦，寄住在朋友家里，并在当年10月彻底搬离了绿园居。西尔维娅和两个孩子留在了德文郡的大房子里，花园里“有70棵树 / 挂着金红相间的球 / 泡在深灰色的毒汤里”。[11] 被抛弃后，她患上了失眠症，依赖巴比妥酸盐入睡，然后在早上5点药效过后醒来，径直走向书桌——特德和她的弟弟沃伦为她打磨的榆木桌子——开始写《爱丽尔》中的诗。“每天在吃早餐前就能写好一首诗，”她在写给母亲的信里说道，“都是为诗集而写的诗，都很棒，就好像家庭生活让我窒息。”

她变了，又没变。她的厨房日历还一丝不苟地记录着烹饪内容，她还会养蜜蜂、做饭、照顾孩子。但她开始考驾照，考虑其他选项——爱尔兰？西班牙？伦敦？她疯狂地寻找保姆，向母亲和兄弟吐露自己的焦虑。但即便她很惊恐——或者说正因她很惊恐——那些惊人的诗歌一首接一首地成型于“黎明破晓前那深蓝的、几乎是永恒的几个小时，孩子的第一声啼哭以前，送奶工放下牛奶时发出的美妙的清脆声响以前”。

但现在，这些诗歌夸耀着一个新自我的诞生。这个自我在纸面上构建成型。这个在纸面上创造出的自我是一位女性主义者，哪怕她的创造者没有读过西蒙·德·波伏娃。终于，她在一首接一首的诗里抹去了旧形象——从《高烧 103 度》到《爱丽尔》《拉撒路夫人》和《刺痛》。哪怕在 1962 年 10 月 6 日，休斯到绿园居收拾东西时，她正俯身照料着蜜蜂，她仍坚持在最后几首诗里写道："我不是苦力 / 尽管这么多年来我吃过灰 / 用我浓密的头发擦干盘子。"[12]

这就是几乎"使她窒息"的家庭生活。不仅是绿园居里呛人的灰尘，更是象征着其漫长历史的灰尘，是她为丈夫整理房屋、录入诗歌、做饭、洗盘子时吸入的真实及象征意义上的灰尘。不，她最后决定，"我要找回自我，我是女王"……

现在她在飞翔
比任何时候都害怕
天上有红色的伤疤，红色的彗星
越过杀死她的引擎——
那座陵墓，那座蜡像馆。[13]

陵墓，是历史上女性被囚禁的坟墓吗？是她想象自己的昆虫学教授父亲（《大黄蜂及其习性》的作者，在她 8 岁时去世）仍以某种方式活着的地方吗？还有蜡像馆，会不会不只是现实中的大黄蜂蜡像馆，也是 50 年代家庭生活虚幻的象征，那个《女性家庭杂志》不停召唤她们前往的地方？或者是绿园居本身，她和两个孩子被活埋在对英伦历史的幻想里，丈夫却在伦敦和情人及文学好友寻欢作乐?

一周后，1962 年 10 月 12 日，普拉斯写下了可能是她最著名的一首诗《爸爸》。这是一首朗朗上口且简单的童谣，普拉斯最初觉得它有点阴郁的**幽默感**。写完没多久，普拉斯就把诗念给朋友听，两个人一阵大笑。[14] 确实,《爸爸》是一首修正过的搞笑诗，和普拉斯定期念给弗里达听的那些童谣一样。它也是一首文学技巧纯熟得令人惊讶的女性主义理论之作，是普拉斯在她短暂人生中创作的重要的女性主义作品——这样一来，这首诗成了同时代诗人的先声，预示着阿德里安·里奇的作品，以及 1970 年凯特·米利特（Kate Millett）的《性政治》(*Sexual Politics*）的诞生。

诚然,《爸爸》刚在美国发表的时候，有些人将其解读为普拉斯个人对父亲奥托·普拉斯教授（在普拉斯 8 岁时死于坏疽),以及某种程度上对丈夫特德·休斯的批评。普拉斯将德国出生的“爸爸”设定为纳粹，将惊恐的女儿设定为“有一点犹太血统”,在诗歌里追溯了希特勒时期德国的景象:“达豪集中营、奥斯维辛集中营、贝尔森集中营……你的空军……装甲兵……不是上帝，而是万字符 / 没有天空能穿透这片漆黑。”[15] 在 BBC 录制节目时，普拉斯在向观众朗读诗歌前解释道，这是一首“由有恋父情结的小女孩写的诗”。[16] 但她的第一批美国读者显然没有恋父情结。《爸爸》收录进《爱丽尔》里后，评论家们把它挑出来大加鞭笞，他们认为普拉斯真的在指控父亲是个纳粹。

事实上，普拉斯在全诗中巧妙地将自己的生父替换成了父权制里的父亲、宗教里的天父、德国的“父亲”(Fuhrer),最后是她穿黑夹克的丈夫特德·休斯。她分析了(有时完全是任性而为)女性在特定文化里如何受辱(“每个女人都崇拜一个法西斯/踩在脸上的靴子,那残忍/残忍的心,在像你一样的野兽的胸腔”),勾勒出了对“爸爸”那穷凶极恶的体制的反叛,同时回顾童年,模仿童年。[17]刚开始的时候,她对自己的记忆只有一只脚,“苍白瘦弱/几乎没有力气呼吸或打哈欠”——爸爸的小女孩感觉自己只是一个身体部位,懒懒地缩在父亲的黑鞋子里。[18]更糟的是,她记得自己甚至说不出他语言里最简单的词:“话卡在了铁丝网的陷阱里/Ich, ich, ich, ich”——就连最简单的指代自我的词,德语里表示“我”的词,也变成了发不出来的黏腻的“Ich”音。[19]“Ich, ich, ich, ich”,强烈而重复的音律像纳粹士兵一样,在纸上踱着正步。

但这首诗充满着矛盾的情感,愤怒的普拉斯承认说,当自己被早逝的生父抛弃,又被神化的父亲象征性地抛弃后,她曾想过去死,然后“向你,向你,向你”报复。20岁时,她曾试图自杀,被解救后(“他们把我拉出麻袋/用胶水把我粘回原形”),她只能“(造一个)你的模型”[20]:选择一位丈夫,其人格特征俨然一副严父的翻版,并重新在他“大理石般沉重”[21]的命令下恢复自己作为女儿的被奴役地位。

最后,普拉斯——或者说,“爸爸的小女孩”——重新想象了令人生畏的“爸爸”,也重新想象了自己的丈夫,那个脱胎于她生父的男人,就像吸血鬼德古拉,而她必须像特兰西瓦尼亚的村民那样杀死他，一如布莱姆·斯托克（Bram Stoker）的原著小说和众多改编电影描绘的那样：

你肥厚的黑色心脏里有一根棍子
村民们一直不喜欢你
他们踩着你的身体跳舞
他们一直知道是你
爸爸，爸爸，你这个混蛋，我受够了。[22]

有一段时间，这首诗对普拉斯来说意义重大，以至于她想把自己的新书手稿命名为《爸爸》。

但最后，休斯前往伦敦以后，普拉斯的骑马技术日趋成熟，开始在清晨骑着一匹名叫“爱丽尔”的马在荒野里慢行，她在一篇优美的诗歌里歌颂这种令人心旷神怡的运动。这首诗也叫《爱丽尔》，在诗的开头，她和她的马站在田野尽头，四周是黎明破晓前的黑暗。但他们“在黑暗中的停滞”很快被向着日出的飞驰打断，她和马匹就像融为了一体。最后，这趟旅途将她从过去中解放出来，“放下 / 僵直的手和紧张的心情”，像达到性高潮一样，她像一支箭飞向旭日，“像一匹白马 / 戈黛娃夫人[i]”一样，既是“红眼睛”——像神明燃烧的眼睛吗？——也是“早晨（morning）

i　戈黛娃夫人，麦西亚伯爵的妻子，据传为争取减免丈夫强加于平民的重税，裸体在考文垂大街上骑马。

的大蒸汽锅”：一个神明的烧水壶，新的一天的炙热的光线在里面沸腾翻涌。

那么，她是在向黎明破晓的重生飞驰吗？但最后一句话的谐音有没有可能是“痛苦呻吟（mourning）的大蒸汽锅”？毕竟，在这首诗的前几句里，她注意到露水像“自杀”一样飞向太阳。她会不会也是一滴露水，向光热靠近的同时注定一点点蒸发，或者像她自己说的那样，像寻找着目标的“一支箭”？考虑到她晚期作品里的自夸和绝望的情绪都很强烈，很难说是哪种情况。

不管是哪种情况，“爱丽尔”这个名字对她来说很重要：她一直着迷于莎士比亚的《暴风雨》中对父女关系的探讨，剧中的灵魂人物是一个叫“爱丽尔”的精灵。她也知道在希伯来语里“爱丽尔”意为“神的母狮子”。从她在那个灰暗的二月清晨留在桌上的手稿可以看出，她曾在两个标题间摇摆不定，一个是回顾过去、回顾无法独立的童年时期（可能带着怒气，可能带着笑容）的《爸爸》，另一个是飞向未来的《爱丽尔》，不只是一头愤怒的母狮子，更是一个从父权制的普洛斯彼罗的掌控下解放出来的精灵，追寻着自我意志，可能还在追求自我牺牲。[23]

我们都知道，《爱丽尔》最后胜过了《爸爸》，至少在纸页上，诗人普拉斯圈出了“爸爸”，代之以“爱丽尔”。但对于作为女性的普拉斯来说，她在塑造自己的50年代意识形态和自己创造的60年代女性主义之间被撕裂，所以做出选择并不简单。12月她搬去了伦敦，在那里能找到任何她想要的文学伙伴，住在装潢时尚的公寓里（“是济慈住过的房子！”），用她在史密斯学院的赞助人奥利弗·希金斯·普罗迪（Olive Higgins Prouty）的钱买新衣服。“我……自我感觉和外表看上去都像一个百万富翁，”在后期寄给母亲的情绪高涨的信件里，她这样写道，“买了一条意大利佛罗伦萨的蓝白相间的天鹅绒宽松衬衫，一件意大利的深棕色天鹅绒衬衫，一条黑色的仿真皮毛七分裤，一条纯黑色的天鹅绒裙子，一件金属黑蓝色法式上衣。”[24]

在她结束自己的生命以前，普拉斯频繁地拜访和自己日益疏远的丈夫。在一个雪夜，他们在苏活广场附近漫步，据休斯在一首诗里说，她恳求他“告诉我/我们这个夏天应该坐在一起/在金链花树下”，也就是绿园居的室内花园里那棵装饰用的假树（有时也叫“金链树”）。[25]他安抚她，把她带到自己的公寓，她在公寓里整晚地哭泣、尖叫——尖叫的声音大到让楼上的邻居都猛敲地板，示意楼下安静。在内心深处，她意识到自己婚姻的金链已经断裂了。

第二天，她让他离开这个国家，说她想自己待着。

2月4日，她给自己在美国的心理咨询师写信说：“我突然陷入愤懑、绝望之中，心想，好呀，把房子、孩子都留给他处理，让我去死。再也不管这些事。”[26]一周后，就好像是要加入“爸爸”的世界——达豪、奥斯维辛、贝尔森集中营的世界——她把头放进电烤箱里，打开煤气开关，走进了她努力抵抗已久的历史之中。

文化的儿媳阿德里安·里奇

女儿去世十多年后，为了证明《爸爸》的作者不像她死后出版的诗集里暗示的那样悲惨，而是拥有一个幸福的童年，奥蕾莉亚·肖伯·普拉斯（Aurelia Schober Plath）精心整理了西尔维娅“进入史密斯学院后和家人之间的亲密信件”。西尔维娅·普拉斯所著的《家书》(*Letters Home*）得以出版，书的封底上印有显眼的三句宣传语，来自普拉斯同时代的作家阿德里安·里奇："年轻的女性作家终于可以停止在西尔维娅·普拉斯显而易见的自毁倾向里寻找认同，而是开始了解她不得不对抗的势力。这些信里展现了一个幸存者的形象，她清楚地知道，要成为作家，就必须自律，充满激情，不知疲惫地投入到艰苦工作中。本书没办法说尽一切，但能描绘出一个真实的、不被神化的女性艺术家形象。"

里奇一直是一位敏锐的读者，不只看到了信件里呈现出来的东西，还看到了没有呈现出来的东西：不只是普拉斯不得不“对抗”的势力，还有她极度想在理想婚姻的废墟中求生的力量。里奇捕捉到了个人与文化环境的相互作用，正是这些互动从童年开始使她的职业充满活力。

里奇出生于1929年，比普拉斯早几年，同样是在一个学术之家长大，不过她的家庭远比普拉斯富裕，而且父母双全，不像普拉斯只有一位挣扎谋生的寡妇母亲。她的父亲是阿诺德·里奇（Arnold Rich），一位不信教的犹太人，一名医学教授。她非犹太裔的母亲曾是钢琴演奏师。里奇从小听话，曾在家里接受过几年母亲的教育，学会了演奏巴赫和莫扎特，更为重要的是，父亲每天会为她和妹妹布置文学阅读任务。但在顺从的外表下，里奇已经开始叛逆。在父亲眼里，她“早熟”，但和普拉斯一样，在拉德克里夫学院开始学习时，她已经在“渴望着……更宏大的东西”。[27] 她有不得不对抗的势力吗？对普拉斯来说，这股势力不只是 50 年代对女性的要求，还是 50 年代对写作规范的要求。

事实上，里奇早期的作品和普拉斯很相似，都是精工细作，都有一种顺应时代的逃避和冷漠的气质。里奇 21 岁的时候，她的第一本诗集《世界的改变》(*A Change of World*）赢得了耶鲁青年诗人大奖，普拉斯曾渴望这个奖项，却颗粒无收。诗集的导言由著名的 W.H. 奥登执笔，在那样一个被“女性气质的奥秘”主导的时代里，这篇导言惊人地适合。奥登宣称，里奇的诗“简练适度，轻声细语，但表达清晰；尊敬前辈，但不会受他们恐吓”。[28] 几年后，在夸赞她的下一本诗集《钻石切割器》(*The Diamond Cutters*）时，兰德尔·贾雷尔（Randall Jarrell）写下了类似的琐碎话语，注意到本书作者像“童话故事里的公主”。[29] 但没错，里奇为了讨好自己的教授父亲，写下那些她自称是“广受赞扬而勤勉的诗句”，里面确实有一些“简练适度”的诗。[30]

这位公主诗人的第一次叛逆行为是嫁给“一个来自虔诚犹太家庭的离异的博士生”[31]（她父母甚至拒绝参加在哈佛大学的西尔勒学生公寓举办的婚礼）。然后她开始写一些“‘现代’‘晦涩’‘悲观’的诗，最后莽撞地怀上了孩子”。[32]1958 年参观剑桥时，西尔维娅·普拉斯观察到了一些奥登、贾雷尔甚至里奇的父亲都忽略的东西。在日记里，她带着些许尊重将里奇描述成“精神的短黑发，亮晶晶的黑眼睛，郁金香红色的蘑菇头，诚实、左翼、**坦率**，甚至有些**固执己见**”。[33] 与此同时，普拉斯对同时期的这位女性作家怀有强烈的好胜心，她认为对方是这个时代唯一和她天赋才华相当的人。“谁能与我竞争？”有一次她在日记里问道。“最接近的是阿德里安·塞西尔·里奇。”她自己回答道。[34]

“终极的叛逆行为是怀孕”，1953 年，里奇嫁给阿尔弗雷德·康雷德，一名在哈佛任教的经济学博士，然后迅速有了 3 个儿子，但日后宣称“当母亲的经历使我逆反”。[35] 在她野心勃勃的著作《论女性的出生：为人母的经历和制度》（*Of Woman Born: Motherhood as Experience and Institution*）中，她承认普拉斯宣扬的家庭生活只会消耗她，使她心情抑郁。对家庭生活详尽地分析完毕后，她开始写作自己的第一首突破性的女性主义诗歌《媳妇的快照》，这首诗她从 1958 年写到 1960 年，一共花了两年时间。据她自己回忆，这首诗是“碎片式的记录……我那时不愿做任何重复的工作，但我开始觉得这些碎片和速写有共同的意识、共同的主题，这个主题是我早前不愿意写到纸面上的，因为我被教导说诗歌要有‘普适性’，自然也就不能是女性主题的”。[36]

尽管这首诗表面看上去很碎片化——毕竟，这首诗是一个**集合**——但它也不会比 T.S. 艾略特和华莱士·史蒂文斯（Wallace Stevens）的诗歌更碎片化，里奇曾在本科期间深入学习过二人的诗歌。里奇的诗尤其像艾略特的《荒原》，两首诗都同样喜欢略写、旁征博引，用近乎论文式的引用来支撑核心论点。里奇的诗也很像艾略特的《阿尔弗雷德·普鲁弗洛克的情歌》，对一个特殊个体进行描绘，不过里奇描绘了一个年轻女性如何反抗媳妇身份带来的束缚——不只是身为某人的媳妇和他父母的儿媳，还是身为父权制文化的儿媳。就像普拉斯在《爸爸》中做的那样，里奇挣扎着想要将这个角色定义为社会对她的要求，然后设想一条超越这个角色的路。

开始写作这首诗时，她的注意力放在了前一代女性身上，或许是受她南方母亲的影响，她笔下的“你”是“来自南方什里夫波特市的佳人”，但此生最高的成就也就是年轻时的一点姿色。尽管这位美人现在正处在人生的“黄金期”，她的大脑却“像婚礼蛋糕一样腐败 / 沉甸甸的，装满无用的经历”。从字面上看，一片片婚礼蛋糕，塞满甜腻的水果和果仁，目的是被保存下来，但也可能因为放太久而“腐败”。[37]

放大来看，婚礼蛋糕的意象宣告了本诗的主题：结婚后的家庭生活及女性对它的不满，或者换句话说，女性身为儿媳的命运。尽管年长的女性脑子“在现实的刀刃下被挤压碎成片”，但她富有反抗精神的女儿“长成了另一种模样”，这首长达十节的小诗的下一节开始集中描绘女儿被困于厨房的愤怒，她听到“天使”带来不一样的信息，“争吵着”：“别忍耐了……要欲求不满……救救你自己；你救不了其他人。”里奇肯定受到了这些声音的纠缠，她一边养育 3 个小男孩，一边努力发挥自己的才能。她肯定也曾觉得，自己会不会也成了腐烂的婚礼蛋糕的受害者，成了令人作呕的一餐，被喂给即将成为儿媳的新娘们？[38]

《快照》接下来的八节都是纪实散文风格的文字，里奇像贝蒂·弗里丹或西蒙·德·波伏娃一样调查着女性的生存处境——身为第二性是什么体验，要服从父权制社会法则下对女性气质奥秘怎样的要求。“一个会思考的女人和怪物睡在一起，”她在第三节第一句写道，“她变成了啄咬她的喙。”女性，尤其是有思考能力的女性，是怪物吗？如果你害怕成为一只会思考的（母）怪物，如果你被恐惧的尖喙咬住，你会转而变成大环境里的怪物吗？社会灌输着这样一种焦虑，女性被迫远离彼此，成为彼此的敌人，相互捅刀。“对女性气质的攻击，像一把把陈旧的刀/已经在我背上生锈/我捅向你/我的亲人，我的姐妹！”我的亲人，我的姐妹。[39] 正如里奇的诗中暗示的那样，那些会思考的女性姐妹——有些可能还是她的读者——身上发生的事也发生在她身上。

和《爸爸》一样，《快照》在结尾之前都被困在作者自身的苦涩情感之中。作为一篇写实作品，它大多数时候又像一台摄像机，记录了60年代早期的人如何愤怒地回望50年代，为那个时代拍下快照。诚然，里奇在第四节详尽描写了艾米莉·狄金森“在艾莫斯特市的那间食品储藏室里写下《我坚挺的生命像一把上膛的枪》”，她的描写是那么紧张激烈，有那么一瞬间仿佛她不是拿相机对着她的观察对象，而是拿着一把上膛的枪。但大多数时候，她从文学史中旁征博引，试图说明女性气质奥秘的特征和任务。

甜甜地笑着，甜甜地说着，
她将自己的腿刮到反光，
像猛犸象化石的尖牙。

第五节的“甜甜地笑着，甜甜地说着”引自古罗马作家贺拉斯的作品。这句引言和下一行诗句大概都在描述50年代女学生准备约会的场景，但最后一句把虚伪的读者推入了史前的深渊。纽约的时尚杂志的编辑会这么评价这句话：亲爱的，你真的想让自己的腿看起来像猛犸象化石的尖牙吗？它们看起来像化石，会不会也是因为这种对女性妆容的要求太原始太过时？

“科琳娜边弹鲁特琴边唱 / 歌词和旋律都不属于她自己。”诗人做出这样愤慨的观察，说明她作为文学学者，必定熟悉伊丽莎白时期的诗人托马斯·坎皮恩（Thomas Campion）笔下的科琳娜。毕竟，里奇尖锐地指出，科琳娜一生只懂浪漫的爱情：“被爱所俘虏。”而爱教会了她什么？“大自然母亲有没有向你展示 / 她的那本家庭必读 / 她的儿子从来没有看过的那本？”是因为比起丈夫和儿子，女人一生都被她的性别塑造，所以会更接近大自然“母亲”，因此能更好地理解自然世界里的“家庭必读”吗？

考虑到科琳娜的被动地位，这一点似乎不太可能。如果科琳娜想要像玛丽·沃斯通克拉夫特（里奇在下一节中引用了她）那样反抗呢？因为女性主义者本质上在和“她只能部分地理解的事物合作（或对抗）”，她会被“贴上女巫、泼妇、婊子的标签”。然后还有对女性作家的终极侮辱：“不说做得好不好，只说做到没有……”在里奇眼里，这一点意味着“我们的平庸”被“过度赞扬”。如果科琳娜能自己写一小段诗，她的男性伙伴会对她称赞有加。但如果她胆敢“有太大的野心 / 或直接把模板摔碎”呢？奖赏将是“被单人监禁 / 催泪瓦斯，被磨掉一层皮”。

创作权及其权威性带来的危险和家庭生活带来的危险旗鼓相当。一个儿媳要怎么选择？如果她想砸碎模板，她就会遭到攻击；如果她服从模板的要求，她就会腐败。《快照》似乎让女性看不到一丁点儿希望，直到最后一节将对事实的描写换成了对未来的希冀。诗人援引了波伏娃的《第二性》中的一段话，幻想一个乌托邦式的救世主“将会到来”，尽管她承认这个史无前例的人物还要“很久”才会出现，但她的到来是必然的：

我看到她向下俯冲
挺着胸膛，扫过一片浪涛，
灯光聚焦在她身上，
和任何一个小男孩
或直升机一样漂亮，
泰然自若，还在靠近，
强有力的臂膀划开空气……[40]

值得注意的是，尽管这个幻想中的女性“挺着胸膛”，但她依然和小男孩或直升机有相似之处：她像一个外星人、一个阴阳人，几乎像是从科幻小说里走出来的。

多年后，里奇称《快照》缺陷明显，因为它“太文学化，太依赖隐喻。我当时还没有勇气挑战权威，甚至不敢用第一人称‘我’——诗里的女人永远是‘她’”。[41] 早期的读者看到她抛弃处女作里的“适度”而大为震惊，觉得这篇作品太难接受。[42] 但《快照》用摄像机一般的眼睛聚焦父权制文化，关注几个世纪来儿媳们如何被投喂腐败的婚礼蛋糕，并带着怒气进行回应。“**要欲求不满……救救你自己，你救不了其他人。**”多希望那个寒冷的 2 月晚上，西尔维娅·普拉斯在打开煤气开关前能对自己说这句话。

但几年内，里奇开始尝试拯救其他人。60 年代中期，她随家人搬去纽约，并于 1968 年参与城市学院的“探索教育、提升与知识”项目，向非裔美国学生讲授文学。是她自己主动谋求这个职务的。她解释道：“马丁·路德·金被枪杀后，我要参与到政治运动中去。”[43] 她的新同事里有黑人作家，也有民权运动的参与者，很多人日后会成为她最亲密的朋友：托尼·凯德·班巴拉（Toni Cade Bambara）、琼·乔丹（June Jordan），尤其是奥德蕾·洛德。现在的里奇已经成为戴安·迪·普里玛的露水情人勒罗伊·琼斯的狂热崇拜者。在一首创作于 1968 年 9 月 29 日的献给琼斯的《加扎勒蓝调》里，她称“我在炫目的灯光下看到你的嘴在遥远的远方 / 就好像你在对我们所有人发布指令”。[44]

天后妮娜·西蒙

有这样一位歌手，她早年没有机会接受高等教育，却在男性主导的民权运动中呼吁增加对女性议题的讨论，成为抗议活动中的重要声音。1963 年，妮娜·西蒙全面发展的音乐事业到达了巅峰。她是卓有成就的古典钢琴演奏家，同时还演唱爵士、蓝调、流行、R&B、福音音乐、灵魂乐、加力普索乐、乡村乐、百老汇曲目，还有法国的歌厅曲目和以色列民歌。据安吉拉·戴维斯（Angela Davis）所说，"她在我们对激进变革的想象中加入了女性性别"。[45] 托妮·莫里森认为她"坚不可摧、坚忍不拔，我甚至有点怕她"。莫里森向妮娜·西蒙坦白自己"没有准备好拿起武器（对抗种族主义），所以我宁愿拿起笔"，西蒙听后"很生气"，但"我猜她也没有准备好拿起武器，于是她把怒火都融入音乐里"。莫里森相信"妮娜·西蒙救了我们的命"。[46] 挚友勒罗伊·琼斯将她的作品定义为"美国的古典音乐"。[47]

尤妮丝·凯瑟琳·韦蒙到妮娜·西蒙的转变就像一篇格林童话，遭遇了三次打击，每次她的回应都很能说明问题。[48]11 岁时，她作为音乐神童准备举办自己的第一场钢琴独奏会。她的家乡依然实行着种族隔离制度，她目睹父母从前排座位被叫走，给一个白人家庭让座。于是她拒绝演奏，直到父母被重新请回来，"去他的教养和优雅"（她在自传里很有个性地补充道）。[49]

第二次打击来自高中毕业后，她在茱莉亚音乐学院上了一段时间的课，为费城的柯蒂斯音乐学院的奖学金申请考试做准备。柯蒂斯出乎意料地拒绝了她的申请，后来她才明白，"就算他们想录取黑人学生，他们也不会录取不出名的黑人，就算他们想录取不出名的黑人，他们也不会录取不出名的黑人女生，就算他们想录取不出名的黑人女生，他们也不会想录取很穷的不出名的黑人女生”。被学校拒绝后，她给自己取了一个新名字，开始靠在大西洋城的酒吧弹钢琴赚钱，因为工作要求唱歌，所以她开始尝试弹唱。之所以取妮娜（她的一任男友给她取的外号）· 西蒙（致敬法国演员西蒙 · 仙诺）的艺名，是不想让自己的传教士母亲知道自己涉足靡靡之音的事。[50]

身为即兴演奏爵士乐的古典钢琴家，妮娜 · 西蒙开始将巴赫的赋格曲融入她的歌曲中，要求观众像在演奏厅里一样专注，而不是在酒吧随意听听。从那时起，她开始有了专横暴躁的名声，在寨门演出时，她会带着保镖出现，有些人相信这样做“不是防止观众接近她，而是防止她接近观众”，因为有时她会对吵闹的粉丝大发脾气。在职业生涯中，她一直坚持“如果他们要拿我和其他人比较，那也是和玛利亚 · 卡拉斯（Maria Callas）比较，她是个天后，我也是天后”。

然而，面对人生中第三次羞辱时，妮娜 · 西蒙的回应体现了一个在舞台上威风凛凛的女性的脆弱性。在她和纽约警察安迪 · 斯卓德（Andy Stroud）的订婚晚宴后，斯卓德因为妒忌心狠狠打了她一顿：“他在出租车里打我，在我公寓外的走道上打我，当电梯上 12 楼时在电梯里打我。”她日后回忆，被虐打之后，安迪把她绑起来，强奸了她。但她还是决定嫁给安迪 · 斯卓德，让他全盘负责她的演艺生涯和收入。

西蒙自己也不完全清楚原因，但她察觉到是“孤单和不安全感促成了我的这个决定”：“安迪是个强壮的男人，我爱他。我强迫自己相信他不会再打我了。”她知道自己有天赋，但她也是“一个小女孩”，有着“和其他女孩同样的渴望”：“我想要全部。我什么都想要。”她登上了“传统婚姻”的船，她的丈夫在船上决定“事情该怎么样”。

安迪·斯卓德成了她的经纪人，两人生下一个名为丽萨的女儿，她在卡耐基音乐厅的个人演出取得了盛大成功，32 岁的妮娜·西蒙看上去什么都得到了。然后她在弗农山庄安置下来，那里离洛琳·汉斯伯里在哈德逊河畔克罗顿的住所只隔了 10 英里。1963 年 4 月 12 日，西蒙在卡耐基音乐厅首次演出，汉斯伯里给她打了电话，讨论可以为“马丁·路德·金在伯明翰被捕”的事做些什么。汉斯伯里是丽萨的教母，启发妮娜·西蒙“思考自己在白人主导的国家里的黑人身份、在男性主导的世界里的女性身份”。她们谈论“马克思、列宁和革命——真正属于女孩的‘话题’”。尽管安迪·斯卓德努力让她多关注工作，她还是因为马丁·路德·金被捕、梅德加·艾福斯（Medgar Evers）被杀、伯明翰教堂里 4 个小女孩遭到炸弹袭击的新闻而受到刺激。“这些超出了我的承受范围，我呆呆地坐在休闲室里，像圣保罗在前往大马士革的路上。那些我否认了很久的事实突然都跑了出来，甩到我脸上。”

这一系列的创伤性经历甚至让她想杀人，于是她自制了一把简易枪。丈夫试图制止她后——“我对杀人一窍不通，但我懂音乐”——她写下了自己的第一首民权运动之歌，优美而振聋发聩的《该死的密西西比》。在副歌部分的歌词“太慢了”中，她抗议白人发出的“别太激进”的指令，将对民权运动的激情融入黑人创作中。她的歌词像枪声一样响亮：

你让我洗干净耳朵
像淑女一样文明用语
你就会停止叫我赛迪妹妹[i]
哦，但全国上下都充斥着谎言
你们都会死，像飞蝇一样死去。[51]

据西蒙的女儿所说，妮娜·西蒙将1963年的这首金曲看作她“前愤怒期”和“后愤怒期”的分界线。“就好像她的声音突然低了八度，再也不会回到原来的音域。”丽萨回忆道。民权运动集会上偶尔有人和她一起愤怒，但在一些更保守的场合，其他人，即便行事作风大胆如托妮·莫里森，也会因她激进的表演而感到不安。

60年代中期，妮娜·西蒙奋起反抗黑人女性的生存环境。她演唱的新歌——有些改编自其他作品，有些是她的原创——都是关于身份认同的痛苦的：“我**做不了白人**，身为一个有色人种女孩，我看上去像白人鄙夷的一切，或者被教导要鄙夷的一切。”她在一条未注明日期的私人笔记中写道，“如果我是男孩倒无关紧要了，但我是女孩，时刻暴露在公众面前，供他们嘲笑、赞

---

i 赛迪妹妹，旧时对黑人女性的蔑称。

美或批评。”[52] 西蒙对《海盗珍妮》《跛足》和《四个女人》的演绎——曲调和结构都非常不同——彰显了她对性别种族政治的真知灼见。

西蒙将贝托尔特·布莱希特（Bertolt Brecht）和库尔特·威尔（Kurt Weill）的音乐剧《三分钱的歌剧》里最惹人憎恨的角色妓女珍妮转移到南加罗纳州的廉价旅馆，创造出“海盗珍妮”的名字，解释说珍妮要把镇上所有人杀光，然后回家。珍妮擦地板，铺床，露出叛逆的笑容，唱词里充满嘲弄，副歌则慷慨激昂，唱着码头黑人搬运工的故事，船的桅顶有一颗骷髅头，船首摆着枪。“你们这些男人可以把脸上的笑容抹掉了。”身为主妇、女仆、妓女的珍妮宣布考虑改行当海盗。她先是说“清晨踏出门 / 头发上绑着绸带，看上去容光焕发”。包围了黑人搬运工的男人们把这一串用铁链锈着的人交给她。“现在杀了他们，还是过会儿杀？”他们问。海盗珍妮急切地低语道：“现在！”尸体越叠越高，她补充道：“现在得到教训了吧！”在低沉缓慢的音乐声中，珍妮说搬运工出海后失踪“是 / 我 / 干 / 的”。[53]

在黑人搬运工身上，海盗珍妮实现了她杀掉所有指使她的男人的梦想。据安吉拉·戴维斯所说，西蒙重新定义了“这首歌的内容，描绘出黑人女性家政工作者们共同的愤怒”。另一位评论家对比了《三分钱的歌剧》后注意到，“西蒙将自己的反种族歧视和布莱希特的反法西斯主义联系了起来”。[54]《海盗珍妮》体现了西蒙高超的演技，歌曲讲述了一个末日复仇的幻想故事，珍妮幻想报复日后被她称作“美利坚合众蛇”的国家，逃到一个属于黑人的故乡。

妮娜·西蒙还有一首更异想天开的歌曲，对民谣《跛足》进行了恶搞。全曲是一场母亲和女儿的对话，警告年轻女性小心在民权运动中遭到性剥削，但暗含嘲讽的语气，并鼓励观众进行互动。在对亚历克斯·康福特（Alex Comfort）的歌词的改编版中，母亲提醒女儿和有色人种促进协会游行时要小心，"因为他们会想办法撩你 / 把你推上床"。但女儿会用"（她）包里的砖头 / 内裤里的铁丝网"捍卫自己的童贞。在《派克郡的甜心贝茜》的曲调和观众的伴唱声中，歌曲回忆了女儿在游行上遇到一个年轻男人。"在她来得及 / 想起她的砖头之前……"西蒙在旋律中间停下，停顿很长一段时间，直到观众发出笑声，她才继续唱道："他们开始静坐抗议 / 坐在干草堆上。"[55]

在某些版本的《跛足》里，西蒙会加入一个唱段，讲述她如何与自己推广的那种流行音乐渐行渐远。"如果我能有一场成功的演唱会，"她颤抖地唱道，"或许我就再也不用唱这些民谣了。"然而，这首恶搞民谣紧接着开始假模假样地分析"装跛足，等着被拉走"的指令——这条指令鼓励人们若在抗议时被逮捕不要暴力反抗。年轻人想吻她的时候，女儿"想起她的指令 / 没有拒绝"。在歌曲最后，她激情澎湃地让母亲放心："不必紧张 / 那个年轻人留下了 / 他的名字和住址。"如果他们赢得了这场追求平等的斗争，她的孩子就不需要"像她爸爸和我这样"游行了。

在《该死的密西西比》里，妮娜·西蒙质疑了非暴力能否解决黑人面对司法种族歧视时与日俱增的不满。在《跛足》里，她质疑了在两性关系中消极抵抗是否真的有用。《跛足》曲调轻快，却瞄准了黑人运动中所有的男性歧视，安吉拉·戴维斯管这种歧视叫“黑人男性民权家身上糟糕的病症……把政治活动和证明男性气质混为一谈”。[56]尽管西蒙把斯卓德利·卡迈克尔（Stokely Carmichael）视作朋友，但《跛足》预见和批评了卡迈克尔臭名昭著的言论：“女性在学生非暴力协调委员会里的作用就是趴着。”[57]

西蒙创作过的最令人难以忘怀的歌曲之一探讨了一个复杂的话题：非裔美国人社群里的肤色歧视。在歌曲中，她审视了社群中对浅肤色、几乎是“白”肤色的病态偏好。《四个女人》录制于1965年，歌词为4个境遇各异的女人的独白：每个角色描述自己的肤色、头发的质感和身体（按这个顺序），这三样东西很大程度上决定了她们的命运。[58]尽管有些电台拒绝播送这首歌，《四个女人》依然捕捉到了西蒙在《形象》那首歌中所描述的那种自我异化：“她不知道自己的美……她觉得自己的身体没有光彩。”[59]

妮娜有着黑皮肤、羊毛卷头发、足够承受多次打击的强壮背脊，是《四个女人》里第一个女人的原型。她宣布，“我的名字是萨拉阿婶”。在一次访谈中，妮娜·西蒙将萨拉阿婶描绘成一位住在哈莱姆区的年迈女性，每天因为过劳而精疲力竭，说话带南方口音。她的名字来自“阿姨（Auntie）——白人对自家带孩子的保姆的称呼”。[60]第二个角色肤色偏黄，长发，同时属于两个世界。她的白人父亲强奸了她的母亲，她大声宣布：“我的名字是萨芙罗妮亚。”西蒙将萨芙罗妮亚描述为那种“觉得她们高人一等的棕皮肤贱人”，但她补充道，“生在美国已经够糟的了，还要承受美国国内的顽疾，简直令人难以承受”。第三个角色有深棕色皮肤、柔顺的头发、饱满的嘴唇、一张如红酒般香醇的嘴，称自己是任何“钱够多”的人都能买的“小女孩”，“我的名字是小甜卡”。西蒙略过妓女的处境不谈，只评论说她“自得其乐”“她才不在乎”。

《四个女人》这时出现了停顿，西蒙管这叫重要琶音前的“隆隆雷声”，准备迎接最凶狠的角色出场。最后一个女人有着棕色皮肤，言行强硬，会“杀掉我见到的第一个母亲”。她一生坎坷，“因为我父母是奴隶而心情难受”，“我的名字是……桃子”。这个名字只出现了一次，达到了西蒙称为“剃刀”的效果：“最后，我刮伤你，我强迫你思考，而且是立刻思考。”桃子让妮娜·西蒙想起“斯卓德利·卡迈克尔”；桃子是一个凶狠的女人，她“去过非洲，能把所有东西弄妥当”，而且“很可能是这四个人里最甜美的”。

“任何一位黑人女性听到这首歌，”西蒙评论道，“她要不就会开始哭，要不就会想出去大开杀戒。”西蒙长期合作的吉他手阿尔·沙克曼（Al Schackman）认为桃子是“妮娜养成的人格的一部分。你不会想糊弄她的——她会瞬间拔出一把刀，而且她不会像其他三人那样忍耐那些破事，也不会像她们那样玩白人的游戏”。当然了，我们可以将西蒙看作复合体，她是一名演员，在她身上可以辨认出非白人女性的四种典型：居家型保姆、身世悲惨的黑白混血儿、荡妇或妓女，还有性格强硬的泼妇。这些独白片段里隐藏着某种悲哀：这些女人之间没有一句沟通。

妮娜·西蒙没有评论那句出现在每个唱段的唱词，这句词没有任何更改，出现在各角色报出自己名字之前："他们叫我什么？""他们叫我什么"的话题可以追溯到《该死的密西西比》中的"你就会停止叫我赛迪妹妹"，说明强加在黑人女性身上的语言来自外部。西蒙创作的女人都取错名了吗？"萨拉阿婶"和"小甜卡"算什么名字？这些女人的名字真的能体现她们真实的内在吗？

西蒙的朋友詹姆斯·鲍德温的畅销散文集《没人知道我的名字》出版 4 年后，《四个女人》诞生了。西蒙歌曲里的角色努力想建立身份认同。"黑人女性不知道自己到底想要什么，因为她们被自己无法控制的东西束缚了手脚，在她们有信心重新定义自己之前，她们都将永远被困在这个烂摊子里——这就是这首歌想说明的点。"西蒙在《我对你下了魔咒》一书中写道。在黑人女性主义这个词传播开之前，妮娜·西蒙就已经在传播她对此的理解了。

尽管在创作上取得了成功，妮娜·西蒙还是越来越觉得生活受到限制。1967 年，她录制了比利·泰勒（Billy Taylor）和迪克·达拉斯（Dick Dallas）的《我希望我知道自由是什么感觉》："我想打破所有锁住我的铁链。"[61]60 年代末期，她在镜子里看到两张脸，"我知道我一方面喜欢当黑人和女人，但另一方面，我的肤色和性别从一开始就把我整得够惨"。在台上，天后西蒙会用花哨的珠宝、非洲布料、盘成锥形的头发和巴洛克式的辫子强调自己的血统；但紧凑的录制日程和繁忙的巡演让她精疲力竭，同时她意识到自己对一群乐手和雇员负有责任。

她的丈夫让她“像牛马一样”工作，让她觉得他“像一条毒蛇一样爱我”：“他缠绕着我，撕咬我，透过我呼吸，没有我，他会死。”他们在感情中相互虐待，她又有未被确诊的双向情感障碍倾向，在繁忙的巡演日程下，不良后果终于暴露。她这样评价自己分裂的人格：“尤妮丝是永远嫌休息时间不够的女人”，而妮娜·西蒙斯是“必须每晚表演的机器人”。[62] 她开始依赖药物，对反种族歧视运动的成果感到幻灭。1969 年，她摘下了结婚戒指，前往巴巴多斯，在那里和另一个女人有了一段感情，最终却在绝望中被抛弃，“陷在对两种性别的欲望中间”。

这种浪迹天涯的旅程、和心理疾病的抗争，以及对家乡故土的追寻，将持续到她去世……但在这之前，她为洛琳·汉斯伯里谱写了歌曲《年轻、有才、黑皮肤》，并在儿童节目《芝麻街》和黑人组织“种族平等代表大会”上表演，被称作“黑人的国歌”。歌曲名字引自汉斯伯里写给黑人青年的振奋人心的话[63]，将继续鼓舞全世界大学校园里的学生、游行队伍里的抗议者和音乐爱好者。

第四章　性解放和越南战争

妮娜·西蒙下流的笑话和大胆的打扮既反映了社会对种族议题态度的改变，也反映了社会对性别议题态度的改变。性别革命与民权运动在同一时期进行，并像后者一样影响深远。性别革命从避孕药的发明开始，但很快开始改变人们长期以来对处女的观念。诗人菲利普·拉金（Philip Larkin）有这样一句著名的诗句，“性行为从/1963年开始”，并且哀伤地补充道，“（对我来说太迟了）”。[1]

拉金脑中或许早有一场出版界革命，美国和英国的司法斗争成功废除了禁止D.H.劳伦斯的《查泰莱夫人的情人》和亨利·米勒的《南回归线》销售的淫秽法。[2]或许他也预料到避孕药的受欢迎程度——药品生产受到计生活动家玛格丽特·桑格尔（Margaret Sanger）的资助，1960年被允许用于避孕，到1963年的时候，已经有几百万害怕意外怀孕的女性服用它。[3]两年后，美国最高法院的格里斯沃尔德诉康涅狄格州案宣告婚后服用避孕药物合法。

随着威廉·马斯特斯（William Masters）和弗吉尼娅·约翰逊（Virginia Johnson）开始公布他们在人类性生理学方面采集的数据，记者和作家——格洛丽亚·斯泰纳姆和海伦·格利·布朗（Helen Gurley Brown）、苏珊·桑塔格和琼·狄迪恩——最初顺应性解放的潮流，随后又支持反文化的出现。她们截然不同的态度在反越战抗议活动中得到增强，于是在关键的 1968 年，越战突然介入了女性解放运动。

纽约与性：格洛丽亚·斯泰纳姆 vs. 海伦·格利·布朗

格洛丽亚·斯泰纳姆和海伦·格利·布朗是著名的性解放先驱，尽管她们选择了不同的路走向成功，但两人还是有很多共同点。两人都在大萧条时期被单亲妈妈抚养长大。海伦·格利没有钱上大学，但她还是从秘书做起，一路升为广告文案员，最后和斯泰纳姆一样进入新闻世界。两人都很晚婚——格利·布朗直到 37 岁才结婚，斯泰纳姆 66 岁才结婚——而且后来也一直没有孩子。在 60 年代早期，斯泰纳姆和格利·布朗都关注城市单身女性的生活境况，不过两人关注的方式又不一样。

外形姣好的格洛丽亚·斯泰纳姆游走在 60 年代的上流人士之间——穿着迷你裙，留着长发（后来又戴上了时尚的飞行款墨镜）——自身就是性解放的最佳体现。在把自己定义为女性主义者之前，她过着一种少见的单身独立生活。尽管和仰慕的男人有过几场她自称为“准婚姻”的经历，但她并没有真正结婚的意愿。[4] 在史密斯学院上过学后——她和普拉斯是同时期校友，和普拉斯一样都有奖学金资助——她来到曼哈顿，然后在印第安纳州待了一段时间。斯泰纳姆和女友在公寓同居，又和一系列身份显赫的男人约会，其中有几位帮助她在杂志界取得了职业突破。纽约花花公子俱乐部开张时，《秀场》杂志的编辑鼓励她去俱乐部卧底。她用祖母的名字玛丽·奥克斯（Marie Ochs）和社保卡应聘成为一名兔女郎，曝光了日后她所称的休·赫夫纳的“虚假的荣光和有剥削性质的雇佣政策”。[5]

斯泰纳姆1963年的散文《我是花花公子俱乐部的兔女郎》用的是日记体，日记里28岁的斯泰纳姆记录自己把年龄报小了4岁，因为自己已经“超出了兔女郎的年龄上限”。[6]她知道兔女郎要蠢一点，于是在测试时故意答错几个问题。她还要上交一份妇科检查报告，然后套上亮蓝色绸缎做的兔女郎制服，衣服紧得能把她的恐惧折成两半：“屁股部分叉开的位置很高，露出我的髋骨和12厘米没有晒黑的屁股，束腰部分紧得能让郝思嘉都晕过去，整套衣服就是要把所有能挤的肉都挤到胸部去。”（她被鼓励在紧身衣里塞塑料干洗袋以填充胸部）兔女郎得为化妆品、卸妆用品、黑色尼龙袜和配套的鞋子自掏腰包。斯泰纳姆/奥克斯收到的小费要上交一半给俱乐部。光鲜亮丽的招聘广告吸引着应聘者，将那些累人又不怎么赚钱的职位包装成“兔女郎门童”“兔女郎摄影师”“兔女郎招待”，都要求穿戴毛茸茸的兔尾巴和下垂的大耳朵。

为什么赫夫纳要在《花花公子》的杂志插页和俱乐部服务员中都安排上兔女郎？兔子是“一种清新的动物，害羞，活泼，上蹿下跳——性感”，他解释道（他似乎没考虑到兔子繁殖能力超强这点，不过“像兔子一样做爱”这个比喻大概考虑到了）。[7]《花花公子》就是一本主流一点的色情杂志，但赫夫纳的营销非常成功，让杂志成功地出现在很多中产阶级的家里。杂志中充满软色情意味的插页让一位年轻女孩——日后将成为文化批评家的卡莉娜·乔卡诺（Carina Chocano）——想到了“国家历史博物馆里的标本动物”。

斯泰纳姆/奥克斯在俱乐部工作，要不就一动不动地站在前门，要不就在吧台调酒，大腿膝盖以上都站麻了。她的脚肿了，双手则因要端沉重的托盘而酸痛，皮肤则因化妆品残留而刺痛。在那两周的时间里，她对顾客的过火邀约的不悦迅速让位给了疲惫和饥饿：她轻了10磅，因为唯一能吃的食物就是她端着的那些。有一段时间，斯泰纳姆曾觉得自己关于这次经历的文章散布了太多仇恨，是“一场早年时期的错误”。但在1983年的后记里，她表示“所有女人都是兔女郎”。这篇文章本身就足以证明《花花公子》兔女郎身上的光环和天真的年轻女性面对的残酷现实之间存在割裂。

当时的斯泰纳姆相信，这场“兔女郎”卧底引发的性趣谈比她第一篇正式发表的文章，即《女学生贝蒂的道德解放》，要引人关注得多。《女学生贝蒂的道德解放》于1962年刊登在《时尚先生》上，报道了当时的避孕革命，就校园性道德观的问题采访了大学行政人员和学生。尽管部分大学高层依然觉得婚前性关系是“粗俗不堪的”，但在本科生之间，“性行为里的快感只是为了保证孩子顺利诞生的信仰似乎开始崩塌”。[8] 斯泰纳姆描述说，男女同校导致为了获取子宫帽避孕而向医生隐瞒未婚情况的事件频发，但是直到“第一款百分百安全且简单的避孕药”被“悄悄地接受”，才迅速改变了女性的生活。

避孕药“比避孕装置更美观”，不需要在进行性行为的时候服用，而且被证明是百分百有效的。斯泰纳姆想知道，若是没有了意外怀孕的恐惧，年轻女性会有什么变化。她猜测这些无所畏惧的女孩会有更强烈的性欲，并且会认定“自己的性生活和社会无关”。在那些期待“既不完全不靠男性又不完全依靠男性”找到身份认同的年轻女性面前，她表示“女孩发展出‘自主意识’非常重要，而且对于大部分女孩来说，这种经历也很新鲜”。避孕药解放了发展出自主意识的女孩，让她们可以推迟婚姻，追逐自己的职业生涯，同时又不必和性一刀两断。

斯泰纳姆明白自己所赞美的这场潮流有负面的成分。“社会已经开始对处女和心甘情愿做家庭主妇的女性很不友好”，就像社会曾经对独立女性不友好一样。在这样的洞察力之下，她预见了50年代单身女性和已婚女性之间的紧张关系将在70年代演变成为家庭主妇和自由女性之间的紧张关系。但与此同时，她也赞扬那些开始质疑西格蒙德·弗洛伊德和海伦·多伊奇的理论的教育工作者，认为“女性身份更多是后天习得的，而不是生理上决定的”。

斯泰纳姆用这些话探讨了80年代所谓的“本质主义”和“社会建构主义”之间的争论：前者认为性别是客观存在的，后者坚持西蒙·德·波伏娃的观点，认为男人和女人之间的差别是后天造就的，而不是先天形成的。《女学生贝蒂的道德解放》的先见之明还体现在，文章结论部分提出“避孕革命真正的危险”是“女性角色逐渐发生改变，但男性对女性角色的态度却没有随之改变”。斯泰纳姆提出，经历性别革命的男性还远远不够多。

这种男性也需要经历革命的看法解释了海伦·格利·布朗1962年出版的通俗畅销书《性和单身女孩》中的观点。一开始，格利·布朗坚决支持斯泰纳姆的观点，认为女性应该晚些步入婚姻，多留些时间享受人生，发展职业：“我认为婚姻是你人生**低谷**期的保险。在你人生的黄金期，你是不需要丈夫的。当然了，你人生的每个时期都需要男人，但拥有多位性伴侣要比丈夫有意思多了，要付出的情感价值通常也更低。”[9] 对滥交的公然炫耀（“多位……价值低”）和对男女关系的断言（“你人生的每个时期都需要男人”）都将海伦·格利·布朗的观点和斯泰纳姆的观点区分开来，海伦宣扬的是一种“有趣”的性解放，鼓励女性多多享受性生活，同时挖掘身上的性吸引力，以满足自己的生理需求。“好女孩上天堂，”她嘲弄说，“但坏女孩到处都去。”[10]

《性和单身女孩》是一本辅导书，教会职业女性怎么遇见男人，在哪里遇见男人。至于哪些男人满足条件，布朗建议读者“不要排除已婚男人，要把他们当宠物养”，“他们‘利用’你满足虚荣心，你‘利用’**他们**为生活调味。我故意说‘他们’而不是‘他’。一个已婚男人是危险的。但一群大杂烩会很有趣”。吸引男人的关键在于做“一个性感的女人”，也就是“一个享受性的女人”。其他辅助包括“透明长丝袜、60厘米的腰、放电的眼神”。“整洁的毛发很性感”，但很明显，“你的腋下、腿上或乳头周围的就不性感了”。诸如此类。如果男人还没有经历革命，女性就有途径任意压榨他们的价值。

诚然，海伦·格利·布朗相信在结婚之前工作是重中之重，甚至说工作比结婚更重要。因此，她发明了自己的一套说辞，指导年轻女孩如何在手头紧的时候一边为未来存钱投资，一边又不降低生活质量。不用说，这些指示包括了出去永远不要“AA制”。《性和单身女孩》质疑了当下文化中对于性需求较活跃的女人的污名化。在教女性如何将公寓装修成“吸男磁石”，如何娱乐、节食、锻炼和化妆时（就连“整容手术都是非常‘自然的’”），布朗强调了正视女性欲望的重要性。她希望能痛击那些“把单身女性的问题描述得像（核）辐射一样严重”的出版物。婚姻“不再是女性的人生大事”，因此“你，我的朋友，作为今天的单身女性，如果你花点心思，就能过上富裕、圆满的人生，惹人羡慕”。

布朗的传记作者珍妮弗·斯坎隆（Jennifer Scanlon）指出，海伦·格利·布朗同时受到了右翼（指责她宣扬不道德生活）和左翼（指责她鼓励女性利用性从有钱男人那儿获取好处）的攻击。[11] 但斯坎隆也表示，布朗吸引了一批年轻的职场女性，她们想利用这个歧视她们的体制。格利·布朗坚持节食瘦身，以157厘米的身高保持在90斤，身材像一根铅笔，致力于售卖那些蓄意彰显女性气质的课程。她笔下的单身女孩不是老古板、荡妇、不检点的女人或老处女；她们有白手起家的志向，尽情享受工作和艳遇。格利·布朗本人也是这样做的，直到她后来在《柯梦波丹》杂志编辑部稳定下来。她进入编辑部没多久，杂志就开始刊登一些探讨避孕药如何提升女性性生活的文章。

1966 年，也就是以终止性别歧视为奋斗目标的“全国妇女组织”成立的那年，威廉·H. 马斯特斯和弗吉尼娅·E. 约翰逊的《人类性反应》(*Human Sexual Response*)——同样马上成为畅销书——和海伦·格利·布朗的观点不谋而合，认为女人对性的渴望和男人一样强。马斯特斯甚至更进一步，为了测量性反应，两位学者发明了“人工性交装置”：透明塑料阴茎。[12] 假阴茎装上了摄像头，可以“被受试个体精准操控”。

塑料阴茎被命名为“尤利西斯”，在它的帮助下，两位学者得出结论：“阴蒂和阴道不是两个独立的人体组织”。他们的观点和弗洛伊德学说相反。他们认为阴蒂是“独特的”，是唯一一个“生理功能完全限于激发或增加性张力程度的器官。人类男性的解剖学结构里没有这样的器官存在”。精神科医生玛丽·安·谢飞（Mary Ann Sherfey）立刻总结道，“世界上没有和阴蒂高潮无关的阴道高潮”。[13]

“尤利西斯”让马斯特斯和约翰逊意识到，“很多适应良好的女性在最终达到满足之前，最少能享受三四次性高潮”。不像男性，女性“可以在一次高潮体验后迅速再次高潮”，而且能“维持一次时间相对较长的高潮体验”。马斯特斯和约翰逊本想“强调男性和女性在生理反应上的相似之处，而不是不同之处”；然而，他们的数据却证明“和性交相比，在自慰的时候……女性的高潮体验通常更容易达成，而且在生理上更为强烈”。

自慰，而不是性交，能激发最为强烈的高潮体验。珀涅罗珀不用再在家里消极地等待尤利西斯，挂毯织好了又拆开。等到60年代末期，女性主义者会把《人类性反应》推广的观点的重要性进行降级：男人，不管有没有经历革命，都是繁殖的必备工具，但不再是女性获得性满足的必需品。

苏珊·桑塔格、琼·狄迪恩和旧金山

早在塑料阴茎“尤利西斯”引起马斯特斯与约翰逊的注意以前，26岁的苏珊·桑塔格就对高潮进行过深入思考。“好的高潮vs.坏的高潮。高潮有程度上的不同。”她在1959年的日记里陷入沉思，并补充道：“女人的高潮比男人强烈得多。‘所有人都知道这点。’有些男人从来没有过高潮；他们只是麻木地射精。”[14] 几个月后，她还在思索同一个话题。“高潮的来临改变了我的一生，”她特意指出，并继续宣称，“高潮有助于集中注意力，我有强烈的欲望去写作。高潮的来临不是一场救赎，而更像一次自我的诞生。”桑塔格将继续欢迎性解放带来的全新形式的性兴奋，而另一位公共知识分子琼·狄迪恩将继续对此大肆谴责。

桑塔格以其评论家的才华而闻名于世，在智力方面和性方面都相当早熟。很小的时候，她就认为自己不是双性恋就是同性恋。15岁的时候，作为加州大学伯克利分校的大一新生，她与一位名为哈莉特·索莫斯的同学有了一段恋情。索莫斯后来成了她一生分分合合的羁绊。她和哈莉特一起光顾旧金山的同性恋酒吧，喝得烂醉如泥，疯狂地做爱，同时还申请了芝加哥大学的“伟大书籍”项目。16 岁的时候，她离开伯克利，去了芝加哥。

大二的时候，桑塔格罗列了她从“1947 年（14 岁）到 1950 年 8 月 28 日（17 岁）”阶段的情人：一共 36 个。桑塔格传记的作者本杰明·莫泽称，这份名为“双性恋之路”的名单表明，她在“通过增加异性情人的比重，努力训练自己成为异性恋”。[15] 在经历对方短暂的追求后，年仅 17 岁的她嫁给了自己的社会学导师，28 岁的菲利普·里夫。婚后没多久，她写下了一篇庄严的日记：“1951 年 1 月 3 日：我带着全然清醒的意识，加上对自己的自毁决心的恐惧，嫁给了菲利普。”追溯过往的时候，她常常说，“我嫁给了卡苏朋先生”，影射乔治·艾略特在《米德尔马契》里创造的老学究反英雄角色。

尽管婚姻关系紧张，她还是在芝加哥的“伟大书籍”项目中茁壮成长，在 18 岁的时候以全美大学优等生荣誉协会会员的身份毕业，并在 19 岁时生下了她唯一的孩子大卫·里夫。那些年里，她还与菲利普·里夫合作撰写了那本著名的《弗洛伊德：道德家的思想》（1959）。里夫说自己是独立写作，但桑塔格后来坚称她和里夫合著了该书。离开芝加哥之后，里夫前往布兰戴斯大学教书，桑塔格则在哈佛大学继续深造，还在康涅狄格大学向大一学生讲授英语文学，同时照顾小大卫。

等到她被美国大学妇女联合会授予奖学金，前往牛津学习时，她的婚姻已经摇摇欲坠。1957 年，桑塔格独自前往欧洲，把大卫留给祖父母，并最终抛弃了里夫，尽管他用尽一切方法想挽留她。由于不喜欢牛津的古板，她于米迦勒学期结束后前往巴黎，表面上是在索邦大学学习，实际上是让自己沉浸在左岸文化中。在那里，她再次投入哈莉特·索莫斯的怀抱，而几乎是同一时间，她又渴望向古巴剧作家艾琳·弗内斯求爱。弗内斯是索莫斯的上一任情人，日后成了桑塔格在纽约的伴侣。在左岸，她听到西蒙·德·波伏娃“谈论小说”，并得出结论说她“清瘦、紧张、黑头发，在她这个年纪来说，容貌依然算得上好看，但声音不好听”。在左岸，她学习成为一名世界公民——一位观察者曾称她为“智力天后”[16]——日后将作为一颗年轻的新星，在一众为纽约《评论》《党派评论》写作的知识分子群体中冉冉升起。

随着年龄增长，她那一头耀眼的黑发会变成标志性的花白。一位评论家将她比作“玛丽莲”和“朱迪”——那些迷倒众生的耀眼明星，以自己不加姓氏的单名被大家熟知。[17]“杰姬”也是这个类型。“格洛丽亚”也是。但这些人都没有与其明星美貌匹配的学术光环，只有“苏珊”有。就好像是要强调这一点一样，苏珊的第一本书（一本反传统小说）取名为《恩主》（正如《纽约时报》的评论所说，“书里的角色们不是在生活，而是在摆姿态”[18]），书的封底没有印任何宣传词，而是印有作者精致的照片，照片上的她看上去在沉思，穿着黑色高领毛衣，时髦而优雅。

尽管《恩主》（1963）没有取得太大成功，但等到1967年女性主义批评家卡洛琳·海尔布伦（Carolyn Heilbrun）采访她时，桑塔格已经名声在外，用海尔布伦的话说，“所有人都认识她……哪怕你没读过她的书，没听说过《党派评论》……（她）够聪明，可以痛斥美国，又足够光彩照人，能让美国人喜欢她”。[19] 把她推进主流媒体视野的是她的散文《坎普笔记》，发表于 1964 年，吸引了大量关注，《时代》杂志甚至做了专文报道。

在这一系列文化研究中，桑塔格扮演了一个王尔德式的角色，让自己变成了关于流行文化中的反叛元素的专家。“坎普（camp），”她表示，“带着问号看一切事物。它不是一盏灯，而是一盏‘灯’，不是一个女人，而是一个‘女人’。”因此，“坎普是阴阳两性风格的胜利（‘男人’和‘女人’、‘人’和‘物’之间的变通性）”。[20] 桑塔格写下这两条笔记（第 10 条和第 11 条），既没有“公开”自己女性主义者的身份，也没有“公开”自己的女同性恋身份，而是开创了一些后来被 90 年代女性主义者应用的理论，即没有天生的女人，只有社会构建出来的“女人”（但记住，那时候桑塔格已经在巴黎仔细聆听过西蒙·德·波伏娃的谈话，可能已经吸收了波伏娃“女人非天生，而是后天造就”的观点）。

毫无疑问，《坎普笔记》赞扬了长期隐藏在地下的同性恋审美，通过详细分析这些观点，桑塔格（有传闻是未出柜的女同性恋者）让自己成功地与反叛传统的异装癖人士站在了一起。难怪这篇散文同时激怒了右翼批评家约翰·西蒙（John Simon）和老派左翼思想家欧文·豪尔（Irving Howe）。[21] 俩人都觉得桑塔格刻意模糊写作风格的行为几近野蛮。

等到《反对阐释》出版之后，桑塔格确实已经成为历史学家西奥多·罗斯扎克（Theodore Roszak）所说的反文化信徒，[22]支持这场反叛运动的她一方面成为新革命的捍卫者，为旧金山的嬉皮士青年代言，另一方面成为一名反战活动家，为美国军队在越南战争中行使的角色而害怕。如果说《坎普笔记》因为拥护模糊性别的同性恋审美而引发了争议，那么1966年出版的《美国怎么了》则更加尖锐，文中公然指责当下的“主要政权”，在“今日的美国，罗纳德·里根成为加州的新主政者，约翰·韦恩（John Wayne）在白宫啃着小排骨”。[23]她细数美国的过错——“现代社会最残忍的奴隶制”，“在这个国家，土著文化反而成了敌人……大自然也成了敌人”——最后掷地有声地总结道，美国是“白人种族”文明的巅峰，但“白人种族是人类历史上的癌症……散布到哪里，就摧毁哪里的自治文明，搅乱星球的生态平衡”。

桑塔格称60年代那些叛逆的年轻人预示着新世界的到来，新世界和之前的美国“耶胡国”（Yahooland）截然不同。她赞美“性别去两极化”，称其为“性解放自然的、理想的下一阶段”，以回应批评家莱斯利·菲德勒（Leslie Fiedler）对嬉皮士的攻击（菲德勒害怕这些长头发抽大麻的年轻男性会是“新的变种人”，会“让西方男性严重变质”）。“从我的经验和观察来看，”她坦承，“我可以证明在重新定义的性解放和重新定义的政治革命之间存在深远联系。”这是因为“有些孩子明白现代美国男性的所有性格结构……都需要修理”。

如果有人要假拟一个反桑塔格的人物，那琼·狄迪恩会是当之无愧的人选。但就好像海伦·格利·布朗与格洛丽亚·斯泰纳姆一样，桑塔格与狄迪恩也有很多相同之处。两人年龄相仿，都外形出众，所以照片经常出现在书封上。两人都在加州长大，都在加州大学伯克利分校读书，都是成功的记者。但桑塔格的职业生涯起始于学术季刊，而狄迪恩最开始是为《时尚》《生活》和《周六晚报》供稿。两人都被电影吸引，但桑塔格研究的是先锋电影，最后还亲自执导了几部创新性电影，狄迪恩则在好莱坞工作。桑塔格赞美文化、审美和性观念方面的革新，狄迪恩则一个都没参与。桑塔格（原名为苏珊·罗森布拉特）来自犹太移民家庭，父亲在她 5 岁时去世，所以她对父亲没有印象，狄迪恩则出生在盎格鲁–撒克逊白人新教徒家庭，家里在萨克拉门托颇有威望。

更重要的是，桑塔格和老左派（后面也和新左派）结成联盟，狄迪恩则加入共和党保守派阵营。在桑塔格勾画出“约翰·韦恩在白宫啃着小排骨”的讽刺图景时，狄迪恩在《约翰·韦恩：一首情歌》中描绘着勇气可嘉的“公爵”的感人形象。[24] 桑塔格被主导 60 年代“孩子们”的试验性生活中的政治和社会变革吸引，狄迪恩则从洛杉矶到旧金山，专门研究这群年轻人，以寻找“社会解体、万物分崩离析的证据”。[25] 她深入调查毒品导致的“嗑嗨”现象，自己全程没有沾毒，最后的调查成果成为她最著名的文章《向伯利恒跋涉》。

文章的标题来自济慈辞藻华丽的《二次圣临》，全文以消极至极的一段话开场，值得在这里完整引用：

世界中心有点撑不住了。这个国家到处都是破产告示、公开拍卖通知、数不清的日常谋杀、无家可归的孩子、被遗弃的房子……这个国家定期会有家庭消失……（还有）青少年从城市一路流浪到支离破碎的城市，像蛇蜕皮那样褪下了过去和未来……这里是1967年寒冷晚秋的美国，市场很稳定……很多能说会道的人似乎有着崇高的社会使命，这个春天本可以属于希望和勇气……但它并没有，越来越多人不安地意识到它并没有。[26]

这一系列关于60年代的消极的观点一方面认为美国是后末日时代的一片废土，另一方面认为它是一个古怪的奥威尔式社会，里面有“很多能说会道的人”信奉不实的乐观主义。随后，狄迪恩开始深入调查旧金山，在这里，“社会正在大出血”，还有“那些迷失的孩子聚集在一起，管自己叫‘嬉皮士’”。

她驻扎在海德·爱斯伯里地区，在1967年那个著名的“爱的夏天”，“垮掉的一代”“嬉皮士”和“花的孩子”聚在一起，吸食毒品，听着“大门”乐队和“感恩死亡”乐队的歌，嗑迷幻药，在金门大桥公园举行嬉皮士集会。在那里，她和一群不擅长表达的流浪青年成了朋友——唐、麦克思、莎伦，还有一位同样不善言辞的格兰斯警官，麦克思狡黠地称他为“我们的克拉普克警官”[i]，格兰斯解释说“（海德）的主要问题是毒贩和青少年。青

i　克拉普克警官，音乐剧《西区故事》里和当地小混混打成一片的警官角色。

少年和毒贩，他们是主要的问题”。从这篇文章的开场，读者就可以预测出狄迪恩对这群人物的态度：近乎冷酷的客观记录，外加尖酸的讽刺。她是一位技艺精湛的记录者，经常让采访对象发出自己的声音：

“我和这位上了年纪的女士在一起几个月，有一次她给我做了点特别的东西当晚餐，结果我3天后才出现，告诉她我在和别的妞厮混，她好像吼了我吧，但我说：‘这就是我啊，宝贝。’她也笑了，说：‘这就是你啊，麦克恩。’”

“我记得我曾经想当兽医……但现在我在做艺术家、模特或化妆师之类的事。”

“我在迷幻剂里发现了爱。但我又把爱丢了。现在我又找回来了。不用别的，用大麻。”

后面的文风逐渐变得阴沉，狄迪恩开始记录一些不那么好笑的场景。在搜寻神秘的切斯特·安德森（Chester Anderson）——一位30多岁的“垮掉的一代继承人”，曾在整个地区到处张贴“公报”——的过程中，她曾逐字逐句记录下其中一个人的话：

漂亮的16岁中产阶级小妞跑来海德，看看这里是怎么回事，然后被17岁的街头毒贩勾搭上，一天到晚给她打针……然后喂了她3000片药，把她暂时没有工作的身体卖给了海德街前天晚上开始迄今最大型的群交会。强奸在海德随处可见。小孩在街头挨饿。头脑和身体变残废，我们看着这里变成一个越南的微缩模型。

“爱的夏天”刚开始的时候，旧金山的嬉皮士文化继承了“垮掉的一代”的遗产，受到相对安全的大麻的熏陶，看上去确实和桑塔格认为的那样充满希望。那十年里所有革命“运动”——言论自由运动、民权运动、反战运动——的参与者和穿着花毛衣、长头发、离家出走的青少年混杂在一起。但随着毒贩进入游戏，最热切的学生重回校园，他们身后留下了一大片烂摊子。

比如说，离家出走的女孩有了孩子。狄迪恩详细地记录了这些小孩的悲惨境地：米歇尔，一个“头发金黄、皮肤苍白、脏兮兮”的孩子，不会说话，但喜欢玩点燃的香火条。苏珊，一个5岁的孩子，已经会嗑迷幻药，解释说她母亲送她上的是“嗑嗨幼儿园”(多年后，狄迪恩在一部纪录片里坦诚地说发现苏珊是一笔新闻财富：“金子，纯粹的金子”)。[27]

“头脑和身体变残废……一个越南的微缩模型。”事实上，正如历史学家迈克尔·J.克莱默（Michael J.Kramer）指出的那样，那场在东南亚日益恐怖的战争和冒头的嬉皮士运动之间的联系很复杂。“男孩对战争说不，女孩对男孩说好”出现在反征兵海报上，在风中飘扬。“战争变成了反文化的核心主题，反文化也变成了在越士兵的核心体验”，在1967年到1968年间，士兵使用大麻的比例“上升了260%”，军官们在越南武装电台里增加了“额外的‘迷幻摇滚乐’节目”，以安抚士兵情绪。一位观察员在给《伯克利毒评》的信里写道：“没有战争，海德·爱斯伯里可能根本不会出现。”[28]

随着旧金山的“爱的夏天”变成阴雨绵绵的冬天，远方的战争变成了越来越令人不安的现实。作家和反叛者想去越南，亲自理解那里发生了什么。狄迪恩渴望去战场做报道，但她意识到自己刚收养了一个孩子，哪怕自己对战争无所畏惧，也不可能带着小奎恩坦娜一起去前线。但桑塔格被战争弄得心神不宁，并最终前往越南河内市。她写道，越南战争“直接在我脸上炸开了。这场战争和战争的后遗症让我混乱了十年”。[29]

女性争取和平组织

1965年3月16日，爱丽丝·赫尔兹（Alice Herz）成为第一个在美国的土地上殉身的反战游行抗议者（意在模仿在越南抗议的佛教和尚）。她是“底特律女性争取和平组织”的成员，多年以来一直在抗议示威，但在总统林登·约翰逊同意大规模轰炸北越后，她的怒气暴增，最终选择自焚。同年晚些时候，女性争取和平组织集结了10位美国女性，组成代表团，在印度尼西亚同北约高层以及“南越全国解放前线组织”的女性见面。

美国记者对损坏或摧毁的医院、教堂、学校的报道触动了新左翼活动家托德·吉特林（Todd Gitlin），他意识到战争是“真的在发生”：“那里有目击者，有生命危在旦夕的人，他们都有名字有脸，都在求助。”[30] 很快，越来越多的女性目击证人聚集起来，证明自己身为女性日常要经受的侵害，表达自己的愤怒。没有哪个女作家能单独代表 1968 年的多重声音。1968 年是女性主义的奇迹之年，海外的男性侵略行为和女性在家的奴役地位结合起来，激起了大规模抗议，演变成了女性解放运动。

但最开始的时候，女性的反战活动依然建立在传统观点上，认为女性拥有创造生命的能力，因此有权利反对会夺人性命的战事。虽然到了 60 年代中期，女性争取和平组织已开始全力关注越南战争，但该组织在 1961 年刚成立的时候，是由 5 万名游行反对核武器试验的女性组成的。“20 世纪 20 年代以来的第一次，”历史学家鲁斯·罗森解释道，“女性不只是作为大众运动的一部分出现。女性就是运动本身，准备好重启被麦卡锡主义打断的政治运动热潮。”[31] 她们打官司，参与到静坐和抵抗活动中，出版了一本名为《和平抵抗》的烹饪书，经常强调自己作为家庭主妇、母亲和寡妇的传统角色。她们认为核爆破生产的锶 -90 污染了母乳，也污染了牛乳。她们的抗议口号之一是“终结军备竞赛——而不要终结人类”。

女性争取和平组织的努力导致自由言论运动、民权运动、新左翼运动、学生运动的反战示威者日益增多，示威者们团结在一起，意图终结这场被越来越多的人视作非正义的侵略行为，试图修正助力战争的征兵体系。在无数场宣讲会和征兵登记卡焚烧会上，罗伯特·洛威尔、罗伯特·勃莱（Robert Bly）、阿德里安·里奇、尼基·吉奥瓦尼（Nikki Giovanni）、丹妮丝·莱维托芙、罗伯特·邓肯（Robert Duncan）等著名诗人对着大量观众朗读反战诗歌。[32] 丹妮丝·莱维托芙尤其捕捉到历史上第一批在电视上观看战争的平民的恐惧。尽管到了70年代，她会刻意与女性主义运动保持距离，但在60年代莱维托芙宣称那些抗议诗歌让反战运动"变得更加具有革命性"，因为反战运动不再被视作"独立的……和种族主义、帝国主义、资本主义、男性至上主义无关的运动"。[33]

莱维托芙参与游行，在集会上发言，并且开始写《战时生活》一类的诗歌，专门描述在电视荧幕和杂志上看到战事照片的心灵体验。她表示"我们的内心对灾难麻木了"，然后她开始探究媒体报道对观众的麻醉作用，观众的头脑如何被"媒体的脏膜覆盖"。[34] 我们"带着全然的悔恨 / 走向乳房必然的迸裂 / 奶水流过活婴的内脏……"。诗人努力想抓住这些暴行真实的一面："这些行为作用在 / 我们自己的血肉上；烧焦的人肉 / 在我写下这句话时正在越南散发着气味。"

婴儿尸体燃烧的血腥画面在《1966年降临节》中占据了重要位置，这首诗强调了平民如何受到电视画面的惊吓。"因为在越南，婴儿燃烧的画面 / 成为常态。"莱维托芙将其与托马斯·萨斯维尔（Thomas Southwell）的《燃烧的婴儿》中的"着火的血肉之躯"的画面对比，萨斯维尔的作品中的燃烧的婴儿耶稣是奇景，预示着基督将给基督徒带来净化和重生。在越南，燃烧的血肉既不是奇景，也不罕见，也没有净化或救赎人类的能力。人类“一次又一次 / 一个婴儿接着一个婴儿，没人知道他们的名字 / 他们的性别掩埋在灰烬里……”。诗人缪丽尔·鲁凯泽（Muriel Rukeyser）也从麻木的看客的视角写作，将越战比作 20 世纪的大屠杀，“我生活在世界大战开始的第一个世纪”，她同样强调了远观战争的恐惧：“报纸带着冷漠的报道准时出现 / 新闻会使出浑身解数 / 试图向看不见的人兜售产品。”[35]

玛丽·麦卡锡等前往越南的女性作家坚称“我们国家能发生的最糟糕的事，就是赢得这场战争”，她们强调了战争对这个国家，对它的语言，甚至（矛盾的是）对她们自己的腐蚀。[36]1967 年到达西贡后，尤其是 1968 年前往北越后，麦卡锡失去了作为“自信美国人”的“自持的优越感”。[37] 桑塔格的《河内之旅》发表后，麦卡锡注意到自己和桑塔格都“受到良知的考验驱使”。[38] 和她们的男性同行一样，麦卡锡和桑塔格从谴责美国好战派转为支持北越共产党。

但她们同时深受北越的政治宣传影响。就连麦卡锡的客观性也让人觉得“不舒服，就好像是一个商标或一张小广告，证明这是玛丽·麦卡锡的亲笔作”。桑塔格觉得越南人性冷淡且无趣，暴露了她自身的帝国式凝视：“我还是觉得自己像来自‘大’文化的人，来造访‘小’文化。”[39] 她最后总结道，“越南人是‘整体’的人，不像我们是‘分开’的”。格蕾丝·佩雷（Grace Paley）前往北越带战俘回国时，也因美国侵略带来的羞耻感而饱受困扰。

她先试图用典型的佩雷的方式理解这些同胞："没错，他们在越南农村和小溪旁过度杀戮，但美国人就是这样，美国人在美国的土地上也过度杀戮苍蝇、虫子、甲虫、树木、鱼、河流和花朵。他们就像大孩子了，在幼儿园里倚在同伴身上，然后杀了他。"[40]但这个类比说不通，因为佩雷很快就发现美国军队的行为不是意外，而是有计划的种族灭绝。"有些人不喜欢'种族灭绝'这个词，那我们先不用这个词。道理还是一样的。在这样一场战争里，每个人都有份参与，然后逻辑严密的军队首脑就决定，要把每个人都视作军事打击的对象，要不就是军事打击对象的母亲，她们和军事打击的对象住在一个屋檐下。既然我们要摧毁每个军事打击对象，那整个民族就必须被摧毁。"

在 1968 年马丁・路德・金和罗伯特・肯尼迪被刺杀，休伯特・汉弗莱（Hubert Humphrey）在动乱的芝加哥大会上获得民主党大选提名，尼克松总统将越战扩大至老挝和柬埔寨后，绝大多数发表反战短文的作家都发现自己的证词受到的关注减少了。在她的好友兼诗人罗伯特・邓肯将莱维托芙的政治热情和个人牺牲等同于一副"平民的伪装"后，莱维托芙和他的深厚关系走到了尽头。在诗歌《圣诞老人的提案》中，邓肯将她描绘成印度教的毁灭女神卡丽，"转着她的骷髅头项链……死神的革命"。[41]她在一首长诗的一个诗节中做出了反击："不 / 我不是卡丽，我一天也无法 / 忍受那种愤怒。"[42]在后来的一封信件里，邓肯将自己的反战诗归因于"内心深处意识到女性在与男性的战争中是受害者"。对此她回应道："这完全就是胡扯，罗伯特。"

但邓肯是否真的瞥见了一些流动的权力关系？在多大程度上，反战女性的愤怒来自“内心深处意识到女性在与男性的战争中是受害者”？当然了，前往越南的美国女性知道北越坚持在国家代表团里加入女性。美国的女性代表团成员经常被邀请单独与越南女性代表团成员会面。据历史学家萨拉·埃文斯（Sara Evans）所说，“越南人提升了女性代表团成员的地位。他们总是要求女性代表团成员先发言，强调她们的重要性，指出女性积极参与政治面临许多困难，而越南女性克服了这些困难，这是多么大的成就”。[43]一位美国代表团成员觉得去越南的这趟行程“是我一生中最清晰明了的女性解放体验”。[44]

1968 年 1 月 15 日，年轻的活动家们纷纷加入“珍妮特·兰金帮”（Jeanette Rankin Brigade），她们抓住了越战的暴力和美国国内的暴力之间的联系，女性解放运动迅速重新燃起。兰金曾经被任命为国会议员，曾投票反对两场世界大战。“珍妮特·兰金帮”的组织者决心要在华盛顿举行集会，呼吁美军立刻撤出越南。年轻的激进派们不愿再以家庭主妇、母亲或寡妇的身份抗议，将枪口瞄准了男性的压迫和女性在历史中起到的帮凶作用。她们是来埋葬传统女性身份的，不是来赞美它的。

随着“珍妮特·兰金帮”的集会不断发酵，女性争取和平组织的老一代改革者心情复杂地看着年轻的激进派在游行中“排成送葬的队伍，为一个巨型人偶……连同它女性化的服饰、面无表情的脸、金色的卷发和一根蜡烛”。[45]游行队伍中的女性主义理论家舒拉米斯·费尔斯通（Shulamith Firestone）解释道，“在助长战争元凶的自负和煽动战争之火3000年后"，"传统女性身份"已然死去。[46]"激进女性组织"（The Radical Women's Group）拒绝和任何"鼓励男性的侵略气焰和军国主义以证明其男性气质的女性传统角色"结盟。她们在宣传册里要求团队里的老成员尽量不要扮演"从旁辅佐的女友或泪眼婆娑的寡妇形象"："我们不能再扮演消极的辅助性角色以乞求好处，因为权力只和权力合作。"

尽管年轻和年老成员之间存在隔阂，但费尔斯通坚持认为这场抗议"验证了我们的信念，即一场真正的女性运动会在这个世纪到来"。示威者凯西·阿玛尼克（Kathie Amatniek）发明的一句话——"姐妹力量大"——第一次有了回声。这位年轻的活动家为了纪念母亲，将名字改成了凯西·萨拉柴德（Kathie Sarachild，萨拉的孩子），后来致力于组织妇女解放运动，开启了"女性意识觉醒"的进程，并发明了"女性意识觉醒"这个术语。[47]在珍妮特·兰金的游行示威被左翼杂志《壁垒》嘲笑是"迷你裙核心会议"的同时，性解放运动的成员和其他运动中的同胞越来越疏远。女性转变成激进派，从左翼男性群体中分离出来，开始作为一种女性意识快速传播，各种女性意识觉醒组织如雨后春笋般在全国各地不断涌现。

瓦莱丽·索拉纳斯和第二波女性主义浪潮的崛起

在越战的背景下，60年代的暴力愈演愈烈：和平示威者被关进监狱，学生在参与投票、大学罢课、政治刺杀、市中心暴乱、摇滚演唱会骚乱时被警察殴打。但在1968年6月3日发生了一起古怪的暴力事件。事件迅速和女性主义的诞生联系在了一起，尽管施暴者曾反复谴责过女性主义者：破坏分子瓦莱丽·索拉纳斯来到安迪·沃霍尔著名的“工厂”（Factory），等待沃霍尔出现，和他踏上通往阁楼的同一部电梯，拔出一把枪，开了三枪，其中一枪打在他的肚子上。

被逮捕的时候，索拉纳斯要求记者去读她一直想印刷发行的宣言。尖酸刻薄的《渣滓宣言》（*SCUM Manifesto*）反映了她的人生：童年遭到性侵，16岁以前就生下两个孩子（并且送养），用诈骗来的钱在马里兰大学读了本科，并在明尼苏达大学完成了一年的硕士学习，然后来到纽约市。[48] 尽管索拉纳斯在街上派发的这本小册子的内容前后矛盾，但它依然反映出女性解放组织内部正在升起一股怒气。

《渣滓宣言》的作者的怒气强烈到难以想象，甚至呼吁毁灭男性，认为“男性是生物学的一场意外：Y染色体（男性基因）是不完整的X染色体（女性基因）……换句话说，男性是不完整的女性，是行走的早产胎儿，在基因阶段就早产了”。[49] 这段满是毒评的咒骂颠覆了人们传统的认知：女性“没有阴茎妒忌；男性有阴道妒忌”；“‘男性’和‘艺术家’是两个相互矛盾的词”。她想建立新的政权，举行“大便会议”（Turd Sessions），“在大会上，每个到场的男性都要发言，以‘我是大便，一坨迟钝低贱的大便’开场，然后开始罗列他在哪些方面是一坨大便”。索拉纳斯代表“追求刺激、自由自在、狂妄嚣张的女性”，大力反对那些“不独立、胆小、无脑”的“爸爸的小女孩”。女性应该节制性交，这样男人就会灭绝。

虽然“渣滓”（SCUM）其实是“阉割男性协会”（Society for Cutting up Men）的缩写，但《渣滓宣言》也宣扬要反抗那些被作者认为是废物、垃圾和地球渣滓的作家。《渣滓宣言》展现了索拉纳斯另类的幻想，也体现出索拉纳斯内心的偏执与妄想，她一路沿街乞讨，卖淫，偷窃，出演沃霍尔的一部电影，在格林威治村和女同性恋及变装皇后厮混，签了一份出版合同，该合同让她深受不再拥有自己的作品、最终无家可归的错觉的折磨。她固执地相信沃霍尔违背了将她的剧本《见鬼去吧》（*Up Your Ass*）排成戏剧的承诺，还说他窃取了一份《渣滓宣言》的手稿。沃霍尔后来一直没能从她造成的伤害中彻底康复。

在索拉纳斯住进心理治疗机构前后，她本人和《渣滓宣言》成为某种催化剂，加速了激进的女性主义者从自由派女性主义者中独立出来的节奏。在审判前的听证会上，活动家兼律师芙洛伦斯·肯尼迪（Florynce Kennedy）为索拉纳斯辩护。活动家蒂-格蕾丝·阿特金森（Ti-Grace Atkinson）也接手了这个案子，并在全国妇女组织和索拉纳斯的仇男言论划清界限后，离开了该组织。[50]“来自地狱的国际女性恐怖主义阴谋”组织在审判法庭外抗议示威。组织发起人、童星兼诗人罗宾·摩根（Robin Morgan）为索拉纳斯公开筹款。[51]作家凯特·米利特将《渣滓宣言》和著名作家乔纳森·斯威夫特的《一个小小的建议》（*A Modest Proposal*）相提并论，在枪击案中看见了“一位女性艺术家终于被身边艺术圈的对待——或忽视——逼急了，以这种形式爆发，来反抗先锋派的英雄人物和领袖”。

虽然索拉纳斯利用或诋毁了上述大多数激进派作家——她认为自己是孤军奋战的异类，后来威胁要向罗宾·摩根的脸泼硫酸[52]——但《渣滓宣言》最终因为大众对枪击案的关注而得以出版，开启了60年代晚期媒体对女性主义激进派的报道。女性受够了在60年代的抗议活动中扮演辅助角色，决定成立自己的组织。从中诞生的组织有“西雅图激进女性”“芝加哥女性激进行动项目”“华盛顿解放”“纽约激进女性主义者”，这些组织的成员们会聚在一起商讨策略。在宣传女性意识的集会上，据记者盖尔·柯林斯（Gail Collins）所说，女性三五成群地“讨论任何话题，从假装高潮到对胸部大小的看法，从忍受已久的强奸到黑市堕胎”。[53]凯西·萨拉柴德对草根运动表示欣喜，因为在运动中每位女性都觉得自己在“站起来说‘我因为枪击案参与这场运动，他们现在要朝我开枪才能让我离开’”。[54]

索拉纳斯被捕3个月后，《纽约邮报》刊登了一篇头条《烧胸罩的人与美国小姐》，报道了罗宾·摩根在亚特兰大市公开烧胸罩以抗议该市的美国小姐选美游行。抗议者给一只名为美国小姐的绵羊加冕，并把紧身腰带、尖头高跟鞋、化妆品和几本《花花公子》《大都会》《女性家庭杂志》扔进写着“自由垃圾桶”的桶里。[55]1968年的万圣节，“来自地狱的国际女性恐怖主义阴谋”的代表开始在华尔街抗议。她们穿着女巫的服装，一边高唱“新娘来了”和“永远是新娘，从来不是人”，一边分发白色麦克风，这场女巫集会迅速占领了在麦迪逊广场花园举行的婚博会。很快，100个抗议者占领了《女性家庭杂志》的总部——杂志以“这场婚姻还有救吗”专栏而闻名——要求编辑改变他们对女性形象的刻画。

“1968年，”诗人兼小说家艾丽卡·荣（Erica Jong）回忆道，“大家都满怀希望，觉得情况会改变，女性有机会寻得……和她们的父亲兄弟同等的经济地位，更别提和丈夫相比了。”[56]1968年，芝加哥出现了一个致力于帮助女性进行非法堕胎的地下组织，成员们选定了平平无奇的“简”作为保护自己身份的名字，一开始简没有姓氏，直到第二年才有了“豪尔”（Howe）作为姓氏。“姓豪尔比较合适：简会告诉你怎么做（how）。”[57]1968年的秋天，雪莉·奇泽姆（Shirley Chisholm）庆祝自己在参议院选举中取得历史性胜利，在政坛勇敢地面对“作为女人远比作为黑人受到的歧视要多”。[58]同年圣诞节，奥德蕾·洛德来到戴安·迪·普里玛的家，为她的另一个孩子接生。洛德知道自己将离开丈夫，带着女儿和儿子开始以女同性恋身份公开生活。[59]

“来自地狱的国际女性恐怖主义阴谋”的游击小剧场和《渣滓宣言》一样，都可以解读为对性解放的暴力一面的反击：毒品之旅出了岔子，性侵犯在大型聚会和摇滚演唱会上随处可见，在社区的街道上，穿着中性服装的长发男孩和女孩觉得强奸“很常见”。反文化代表杰瑞·鲁宾（Jerry Rubin）与瘾君子杀人犯查尔斯·曼森（Charles Manson）见面后（后者正因残忍屠杀了怀孕的演员莎朗·泰特［Sharon Tate］和其他6人被关押在监狱），自称雅皮士（Yippie）的鲁宾“爱上了”这位凶手。[60]

但女性主义者的抗议也可以看作对一些黑人运动领导人的厌女情结的反抗。60年代中期，玛丽·金和凯西·海登组织了一场抗议活动，反对女性在民权运动中只被分配到辅助角色：“男性至上主义的观念已经传播甚广，根深蒂固，对女性的压迫就像白人至上主义对黑人的压迫一样。”[61]“性别歧视”这个词最初在30年代出现，用来形容对女性的偏见，如今开始成为“种族歧视”的近义词，广为流传。尽管嘲笑声不断，但很快就有人在抗议大会上讨论“女性解放”的途径，让女性在和男性结盟反抗种族歧视的同时，继续与男性的性别歧视作斗争。

比如，在《冰上的灵魂》(*Soul on Ice*）中，埃尔德里奇·克里夫（Eldridge Cleaver）描述自己如何在“贫民窟黑人女孩”身上“练习”强奸，直到他认为自己“足够熟练”，可以跨过界线，去狩猎白人女性：“强奸是暴动者的行为。强奸让我快乐，我在挑衅白人男性的律法，践踏他的价值观，玷污他的女人……”[62]克里夫声称自己代表被白人男性强奸的黑人女性，但他“练习”期的行径背叛了这句话。这种厌女的怒火同样促使勒罗伊·琼斯（现在更名为阿米尔·巴拉卡）写下《再访巴比伦》。在诗中，这位戴安·迪·普里玛的前任情人诅咒一位白人女性“和她的姐妹，所有人”，认为她们应该“用全身的孔洞”接收他的话，“像碱液和/可乐与手杖牌糖浆混合//好好感受这玩意，婊子，就是现在/歇斯底里地笑吧/你的皮肉在灼烧，你的眼睛腐蚀得只剩一团红泥”。[63]

据“自由学校项目”的一位负责人表示，“学生非暴力协调委员会的每位黑人职工……都觉得睡白人女性是一项成就——睡得越多越好”。这对于“从没想过去美国南部意味着什么”的女性来说“一定是创伤性的经历”。凯瑟琳·克里夫（Kathleen Cleaver）承认她在黑豹党（Black Panther Party）中必须对男性“卑躬屈膝”；而关于学生非暴力协调委员会里日常发生的性别歧视，委员会里为数不多的重要黑人女性成员弗兰西丝·贝尔（Frances Beale）指出，在对待女性方面，那些立志要颠覆白人价值观的“黑人男性激进派似乎又选择遵从《女性家庭杂志》的指导”。

言论自由运动、新左翼运动和反战运动中的性别歧视同样唤醒了女性活动家的女性意识。左翼女性开始意识到她们在“为男性发表的演讲稿打字、冲泡咖啡而不是制定政策，沦为男性身边的装饰品，而这些男性本来应该努力打破旧秩序”。[64] 在 1968 年的哥伦比亚大学起义中，虽然哥伦比亚大学的男性和巴纳德文理学院的女性一起勇敢面对警察的暴力执法，但只有女性“在电话亭大小的厨房里”做饭。同年夏季晚些时候，抗议团体的发言人马克·鲁德（Mark Rudd）“建议他的女友在他忙别的事情的时候去上一些‘小妞’课程”。

在左翼组织分崩离析的同时，芝加哥的女性主义组织开始发行简报《女性解放运动的声音》。在东海岸，女性解放运动人士于 1968 年印刷了第一本女性主义期刊《第一年的笔记》。助理编辑安·科德（Anne Koedt）曾在公开大学（Free University）听瓦莱丽·索拉纳斯谈过《渣滓宣言》，为索拉纳斯的演讲而惊叹。“你要拿这么多怒气**怎么办**？有一部分怒气肯定是来源于真相，但你要把它引向何方？”科德把怒火引到了她那篇脍炙人口的文章《阴道高潮解密》上。[65]科德还梳理了马斯特斯和约翰逊的发现，判定男性对“在性方面可以被牺牲”的恐惧是存在的，因为“从解剖学数据上来说，女同性恋身份是男性器官消失的一个绝佳的例子”：阴蒂高潮威胁了“两性之间的**制度**”。[66]

《第二年的笔记》的编辑舒拉米斯·费尔斯通在杂志背面加入了一个叫作“本月的汤姆阿姨”的告示栏，告示栏里是海伦·格利·布朗的名字。在结束页，她告诉读者可以通过“红袜子组织”订阅该杂志：女性只要 50 美分，男性要 1 美元。组织的名字来自 18 世纪的“蓝袜子”：对过去女性知识分子的称呼，现在因为革命的怒火而变红。在 1969 年“红袜子组织”关于堕胎的公开讨论会上，格洛丽亚·斯泰纳姆经历了启迪的时刻，这个时刻后来很快成为著名的“豁然开朗的一刻”。[67]“突然之间，我不再用大脑学习什么是错的。我知道什么是错的。”“如果三四位女性之中就有一位遭遇同样的经历，我们为什么要有罪恶感或孤单感呢？”她坐下来开始写《黑人运动之后的女性解放》（里面没有提到她的堕胎经历）。

随着石墙运动（Stonewall）爆发，《我们的身体，我们自己》的第一期小册子发行，加州长滩市的墨西哥裔美国学生活动者成立了自己的第一个组织，波士顿学院的（男性）学生公开质疑玛丽·戴利（Mary Daly）在《教堂和第二性》（*Church and the Second*

Sex）中疏远耶稣会高层的行为，玛吉·皮尔斯（Marge Piercy）在《大苦力水霸》中痛斥新左翼的领袖：在左翼的圈子里，“排挤某些成员不过是家常便饭罢了”，男人们“在运动中创造了一个微观的……压迫结构，并引以为豪”。[68]

在1970年1月发行的《向一切告别》中，曾在热门电视剧《妈妈》里扮演假小子达戈玛并被称为“理想的美国女孩”的罗宾·摩根向“男性主导的左翼”告别，一起告别的还有“斯坦利·科尔瓦斯基（Stanley Kowalski）的大男子主义形象，性向自由但性行为要符合男性需求的理论，嬉皮文化，一边解放女性、一边重构女性从前的奴隶形象的所谓的性解放”。罗宾·摩根把自己曾经的娃娃形象扔到一旁，不再当男性收藏家设计的物件，不再当她在电视上扮演的达戈玛玩偶，[69]她给自己塑造了新形象：“我们正在崛起，我们不洁的身体充满力量；我们的大脑里燃烧着熊熊怒火；狂野的头发飞舞，狂野的眼睛圆睁，狂野的声音不停……我们带着一股古老的怒火崛起，这股怒火可能比历史上任何力量都强大，这次我们一定会获得自由，如果结局不是如此，那没有人可以幸存。”[70]70年代带着女性主义者极具煽动性的出版物，迈着和60年代不一样的步伐准时向我们走来。

第三部分

觉醒的 70 年代

第五章 反抗父权制

1970 年夏天，为了庆祝女性选举权五周年纪念日，约有 5 万名女性在纽约第五大道游行，成为女性争取平等示威活动中最大型的一场游行。就好像是为了反映这场运动中的思想张力，《时代》杂志的封面用了画家爱丽丝·尼尔（Alice Neel）为女性主义思想家凯特·米利特所作的肖像画。[1] 示威者的核心诉求：在教育领域与职场获得平等机会，拥有堕胎和育儿的权利。这正是凯特·米利特在畅销书《性政治》中的核心论点：男性和女性之间的关系来自父权制意识形态，让女性在人类种族中处于劣势地位。

等到 1971 年 10 月，女性主义活动家和理论家们欣喜地看到，参议院仅在短暂讨论后就通过了《平等权利修正案》。毫无疑问，大多数人相信法案很快会成为全美的正式法律，因为它认可了“美国不可因为性别而否认或削弱法律保障的平等权利”。[2] 它还和 1964 年通过的《民权法案》的第 7 条形成呼应，即不允许基于种族、宗教、国籍或性别的职场歧视存在。1972 年和 1973 年，这种乐观精神更因《教育法修正案》第 9 条而增强，该法条认定任何接受联邦财政资助的教育项目或活动中出现的性别歧视均不合法。最高法院对罗诉韦德案 7 比 2 的判决同样增强了大家的信心，该判决用第 14 修正案中赋予的隐私权让女性国民的堕胎合法化。

1970年《时代》杂志上的文章将米利特描述成“女性解放运动中的毛泽东”，并解释说她在童年时期受到有暴力倾向的父亲的折磨。父亲经常殴打她们姐妹，后来更是抛弃了她们。母亲有大学学历，却只能在百货公司削土豆。[3]在纽约游行的女性中，有很多和米利特一样，在母亲身上看到了女性身处劣势地位的无奈。不过也有很多人因为在“二战”后看到母亲走出家门发展事业而深受鼓舞。这代人会激起一场革命，决心用性别政治打破幽闭的家庭生活，扫除女性亲人生活中的障碍，同时继承她们母亲受挫的事业。

米利特里程碑式的著作的创作源泉和对于她个人的后续影响都充分地反映了70年代女性主义的本质。《性政治》最初只是在康奈尔大学的一篇抗议演说稿，后来演变成一篇哥伦比亚大学的博士论文。该书体现了社会活动和人文学术领域在某个时刻的协同作用，女性第一次开始学习并讲授她们自己的历史，就和我们后来在印第安纳大学做的事一样。《性政治》出版后激起了大众的热烈反响，米利特被选出来当作领袖。她和很多同胞都被某个人能单独代表这场运动的想法激怒。这本是一场向集体主义致敬的运动，正如罗宾·摩根1970年著作的书名（《姐妹力量大》）所说的那样。

在大众关注下，米利特先是作为双性恋出柜，后来又作为女同性恋出柜，不仅被媒体穷追猛打，还遭遇了来自女性主义者同胞和家人的敌意。在70年代女性主义高峰期，在表面上的领袖和所谓的信徒之间、激进派和自由派之间、女同性恋和异性恋之间、有色女性和白人女性之间存在的差异会引发热烈讨论，但这种讨论有时也会伤人，体现了不同形式的压迫。60 年代的性解放运动支持者代表**女人**（woman）奋斗，等到 70 年代末期及以后，情况变成了女性主义者为**女性**（women）而奋战。

在混乱的 70 年代刚开始的时候，在令人绝望的越战、柬埔寨轰炸、肯特州立大学学生示威者被枪杀事件的背景下，许多女性意识觉醒组织中的女性有着相同的痛苦经历。“男性沙尔文主义者”这个短语和“猪”这个名词紧密联系在了一起。私人经验开始政治化。[4] 很多女同性恋组织开始形成，其中最出名的是康比河公社（Combahee River Collective）。[5] 女性开始懂得“政治不是一个‘外部’的东西，而是‘内部’的东西，是我所处境况的核心所在”。[6] 这句话出现在阿德里安·里奇的里程碑式散文《当我们这些死者醒来》中，它准确地捕捉到 70 年代躁动的气氛：“活在一个意识觉醒的时代太让人兴奋了，但同时也让人迷惑、不知所措且痛苦。”

女性主义运动常用的隐喻词——觉醒、启蒙、照亮、顿悟、转变、重生——听起来有些宗教意味，这场运动也确实允许一种和宗教有相似之处的力量加入。而且，第一波和第二波“浪潮”的语言表达了女性主义者排山倒海般想要探索未知、向光明前行的强烈渴望。里奇回忆道：“有一段时间，女性解放运动形成了一个开放性空间，即‘一种假想的现实’。这是政治解放运动可能形成的最开放的空间。人们对改变的集体想象和希望形成了一股纯粹的力量，形成了这个空间。”[7]

60年代末70年代初，诗人兼女性主义批评家瑞秋·布劳·杜普莱西斯（Rachel Blau DuPlessis）在哥伦比亚大学攻读硕士和博士学位。她是一群激动地描述自己经历了伊莱恩·肖瓦尔特（Elaine Showalter）所说的“大觉醒”的人当中的一个[8]：“这种体验太强烈、太关键、太鼓舞人心，是献身的决心和信仰诞生的时刻。”[9]反思1969年到1979年的经历时，活动家安·斯尼托（Ann Snitow）回忆起女性主义组织共有的一种感受——“一种愤怒和希望混合的情绪，现在很难重现了……我们期待一切都会改变。”[10]在70年代，“假想的现实”也做了一些实事：组织女性健康研究，举办政治干部会议，建立育儿中心、受虐待女性避难所、强奸危机中心，制定积极正向的活动方针，成立女性艺术团体，创办教育项目和数不清的学术期刊。[11]这场伟大的觉醒运动影响了数百万女性的生活，女性主义从此开始持续塑造我们的生活。

女性作家致献给运动的作品更是激动人心。在凯特·米利特、苏珊·桑塔格等辩论家解构家庭童话的同时，托妮·莫里森、艾丽卡·荣、丽塔·梅·布朗（Rita Mae Brown）、玛丽莲·弗伦奇（Marilyn French）等小说家细致地分析了女性的社会角色如何走向衰落——这同样也是西尔维娅·普拉斯留给读者的遗产。我们都在问：我们觉醒是为了什么？好多人醒来后都为面前这个女性角色瘫痪或失效的国家而震惊。

凯特·米利特的试金石著作

很多读者都惊讶于凯特·米利特竟在《性政治》一开头就讨论起亨利·米勒和诺曼·梅勒的色情文学。米利特用"'去他的'第一章"为本书开场，因为她曾因参加1968年哥伦比亚大学的罢工而失去了在巴纳德学院的教职。[12]她一边靠道布尔戴出版公司支付的4000美元预付款维持生活，一边写出了历史上最早的女性主义文学批评书籍之一。她采用了很多后世学者会采用的研究方法：批评男权文本，扶正女作家作品和早期女性主义作品的地位，在理论层面观察父权制机构的发展演变。

在《性政治》的第一章中，米利特批评那些经典的"为权力服务的性交"[13]是厌女情结：亨利·米勒和诺曼·梅勒对阳具的统治地位进行了露骨的描写，让其以一种怪异的方式主导了曼妙或松弛的女性身体。米勒的作品中被夸大的男性性能力和梅勒的作品中的男性监护人都使女性角色被弱化为无助的肉欲对象。米利特借助她对"专门写男同性恋模仿异性恋"的让·热内（Jean Genet）的作品的解读，痛斥米勒和梅勒作品中的鼓吹与狂想："他们只有主流异性恋提供的模板，他们对这套模板的模仿向我们表明，这东西就是胡闹。"[14]她将注意力转移到热内，向我们展示，所有身体都可以被男性化或女性化。所有这些男性作家的文本让米利特相信，现在有必要消除"我们这个压迫系统里最恶性的部分"，也就是性别政治骨子里的"疯狂的权力和暴力"。

米利特在书中的关键部分强调，这个让男性垄断军队、工业、科技、大学、科学、政治和财经领域，女性只能是男性附属的体制到处都存在。米利特表示，家庭是创造（有攻击性或施虐倾向的）男性特质和（被动的或有受虐倾向的）女性特质的场所。在实际生活中，家庭制造出了和生理性别截然不同的心理性别角色。女性的生存依附于支持她们生活的人，被迫相互为敌。父权制和象征父亲的上帝站在一边，滥用了潘多拉或夏娃将邪恶带给人间的神话，将人类境地的不幸通通怪罪于不守规矩的女人，以此说明她们必须臣服于男性的控制。臣服是通过“父权制意识形态内化”形成的，让女性逐渐默许自己的依附地位。

《性政治》的其他部分总结了从 1830 年到 1960 年性观念的变化，对文学文本的分析回归到米利特早前对米勒、梅勒和热内的关注，但这次是以 D.H. 劳伦斯开头的。尽管她总结出厌女情结漫长的历史，但在尾声部分，她似乎比舒拉米斯·费尔斯通在《性的辩证法》（*The Dialectic of Sex*）中更加乐观。《性的辩证法》是同年的另一本女性主义经典之作，在书中，费尔斯通同意米利特对家庭的看法，认为为了维系父权制，家庭生产出了有受虐倾向的女性角色和有施虐倾向的男性角色。费尔斯通认为，等到科技能让女性不再需要怀孕，解放才会降临。米利特则欢迎女性运动承诺带来的社会变革：“或许第二波性别革命至少能达成这样一个目标：将一半的人从古老的从属地位中解救出来。”

不过，本书出版后，米利特的处境立刻变得非常艰难，这和她充满希望的结语形成了鲜明对比。她在意识流自传《飞翔》（*Flying*，1974）中描述了自己遇到的困难。身为反精英主义者，米利特悲哀地表示“媒体有不看观点、只顾造星的残忍需求”，让几位没有机会站在聚光灯下的女性主义者转向攻击米利特。[15]米利特记得自己曾同情西蒙·德·波伏娃被法国左翼攻击，对方“羞辱波伏娃做的努力，说她是精英分子，是明星”。《时代》杂志就封面一事咨询她的意见时，她曾要求使用多位女性的图片作为封面，所以在杂志用尼尔为她画的画像作为封面激起众多敌意后，她感到自己被背叛了。在“聚集了女性主义者、激进女性主义者、红袜子组织、女性意识觉醒秘密组织的女性运动核心会议”上，她用出柜的事开玩笑……但这次她是作为一个和平主义者发言的，因为这次她注意到会议的主题是“运动中的暴力”，而她在“我们如何践踏对方”这个话题上是专家。

她的笑话让所有人都笑了，因为内部组织者都知道，在《时代》杂志报道米勒作为双性恋一边和日本雕塑家吉村二三夫（Fumio Yoshimura）生活，一边又和女性有染后，米勒如何被迫公开自己的女同性恋身份。她“亲吻吉村”的照片被到处刊登；有人误传她说“女同性恋不是‘我的菜’”。在男同性恋和女性解放运动座谈小组上，曾有观众要求她用那个“同”字开头的词。“500个人看着我。你是女同性恋吗？……‘说！说你是女同性恋。’我说我是。我是。因为我知道她是什么意思。这句话被粗暴地解读，双性恋成了逃避的借口。是的，我说我是女同性恋，这是我仅剩的最后一丝力气。”

事实上，尽管《飞翔》中有很多米利特参与并享受女同性恋性事的情欲描写，但书中也有几句关于她参与并享受异性恋性事的描写。而且《性政治》是献给她丈夫的。为什么要撒谎?在“女性争取平等”游行开始之前，在女性团结第二次大会上，薰衣草恐怖突袭行动（Lavender Menace Zap）让整个女性运动为之一振。一群激进运动人士剪掉了麦克风线，关掉灯，抗议贝蒂·弗里丹使用“薰衣草恐怖”这个短语将全国妇女组织和“比利提斯的女儿”等女同性恋组织割裂开来。随着灯光被重新点亮，激进运动人士穿着印着“薰衣草恐怖”的衬衫，派发《被认定为是女性的女性》宣言，里面的第一句话写道:“女同性恋身上集聚了所有女性的愤怒，快到了爆炸的边缘。”[16]

米利特想证明自己的激进运动人士的身份，哪怕当时在过一种双性恋式生活，她也说“对，我是女同性恋”。米利特这样说也是因为恐惧。她的一些朋友，比如《格林威治之声》的专栏作家吉尔·约翰斯顿（Jill Johnston），会谴责“双性恋”是逃避的借口:“双性恋宣称自己同时对异性恋忠诚，以保全自己。”[17]正如蒂-格蕾丝·阿特金森所说:“女性主义是理论，女同性恋是践行方式。”[18]约翰斯顿本人相信“女性主义的核心就是铺天盖地的抱怨。女同性恋是解决方式”。

米利特意识到自己在调和分歧的过程中伤害了自己的母亲。《飞翔》反复提到过母亲的反感态度让米利特痛心疾首。名声将米利特变成了“母亲仇恨的对象。《时代》杂志说我是酷儿，搞得母亲在圣保罗大教堂流泪，我的人生最终使我的家庭蒙羞”。米利特告诉母亲自己在写一本自传后，母亲的回应——“你不准备把女同性恋那些糟糕事写进去吧?”——让米利特觉得“像小时候一样羞耻，就好像我是怪胎”。母亲正在悲叹，米利特询问母亲是否接受这本回忆录，母亲说“我这是在谋杀她”。“我告诉她，多丽丝·莱辛（Doris Lessing）说过，母亲不会像她们说的那样轻易死去。现在她在哭。我也是。”

引用莱辛的话无形中说明了莱辛是支撑米利特勇敢前行的动力。在《性政治》出版后，她曾前去拜访《金色笔记》(*The Golden Notebook*）的作者莱辛。这本小说触动了“成千上万女读者的心”。她和莱辛讨论了莱辛在纽约的一场活动上受到的抨击：“女性运动的重要成员来祝贺莱辛成为她们的女英雄，但当莱辛说她完全不憎恨男性，而且觉得世界上其他问题——战争、贫困、阶级差异——远比女性的问题更紧迫时，对方被激怒了。”

米利特对莱辛解释说，《金色笔记》中对她意义最重大的一幕是女主角“在厕所里发现自己的月经来了……这种事每个月都会发生在全球一半人口身上，却从来没有人在书里提到过”。莱辛也用自己母亲的事鼓励米利特继续写作。她向米利特坦承，她每写一本书母亲就要死一遍，而“我则继续希望有一天能讨好她……却不过是迎来又一次的葬礼”。米利特为七年的抗议都没有终结越南战争哀叹时，莱辛安慰她说，“就算作用不大，但你们也在别的方面有了了不起的影响。你们将社会力量凝聚成一个巨大的钟摆，形成一场变革，一场现在影响海外几百万美国人的运动”。

凯特·米利特对曝光带来的不良影响愤愤不平，她用波伏娃和莱辛的智慧武装自己，拒绝了和诺曼·梅勒辩论并被拍进纪录片《该死的市政厅》(*Town Bloody Hall*)的机会。[19] 她将余生奉献给了艺术，在纽约州北部为女性创建了一个艺术家殖民地，和加拿大记者苏菲·凯尔（Sophie Keir）产生感情并最终步入婚姻殿堂，在与自己的心理疾病做斗争的同时，还与针对孩子、性工作者、病人、老人和伊斯兰原教旨主义受害人的隐性暴力做斗争。

1971 年 4 月 30 日，梅勒只能用尖笑和嘲讽勉强对付一众女性的言论。其中有全国妇女组织纽约分会的主席杰奎琳·卡瓦略斯（Jacqueline Caballos）；《女太监》(*The Female Eunuch*)的作者杰梅茵·格里尔（Germaine Greer），杰梅茵曾评论说西尔维娅·普拉斯试图既当诗人又当家庭主妇的行为“非常完美主义，但说到底也是愚蠢的”；曾表示“所有女人都是女同性恋，除了那些还不知道自己是的”的吉尔·约翰斯顿；以及文学批评家戴安娜·特里林（Diana Trilling）。戴安娜曾一针见血地指出梅勒看不到“女性完整的人性”，回头却又宣称自己“宁可采纳梅勒诗化女性性别特征的言论，也不愿接受女权主义者们淡化男女性别特征的做法”。

在《性的囚徒》(*The Prisoner of Sex*)中，梅勒严厉地反对避孕、自慰、阴蒂高潮和同性恋，向凯特·米利特发难，同时为亨利·米勒、D.H. 劳伦斯，尤其是为梅勒自己辩护。欧文·豪尔也攻击米利特，称《性政治》是粗俗版的《第二性》，听上去像是“有人冒充女性写的”。[20] 但剧作家戈尔·维达尔（Gore Vidal）为艾娃·菲格斯（Eva Figes）的《父权制态度》(*Patriarchal Attitudes*)所写的书评倒是用自己的方式支持了米利特。维达尔表示，米勒激烈的长篇演说“读起来像流了三天的经血”。事实上，他认为

“米勒—梅勒—曼森这三个男人（简称‘三男’）”防御着菲格斯和米利特这类‘女孩’，她们威胁到了三男“部落式的过去”。[21]

在百无禁忌的市政厅大会上，观众的嘘声没能阻止梅勒的夸夸其谈。贝蒂·弗里丹、伊丽莎白·哈德维克（Elizabeth Hardwick）、苏珊·桑塔格和辛西娅·奥奇克（Cynthia Ozick）在观众之中，站起来为大会委员会里的女性主义者辩护，质疑梅勒的狂妄自大。拿到麦克风后，桑塔格想“非常小声地问诺曼一个问题”，然后开始质询他对“小姐”一词的使用，她觉得这个词有点盛气凌人。“我不喜欢被人叫小姐作家。”她小声说。奥奇克在发问之前先解释说，自从读了《为自己写的广告》（*Advertisements for Myself*），她就开始幻想询问梅勒这个问题。在书中，梅勒称“一个好的小说家没了什么都行，只要他的蛋剩下就行”。奥奇克沉思道：“这么多年来，我一直在想，梅勒先生，如果用你的蛋去蘸墨水，会是什么颜色的？”

等到70年代末期，凯特·米利特见证了“第二性”几乎是无可避免地走向死路的窘境。在她1979年出版的《地下室》（*The Basement*）一书中，她为一名“牺牲的人类”而哀叹：16岁的西尔维娅·莱肯斯（Sylvia Likens）。自西尔维娅1965年被临时监护人折磨致死后，米利特就一直对这宗犯罪念念不忘。[22]活泼的少女西尔维娅和残疾的妹妹一起，被流动的马戏团工人父亲留在印第安纳波利斯市的虐待狂监护人格特鲁德·巴尼泽夫斯基（Gertrude Baniszewski）家中，最终死亡。巴尼泽夫斯基自己有7个孩子，大多数被强迫参与到对西尔维娅的虐待中，最终导致西尔维娅被绑起来，堵上嘴，留在家庭地下室里死去，赤裸的身上有超过150处伤口。哪怕她尖叫了，邻居也没有回应。最后，在营养不良和缺水之中，她咬掉了自己的嘴唇。

回顾米利特在《纽约时报》上对案件痛心疾首的讨论时，作家乔伊斯·卡罗尔·欧茨（Joyce Carol Oates）冷静地评论道：

> 米利特小姐和被害女孩的共情超乎寻常，就算不能理解，我们也只能尊重这种感情的力量："我就是西尔维娅·莱肯斯。她就是我。"在另一篇用惊人的理性讨论历史上女性的共同遭遇（其中包括了如今仍未废除的阴蒂切除术等割礼）的长文章里，米利特得出结论："身为女性就是死路一条。"[23]

人们不禁好奇，这就是《性政治》最终得出的结论吗？身为女性就是死路一条？尽管乔伊斯·卡罗尔·欧茨在评论里语气克制，但她曾在1970年发表一篇优秀的短篇故事《你要去哪里？你去了哪里？》，讲述一个小女孩不知不觉地接受了身为女性被判的死刑。

身为女性主义哲学家的苏珊·桑塔格

在米利特出版《地下室》的10年前，苏珊·桑塔格将《色情想象》编入了自己的散文集《激进意志的风格》(*Styles of Radical Will*)。在散文集中，她深入探究了色情小说《O 的故事》中“保琳·雷阿日”的施虐受虐情节。在书中，一位年轻女性浑身赤裸地被铁链锁起来，她的名字只有一个 O，代表一个零或一个洞，自愿遭受一系列折磨。桑塔格似乎很欣赏这种会吓坏米利特的贬低女性的色情情节。她称 O 不是无助的受害者，“O 是老手……很感激能进入这场丧失自我的奇遇”。[24] 此外，尽管 O 表面看上去是被动的，但她实际上是主动的；她走进这场奇遇，同时也在收获掌控权：

> O 学习，受苦，改变……情节不是保持同一高度不变的，而是在贬低中不断上升……O 的追求几乎在这个作为她名字的字母里就能体现出来。O 是代表她性别的卡通画，不是她个人的性别，而是女性本身；O 也代表着什么也不是。但《O 的故事》向我们展示了一个精神上的悖论，一边是全然虚无，但这片虚无又包含万物。

桑塔格的语言近乎秘语。但大多数女性主义者并不买账，尤其是苏珊·格里芬（Susan Griffin），公开表示尽管桑塔格“不仅是在把《O 的故事》当作艺术作品，还是在把它当作女性意识的延伸来辩护”，但这本小说里的女性意识的延伸“仅仅指向自身的虚无主义”。[25] 当然了，和《地下室》不同，“雷阿日”的故事不是基于现实的，而是狂热的性幻想的具象化：本书源自“雷阿日”——真实身份为一位名叫安妮·德斯克的记者——为挑逗情人让·波朗的性幻想写下的一堆色情信件。如果桑塔格认为《O的故事》不是来自幻想，而是基于现实改编，那很难想象她会对这本书产生如此浓厚的兴趣。

事实上，在桑塔格对本书的评论中，有一个关键句子暗示了她在70年代会产生的思想变化：“O是代表她性别的卡通画，不是她个人的性别，而是女性本身；O也代表着什么也不是。”桑塔格似乎对这个想法念念不忘，在1972年、1973年和1975年发表的女性主义散文里，她开始尝试将“女性”拆解为一个空无、顺从、无理性的概念。

这几篇文章里的第一篇是《衰老的双重标准》，文章聚焦了一个糟糕的现实：衰老的女性身体被认为是“淫秽的”，而老男人则被认为是有权势的，甚至阳刚的。[26]老女人是女巫，老男人是部落首领。“这个社会的规则对女性太残酷了。女性始终无法成长为完整的成人个体，却比男性更早地被社会抛弃。”再者，桑塔格观察到，女性气质是表演出来的：“做女人就意味着做演员。女性气质是一种演出，配上合适的服装、道具、灯光和戏剧化的姿势。”因此，“从很小的时候开始，女孩就在训练下几近病态地在乎自己的外表”。换句话说，被训练成为空无的、只有装饰价值的O。

但女性受身体的奴役甚至比女孩被训练的表演更严重。因为桑塔格注意到，“女性被教导将自己的身体**拆开**看，每部分独立评估。胸、脚、屁股、腰线、脖子、鼻子、皮肤、头发，诸如此类——每个部分都会让她们深感焦虑无法自拔，陷入经常性的自我检查”。[27]她认为女性在教导下几乎沦为毕加索风格的拼贴画，每个身体部件都围绕着如何保持美丽这一首要目标来运作。也难怪桑塔格冷冷地评价道：“对女性来说，打扮从来都不是乐趣。打扮是一项义务，是她的工作。”她总结道：“如果有人认为将女人的‘内心’感受和‘外部’呈现割裂开来不会带来什么危险的话，只要请他看一看女性遭受的无休无止的压迫，看一看她们那半喜半悲的遭遇就足矣。”

在该时期桑塔格最主要的女性主义散文《女性的第三世界》中，女性遭受的压迫不再是轻描淡写的“半喜半悲的故事”。在回应“有轻微马克思主义倾向”的西班牙语杂志《自由》时，桑塔格——当时经常被认定是**反**女性主义者——和米利特一样，勾勒出了极具颠覆性的女性视角下的父权制文化。她的核心论点是，“对女性的压迫构成了有组织的社会中最根本的压迫。也就是说，对女性的压迫是最**古老**的压迫，比阶级、种姓、种族压迫更为古老，是阶级制度最早的原型。”[28]

这篇文章随后详细地谈到这种原始压迫带来的后果。桑塔格从文化实践谈到“家庭生活的基本运作法则”再谈到法则本身。她坚称，女人的“女性气质”和男人的“男性气质”是有道德缺陷的、早该被淘汰的概念，并补充说“对我来说，解放女性和废除奴隶制一样，是历史的必然”，而且“从精神和历史影响力的角度来看，甚至是比废除奴隶制更重大的事”。至于语言对女性的压迫，她指出“语法是性别歧视洗脑的终极领域……因此在所指人性别不明时，我们**必须**说‘他’。‘男人’（man）是指代全人类的常用词；‘男性’（men）是描述人的文学化用语”。

桑塔格注意到，在社会组织的最根本处，“现代的‘核心’家庭对人的心理和道德来说都是一场灾难。它是性别压迫的监狱，是允许道德间断性松弛的游乐场，是占有欲的博物馆，是生产罪恶感的工厂，还是传授自私的学校”。在这些基础上，她提出了一系列激进的社会变革方案，这些方案和一些同样激进的女性运动思想家的想法很相似。首先，“对女性来说，性道德解放唯一的方向就是挑战异性恋生殖至高无上的地位”。其次，

> 女性运动必须要对这个国家的根本来上致命一击，打破父权制统治几千年以来的压迫，那是法西斯国家在现代特有的低调的独裁统治……换句话说，法西斯是父权制国家的价值观在20世纪大众社会的特定条件（和矛盾）下自然形成的产物。20世纪30年代末期，弗吉尼亚·伍尔夫在一篇了不起的文章《三个几尼》中称女性解放斗争就是反法西斯斗争。她其实是对的。

最后，桑塔格提出了一系列或大或小的举措，令人惊叹又有些讽刺地告诉女性面对压迫该做什么，该怎么做：

> 只有全是女性组成的团体才能有足够多元的战略，也足够“极端”。女性应该游说、游行、示威。女性要上空手道

课。女性要在街上和男性打架，突袭美容院，纠察制造性别歧视玩具的玩具商，转变成数量可观的女同性恋武装力量，经营自己的免费心理诊所和堕胎诊所，提供女性主义离婚咨询，建立卸妆中心，用母亲的姓氏作为自己的姓氏，撤下辱女广告牌，破坏公共活动，为明星政客们顺服的妻子高歌，搜集要求废除赡养费和笑不露齿的提案，对读者众多的“女性杂志”提起诽谤诉讼，对和女性患者发生性关系的男心理医生进行电话骚扰，举行男性选美大赛，为所有的地方政府职位输送女性候选人。

“你……准确地说，是一位自由女性。”《自由》杂志的编辑在给桑塔格的调查问卷中评价道。讽刺的是，桑塔格回复说：“我从来没有将自己描述成一位自由女性。当然了，事情从来没有**那么**泾渭分明。但我一直是一位女性主义者。”

但她真的一直是吗？从几十年来对她作品的评价来看，人们似乎认为她对女性主义漠不关心，甚至反对女性主义。有趣的是，我们之前讨论过的那些女性主义文章从来没有出现在她的精选集里。恰恰相反，那些文章被分配到“未收录散文”中，收录在“美国文库”2013年出版的《60—70年代散文集》的结尾。该集子是由她的儿子大卫·里夫所编的。[29]

有一位重要的女性主义者对桑塔格没有投身运动而失望，她就是阿德里安·里奇。在1975年向《纽约书评》杂志投稿的信件中，她批判桑塔格在《了不起的法西斯》一文中对纳粹电影人莱尼·里芬斯塔尔（Leni Riefensthal）精巧而微妙（带有敌意）的评论。里奇想不明白，“同样的脑子”怎么能写出“这篇精彩绝伦的文章”，还能写出《女性的第三世界》这样“同样精彩绝伦的文章”。[30]桑塔格回应道：“很容易。让脑子带着另寻观点的意图，去探讨一个话题。”[31]但桑塔格为什么没有注意到纳粹赖以繁荣的重度厌女情结（她在《女性的第三世界》里注意到这点，但似乎也不重要了）？

里奇写道：“女性主义运动一直是富有激情的反阶级运动和反集权运动。”女性主义者也一直对“‘参与’父权制建设的女性保持警惕和批判态度”。矛盾的是，这类女性不仅能包括里芬斯塔尔和桑塔格，也能包括里奇自己。桑塔格严厉地指出：“我猜测里芬斯塔尔冒犯了一些女性主义者（但我希望是因为别的原因，而不仅仅是因为她是‘男性认为成功的女性’，才变成敌对的一方）。”再者，她补充道，如果里奇“打算挑战知识分子当权派，那我有必要宣布，任何对‘知识分子活动’感兴趣的人都会发现我将为之热情地辩护”。

观点抛出，获得呼声。又或许没有。传记作家本杰明·莫泽表示，“在桑塔格攻击里奇后，很多女性主义者疏远了桑塔格，她们其实从来也不觉得桑塔格是她们的人，这种决裂或许能解释为什么桑塔格的女性主义文章会被束之高阁”。莫泽认为，桑塔格公开与女性主义者和女同性恋划清界限，是因为桑塔格有志成为文化界的“主流仲裁者”，“如果公开宣布自己是女性主义者，那她会被边缘化；而宣布自己是女同性恋，那她更加会被边缘化”。但或许桑塔格对女性主义和女同性恋关系的逃避，包括她身为知识分子的高傲、她在纸面上和现实中的自大，都来自她自己未曾得知的创伤。

批评家特里·卡斯尔（Terry Castle）在《伦敦书评》杂志为桑塔格献上了一首讽刺的挽歌，说尽管她是“一位麻烦缠身的优秀美国人”，但她也“神神叨叨，经常让人觉得无趣”。[32] 在回忆录《始终是苏珊》里，作者西格莉德·努涅斯（Sigrid Nunez）更是下笔辛辣，向我们展示了这位《反对阐释》的作者真实的一面：戒不了烟，害怕独处，表现得像努涅斯的丈母娘。当时努涅斯和她住在一间公寓里，并且在和大卫·里夫约会。生活可以很奇怪，哪怕是知识分子和地下女性主义者的生活也是如此。[33]

70 年代的女性主义者很少了解桑塔格激进的女性主义文章。其实我们也不甚了解。我们是在写这本书的过程中才发现这些 40 年前的文章的。当然了，桑塔格认为自己主要是作家而不是学者，主要写小说、戏剧和影视剧本，但对尊称她为美国文坛的“黑暗女士”的精英读者来说，这些作品不太有吸引力。

女性之屋里的杰出代表：从托妮·莫里森到玛丽莲·弗伦奇

桑塔格认为自己的文学创作很少受到应得的赞誉，但与此同时，几位同时代作家在写作女性主义小说上却颇为成功，吸引了读者的注意。在 70 年代出版的小说里，桑塔格一代的作家直接击碎了米勒和梅勒对听话小妞的想象。在这个过程中，她们借助了凯特·米利特的“父权制意识形态家庭化”的概念和桑塔格的与“性别歧视洗脑”相关的论文，二者都解释了年轻女性为什么会在失衡的社会结构里处于弱势地位。这些作家都关注社会化过程如何阻碍她们的心理成长，让她们逐渐向女性气质屈服。这些作家有托妮·莫里森、艾利克斯·凯特·舒尔曼（Alix Kates Shulman）、艾丽卡·荣、丽塔·梅·布朗、玛格丽特·阿特伍德和玛丽莲·弗伦奇，她们描绘出畸形的思维方式如何影响女性生活，阻止女性成为完整的人类。[34]

70 年代的女性主义小说详细地描写了女性成长过程中遭受的屈辱、月经初潮的谜团、阴蒂自慰的秘密、第一次异性恋性交体验（通常不太满意）、性别双标带来的耻辱、对爱和男性保护的夸大、对女性身体全方位的性化，以及性骚扰、非法堕胎、家暴和强奸。小说中呈现出的异性恋、婚姻制度和核心家庭都在摧毁女孩和女人的人生。

没有哪个强奸受害者比 11 岁的佩科拉·布里德洛瓦更令人心酸的了。佩科拉是托妮·莫里森传神的处女作小说《最蓝的眼睛》的主角，被内化了的白人审美摧残，后来更是遭受乱伦行径。佩科拉坚持自己不值得被爱，她从小被蓝眼睛的秀兰·邓波尔的图片吸引，努力“发现自己丑陋的秘密”，祈祷能拥有“漂亮的蓝眼睛”。[35] 她的母亲布里德洛瓦夫人也被“人类历史上最具毁灭性的观念”腐蚀，认为（白人定义的）外形美是一项美德。[36] 她在电影院怀孕，把自己的头发卷得“几乎像”明星珍·哈露的样子，然后吃糖时被粘掉了一颗牙。那个时候，她“接受自己就是丑陋的事实”，最终生下了一个女儿，女儿有“一头秀发，但上帝啊，她真丑”。

托妮·莫里森在写下处女作的同时也在兰登书屋工作，抚养两个儿子。她在俄亥俄州的洛兰市长大，父母“认为黑人是全球中心，但对白人的存在和素质很是怀疑”。[37]“所以我在一个种族歧视的家庭长大，”她解释道，“承受了一个孩子不该承受的对白人的轻蔑。”有一次房东要逼他们离开，但勤劳的父亲不肯，于是房东放火烧毁了他们的房子，在此之后，她这种观念更是加强了。

在进入霍华德大学学习文学后，她才将名字从克洛伊·安东尼·沃福德（Chloe Anthony Wofford）改成托妮·沃福德（Toni Wofford）。在康奈尔大学写完研究威廉·福克纳和弗吉尼亚·伍尔夫的硕士论文后，她并不屈服于丈夫坚持的传统婚姻观，在嫁给牙买加建筑师哈罗德·莫里森（Harold Morrison）后又离了婚。她写下《最蓝的眼睛》，一部分是为了支持那句民权运动和黑人权力运动的口号：“黑是美的。”

白人定义的女性审美是糖衣炮弹，但又让人上瘾。《最蓝的眼睛》里的布里德洛瓦一家的名字来自黑人百万富翁 C.J. 沃克女士的娘家姓，沃克曾经拉直自己的头发，用美白产品。佩科拉的名字来自佩欧拉（Peola），芬妮·赫斯特（Fanny Hurst）的小说《模仿生活》（*Imitation of Life*）的角色，[38]在自己被称赞的白人外表和被唾弃的黑人身份之间左右为难。虽然莫里森尖锐地描写了没有被高估的白人审美标准驯化的其他女性角色，但佩科拉陷入了疯狂，因为“大人、大一点的女孩、商店、杂志、报纸、商店橱窗招牌——整个世界都同意一个蓝眼睛、黄头发、皮肤粉嫩的玩偶是每个女孩都珍视的”。

然而，把佩科拉推向精神分裂的是一位男子的邪恶行径。他本人也是种族歧视的受害者。他是佩科拉的父亲科里，在儿时曾被一位白人男子侵犯，后者在第一次试图和他做爱时竟然“用手电筒照后面”，用“黑鬼”刺激他，称这样“爽一点”。科里年纪太小，不懂得憎恨白人男子，反而转向“憎恶、鄙夷”那些“见证他的失败、他的不举”的女孩。哪怕在强奸女儿的时候，她的悲惨遭遇也激发了他的保护欲，这种“令人困惑的矛盾情绪”让他“温柔地操她”。尽管他犯下了恐怖的强奸罪行，但《最蓝的眼睛》中的一个叙事者相信科里“足够爱（佩科拉），可以碰她”，尽管“他的触碰是致命的”。

这样粗略地总结《最蓝的眼睛》的重要情节，似乎无法展现小说的美学力量，但已经能展现作者关于审美神话对黑人和白人产生不同影响的分析。在《最蓝的眼睛》后，莫里森发表了一篇关于女性解放运动的文章，在文中，她敏锐地捕捉到南方随处可见的种族隔离迹象的某些不同之处。莫里森发现有一种迹象以某种奇怪的方式抚慰了她。在她看来，“白人女士”和“黑人女性”成功地给白人女性贴上了柔弱、无助、无法独立的标签，却给黑人女性贴上了截然相反的“坚强、能干、独立”的标签。[39]

艾利克斯·凯特·舒尔曼和艾丽卡·荣则关注《最蓝的眼

睛》中没有探讨的一个话题，即女性如何在训练自己成为“白人女士”的过程中逐渐依附于男性。在《前舞会女王回忆录》（*Memoirs of an Ex-Prom Queen*）中，艾利克斯·凯特·舒尔曼把对美貌的过度追求和主人公一心想吸引男性的心理结合起来。萨沙·戴维斯确信“漂亮太重要了，我总是怀疑自己已经过了黄金期”。她坚信“男孩讨厌我们姿色‘普通’”，在学校遭受欺凌后，她将精力放在外貌上，只为寻得男性保护，但她同时也害怕自己被打上荡妇的标签。萨沙经历了“下面那里流血”的震惊后，发现一个别人似乎从来没发现的“愉悦按钮”后倍感羞耻。她被男孩袭击绑进树林（这些人和她的男朋友一样“总是得寸进尺”），在爱抚的快感和插入的无感的强烈对比下心生沮丧，在遭受女学生联谊会的妒忌排斥后更是确定“我一定要变漂亮”。

这些事件让舒尔曼的女主角愈发没有安全感，萨沙坚信自己“没有男人就一文不值”。上大学后，萨沙对哲学的爱不出意料地转移到了43岁已婚有孩子的哲学教授身上。她去引诱他，当他对着她打手枪，射进她嘴里时，她认为这是“一种荣誉”，尽管教授的妻子很快就插手，爆料说教授有过很多年轻玩伴。现实中的已婚男性打破了白马王子的幻想，向萨沙证明婚姻并不像童话里那样永远幸福。[40]

舒尔曼笔下的女主角放浪形骸，几乎到了自毁的地步，这和艾丽卡·荣的《飞翔的恐惧》（*Fear of Flying*，1973）中举止下流的女主角有相似之处。伊莎多拉·翁坦诚地面对性高潮、口交、三人性交，以及经期不用卫生巾带来的邋遢境况，这一点收获了作家亨利·米勒和约翰·厄普代克（John Updike）的称赞，但也让其他评论家批评其粗俗。[41] 但荣同意莫里森的观点，认为“在将自己从奴隶身份解救出来这一点上，黑人女性至少领先白人女性一个世纪”。[42] 荣也同意舒尔曼的看法，认为白人女性的关键问题在于依附男性（第一波女性主义浪潮时期，跨世纪的南非女性主义者奥丽芙·施赖纳［Olive Schreiner］管这个问题叫“性别寄生”）。[43]

精力充沛的伊莎多拉·翁发现自己内心饱受折磨是因为自己一方面需要稳定，一方面又渴望冒险。但她把两种需求都和男性联系起来：从古板的弗洛伊德学派精神分析师丈夫贝尼特那里获取安全感，从嬉皮风的莱恩学派精神分析师爱人阿德里安·古德勒夫那里寻找自由。这也不奇怪，因为她被“洗脑”，认为所有女孩的成长过程中都要有“化妆品广告、情歌、情感专栏、桃花运算卦、好莱坞八卦”，“你渴望被爱情歼灭，被一举征服，被一根喷射精子、肥皂泡沫、丝绸缎子和（当然少不了的）钱的大棒子填满”。[44] 但伊莎多拉认为自己是女性主义者，因为她想成为诗人而不是打字员：“主要的问题就在于，如何让你的女性主义思想和你对男性身体无法停歇的渴望相匹配。”

伊莎多拉·翁反抗施加于下流女性身上的束缚，她意识到自己对性高潮的所有看法都来自弗洛伊德和D.H.劳伦斯，因此都不可靠。她徒劳地寻找一个“有料、有欢笑、有爱又有才华”的女作家，发现只有法国的柯莱特和古希腊影子一般的萨福。荣因为对翁的性幻想的描写名气大涨，成为宣扬“无拉链性爱”的大尺度作家。无拉链性爱无关私人感受，转瞬即逝，没有附加条件，与伊莎多拉在色情诗里寻求的独立不谋而合，也满足了伊莎多拉在和阿德里安的通奸中寻求的独立。但当伊莎多拉和阿德里安激情地踏上公路旅行——“人生头一次，我的幻想成真了”——他却“像一条浸透了水的面条般软了下去，拒绝了我”。尽管男人“希望女人野一点”，但“当女人终于学着野起来疯起来后”，那些“男人又萎了”。

幻想和现实之间的分歧在《飞翔的恐惧》的结尾得到了加强。在伊莎多拉拒绝那满嘴心理学术语的弗洛伊德派的丈夫和来自情人的存在主义精液后，一位陌生人在一节空车厢试图将手伸进她两腿之间，激起了她的怒火。最后，在丈夫不在场的酒店房间里，伊莎多拉从浴缸探出身，不知道自己的故事会像 19 世纪的故事那样以爱结尾，还是会像 20 世纪的故事那样以离婚收场。荣解释说，《飞翔的恐惧》的开放性结尾有很多个版本。“在其中一个版本里，伊莎多拉写了一封长长的信，收信人是赫尔佐格、弗洛伊德、柯莱特、西蒙·德·波伏娃、多丽丝·莱辛和艾米莉·狄金森。在另一个版本里，她死于堕胎失败。还有一个版本让她和贝尼特分手，前往瓦尔登湖，从此在森林里独居。还有一个版本里的她接受了奴役身份，他把她赢了回来。”但荣最终选择让伊莎多拉·翁——尚未有飞翔的能力——从水里探出身，走向潜在的重生。

舒尔曼和荣都明确地讽刺了女主角被当成受害者的行为。从这一点来看，她们都驳斥了琼·狄迪恩对于女性主义思想的“道德想象”。[45]狄迪恩曾鄙夷地称女性主义运动里的“普通女性”受到“除了她自己以外的所有人的迫害：她甚至会被妇科医生侵犯……被丈夫强奸，最终在堕胎诊所手术台上被强奸”。丽塔·梅·布朗用一个拒绝成为受害者的女主角谴责了女性对男性的依附，也谴责了塑造这种依附关系的异性恋剧本。在《红果林》(*Rubyfruit Jungle*，1973）中，主角莫莉·博尔特的美丽外表、无法满足的性欲和桀骜不驯的精神反而赋予了她反抗母亲偏见的能力——在这些小说里，母亲基本上就是逼迫主角社会化的人物。

丽塔·梅·布朗的里程碑式的小说一开始被所有出版商和机构拒稿，但最终在一家名为“女儿们”的小型女性主义出版社印刷出版。后来他们“满足不了小说的印刷需求”，小说被卖给了班塔姆出版社，布朗收到了意料之外的12.5万美元支票。[46]布朗还为此收获了“坏名声、无数封辱骂邮件、无数生命威胁，包括两个炸弹威胁，还要面对女性运动保守派不断累积的愤怒，以及来自激进女同性恋的斥责”，“异性恋因为我是同性恋而生气，女同性恋因为我不够像同性恋而生气”。

《红果林》里的莫莉·博尔特好奇心重，极度善变，举止叛逆，尝试各种不同的亲密关系。布朗沿承了拉德克里夫·霍尔（Radclyffe Hall）命名巧妙的《寂寞之井》(*The Well of Loneliness*）中的主题，即女同性恋都是怪胎，注定命运悲惨。这一点是通过讽刺支撑这个观点的弗洛伊德理论做到的。莫莉从来都不是男性渴望的对象，在看到童年好友的阴茎后，她的反应不是嫉妒，而是想出一个创业计划，想让邻居孩子付费来观看阴茎。[47] 从很小的时候开始，莫莉就和秀兰·邓波尔的娃娃保持距离，尝试与女孩和男孩亲吻，决心要随心所欲："为什么每个人都想把你塞进箱子里，盖上盖子？"

莫莉在大学期间以及毕业后在纽约遇到的异性恋都以为女同性恋是病人，或者认为女同性恋要学会放弃这种不成熟的性冲动。但这些异性恋也被描绘得有怪癖，比如有个男人"会因为被柚子砸而兴奋"。[48] 对女同性恋的描写也展现了女同性恋内部分为男方和女方的问题，莫莉嘲讽道："如果女人要在言行上模仿男人，那当女同性恋有什么意义？"在小说的结尾，她成功地获得了电影学位，也和母亲和解了。但她注意到专注色情电影的男性同学事业蒸蒸日上，而她却只能担任秘书一职。[49]

在《神谕女士》（*Lady Oracle*）中，玛格丽特·阿特伍德将对当代社会的批评延伸至童话、爱情电影、好莱坞偶像和色情电影上。这本幽默的元小说瞄准体形瘦削的女主角，讲述这位节食的逃生魔术大师最终没有向厌食症屈服的故事。琼·福斯特反抗骨瘦如柴的母亲的专制（母亲曾在女儿的蛋糕上撒上泻药），却发现自己被所谓的"恐母情结"牢牢掌控，这种针对母亲的恐惧和愤怒导致她暴饮暴食。琼"圆鼓鼓的大腿"和"一团团肥肉"先是让她失掉了在舞蹈演出上扮演蝴蝶的机会。[50]"谁会想娶一颗樟脑丸？"她焦虑地想道。但等到 15 岁，看到所有人不敢直视她 245 磅的身体，她感受到了"孤独带来的快乐"。粗壮的腰围让她得以隐身，免于男性骚扰。她开始幻想自己是一位举止夸张的胖夫人，卓有技巧地在高空走钢索，身上还穿着粉红色紧身衣，头戴闪亮皇冠，手上挎着一把迷你粉红伞。

我们是我们吃下去的东西，但我们也是我们读进去和写出来的东西。后来琼为了获得遗产而减重，此后开始和一系列男人交往，所有人表面上都那么浪漫且有吸引力，但实际上都在过一种可怕的猎艳生活。琼对此几乎没有注意到，因为她也在努力隐瞒自己和他们交往时的收入来源：她有几个秘密身份，她是写出畅销诗集《神谕女士》的神秘诗人，还是好几部畅销的哥特爱情小说的作者。和胖女士形象不同的是，琼的这几个瘦子身份和女性受害的故事紧密联系在一起。

琼作为出现在镜头前的女诗人，对文艺作品中女性艺术家的悲剧命运无法释怀：夏洛特夫人抛下了她的织线，死在了现实世界，还有《红舞鞋》中的舞者，最终像永不停歇的列车一样舞蹈。琼意识到“我这一生都被这些情节纠缠”，在这些故事中“你可以唱歌跳舞，也可以快乐，但你不能两者都要”。哥特小说作家不比诗人好多少，因为在那些商业上大获成功的故事中，受迫害的女主角最后都有了好结局。那些受惊的主角闯进阴森古宅，在古宅里和贪婪的妻子斗争，挑战可能是邪恶反派的男主角。整本小说中，琼一直在创作《爱的追踪》，在该书的一个段落中，恶妻菲利希娅本应死亡，然后由继承人夏洛特把自己起伏的胸膛贴在这位善恶难辨的豪宅主人的胸膛上。

随着琼在妻子、情人、明星诗人、丑角作家的多重身份的压力下支离破碎，就连她的胖夫人白日梦也开始变得不祥。但在一次假自杀让她安全离开加拿大后，琼回到了胖女士的怀抱，也开始重新审视这个经典的哥特情节："我厌倦了夏洛特完美的德行和整洁的做派。假扮成她的样子就像穿一件毛皮内衣，让我身上发痒。就连她的恐惧都显得太纯洁，她的杀人不眨眼、她的走廊、她的迷宫和禁区也是如此。"琼需要调整情节，这样才能逃离夏洛特·勃朗特的魔掌。

在《爱的追踪》的最后一章，妻子菲利希娅取代处女夏洛特，走进深深的迷宫，抵达故事的"核心情节"，在那里和4个坐在长凳上的女人相遇。4位女士都说自己是雷德蒙德夫人，甚至包括胖夫人。琼意识到，她的这几个不同角色都被困在了相同的故事里，男主人要么出现在将菲利希娅引诱进婚姻的情节里，要么杀了她进入杀人情节，而琼对故事的修正暗示两种情节可能没有区别，因为这两种情节都是令阿特伍德着迷的蓝胡子故事。如果真的如奥斯卡·王尔德所说，生活会模仿艺术，那唯一将生活从老套的浪漫情节中解救出来的方式，就是修正虚构故事，在英国作家安吉拉·卡特（Angela Carter）改写的童话《血色房间》（*The Bloody Chamber*，1979）里，这一点得到了充分印证。

在写下《神谕女士》的4年前，阿特伍德在一本小说中从心理和国家殖民层面探究了一个精神错乱的角色如何因为与父母和伴侣的关系不得善终而受到创伤。在《浮现》（*Surfacing*，1972）中，没有名字的女主角深入加拿大北部荒野游玩，身边还有新男友和一对有夸张的施虐受虐异性恋关系的情侣。阿特伍德在诗里剖析道："你融入我 / 就像钩子插进眼睛 // 一个鱼钩 / 一只睁开的眼睛。”[51] 有自杀倾向的女主角寻找着父母在湖畔的小屋，同时也是寻找美好的记忆，以对抗那些快将自己摧毁的伤害。

野外的污染让她感到恶心，她向湖底游去，寻找父亲失踪前拍摄的当地悬崖的图纸。浮上水面的不是一幅画或一块石头，而是“一个死物”。[52] 她将这具死尸（很可能是她父亲的）描绘成“在瓶子里蜷缩起来，像被腌制的猫一样盯着我……不管它是什么，是我的一部分还是另一个生物，我都杀了它。它不是一个孩子，但本来会成为一个孩子”。之前关于失败婚姻的故事都是烟雾弹，这个被堕掉的胎儿才是她与父母及未出生孩子的父亲疏远的原因。她感觉那些被她称为“美国人”的殖民者的破坏行为玷污了她，于是决意远离人类世界，远离“男人还有女人”的领土。

在前往接触神秘的神明和野生动物以前，阿特伍德的女主角先利用男朋友让自己受了精：她感觉到那个失去的孩子“从我的内心深处浮上来，原谅我，从被囚已久的湖底浮上来”。她开始摧毁小屋内部和周围的文化遗物：胶卷、她自己画的童话插图、父母的地图、专辑、唱片。她挖了一个洞穴，靠花园里剩下的东西过活。这种隐藏虚假自我并重获原始动物自我的尝试难免失败。但她在这个过程中看到了一系列幻象，最终相信自己有不可推卸的责任，“首先就是拒绝成为受害者”——其中包括了宣布放下“我很无力的旧想法”。《浮现》除了是普通女性的故事，还代表了所有 70 年代女主角打破旧传统，在一种更野性的生活里寻找重生的努力。

《浮现》的质朴情节和《女人的房间》(*The Women's Room*)的历史广度形成鲜明对比，后者在1977年登上畅销书榜单，掀起一股浪潮。但玛丽莲·弗伦奇呈现的依然是对“男人还有女人”的悲观态度。小说的前半部分像是在满怀悲痛地确认贝蒂·弗里丹关于50年代家庭生活的看法不假。[53]每位妻子都因为依附男性而受苦，男人们可能有工作，可能没有工作，可能会喝酒，也可能不喝，但“没了他们，你什么也不是”。弗伦奇的女主角米拉嫁给了诺姆（Norm，名字恰如其分）——讽刺地觉得自己是完美的模范（norm）夫人——发现自己“厌倦了4000年以来男性告诉我我的性别有多烂。尤其让我恶心的是，当我放眼望去，我看到男人有多烂，女人有多优秀，但所有人私下都认为4000年来的观念是正确的”。

但在这本关于60年代的小说的第二部分，女性主义没能拯救弗伦奇笔下的大多数人物。瓦尔是书中最重要的女性主义倡导者，成功地熬过了离婚后的时光，放下了对丈夫的憎恨，也不憎恨“他们任何一个人。他们控制不住自己。他们从小就被训练成为浑蛋”。但身处青春期的女儿被强奸后，瓦尔变得尖酸刻薄，坚称“在和女性的关系中，所有男人都是强奸犯。他们只是强奸犯，没别的了。他们用他们的眼睛、法律和行事准则强奸我们”。《女人的房间》迅速变成了女性主义的象征，不过与此同时，很多女性主义者对此书的看法也很复杂。[54]

不过，书中展现的忧伤还是反映了其他70年代女主角所面对的不确定性。在故事结尾，她们发现自己游荡在两个世界中间，一个是死去的世界，另一个是挣扎着准备诞生的世界。她们的生存景象和朱迪·芝加哥、米莉亚姆·夏皮罗在1972年创作的“女性之屋”展览里的房间很类似：垃圾桶里用过的卫生巾满到溢出的“月经浴室”，怪兽隐藏在微缩家具之间的“娃娃屋”，墙壁和天花板画满鸡蛋和乳房的“养育厨房”，尤其能说明问题的是“新娘楼梯间”，一个人形大小的玩偶被固定在楼梯底部，身穿全套毕业礼服。[55]

我们在写作《阁楼上的疯女人》时也读了很多这些小说，在这个过程中，我们惊讶地发现这些小说大声地说出了简·奥斯汀、夏洛蒂·勃朗特和伊丽莎白·巴雷特·布朗宁的作品里被压抑的抗议。但和奥斯汀、勃朗特、巴雷特·布朗宁笔下的主角不同，女性主义小说里的女主角不会在异性恋关系里拥有永远幸福快乐的结局。这些发疯、婚姻不幸、离婚或者单身的角色让作者有机会批评当下的婚姻机制。那个年代的离婚率激增，部分原因就是传统异性关系遭到女性主义者的猛烈抨击。[56]

普拉斯在50年代的大胆尝试

这十年来，最广为流传的小说是一本对传统美国女性气质进行批判的小说。小说的主人公/叙事者被矛盾的局面逼疯，甚至尝试过自杀。《钟形罩》于1963年在伦敦首次出版，作者西尔维娅·普拉斯化名维多利亚·卢卡斯（Victoria Lucas）。出版还未满一个月，普拉斯自杀了。普拉斯死后，普拉斯的丈夫和母亲对于是否让小说用普拉斯的真名在英格兰出版一事十分犹豫，更别提是否让小说在美国面世了。最后在 1971 年，小说在美国出版，评论好坏参半，但也激起了很多读者阅读的兴趣，很多人知道小说情节在影射普拉斯本人悲哀的过去和惨淡的未来。

很长一段时间里，普拉斯都想用一种“鲜活的、厚脸皮的俗腔”写小说，可以是类似乔伊斯·卡里（Joyce Cary）的腔调，不过小说最后读起来像 J.D. 塞林格（J.D.Salinger）。[57] 小说的主人公艾斯特·格林伍德和塞林格笔下的霍尔登·考尔菲德一样愤世嫉俗，甚至更阴暗一些，因为她没有霍尔登对“伪君子”的轻蔑。艾斯特和塑造她的文化保持着怪异的距离，一步步地走向自我献祭。小说的第一段就奠定了基调：“那是一个诡异、郁闷的夏天，他们用电椅处决了罗森堡夫妇，而我不知道我在纽约做什么。”[58] 艾斯特当时在纽约，因为她和普拉斯一样，赢得了为一本年轻女性杂志做特邀编辑的机会。但在解释自己为什么来纽约之前，艾斯特的注意力离不开罗森堡夫妇事件：“他们被电椅处决的事情让我恶心，报纸上只谈论这一件事……我不断从收音机里听到罗森堡夫妇的事情……我知道那个夏天的我不太对劲，因为我能想到的只有罗森堡夫妇，再想到自己买这些不舒服的贵衣服，让它们像鱼一样软塌塌地挂在我的衣柜里，是多么愚蠢。”

艾斯特对罗森堡夫妇事件的痴迷并不奇怪。她正在叙述一本关于 50 年代的小说 / 回忆录，那 10 年里，麦卡锡主义和反犹主义盛行，反犹主义甚至受到来自犹太律师罗伊·科恩（Roy Cohn）的支持，科恩后来成为要求判处罗森堡夫妇死刑的诉讼人，再后来成为唐纳德·特朗普的私人律师。艾赛尔·罗森堡（Ethel Rosenberg）被电椅处决一事负面反响尤其大，因为当时很少有证据能证明她参与了这场由她兄弟和丈夫策划的叛国案，所以她对普拉斯尤为重要。她甚至有可能是女主角名字的来源。艾赛尔的真名是艾斯特·艾赛尔·罗森堡，罗森堡翻译成英语本意是"玫瑰山"，和艾斯特的姓氏格林伍德的本意"绿木"（Green-wood）相去不远。艾赛尔·罗森堡被电椅处决的事引出了《钟形罩》的中心主题之一：电击治疗如何被危险地滥用。在普拉斯看来，她在 1953 年遭受的折磨和电椅处决很类似。

艾斯特来纽约的一个月本该是一场辉煌的冒险，结果却演变成一连串灾祸。她仰慕实习杂志社的主编杰·西，认为他"有脑子"，但对他"像塞子一样丑陋"的外表提不起兴趣。在她的特邀编辑姐妹里，她被两个截然相反的人吸引：叛逆的多琳和美国模范少女贝特思。多琳称贝特思是"盲目乐观的牛仔女孩"。这些人物和艾斯特的寡妇母亲（一位速记打字教师，一直督促艾斯特也学速记打字）一起，似乎代表了艾斯特的不同面貌，或者她渴望扮演的不同角色。但与此同时，没有人能说出她埋藏心底的远大志向。事实上，她们都被囚禁在一个有毒的世界里。除了多琳（不足为奇），所有特邀编辑都在《女士日》杂志举办的午宴上食物中毒了。多琳是怎么幸免于难的？她选择不参加这场本该是享受的宴会。但她早前也因为喝了太多酒吐得昏过去，灌她酒的是她在出租车里勾搭上的男友。

艾斯特遇到的男人也无法满足她的欲望。她的高中男友巴蒂·韦拉德和母亲一样是中产阶级，甚至比她母亲更恪守传统价值观。韦拉德夫人努力想让艾斯特嫁给巴蒂，同时催促艾斯特成为标准模式下的50年代家庭主妇。韦拉德夫人认为，“男人是射向未来的一支箭，而女人是帮助这支箭射出去的弓”。但艾斯特希望自己是射向未来的一支箭。她从来没有在巴蒂身上感受过性吸引力。当她终于有机会看到他的生殖器（那是她看到的第一个男性生殖器），她觉得它像“火鸡脖子和火鸡肾”。她交往过的其他男人还包括一个试图强奸她的秘鲁人、一个被动的同声传译员、一个夺去她初夜（导致大出血）的数学教授，这些男人都给不了她什么东西，反而让她心生恐惧。

艾斯特的混乱状态很可能是未来心理崩溃的预兆，崩溃后她只得接受电击疗法，在小说下半部分住进了医院。但她的混乱状态也可能直接来自社会学家埃米尔·迪尔凯姆（Emile Durkheim）在著作《自杀论》(*Suicide*，1897）里提出的“失范”。失范——从前默认的标准和价值观崩塌——在50年代自鸣得意的文化氛围里越来越明显。所以艾斯特的同伴们一开始在纽约，后来在家，再后来在精神病院。每个地方都代表了截然不同的生存状态。在一个崇拜贝特思类型女孩的世界里——贝特思最后也成为杂志封面女郎——叛逆的多琳茁壮成长，艾斯特控制欲旺盛的母亲在大学教速记法。韦拉德夫人遵从《持家有方》杂志的陈词滥调，杰·西位高权重，却“像塞子一样丑陋”。每个人都不一样，但都以自己的方式展现50年代的文化切面。难怪艾斯特发现自己被“无花果的寓言”深深吸引，她想象自己坐在一棵无花果树下，无花果的果实经常象征着女性的阴部，满树的无花果象征着她周围的女性所扮演的不同角色，她无法决定要像哪颗果实一样成长，凋谢，最后死亡。[59]

在纽约度过梦游般的一个月后，艾斯特扔掉了自己所有的漂亮衣服——50 年代的女装——回到家，在接下来的日子里试图自杀。有一次差点成功了，她吞下一整瓶安眠药，像躺在棺材（entombing）里一样（还是婴儿躺在子宫［enwomb］一样？）睡在母亲的地下室里。她在纽约失范的一个月不仅仅导致她表现失常，罗森堡夫妇骇人的命运更是预示了她日后被误用电击疗法的痛苦。在诗集《爱丽尔》中有一首诗叫《吊死鬼》，普拉斯在诗里写下了这段经历："有一个神灵抓住了我的发根 / 我在他蓝色的电压里嘶嘶叫着，像沙漠里的先知。"[60]

在 60 年代早期写下这些阴暗经历的时候，普拉斯没有认定自己是女性主义者。但她和她的作品（包括散文和诗）都蕴含了 70 年代女性主义的气质：对 50 年代刻板女性形象的疏远，对于性（包括贞洁和破处）的厌恶，甚至还有一种类似米利特在《地下室》里传达的秘密感受："身为女性就是死路一条。"然而造化弄人，1963 年，在《钟形罩》出版后一个月，贝蒂 · 弗里丹的《女性气质的奥秘》出版了，此时距离普拉斯自杀身亡过去只有一个星期多一点。但这场命运的捉弄开启了未来。两本书都在和"那个无名的问题"做斗争，它们和米利特的《性政治》以及西尔维娅 · 普拉斯悲惨的人生故事一起，孕育了 70 年代的女性主义。[61]

《钟形罩》在美国出版后，读者将其合理地解读为一个 70 年代女性主义反抗 50 年代文化的故事。艾斯特·格林伍德可以被看作一位 70 年代的女性主义者，她像一些穿越故事里的主角那样，带着自己的野心、愤怒以及觉醒中的女性意识穿越到了 50 年代。《爸爸》揭露了父权制“大理石般沉重”的形象，《拉撒路夫人》宣示了女性的浴火重生，而《钟形罩》和它们一起，把每一页都贡献给了对“那个无名的问题”的讨论。

也难怪《钟形罩》的出版在让普拉斯的自杀更加扑朔迷离的同时激发了一场文学革命。罗宾·摩根 1972 年出版的处女作《怪物》(*Monster*) 里收录了诗歌《传讯》，诗中从女性主义的角度攻击特德·休斯，认为他要为妻子的死负责：

> 我要怎样
> 指控
> 特德·休斯
> 犯下了全英国和美国
> 文学界和批评界
> 长期以来否认
> 甚至不愿多言的罪行：
> 谋杀西尔维娅·普拉斯？[62]

休斯称摩根的诗是污蔑，威胁要把她告上法庭；休斯的律师禁止此诗在英国或其他英联邦国家出版。但英格兰、加拿大和澳大利亚的女性主义者制作了该书的盗版，还有些人篡改（在她们看来是“修正”）了普拉斯墓碑上的名字：西尔维娅·普拉斯·休斯经常被缩短成西尔维娅·普拉斯。特德·休斯从德文郡取来的放在墓上的石头和贝壳经常被移走。《卫报》和其他报纸上刊登了很多激烈的争论。

休斯曾私下对朋友说，“没有多少男人有谋杀天才的机会”，并补充说“我听见公园里有狼在嚎叫”——摄政公园动物园离普拉斯的公寓很近，他和两个孩子住在那里——“这倒很应景”。[63] 但在《生日信》里，他给西尔维娅·普拉斯的灵魂写了多首优雅诗篇，在诗中驳斥了让他为普拉斯之死负责的女性主义者的攻击。有一首诗特别献给他的孩子，表达了他的悲痛之情。诗歌名叫《狗在吃你们的母亲》，警告读者“想挽救她/已经太迟”，然后描述他和孩子满怀爱意装饰她的坟墓，结果“一群土狼”践踏了那片墓地：

> ……现在它们靠
> 她的躯体过活。甚至
> 把她的脸从墓碑上咬下来，
> 狼吞虎咽地吃掉墓地装饰……[64]

律师和诽谤官司，暴乱和激烈的反击。1976年，休斯前往澳大利亚的一个诗歌节，遇到了一群手举写着“杀人犯！”的牌子的女性。休斯的反应是和他在澳大利亚的情妇吉尔·巴伯（Jill

Barber）开始了长达两年的恋情，在这段时间里还和很多不同的女人上床。但他还是熬成了英国桂冠诗人，和伊丽莎白女王一起钓鱼，让查尔斯王子在皇室住宅里为他建了一个类似圣地的地方。与此同时，普拉斯不仅变成了畅销书作家，她遗留的个人物品也大大增值：印第安纳大学的利利图书馆保存了普拉斯的头发，其衬衫和裙子最近在伦敦以高价拍卖，普拉斯的纸娃娃也在印第安纳大学。

在 2015 年的诗作《和西尔维娅 · 普拉斯辫子的自画像》里，诗人戴安 · 苏斯（Diane Seuss）陷入了沉思，普拉斯"就像我们"，把美貌当成武器，直到"她结婚 / 放下武器，当她遭到背叛 // 再次拿起文字的武器 / 以诗为剑"。[65] 苏斯模仿的是艾丽卡 · 荣、安妮 · 塞克斯顿、凯瑟琳 · 鲍曼等作家为普拉斯写的诗歌。荣的《诗歌巡回演出上的阿尔克斯提斯》聚焦一位女奴隶如何"用自己的舌头做的 / 细鞭子"鞭打自己，描绘了这个奴隶接下来的命运：

> 如果她是位艺术家
> 而且能和天才比肩，
> 那她的天赋
> 会成为她痛苦的根源
> 她会结束自己的生命
> 而不是超越我们。

在她死后，我们会哭泣
会追封她为圣人。[66]

安妮·塞克斯顿的《西尔维娅之死》为朋友的死哀悼，“之前你还给我写信 / 从德文郡 / 谈你在那 / 种土豆 / 养蜜蜂”，但塞克斯顿（几年后也选择了自杀）羡慕普拉斯能“放下一切”，踏入“我向往了很久的死亡……”[67]在诗集《普拉斯的展柜》（*The Plath Cabinet*）里，凯瑟琳·鲍曼描述了普拉斯被保存下来的那缕头发和纸娃娃，认为那个密封的展柜就是普拉斯封神的地方。普拉斯死后的生命远比她的人生长。[68]

在很长一段时间里，特德的文学经纪人姐姐奥尔文充当着普拉斯遗产的守门人。现在普拉斯的女儿弗里达·休斯——自 2009 年 47 岁的尼古拉斯在阿拉斯加上吊自杀后，弗里达成了这个小家庭唯一在世的成员——守护着这笔争议满满的财富。

但一些读者依然无法放下普拉斯以某种方式幸存的想法。不久前，《伦敦书评》刊登了一篇对普拉斯全部作品的评论，文章名为《86 岁的普拉斯》，作者是约翰娜·毕格思（Joanna Biggs），在文章结尾，毕格思想象道：

西尔维娅·普拉斯根本没有死：她活过了 1963 年的冬天，现在还生活在菲茨罗伊路，靠《钟形罩》和《再度考量》的收益买下了整栋楼。《再度考量》是她在 1964 年写下的小说，讲述了一个“妻子以为丈夫完美无瑕，后来却发现他花心又背信弃义”的故事。她经常穿着爱林·费舍牌的衣服，在费伯出版社的派对上，她经常坐在角落的摇椅上……她会对“Me Too”运动感到迷惑，但也会很感兴趣……她几年前开始不再写小说，现在会缓慢地写诗，她拿过普利策奖、布克国际奖和诺贝尔奖。她的光环太大，让人不好接近，但在她梳理她花白的头发，而你在厕所里涂口红时，你会在镜子里朝她羞涩地一笑……[69]

第六章　启迪诗歌，启迪小说

70 年代被狂热的运动支配，是一个高度启迪的时代：这里的启迪包括启发的本意，即站在一定距离外，从理论视角**观察思考**事物，也包括带有启发性质的一系列**如果**——如果事情变得不一样，如果事情变得更好或（甚至）更差，会怎么样？这些年里，阿德里安·里奇和其他活动家一起谱写启迪诗歌，很多同行开始创作女性主义科幻小说，它们比男性同行出版的硬核科幻小说更具启迪性质。雄心勃勃的女性开始在小说和诗歌领域审视并应用古老的反乌托邦和乌托邦主题。

尽管当时我们不会那样表达，但要说我们突然明白自己生活在反乌托邦一点儿也不夸张——“反乌托邦”（dystopia）由希腊语而来，意思是“一个坏地方”。在某个时刻，在眨眼的一瞬间，所有曾经看起来“正常”且“标准”的东西突然变得不真实。那些在 70 年代了解女性主义的女性似乎无可避免地发现，我们在学校学习的历史（尽管血腥残酷）其实是父权制体系的历史，从凯特·米利特和苏珊·桑塔格的观点来看，这种历史是我们要极力逃离的一场噩梦。

我们在冷战的半山腰处醒来，这里看起来和我们试图逃离的历史一样都是反乌托邦的。越南战争愈演愈烈，水门事件传遍全国，国内最有前途的（男性）领袖——约翰·F. 肯尼迪、马丁·路德·金、罗伯特·F.肯尼迪——都遭到暗杀，然而我们几乎见不到任何女性领袖，至少在国家管理层面一个也没有。1970年参议院有一位女性（玛格丽特·蔡斯·史密斯）；在众议院只有11位女性（占议员人数的2.1%）；最高法庭里没有女性。在日常生活领域，女性的身体遭受了前所未有的性化，超短迷你裙让我们在自动饮水器前连弯腰不露出内裤都做不到。我们平日穿着紧身裤或长筒靴，让自己看上去像男性科幻小说家笔下的性感外星人，住在他们长期幻想的外太空世界，在那里女性生物存在的意义就是服务男性。

这一切是怎么发生的？我们大多数人从来没有学习过女性的历史。“历史”是男性英雄和反派、战争和殖民的编年史。就算女性出现，她们也是作为战利品出现，比如特洛伊战争里的海伦，或者瓦格纳《纽伦堡的名歌手》（*Die Meistersinger*）里的艾娃。正如简·奥斯汀《诺桑觉寺》（*Northanger Abbey*）里的凯瑟琳·莫兰所说：“历史告诉我的东西，要么使我恼火，要么使我厌烦。教皇和国王的争执，男人们全都一无是处，同时几乎没有任何女人出现。真令人生厌。”[1]现在的我们带着狂热的批判精神去读这本书。

我们知道以前有妇女选举权运动，女性在“一战”以后才获得了投票权。但我们大多数人都不知道的是，几个世纪以来，女性不能有自己的财产，她们的孩子“属于”她们的丈夫，而丈夫可以在施加“家庭管教”时用“不粗于他大拇指的鞭子或藤条”抽打妻子而不受到惩罚，[2]诸如此类。我们不知道的这些事最终将填充女性主义书写的女性历史。

但在那时，我们又心生向往并想让它成为现实的东西是，一个乌托邦、一个自由平等的理想世界。在那里，人们对性别的传统设想都是虚构的。那个世界不再由“教皇和国王的争执”、大男子主义的总统和有厌女倾向的独裁者所构建。

阿德里安·里奇的变形记

当阿德里安·里奇回想那个改变她的人生、爱和艺术的时期，她想知道：“越南和爱人的床之间的联系是什么？如果这场席卷小国的疯狂的暴力行为是我所在的强势大国所施加的，那这与性向以及男性和女性之间正在发生的事会有什么关系？我感觉那在当时也是一场斗争。”[3]这位自省意识强的诗人意识到，60年代是革命的时代，而那10年里的动荡塑造了她在更为反叛的70年代里体验到的变形（transfiguration）。

变形将成为她这些年的体验的基石。她和本章后面谈到的女性主义科幻小说作家一样，发现自己渴望想象一个被叛乱“改变、彻底改变”的世界（借用叶芝描述从前革命的话）。[4]对她而言，标志着女性主义第二波浪潮的女性意识觉醒同时也关乎政治、诗歌和个人生活。这场觉醒激起了新兴的启迪诗歌，在与反乌托邦做斗争的同时，也在想象乌托邦式的文化革新。

政治。在这个时期，里奇对公共议题愈发关注，这一点可以找到很多记录。1966年，她和阿尔弗雷德·康拉德（Alfred

Conrad）以及他们的三个孩子搬到了纽约。康拉德在城市学院担任经济学院的院长；里奇在哥伦比亚大学教了一段时间书，之后加入激进的“探索教育、提升与知识”项目，同时在城市学院向贫困的非裔美国学生和波多黎各学生教授语言技能。民权运动和反战运动她都有参与。康拉德则是突破性论文《前内战时期南方的奴隶经济》的作者之一，文章公开表达的对“这个社会的军国主义、麻木不仁和种族主义”的愤怒，不比里奇在她日益激进的诗歌里表达的愤怒少。

这对夫妻一起在中央公园西路的公寓里举行活动家集会，并一起参与了 1967 年在华盛顿的反战游行。康拉德支持妻子在“探索教育、提升与知识”项目的工作；在给密友、诗人海登·卡鲁斯（Hayden Carruth）的信中，里奇写道，康拉德被她的学生所展现的“成熟和入世”所“深深震撼”。[5] 康拉德对城市学院饱受争议的开放招生政策大加支持，最终在 1969 年 5 月被逼辞去经济学院院长的职务。他一直对妻子的宏图大志表示理解，但他对妻子在《媳妇的快照》中描绘的女性主义者的投入之狂热也有所顾虑。

诗歌。里奇对 50 年代的家庭生活表示拒绝，她开始写作一系列带有幻想性质和佐证性质的诗歌，这些作品让她一战成名。在 90 年代的一次访谈里，她解释说，随着她的公众生活和私人生活开始倒塌和重建，她必须“为自己体验到的破碎感和困惑找到合适的表达”。她被乌尔都语诗人加里布（Ghalib）的加扎勒抒情诗（ghazals）吸引，在诗中她“找到了一种允许高度想象性图景存在的形式”，而她“开始前所未有地频繁出入电影院”，受到了“戈达尔在电影中对语言和图像的运用”等电影技法的深刻影响。

个人生活。在为公共政治和诗歌革新献身的同时，里奇也开始（用她的话说）“革新”个人生活。她和康拉德的婚姻从来都不完美，正如一位评论家所说，“双方都有不忠”，[6]但两人的婚姻是稳定的。现在，随着她的职业生活和政治生活逐渐拓宽，里奇的个人生活开始改变，但在康拉德看来，这种改变意味着原来生活的崩塌。里奇在60年代长期情绪抑郁，她一直饱受类风湿病困扰，现在更是发展为对台阶的恐惧。她向存在主义心理分析师莱斯利·法伯（Leslie Farber）寻求心理治疗，法伯是知名专著《意志的方式》（*Ways of the Will*）的作者，一度成为里奇生命里最重要的人。

等到60年代末期，里奇决定搬出中央公园西路的公寓，把儿子留给康拉德，自己在附近的一个单身公寓独居。记者米歇尔·迪恩（Michelle Dean）告诉我们，里奇在1970年10月写给诗人海登·卡鲁斯的信里表示“阿尔夫和我谈了很多，在铺满落叶的路上，坐在车里，或是傍晚坐在壁炉旁”。但她表示“我感觉阿尔夫有大麻烦了——我帮不了他了，我自己也在努力不给他添麻烦”。然后，迪恩补充道，正是“她写下这封信的同一天，康拉德写下一张支票，买下一把枪”，不久后他将在夫妻俩在佛蒙特州的度假房子里用这把枪自杀。

里奇日后一直记得，康拉德的自杀“对于我和孩子都是巨大的打击”。“他的自杀让人惋惜，（因为）他是个才华横溢的人，对生活充满热爱。”[7]与此同时，这种个体暴力的行径不仅让里奇看到一对夫妻间的问题，还让里奇开始思考两性之间无法逾越的鸿沟。海登·卡鲁斯回忆道，她“开始成为一个高调好斗的女性主义者”，以至于“阿尔夫来找我，向我抱怨阿德里安疯了”。康拉德开枪自杀后，卡鲁斯补充道：“阿尔夫失望透顶，阿德里安变得越来越出名，但他越来越抑郁。”

至于里奇自己，在丈夫死后，有传闻称她几乎切断了和所有男性朋友的联系，多年以来只寻求女性的陪伴，开始扮演女性主义先知的角色，最后以女同性恋身份出柜。“她太沉迷其中了，”里奇曾经的好友伊丽莎白·哈德维克抱怨道，“她故意让自己看起来很丑，写一些极端又荒谬的诗。”[8]但这些“极端又荒谬的诗”影响了整整一代年轻女性，带她们前往一个全新的远方。可以看出，在康拉德自杀以后，政治、诗歌和个人生活同时融入里奇的文学生涯，将她改造为一个公共知识分子，替整整一代人抒发她们的怒气。

里奇不喜欢美国诗坛的告白式写作方式，宁愿用“我们”或“你”而不是“我”作代词。但个人危机带来的“巨大”悲痛确实在她的诗歌和政治生涯中留下了重要印记。她很少公开谈论自己的经历，绝大多数时候都像艾米莉·狄金森那样“道出所有真相，但所言委婉含蓄”。[9]或者换一种方式说，正如她在晚期写的一首诗里暗示的那样，她用一种隐形的墨水将自己的故事写进诗歌里，只有将作品放在解码的焰火上才能读出来。[10]

《潜入沉船》(*Diving into the Wreck*)是她的里程碑式的诗集，书中记录了她的女性主义意识觉醒的时刻。与此同时，本书的力量还体现在它悲愤地凝视着她丈夫的生活和她的婚姻，在她看来，父权制异性恋体制强行在“越南和爱人的床”之间建立了连接。如果说西尔维娅·普拉斯的《爱丽尔》叹惋50年代的死亡，同时梦想60年的革新，是写给普拉斯自己的挽歌，那《潜入沉船》就是献给阿德里安·里奇和阿尔弗雷德·康拉德的50年代婚姻的挽歌，它试图描绘同名诗歌所说的两口子在六七十年代面临的“灾难的根源”。[11]

正如玛格丽特·阿特伍德在《纽约时报书评》中所写的，“第一次听作者读出这些诗时，我感觉像有人在狠狠敲打我的脑袋，一会儿用冰锥，一会儿用钝器”。她总结道，这本书“难得地强迫你去思考你对自己的看法，而不只是思考你对这本书的看法”。[12] 显而易见，里奇在《潜入沉船》一诗中使用的潜入和挖掘的意象和阿特伍德《浮现》中的意象非常相似，就好像两位作者都自动将深掘的主题引向曾经的父权制，奠定了往后十年里许多女性主义者的思想。

在1972年的《评论》杂志上，里奇的心理治疗师莱斯利·法伯发表了一篇名为《他说，她说》的论文，文中他惊叹“新女性主义对官方机构提出质疑，而这些机构一个世纪以来都在为追求同舟共济的男男女女提供庇护”。[13] 作为一位与患者有密切交流的介入型心理咨询师，他有可能是从和病人——阿德里安·里奇——的谈话中瞥见了70年代女性主义的风貌。里奇已经从塑造了她那一代人婚姻生活的异性恋的“真实浪漫”美梦中惊醒，作为目击证人，对为她这一生“提供庇护的机构”带来的压迫**看得**越来越清楚。《潜入沉船》隐晦地表达了里奇失去亲人的伤痛，分析了她这一代人经历的变革，同时强调了——借用她出版的前一本书的标题来说——她自己的“变革的决心”。

“性别的悲剧 / 就在我们身边，是一片林地 / 斧头打磨的对象。”里奇在《在黑暗中醒来》中写道。[14] 这首诗记录了她在曾经“属于男人，但现在不再如此”的世界里居住的感受。到底是什么组成了她眼中的“性别的悲剧”?《潜入沉船》中有几首诗明确谈到了这个问题，里奇稍晚出版的诗歌《在美国旧屋》也谈到了这个问题，在诗中里奇忧伤地回顾了自家在佛蒙特州的度假屋（也就是康拉德 1970 年开枪自杀的那间）的历史。下面是一段创伤性的“他说，她说”的对话，比莱斯利·法伯在 1972 年的论文中所讲的更富有戏剧性。

“但你看不出我是人吗?”
他说。

“什么是人?”
她说。

“我试图理解。”
他说。

“你愿意做什么？”
她说。

“你愿意为历史惩罚我吗？”
他说。[15]

等到康拉德自杀时，里奇已经对历史感到愤懑不平，她认为历史是一场反乌托邦文化叙事，总是将女性定义为二等人。在《试图和男人交谈》中，她开始把所有男人看作“身上的躁动像权力”的存在，他们的“眼睛是另一种大小的星星”。[16]审视和再审视成了她的作品里反复出现的主题，同样重复出现的还有她看见——引用诗人威廉·布莱克的话——“洞察的大门被清洗”时的怒火。[17]“在我眼皮下面，另一只眼睛已经睁开 / 赤裸裸地 / 直面光亮。”她在《在牢房》中写道。[18]在《陌生人》中，她想象自己是双性人，“审视的怒火清洗着我的视野 / 也清洗着怒火浇灌出来的 / 对仁慈的细致看法”。[19]

《潜入沉船》的同名诗歌出现在本书的中间部分，拥有梦一般的张力，象征着女性主义事业对真理和重生的追求。本诗虚构了一次远航，荣格将这次旅行定义为“夜海之旅”，在旅途开头，里奇做了三步重要准备：她读了“**神话之书**”，正是这本书塑造了她的世界。随后她装上**相机**，以便能记录一路所见。她还检查了“**刀刃**的边缘”，刀是为了保护自己，也是为了拆解一路发现的东西。然后，她想象自己是一名孤单的潜水员，离开 20 世纪现实中的纽约，精心穿戴上潜水用具——其中包括“黑色橡胶制成的连体装甲 / 滑稽的脚蹼 / 庄严笨重的面罩”—— 潜入象征着集体文化潜意识的黑色深海，去探查“沉船”，并在其中发现了两具溺水的尸体，一具是男人，一具是女人。

在她一路潜入深处时，里奇暗示这首诗就是她慢慢堕入地下世界的过程。“文字就是目的 / 文字就是地图。”然而在写作过程中，她也奇迹般地深入了使她的婚姻沉船的“性别的悲剧”。她表示，在她注意到自己正在试图理解“沉船本身，而不是沉船的故事 / 事物本身，而不是传说”时，“我看到已经造成的伤害 / 还有不灭的珍宝”。她来到现实的残骸旁，在废墟里打转，最终发现自己不只是“游进货舱”的美人鱼，而和她的男性同伴一样，也是这场船难的受害者。溺死的男女不只是一对普通夫妻，更是传统的异性恋夫妻的代表：

> 我就是她：我就是他。
> 溺死的脸，睁大着眼睛长眠……
> 我们是半摧毁的仪器
> 曾帮助指引航道
> 是被水浸湿的航海日记
> 是损坏的罗盘

关于“仪器 / 曾帮助指引航道”，在里奇早期的诗歌《60 年代婚姻》和《像这样一起》中，她曾称赞丈夫为与她共生的“亲爱的粒子同伴”。[20]现在变得无可救药的不仅是“他”的自我，还包括“她”的自我。因此，在《潜入沉船》的最后一个诗节，面对沉船这一无尽的事实，冒险潜入历史深海的潜水员在精神上、性别上，甚至在语法上都得到了改写，获得了重生。值得注意的是，诗歌结尾出现了人称代词的紊乱，暗示着刚刚获得语言的新思想开始植入旧思想，就连读者也被拉进了这场行动中：“我们是，我是，你是……带领我们 / 回到这片残骸的**那个人** / 手里还捧着……一本神话之书 / 上面 / 不会出现我们的名字。”就连标准英语语法也无法满足表达的需求：里奇在努力寻找新表达方式的过程中精疲力竭，她的想法是那么新颖，就连神话之书也未曾记载这样一个乌托邦式的存在。

“我们是……那个人。”我们是一个人。只有一个人。那对夫妇中幸存下来的那个人，不仅带着沉船的故事，还带着重生的希望。《潜入沉船》没有以里奇另寻别爱结尾。在将异性恋定义为无处不在且“强制性”的制度后，她慢慢地将自己重新定位在自己口中的“女同性恋集群”里。但在本书结尾处，几首小诗赞美了她在个人生活、诗歌和政治变革方面取得的进步，这是她长期追求的目标。最值得注意的是《作为幸存者》，这首诗是为去世丈夫所作的感伤悼词，清晰地审视了那段破碎的婚姻（“我们之间缔造的协议就是 / 如今普通男人与女人之间的协议”[21]），哀叹了他的蓄谋已久的自杀（“你的死令人惋惜”），描述了这十年的变化轨迹，而她成了这十年的代言人。那“本要跨出的一步 / 我

们谈过 / 但已经太迟了”——是离婚，还是重新发现自我？——却构成了“我现在的生活 / 不是跨出的一步 / 而是一系列短暂而耀眼的进步 // 每一次进步都让下一次进步成为可能”。

这些耀眼的进步包括写下一系列前无古人的论文，撰写一本探究母性“体验和制度”的书，完成极具挑逗性的《21 首情诗》，在诗集中以女性作者的身份赞美女同性恋情爱，对传统十四行诗进行了重新想象。里奇这个时期的文章包括对《简·爱》和艾米莉·狄金森诗歌的深入研究，但最具影响力的作品还属《当我们这些死者醒来：作为再审视的书写》和《强制性异性恋和女同性恋的存在》。

在《当我们这些死者醒来》里，她高度赞扬了 70 年代标志性的女性意识觉醒（“梦游者开始醒来，苏醒第一次成为集体现实”），然后坚定地称“重新审视——回顾，用新的眼光去看，用新的批评视角进入旧文本——对女性来说不只是文化史的一章，也是幸存的方法”。以上几句话总结了女性主义者对文学文化的重新思考，在日后将成为一种重要的批判性思维模式。《当我们这些死者醒来》是女性研究的奠基性文本，也是女性主义批评的奠基性文本。《强制性异性恋和女同性恋的存在》的地位同样重要，该论文批评了文化“意识形态对异性恋的**要求**”[22]，探究了在“女同性恋集群”里“女性成为热情的志同道合者、人生伴侣、同事、恋人、社群成员”的可能性将如何在社会和情欲层面被接受。

这些文章中的论点启发了《21 首情诗》,《21 首情诗》是

《共同语言的梦想》(1978)一书中最核心的一组诗。这些13至20行左右的小诗不能算十四行诗，但表面看上去和十四行诗十分相似，它们像该书前面的组诗一样，追溯了一场爱恋的轨迹。和里奇同时期的很多诗一样，这些小诗的背景设定在纽约市，涉及纽约的出租屋、游乐场和电梯，叙述者说道：

没有人想象过我们的存在。我们想像树一样活着，
像美国梧桐，在有硫黄的空气中熊熊燃烧，
身上布满伤口，却依然生机勃勃，
我们的兽性深植在城市里。[23]

这些小诗和里奇同时代的大多数作品一样，都情感激昂，同时有强烈的政治意味。两个女人深爱着彼此，不得不“审视那片空白/因为男人不愿，而女人无法/诉说我们的生活”。尽管她和爱人感觉自己面前的是一片文化“空白”，但这首满怀赞美之情的十四行诗里充满了兴奋到要溢出的欲望。她在第6首诗里写道：“我想和你游遍每座人迹罕至的山……我想抓住你的手一起攀岩/感受你的动脉在手里跳动。”在下一首诗里，她再次表示“在我们分享的任何世界纪事里/它都可以被赋予新的意义/我们是两个同性别的恋人/我们是同一代的女人”。

同一代。这个词放在重点诗篇的结尾，“一代”一词有一种特别的力量，不仅表示了某个时间点，更暗示了一种革新、重生、改头换面。尤其是那首没有序号的露骨色情诗《漂浮的诗

歌》，可以放在任何组诗中的位置阅读，以一种夸张的方式表现了生殖方面的性觉醒，将诗人引向变形。“不管我们之间发生什么，你的身体/会永远纠缠着我的身体”，她向爱人保证道，同时用文艺复兴时期（男）作者描绘女性身体之美的技法，在一系列“布拉宗诗”（blazons）里夸赞了她的爱人：“你壮实的大腿一路前行”“你的乳头永不知足地翩翩起舞”“你宽厚的舌头和纤细的手指”。然后，她在另一首赞美叙述者/恋人身体的诗里写道：“到达**我**已经等了你几年的地方/**我**湿润的玫瑰洞穴。”这里不只指欲火焚身的作者湿润的阴道，更是指诗人在几十年的“强制性异性恋”中等待的独属女性的空间，在那里她体内的女同性恋“得以开始伸展四肢”。

《21首情诗》的结尾处再次强调了作者的选择，作者让自己穿越到过去，在那里向读者展现了变革的**决心**。她想象自己在“来自异域的蓝色石头之间/粗糙的石头堆砌成巨大的环形”，那里可能是巨石阵遗址，也可能不是。她坚持说那不只是巨石阵，“而是头脑/回顾她独处的时候……可以不因为孤独而被选中”。

也不是轻而易举就能画出
那个圆圈，那沉重的阴影，那耀眼的光。
我选择成为光下的一个人，
一半潜伏在黑暗中，有东西
在太空移动，石头的色彩
在问候月亮，但不只是石头

是女人。我选择在这里行走。去画出这个圆圈。

如果说《潜入沉船》以人称代词的混用结尾，那《21首情诗》就以强有力的自我定义收尾：叙述者选择将自己命名为女人，而且是一个选择前往某处，从一开始就将自己放在中心位置的女人。现在她已经远离了和恋人幽会的曼哈顿街道。现在，在与自力更生的自我独处的过程中，她变成了一个陌生的新生物——一个几乎像从科幻小说或幻想小说里走出来的人物。

反乌托邦和乌托邦

里奇的启迪诗歌在“强制性异性恋”制造的婚姻的反乌托邦式“沉船”和虚构的置身于“来自异域的蓝色石头”的乌托邦女性身份之间游荡，而70年代很多女性作者创作的科幻小说同样把反乌托邦与乌托邦对立起来。这些文本的作者所创造的，是一种在女性主义思想中有重要先例的传统。随着我们对女性文学史的研究，我们发现了很多被遗忘的文本，关注的正是乌托邦和反乌托邦的双重主题。我们有些人在70年代开始探索20世纪初的女性主义者夏洛特·珀金斯·吉尔曼的作品。我们开始讲授吉尔曼的短篇小说《黄色墙纸》，小说以第一人称描绘了一个反乌托邦世界，一位年轻的母亲被迫和孩子分开，被囚禁在阁楼里，在那里她既不能阅读也不能写作，最后失去理智，试图破译黄色（象征着古代的、陈旧的？）墙纸里的危险密码。该小说的乌托邦版本是我们近期开始研究的《她的国》(*Herland*)，这本吉尔曼所著的长篇小说讲述了3位男性探险家误入一个只有女性的平等社会的故事。[24]

以上两部作品都预示了启迪小说的诞生，许多女性主义者开始在60年代转向这类小说，在70年代数量更是大增。如果这十年里的大觉醒可以被理解为意识的提高——我们习以为常的性别系统并不是社会**唯一**的可能性，而是一种反乌托邦——那么，女性主义者努力建设的则是与之相反的乌托邦。在与里奇同时代的作家创作的幻想小说和科幻小说中，对父权制反乌托邦的厌恶是建设女性主义——或许是母系的——乌托邦的关键。和“现实主义”小说不同，女性主义科幻作家将女性置于虚构的星球或黑暗的反乌托邦世界，用戏剧化的手法展现了女性受到的压迫以及女性的抱负。

该类型的小说的三大重要作家——爱丽丝·布莱德利·谢尔顿（Alice Bradley Sheldon)、乔安娜·鲁斯（Joanna Russ）和厄休拉·勒古恩（Ursula K. Le Guin）——成为文学和政治上的同伴。尽管三人都是引人注目的作家，但爱丽丝·谢尔顿是其中最令人着迷的一位。在70年代，她以小詹姆斯·提普奇（James Tiptree，Jr.）的笔名写作，被读者和批评家误以为是男性近十年。生机勃勃、充满争议的科幻小说社群里的各位作家，如勒古恩、鲁斯等，都知道提普奇的作品，但大多数女性主义读者不了解，很可能是因为“提普奇”的男性笔名给人留下的印象。但谢尔顿/提普奇在一系列短篇故事的乌托邦里探讨了与之相反的反乌托邦，给后世的女性主义研究带来了重大影响。也可能正是因为她（在文学上）冒充了男性，她的女性主义写作才获得了特别的赞誉。

爱丽丝·谢尔顿 / 小詹姆斯·提普奇

“真正”的爱丽丝·B. 谢尔顿是一位美国中情局探员的美貌妻子。她于 1915 年出生于芝加哥，曾是有钱的女同性恋取向的社交圈的小花，但后来成为一名成功的视觉艺术家，和一名有钱的花花公子结婚又离婚，在战时加入美国陆军妇女辅助队，在巴黎和第二任丈夫结婚，并和对方一起加入了美国中情局。她最终在 1967 年获得了心理学博士学位，也差不多是在这个时候，她开始创作科幻小说。在给自己找笔名的时候，她在当地超市里看到了一个英国果酱罐，大喊了一声“詹姆斯·提普奇”，她丈夫又开玩笑地加了一个“小”。[25] 但是——这不是开玩笑——提普奇日后变成了她的另一个人格，而这个“他”将为她带来巨大的成功。身为一个“男人”是否让她成了某种“更好的”女性主义者——**男的**女性主义者？

诚然，她精心打造的“男性”声音把她从传统的“女性气质”的束缚中解放出来，甚至让她可以站在接近第三性的角度剖析传统的“男性气质”。在塑造自己的“提普奇”形象时，谢尔顿向自己的文学代理人提议要写一本名叫《人类男性》的书。谢尔顿传记的作者茱莉·菲利普斯（Julie Phillips）表示，“我们对人类男性的所有了解都来自男性说的东西，不太可信”，而“（这本书）从女性的视角谈论男性，展现了女性看待世界的方式”。尽管谢尔顿只写出了几章（“到达那里：男性核心”“性别之外：主导权、领地、建立关系和其他话题”“男性的几点问题”），但提普奇的科幻作品就是在探究谢尔顿试图在《人类男性》中回答的问题。

不管你把她视为男性作者还是女性作者来读，她那本高明的小说《男人看不见的女人》都是令人愉悦的颠覆性作品。这个海明威风格的故事发生在尤卡坦州，开头便是一架小型飞机坠毁在一条热带沙堤上。飞机的主人看起来就是一个普通人：唐·谢尔顿，也就是我们的叙述者，是一个“筋疲力尽的银发纽约人”，他身边还有玛雅人机长埃斯特班和两个姿色平平的女人，两人是母女，自称要飞往危地马拉某处。[26]破晓时分，唐和年纪较大的女人鲁斯进入沼泽搜寻饮用水，鲁斯的女儿留在残骸旁边陪伴受伤的埃斯特班。帕森斯母女就像她们的行李，“小巧、简单、肤色中性”，是很容易忽略的“两个不起眼的女性”。唐和鲁斯在泥泞的野外穿行，唐得知母女二人为华盛顿政府工作。他觉得自己猜得不错，两人果然是官僚体制里的两颗螺丝。

但在潮湿的野外跋涉了一天多后，鲁斯发现一处玛雅废墟，而且她似乎在等待着什么——原来是在等一架外星飞船，闪光灯照亮了整片草坪。唐“英勇地”试图保护她，她却明确表示她一点也不想要她的保护，而是打算和她那可能已经被英俊的玛雅人埃斯特班弄怀孕的女儿一起，和外星人一起逃离。

鲁斯对唐进行了一番经典的女性主义演说，同时带着厌世的态度预测《平等权利修正案》终将灭亡：“除了男人允许女人做的那些事以外，女人没有任何权利，唐。男人更好斗、更有权势，是他们主宰着世界。一旦有实在的危机影响到他们，我们女人所谓的权利就会迅速消失……灰飞烟灭……不管差错出在哪里，最后都会归结于是我们拥有太多自由，就像从前将罗马的灭亡怪罪于女人一样。你会明白的……女人所做的不过是生存下来。我们靠着你们给的一丁点恩惠，在你们运作的世界机器里生活……把我们当成负鼠，唐。你知道负鼠生活在世界各处吗？就连纽约也有负鼠。”

小说的最后一幕是鲁斯说服外星人把她和女儿带走（“请带我们走吧，我们不在意你们的星球是什么样的；我们会学习——我们愿意做任何事情”），就像一场滑稽的星际纠葛。卡通外星人们长着白色的触手，脸上没有五官，说自己是“学——学——生……没有——恶——意”。唐却试图说服埃斯特班帮他劝母女俩不要走。但在故事结尾，唐不得不面对扎眼的现实：“两个人类女人离开了，其中一个很可能还怀孕了。我猜是去星星上了吧；而她们的离开没有惊动这个社会一根汗毛。”《男人看不见的女人》的魅力在于它是一则黑色寓言：对于靠着一丁点恩惠，像负鼠一样活在父权制的“世界机器”中的女性来说，外太空的任何地方可能都比反乌托邦的人类星球要好。

除了长触手的外星人那部分，帕森斯母女逃离的世界机器很大程度就是**现实**。但提普奇最令人不安的两篇反乌托邦故事《被插插头的女孩》和《螺旋蝇解决法》却将背景设定在未来的外太空，描绘了另一种后果严重的性别不平等。

第一篇《被插插头的女孩》讲述了菲拉德尔菲亚·波克（经常简称为P. 波克）可悲的人生故事。P. 波克是一个17岁的女孩，在一个崇拜美丽“神灵”和“小神灵”的社会里饱受脑垂体疾病的困扰。[27]在一次试图自杀后，P. 波克被逮捕并转化为一个“沃尔多”——在这本科幻小说的定义里，沃尔多是在远处操控小神灵的人。P. 波克操控的是可爱的“德尔菲”（Delphi），日后她会变成悲惨的“菲拉德尔菲亚”（Phila*Delphia*）向往的另一重人格。在这个父权制的黑暗世界里，受人操控的德尔菲以小神灵的身份闻名，但当领袖的儿子爱上她后，麻烦便接踵而至。领袖儿子以为德尔菲是真实存在的，当他追踪到P. 波克，试图将女友和沃尔多分开来时，这场可怕的误会到达了高潮。领袖儿子骇人的庞大身躯倒下死去，小德尔菲也消失了。

在故事里，提普奇讨论了被女性主义者称作“外貌主义”的重要议题。提普奇描绘了P. 波克的噩梦人生，并将其与德尔菲的职业生涯进行对比。德尔菲的**思想**来自电子/脑神经柜子里的丑陋的P. 波克，而P. 波克的诱惑力来自德尔菲——一群电脑天才精心定做的未来风格的人偶。

提普奇因为这个故事获得了雨果奖，阅读时我们不可能感受不到P. 波克的痛苦和她的“另一个”自我的无脑与被动。小说解构了本该“美貌”的女主角的经历，揭露了“美貌神话”的力量。从某种意义上来说，小说以一种怪异的方法，从女性主义的视角调和了头脑—身体对立的问题。丑陋但擅长操控电脑的P. 波克是可爱的德尔菲的"头脑"，也就是说，只有两者结合起来才能构成一个完美的"女人"，这是否暗示着女人的头脑必将丑陋而充满欲望？还是说这暗示着，像德尔菲这样漂亮的女孩就是一个"温暖的小玩意儿"，除了"无脑的功能"以外别无是处？

可以确定的是，P. 波克/德尔菲被教导要惹人喜爱，也就是说，要"**以诱人的方式**"表演女性气质。她接受的"训练"就是"平时大家认为的魅力提高班"。但提普奇用她硬汉派的口吻写道，P. 波克深谙此道，因为"在那具丑陋的身体深处，有一头羚羊，一位美貌的处女，若不是这次疯狂的机会，将永无出头之日。看这只丑小鸭往前冲吧！"。40年前，我们可以将《被插插头的女孩》看成一个疯女人藏在电脑里的故事。作者看起来是雷蒙德·钱德勒那一类的硬汉作家，写着"黑色"科幻小说。有了硬汉派的口吻，提普奇可以轻巧冷静地描写这个故事，不必对二合一的女主角展现出任何同情心。

诚然，若说P. 波克和德尔菲（一起）表演了女性气质，那作者就是在轻车熟路地表演男性气质，尽管爱丽丝·谢尔顿和小詹姆斯·提普奇（一起）对德尔菲所象征的女性气质提出了质疑。美国小姐？芭比娃娃？她们不就是娃娃而已？——如果你不是娃娃，那你是一只丑小鸭吗？对读者来说，叙述者强硬地将"我们"动辄称为"娃娃"或"僵尸"等。"他"暗示，我们也会被德尔菲的虚假魅力引诱。但如果我们在被德尔菲吸引这件事上和叙述者成为同谋，那这位硬汉叙述者“自己”也是同谋，参与了将女性简化成娃娃或者丑小鸭的社会文化，一个被“男性的几点问题”塑造的世界。

爱丽丝·谢尔顿后来用另一个假名拉克娜·谢尔顿深入地分析了男人身上的几点问题。《螺旋蝇解决法》描写了一个设计“生物防治害虫项目”的科学家面临的困境。[28] 科学家驻扎在哥伦比亚，留在密歇根的妻子给他寄来一系列书信和其他文件。一开始她在信里欢快地告诉丈夫，有一个厌女邪教自称“亚当之子”。在一个同事让妻子转寄给科学家丈夫的一沓剪报里，丈夫发现这个邪教组织和报纸报道的一系列“弑女”事件有关系。

情况急转直下，丈夫意识到“亚当之子”残忍的“弑女”行为正在像瘟疫一样扩散。他冲回家保护妻子和年纪尚小的女儿，却在路上意识到自己也被嗜血的厌女瘟疫感染了。他幻想着在妻子身上获得欲望的满足，认为“性……驱动着死亡的引擎”。同事寄来一封长信，里面包含另一位教授的短信：“从男性的侵略/狩猎行为与其性繁殖之间的紧密联系中，我们就能清楚地看到我们种族可能面临的困难。”这暗示“眼下的危机”可能是“病毒或激素导致的”。

科学家丈夫感染后回到家，杀死了自己珍爱的女儿后自杀。在故事结尾，妻子在北方的森林里寻求庇护，极有可能是最后一位活着的人类女性。“螺旋蝇解决法”究竟是什么？其实是一种昆虫防治法，将不育的雄性个体放入目标虫群中，阻止虫群繁殖。在拉克娜·谢尔顿的故事里，一场思想实验将此法反其道而行之，人类男性的性欲被夸大为一种嗜血的欲望，要杀掉所有人类女性，让人类无法繁殖。为什么？因为外太空来客对我们的“不动产”虎视眈眈。

故事用了一个安全的科幻式结尾，将这场灭顶之灾怪罪于外太空势力，淡化了这个故事的哲学核心，即对“男性的侵略/狩猎行为与其性繁殖之间的紧密联系”的分析。如果说《被插插头的女孩》揭露了女性气质不过是一场演出，那《螺旋蝇解决法》则表明了男性气质可能是生物学上的暴力倾向和性欲，时刻会恶化成嗜血的冲动。

和以上两篇反乌托邦小说截然不同，提普奇的雨果奖获奖作品《休斯顿，休斯顿，能收到吗？》描绘了一个充满活力的乌托邦。这篇可以称得上是夏洛特·珀金斯·吉尔曼的《她的国》的升级版。[29] 小说是典型的太空歌剧，主角是3个迷路的宇航员：爱引用《圣经》的诺曼·戴维斯上校、粗野下流的二把手巴德·吉尔船长，以及生性敏感的同船科学家奥林·罗里梅尔博士。3人想找回飞船“太阳鸟号”，在这个过程中跨越了3个世纪，最终被全是女性船员的“格洛丽亚号”从死亡边缘拉了回来。“格洛丽亚号”是一艘巨大的“小推力”飞船，[30] 巴德称它像“一个飞翔的拖车公园”。甚至在登上“格洛丽亚号”之前，罗里梅尔和同伴就被告知他们的世界，尤其是他们的性别，已经成为历史。在收音机里，一个女人解释说“‘太阳鸟号’第一次执行任务时迷失在太空中”。但事实上，3位宇航员将进入新社会，在那里男性“难以动摇的权力地位”和“统治–屈服的结构”都不复存在。

后来我们发现，这个女性统治的乌托邦世界不只是母系社会，还是一个环境艰苦、科技不发达的社会。罗里梅尔一进入女性的太空，就注意到“未来是一根巨大明亮的圆柱，圆柱内侧用不明物体和绿叶装饰着”，后来发现那些是温室植物、小鸡、某人用皮革做的装饰品、另一个人的串珠架、一台缝纫机和一株“该死的野葛蔓”。这个“她的国”充满未来气息，却是对20世纪美国居家装修的戏仿，在罗里梅尔这个易怒的男性看来，其中的装潢令人讨厌地“舒适”。

然而，正如提普奇指出的，从各个方面来看，这个世界都是“可行”的。不只是对探索太空的宇航员来说可行，对留在老家地球的人来说也可行——她们耕种、捕鱼、制作必需品。更重要的是，由于所有男性都在一场末世瘟疫中丧生，这些女性可以自体克隆，把克隆人当成女儿教育。她们不需要政府，但会合作组成不同行业。巴德在强奸其中一位女性未遂后当众手淫，那位潜在“受害者”把巴德的精子精准地装入一个塑料袋里——可能是想为她们的文化引入另一种基因型。

在《休斯顿，休斯顿，能收到吗？》里，比起女性建立的乌托邦母系社会，男性的反乌托邦式行为对叙事更为关键。因为这本小说不只是对“人类男性”的另一篇分析，还是对人类男性的挽歌。3个宇航员确实都是对男性的刻板印象。在高智商的罗里梅尔眼里，上校和船长都是“头狼”——不过是两种不同的头狼。戴维斯上校是一位爱引用《圣经》的管事，喜欢在管理飞船成员时夸大“掌控—屈服”结构，不只因为他有技术优势，还因为他对父权制思想深信不疑。他的手下“巴德”·吉尔是一位坏伙计，一个满嘴脏话的潜在强奸犯。

然而罗里梅尔依旧忍不住赞叹那些头狼特质，哪怕它们会威胁到“格洛丽亚号”社区的平静。巴德性骚扰一位女船员，在飞船的温室里挑起一场争端，戴维斯上校拔出一把枪，公然表示要“让女人在沉默和服从中学习”。但在故事结尾，所有男人（不管是不是头狼）都被女人的高效所折服。也不奇怪，毕竟女性才是机智的幸存者。女人将躺在地上的上校和船长拖出温室时，罗里梅尔表示“真是可惜”，因为“他们都是好男人”，而且知道他是“在为所有人说话，为戴维斯的父亲，为巴德的男人身份，为早期智人说话，甚至可能在为恐龙说话”。同时，他叛逆地表示是他和他的同伴“建造了你们珍贵的文明”。其中一位女人回答道，尽管“我们享用你们的建造成果，也承认你们在进化过程中扮演的角色……你们很大程度上只是在保护人们远离其他男性，不是吗？我们就是一个卓越的例子。你们让我们真切地看到了历史”。

提普奇暗示，一直到故事结尾，休斯顿也没有“收到”这则故事和它的教育意义，故事本来也没有什么教育意义。“格洛丽亚号”的女性不是“亚马逊野人”或“自由派”。她们只是人类罢了，就好像在呼应近期的T恤标语“未来属于女性”。人类男性及其执着的“掌控-屈服”结构已经像恐龙一样灭绝。哪怕在扮演男性气质，提普奇/谢尔顿也忍不住思考：我们所知的“男性气质”反乌托邦能有怎样的救赎？

乔安娜·鲁斯的厌男症

乔安娜·鲁斯的《女性男人》(*The Female Man*)创作于70年代初，不过在70年代中期才出版。该小说不再探讨男性气质，只对其最戏剧化的部分略加讨论，其他时候转向研究女性气质的潜在原料光谱。在这部实验性的小说里，鲁斯用夸张的手法描绘了世界更迭的4种可能性，每一种可能性都让作者/叙事者乔安娜的一种化身得以幸存。乔安娜、简妮、珍妮、洁儿，这4位女性构成了“女性男人”——女性人类——分裂的意识。尽管《女性男人》有着优雅巧妙的设计，但这本小说绝非冷静中立的。提普奇选择通过模仿男性气质来分析男性气质，鲁斯则梦想着谋杀虚构的男人。

提普奇是鲁斯的崇拜者，马上就识别出《女性男人》和其他作品里那股熊熊燃烧的怒火。“我的老天啊，亲爱的作者，”她在一封信里对鲁斯说道，“哪怕是只有半个神经元在运作的人读你的作品，也无法不被字里行间多层次的苦涩和怒火烧到手指吧？它烧得很慢，像火山一样会烧很久，势头很猛，让人好奇它什么时候会爆发。”[31] 火山确实爆发了，燃烧了整个70年代，一路延续至80年代。“天啊，女人恨男人太糟了，不是吗？”鲁斯在《格林威治村之声》上的一篇名为《新的厌男症》的文章里讽刺地问道，并苦涩地补充道，“男性观众会觉得希区柯克的电影《狂凶记》有索拉纳斯的《渣滓宣言》二十分之一的恶心吗？索拉纳斯做得很出格，但很多男性也很出格。”——包括《狂凶记》里的连环强奸杀人犯主角。[32]

《女性男人》的情节始于珍妮作为外交大使从全是女性的乌托邦星球维尔薇来到地球。维尔薇是未来的世界，“但不是**我们**的未来”。[33] 珍妮同时出现在简妮的贫困世界——一个大萧条一直没有结束、“二战”一直没有发生的美国——和乔安娜所在的更加“现实”（但同样萧条）的世界里。乔安娜生活在真实的 70 年代美国。简妮是一位梦幻的自由主义者，渴望婚姻的同时，又在和性无能的男友进行性行为时犹豫不决。乔安娜把珍妮带到一个派对上，在派对上一个穿着华丽的搞笑男和她调情，而乔纳森·斯威夫特式的虚构女性角色——拉蒙缇莎、阿芙罗狄莎等——满嘴都是刻板印象中的“女性气质”的反女性主义的陈词滥调。很显然，简妮和乔安娜都是男权反乌托邦文化的产物，而珍妮属于乌托邦社会维尔薇，她在那里和妻子维托里娅生活在一起，共同开启一段女同性恋隔离论的美好传说，和提普奇描绘的“格洛丽亚号”上的社区颇为相似。

女性主义者 / 女性主义愤怒的真实化身洁儿到了结尾才出现。洁儿是一位女杀手，带着精心隐藏起来的金属爪和牙齿露面。她来自一个性别战争无穷无尽的未来，在那里男人世界和女人世界势不两立。带着另外三人火速逃离男人世界时，她展现了自己作为杀手的技巧，暴力地肢解了一个盛气凌人的男人。之后她回到家中，和一个名为戴维的漂亮机器人做爱。戴维是一个性玩具，和提普奇《被插插头的女孩》里的德尔菲颇为相似。

正如学者帕特·威尔所说，“鲁斯的奠基性的小说……精准地反映了当时激进女性主义政治的思潮”——对陈腐的性别角色的厌恶，对个人乌托邦的向往，以及对傲慢的父权制的怒火。[34]确实，鲁斯和里奇一样，不仅想要革新这个创造出洁儿的致命的反乌托邦，还要用珍妮所在的乌托邦立刻革新简妮和乔安娜所居住的反乌托邦。与此同时，她意识到这项工程是不可能的，又为此叹惋。在小说结尾她写了一段结语，以喜剧的方式总结了她变革的决心。

> 去吧，小书，大步踏过得克萨斯、佛蒙特、阿拉斯加、马里兰、华盛顿、佛罗里达、加拿大、英国和法国；在弗里丹、米利特、格里尔、费尔斯通及其他人的神殿前行屈膝礼……洗干净脸，一声不响地在国会图书馆占据自己的位置……若此后无人再理解你也不要悲伤，小书。不要诅咒自己的命运……
>
> 欢呼吧，小书！
>
> 从那天起，我们将获得自由。

厄休拉·勒古恩的双性世界

提普奇是一个四处游历的女人，却佯装成一个四处游历的男人，鲁斯将自己塑造成一个热情的女同性恋学者，而厄休拉·K.勒古恩则习惯将自己定义为“波特兰的家庭主妇”。[35]但她也不是弗里丹所描述的那种普通家庭主妇。她是著名人类学家阿尔弗雷德·克罗伯和作家西奥多拉·克罗伯的女儿，在 20 出头的时候嫁给了查尔斯·勒古恩，迅速安定下来，在五六十年代成为 3 个孩子的母亲。她的丈夫是历史学教授，她却开始写启迪小说。她在家庭中扮演的角色似乎既没妨碍她的高产，也没打击她的野心。她出版于 1969 年的大作《黑暗的左手》反转了性别，让鲁斯和提普奇都大加称赞，3 人很快成为通信常客。

《黑暗的左手》是格森（英语里指"冬日"）星球详细的民族志，探究了双性世界带来的社会文化影响。该小说很可能影响了卡洛琳·海尔布伦 1973 年的性别研究之作《趋近双性认同》（*Toward a Recognition of Androgyny*）。勒古恩笔下的格森星人在一个月的前 26 天里都是中性性别，然后会进入"坎莫期"，也就是我们熟悉的一些动物会有的发情期。处于坎莫期时，格森星人会分化成男人**或**女人；如果女人怀孕了，"她"就会在怀孕期和哺乳期一直维持女性性别（勒古恩最喜欢的一句格言是：就连**国王**也能怀孕），然后"她"会变回中性状态。勒古恩笔下的外星叙述者说，很多格森星人既生过孩子，也当过孩子的父亲，不过血统是通过母系遗传链追溯的。

勒古恩表示，要"考虑到"这种雌雄莫辨的意义。一方面，"每个人都可以去尝试任何东西，（因为）大家面临的（性别）抉择和风险是一样的。所以这里的每个人都不可能像别的地方的男人那样为所欲为"。[36] 另一方面要"考虑到"，"孩子和父母之间不存在性心理关系"，所以"在格森星球没有俄狄浦斯的传说"。再者，"这里没有未经双方同意的性行为，没有强奸"，也不会"将人类分为强壮和弱小两派。事实上，在格森星球，人类思想里无处不在的二元对立倾向大大减弱，甚至被更改”。格森星球上也没有战争，因为地球男性身上的攻击性很大一部分来自睾丸酮，但双性人身上没有这种东西。格森人有能力背叛，但他们没有军队，也没有斗争。

勒古恩对双性性别进行了实验性的分析，是 20 世纪女性主义科幻小说最重要的成就之一。但勒古恩笔下的格森星球很难说是乌托邦，小说情节涉及阴谋、背叛、一场跨越世界冰雪山巅的绝望打斗，叙述者爱上的格森人最后还以死亡收场。再者，勒古恩自己也承认，她在整本书里一直用“他”来指代双性人。[37] 尽管我们知道格森人既是男人又是女人，但由于这样的人称代词，我们还是将格森人想象成男人——不过是会怀孕的男人罢了。

几年以后，勒古恩注意到这个问题，写下另一篇格森星人的故事《冬日之王》，该短篇小说收录于《风的十二方位》(*The Wind's Twelve Quarters*，1975)，在书中她把第一本小说里问题重重的“他”改成了“她”，并解释道：“在这一版里，我对故事做了一些修正……我用女性人称代词指代所有格森星人，但保留了国王、勋爵等男性头衔，也是为了保留雌雄莫辨的意味。”几十年后，另一个故事也使用相似的手法，用“她”指代所有不在坎莫期的人。[38]

十年后，勒古恩在短篇小说《苏》中描绘了以我们星球为基础的乌托邦景象，记载了全是女性的探险队前往南极的惊险故事。叙述者告诉我们，在 1908 年，9 位南美洲女性——分别来自秘鲁、阿根廷和智利——组成小队穿越南极洲，向南极进发，在冒险途中受到一位善良船长的帮助，船长将这群人带到平时难以到达的冰架上。勒古恩提供了一张地图，标记了这群无畏的女性探索的地区，这地图和附加在斯科特、萨克莱顿、阿蒙森等男性极地探险家探险故事背后的地图颇有相似之处。

但是，勒古恩笔下的女性探险家和男性同行非常不一样。比如说，女性的阶级观念更淡薄，从一开始，她们就决定所有人都是“组员”。[39]后来到达“歇息点”（因斯科特的《发现之旅》而闻名的极点休息站）时，她们对男性探险家留下的“不友善的混乱”感到厌恶：“空的肉罐头随地都是；饼干屑撒在地板上。”但她们随后提醒自己，“整理内务是一项永恒的艺术，业余者是干不来的”。

这些女人可不是业余者，这一点从她们为自己建造的地下营地就可以看出来。她们凿开冰层，挖出一个雅致的栖息处，有舒服的洞穴可以睡觉，有炉子可以汲水，有天窗，甚至还有雕像——雕像的制作者“没办法把它们带离南极。这就是在冰上雕刻的惩罚”。然后，过了一阵，她们开始探索冰川景象，注意到这里“没什么好看的”，但这是因为他们“来到了地图上空白的地点，那种空无……我们像麻雀一样飞翔歌唱”。

她们一边进一步探索这个地区，一边开始给这里的地标取不一样的名字。萨克莱顿给一处冰川取名“长胡子”，她们却将它命名为“芙洛伦斯·夜莺”，有几个尖峰被命名为“玻利瓦尔的大鼻子”“谁的脚趾”和“南十字星座女士的皇冠”。最后，叙述者报告说，在“1909 年 12 月 22 日”，她们到达了南极点，那是一个“骇人”的地方，她们决定“什么标志也不留下，因为某天有些男人会渴望成为第一个来到这里的人，如果让他们发现自己闹了笑话，他们会心碎的”。

这趟南极之旅的后续是，叙述者返回地下营地时，发现其中一位探险者怀孕并且即将生产。天真的特蕾莎几乎不懂“生活常识”，以为自己只是变胖了！女儿出生后，她把女儿命名为“罗莎·德·苏”。所以《苏》不只是一个极地探险故事，还是一个小女孩出生的故事。

《苏》是乌托邦小说吗？有那么一瞬间，当女人们像麻雀一样在冰层上寻欢作乐时，她们的喜悦确实仿佛身处乌托邦。但她们的乌托邦很快被同化成古老的父权制的征服叙事。女人们把自己的故事埋藏在阁楼和衣柜抽屉里，一如她们的营地隐藏在冰川下面。回到“文明世界”，小罗莎·德·苏在 5 岁时因为猩红热去世。叙述者写下这个故事只是为了给她的后人阅读：“哪怕她们为有这样一位疯外婆而羞愧，她们可能也享受了解这个秘密。”但没有必要告诉阿蒙森！就让男英雄有自己的出头日和成就吧。“我们甚至连脚印也没有留下。”

阿德里安·里奇在 1974 年写下的一首诗很适合看作《苏》的前身，尽管这首诗是基于真实事件所作的。《埃尔薇拉·沙塔耶娃的幻想》用俄罗斯女性探险家沙塔耶娃的口吻所写，沙塔耶娃和另外 7 人在试图攀登吉尔吉斯斯坦的列宁峰时因风暴遇难。里奇的诗为逝去的登山者表示哀悼：

一条蓝色火焰形成的缆绳缠绕着我们身体
我们一起在雪里燃烧，我们不可能为了幸存
而止步不前，我们的人生中
都梦见过这样的场景。[40]

乌托邦？反乌托邦？登山者的梦想属于乌托邦，登山者群体由姐妹情谊相连接，里奇将这种连接称作“蓝色火焰形成的缆绳”。但她们在冰上的献祭似乎在暗示她们野心的代价就是死亡。《苏》的探险者们没有留下脚印，之后若无其事地回到世俗的生活里，扮演妻子和母亲的角色，里奇的登山者则把她们冰冷的身体留在了**列宁**峰上（一座以男伟人命名的山峰），成为列宁峰上的一道景观。女性主义者的反叛只能是秘密行动或自杀行径吗？

第七章　紧密合作的姐妹，伤痕累累的姐妹

随着70年代逐渐展开，女性主义网络不断扩展，姐妹情乌托邦的理想激励着不同领域的女性创作者。回顾这十年，我们会看到薇薇安·戈尼克（Vivian Gornick）为“政治革命的欢愉”而欢欣雀跃，她以华兹华斯的一句诗开头：“活在如同黎明的时刻多么快乐，这世上没有哪一种‘我爱你’能比得上这快乐……我们所有人都活在女性主义宽大的怀抱里。”[1]很多女性不如戈尼克那样和女性主义群体联系紧密，但现在也发现，通过共同努力，她们可以挑战男性主导的机构和传统。

但也有不少人发现女性主义有可能误入歧途，成为充满误解、内讧和相互指责的反乌托邦。就连那些曾以为尝到姐妹情深甜头的人，也开始为各位“姐妹”感情的破裂而叹惋。格洛丽亚·斯泰纳姆、爱丽丝·沃克（Alice Walker）和奥德蕾·洛德衡量了政局变动给美国第二波女性主义浪潮造成的创伤，与此同时，汤亭亭（Maxine Hong Kingston）的回忆录和朱迪·芝加哥的展览《晚宴》则更加直观地探究了姐妹情以及女儿情的问题。

不幸的是，尽管很多人试图联合异性恋和同性恋、激进派和自由派、白人和黑人、本国出生和外国出生的女性，但在70年代女性主义浪潮到达顶峰时，这些努力被一个女人组织的全国性反攻大大削弱了。她就是菲莉丝·施拉夫利。70年代末期，女性

主义者正开始解决彼此间的分歧，表达相互理念的不同，同时庆祝已经取得的成就，当时大家还不知道的是，《平等权利修正案》即将激起反作用，吞噬《教育法修正案》第 9 条和罗诉韦德案燃起的希望。直到下一个十年到来，《平等权利修正案》遭到破坏，人们才会幡然醒悟，美国依然根据性别分配不平等的权利。

格洛丽亚·斯泰纳姆和爱丽丝·沃克以及《女士》杂志

格洛丽亚·斯泰纳姆和女性的结盟反映了 70 年代女性运动的核心关系，尽管她已经证明了自己在动荡面前通常能幸存下来。当女性间的互帮互助（而非相互仇视）成为女性主义的核心话题时，斯泰纳姆横跨全国进行演讲，宣扬《平等权利修正案》的批准，且通常会和一位非裔美国人活动家搭档：儿童福利活动家多萝西·皮特曼·休斯（Dorothy Pitman Hughes）、自信满满的律师弗萝·肯尼迪（Flo Kennedy），或者民权活动家玛格丽特·斯洛安（Margaret Sloan）。和活泼大胆的肯尼迪搭档时，“我必须第一个讲话，因为如果我在弗萝后面发言，我只会扫大家的兴”。[2] 这些交情都发生在她和爱丽丝·沃克结识以前，沃克是她一生敬重的好友：“如果我们当时就认识她，我们可以给社会带来更大的变革。”斯泰纳姆表示。[3]

和他人搭档帮助斯泰纳姆克服了上台的紧张情绪，同时证明了女性主义运动不只是白人运动。1971 年时，斯泰纳姆拒绝为

《新闻周刊》的封面拍照，原因和米利特一样，她希望媒体将注意力放到女性运动而不是她身上。但一个摄影师还是用长焦镜头偷拍了她。她通过自己的新闻报道和公共演说成为女性主义的代表人物，同时击破了大众对同性恋的刻板印象。在演说途中被问是不是女同性恋时，她友善地回答道："还不是。"[4] 她女性化的外表打破了人们之前的认知，女性主义者不一定都是女同性恋，女同性恋也不都是控制狂。

斯泰纳姆与贝蒂·弗里丹、雪莉·奇泽姆、贝拉·阿布朱格（Bella Abzug）一同合作，帮助召开了全国女性政治核心会议。不过真正让斯泰纳姆站稳脚跟的，是她 1972 年发表在时尚流行杂志《女士》上的文章。第一期包括简·奥莱利（Jane O'Reilly）的《家庭主妇的真相时刻》、蕾蒂·博格利宾（Letty Pogrebin）的《抚养不承担性别角色的孩子》、薇薇安·戈尼克的《为什么女性害怕成功》、朱迪·斯福尔（Judy Syfer）的《我想要一个妻子》，还有"西尔维娅·普拉斯最后的大作"，也就是她的《三个女人：三种声音的戏剧》。

斯泰纳姆为《女士》和其他杂志所写的文章包括《为什么我们在 1976 年需要一位女性总统》和《如果男人会来月经》，都和她的演说一样智慧风趣。但反作用来得很快。1973 年，当《平等权利修正案》还需 5 个州同意才能通过时，色情杂志《滚》刊登了一幅裸女图，模特带着飞行墨镜，露出巨大的阴唇，头条写着"把阴茎压在女性主义者身上"，书页边缘有不同的阴茎供选择。同年，休·赫夫纳的一条备忘录被员工泄露："这些小妞是我们天然的敌人。是时候和她们做斗争了……”

出乎意料的是，贝蒂·弗里丹开始声称斯泰纳姆加入了“女性沙文主义”流派，一种危险的反男性思潮。[5]弗里丹嘲笑斯泰纳姆是后加入运动的人，并将摧毁这场运动。[6]在《时尚先生》杂志上，诺拉·埃夫隆（Nora Ephron）嘲笑弗里丹对女性主义过强的占有欲：“那是她的宝贝。该死的。她的运动。难道她要乖乖坐着，让一个美貌苗条的女士抢走它吗？”[7]诺拉·埃夫隆把贝蒂·弗里丹想象成《绿野仙踪》里的“西方坏女巫”，把格洛丽亚·斯泰纳姆则想象成“奥兹玛（公主）、好女巫格林达、小女孩多萝西——随便哪个”。但在民主党全国大会过后，她走在街上，身旁是抽泣的斯泰纳姆。“我厌倦了被人耍，而且还是被我的朋友耍。”斯泰纳姆说道。

她说的是媒体以及民主党里有势力的男性党员，但女性运动的领袖也在骚扰她。1974年，以弗里丹为代表的女性主义者被谴责为“薰衣草恐怖”，成为斯泰纳姆的反对势力。《女同性恋国》杂志模拟了一场“女同诉讼”，控诉《女士》杂志“令人作呕地忽视女同性恋群体，对她们进行心理上的屠杀”，但其实证据显示事实恰好相反。斯泰纳姆大受打击，开始减少在公共场合露面，不过还是继续担当年轻女性的人生导师。

其中一位女士很开心能与斯泰纳姆建立友好关系，同时对斯泰纳姆此刻的悲痛感同身受。她就是爱丽丝·沃克，乔治亚州一户佃农人家最小的孩子，曾在著名的黑人大学斯皮尔曼学院就读，后到萨拉·劳伦斯学院深造。在劳伦斯学院这所白人主导的校园里，在诗人缪丽尔·鲁凯泽——早期女性主义者，被许多年轻诗人仰慕——的教导下，沃克决定成为一名作家，并发表了第一篇作品。后来发表的几篇作品都在描述密西西比的投票制度和权益运动，她和白人丈夫民权活动家兼律师梅尔·利文撒尔（Mel Leventhal）就生活在密西西比的杰克逊市，人身安全受到威胁。身为跨种族夫妇，同时还要抚养女儿丽贝卡，这让他们受到了巨大的压力，加上杰克逊市的文化氛围并不浓厚，他们最终决定搬到北方，但两人的婚姻也开始出现裂痕。

斯泰纳姆表示自己“在纸页上爱上了爱丽丝”，邀请爱丽丝于 1974 年加入《女士》杂志社。[8] 爱丽丝·沃克的文章以女性之间的互帮互助为主题，这些帮助使得她的事业蒸蒸日上。也就是爱丽丝开始为《女士》杂志工作的那年，她和阿德里安·里奇和奥德蕾·洛德一起，在国家图书大奖上“抵制父权制竞赛的规则”，并“宣布我们会在我们之间分享这个奖，让它最大限度地为女性服务”。[9]

1974 年，沃克的《寻找我们母亲的花园》出现在《女士》杂志上，很快变成了该杂志标志性的文章。在文章开头，沃克反思了社会如何压抑黑人女性的创造力，直至将黑人女性变成“疯狂的圣人”，目光“狂野，像疯子一样——或者无神，像自杀者一样”。[10] 她开始思考在这样非人的条件下一个黑人女性如何才能变成艺术家，并发现自己有必要修订弗吉尼亚·伍尔夫在《一间自己的房间》（*A Room of One's Own*）里对女性创造力困境的讨论。和伍尔夫关注的中产阶级白人女性不一样，奴隶阶层的女性面临着

“锁链、枪支、鞭打、自己的身体为他人所有、屈服于异教”。沃克引用伍尔夫的“相反的本能”理论——该理论解释了莎士比亚的姐妹为什么注定无法成为莎士比亚——然后分析了奴隶兼诗人菲丽丝·惠特利（Phillis Wheatley）写给金发自由女神的赞美诗，探究这首受到评论家讥讽的诗如何体现了“相反的本能”。

沃克写道，“别再嘲笑”惠特利，因为“我们现在知道你不是傻瓜或叛徒，只是一个病恹恹的黑人小女孩，从家里、从母国被抢来当奴隶”，努力想用“让人困惑的腔调”说话。至于那些无法发挥唱歌天赋唱出这首歌的人，沃克表示他们也能找到表达创造力的方法。她转向了自己的出身，描述其母亲缝的被子、讲的故事、培育的花园。她说，我们必须扩展对艺术的定义，要囊括像她母亲那样一代又一代女性创造的作品。在文章结尾，沃克谈到菲丽丝·惠特利的母亲，猜想她可能“也是一名艺术家，也许她对菲丽丝·惠特利的影响远远不只是生理上的”。沃克用优美的语言描绘了一条黑人美学的母系血缘链，确立了跨辈分、跨国籍的女性间的纽带的存在。

一年后，沃克花时间致敬了这条血缘链里对她而言最重要的文学先驱。《寻找左拉·尼尔·赫斯顿》也出现在《女士》杂志上，重新关注这位已被遗忘但很快将广受关注的作者。[11] 沃克在纸页上爱上了左拉·尼尔·赫斯顿，决定要假扮成赫斯顿的侄女，去了解这位哈莱姆文艺复兴的天才，哪怕赫斯顿的作品已经不再印刷，赫斯顿本人也可能已经死于“营养不良”。走在南佛罗里达州的公墓，为蛇担惊受怕时，沃克发现了她认为的赫斯顿的坟墓，她选了一支比她想买的要便宜些的记号笔，将写下的墓志铭交给刻墓碑的人：“左拉·尼尔·赫斯顿 / ‘南方的天才’ / 小说家和民俗学家 / 人类学家 /1901—1960 年。”后来，赫斯顿的一位熟人坚称赫斯顿“**没有**死于营养不良”。就算对少数认识赫斯顿的人来说，赫斯顿的生平也存在争议（比如，后来人们才发现，赫斯顿出生于 1891 年，而非 1901 年），但沃克日后赞助的赫斯顿学者会厘清事实。

两篇文章都展现了沃克的激情所在，沃克身为《女士》的编辑，十分鼓励女性作家创作，帮助玛丽·戈登（Mary Gordon）、艾玛·阿塔·爱多（Ama Ata Aidoo）、尼托扎克·尚吉（Ntozake Shange）发表作品。尚吉创作了 1976 年百老汇大热戏剧《给考虑过自杀的有色人种女孩 / 当彩虹已经足够》。男性评论家的攻击让尚吉大感受伤，但在加入诗人琼·乔丹组织的社群“姐妹情”后，尚吉感觉像找到了庇护。“姐妹情”由乔丹成立，沃克和莫里森其后加入。当《纽约时报》批评莫里森的《苏拉》(*Sula*)，告知莫里森要“超越”自己的“‘黑人女性作家’的分类”时，沃克上前为莫里森辩护，写下了一封在莫里森看来“了不起”的信件。[12]

在一封信件里，缪丽尔·鲁凯泽表示赫斯顿受到了“白人女性”的帮助，正如沃克在莎拉·劳伦斯学院以“相似的方式”受到鲁凯泽的帮助。看到大学导师反对自己对赫斯顿的描绘，31 岁的沃克一定很心碎。鲁凯泽要求爱丽丝·沃克“正确描述”赫斯顿的人生，同时“正确描述”鲁凯泽为沃克的职业生涯带来的积极影响。[13]作为回应，沃克试图一边表达感激之情，一边疏远鲁凯泽："那你有没有考虑过，在你们'帮助'我的那些年里，我感觉自己多么像一个乞丐？"她承认自己在公共场合忽略了提及鲁凯泽的帮助，但也感到好奇，既然鲁凯泽在信件里暗示自己认识赫斯顿，为什么鲁凯泽不在讲解南方作家的课上讲授赫斯顿的作品？[14]两人都毫无疑问受到了伤害，她们的关系反映了女性运动盟友间的紧张关系。

1975 年，格洛丽亚·斯泰纳姆遇袭受伤，袭击者是她曾经支持的女性主义者。两位来自 60 年代的激进分子凯西·萨拉柴德和卡罗尔·哈尼施（Carol Hanisch）对斯泰纳姆积怨已久。同年，苏珊·布朗米勒（Susan Brownmiller）出版了里程碑式的著作《违背我们的意志：男人、女人和强奸》(*Against Our Will*：*Men*，*Women and Rape*)，并在多年后记载了这段纠纷。据布朗米勒所说，萨拉柴德和哈尼施"不明白《女士》杂志里的核心人物怎么就成了整个女性运动的发言人，而她们作为女性运动的发起人反而被拦在公共话语之外"。[15]

萨拉柴德和哈尼施在一场媒体集会上发布了一系列文章，先是谴责斯泰纳姆"10 年来与中情局的联系……但她并没有说明，而是一直在掩饰"，然后表示"《女士》杂志……在伤害女性解放运动"。激进分子暗示说斯泰纳姆的童年并非她所讲的那样贫困，与此同时，红袜子组织的另一位发起人艾伦·威利斯（Ellen Willis）离开了《女士》，控诉它为"矫情、多愁善感的姐妹情"。但苏珊·布朗米勒告诉贝蒂·弗里丹，她不会帮助散布针对斯泰纳姆和中情局的指控：这个指控“不好笑，反而很蠢”。

1959年，斯泰纳姆服务于一家非营利性教育基金会，该基金会鼓励美国年轻人代表自由世界的价值观，去参加国际共产主义青年节。面对外界的攻击，斯泰纳姆延续了自己不喜争执的风格，躲起来独自感伤，并日渐消瘦。在给媒体的延迟回复里，她解释道：“我天真地以为自己收入的终极来源不重要，因为……我没有因此受到任何控制或接受任何命令。”她公开指责攻击她的人，总结道：“这些‘揭露文章’回环曲折，每一页都包含不同的谣言。一个个回应它们就像和八爪鱼握手。”关于对斯泰纳姆的指控是否属实，一些内部争吵最终摧毁了斯泰纳姆所在的撒加瑞斯公社（Sagaris Collective），一个成立于佛蒙特的前卫的夏日静修组，自称为女性主义教育家的乌托邦。[16]

在这些指控的刺激下，《女士》刊登了“乔瑞”（乔·弗里曼）的《谩骂》，文章开头是乔瑞看着“女性主义运动有意识地摧毁任何突出的个体”而难过。[17]《谩骂》收到了多封读者来信，很多来自同样遭到谩骂的人。在采访中，弗里丹重新提到斯泰纳姆是政府线人的报道，公开指责女性运动里有“吞食同类的领袖”的人，因为《平等权利修正案》的后果开始显现，“女性联盟、小妞联盟或家庭主妇联盟的成员”已经开始“对我们进行反攻”。

讽刺的是，在这个时期，这些女性可能都被联邦调查局的头目J.埃德加·胡佛监控着。胡佛用监视策略对付他所谓的女性解放运动。[18]后来人们才知道，联邦调查局放出线人深入全国的女性组织，在1977年的某期《女士》上，蕾蒂·柯汀·伯格雷斌

（Letty Cottin Pogrebin）表达了她对于联邦调查局的文件里的大量抹黑的不可思议："他们利用特工、线人、卧底、其他执法人员以及尽责的公民们提供的危情警报，不断地针对'我们'。"[19]她悲哀地总结道，联邦调查局"将很多女性运动的自毁行为和失去的机会记录成册——这些记录是安抚那些被意识形态纯粹主义者的死亡心愿扼杀的新兴联盟的安魂曲，是缅怀那些分崩离析退出历史舞台的组织和个人的纪念品"。

正如其传记作家卡洛琳·海尔布伦所说，斯泰纳姆不是唯一遭到谩骂的人，但她是"最出名、最受大众关注的一位，因此受到了最狂热的仇恨"。[20]艾丽卡·荣从自己遭谩骂的经历出发，称70年代的女性主义者为"鞭笞的一代"，好奇"为什么女性对其他女性这么苛刻"。[21]荣随后给出诊断："我们无法有力地对抗男性，只能把矛头指向彼此。"她认为"我这一辈女性主义者在蚕食我们的领袖。而那些擅长做这事的女性主义者成了新领袖"。[22]她的这个想法和心理学家菲莉丝·切斯勒（Phyllis Chesler）的相符，切斯勒也分析过这种状态："我这一代女性主义者和别的无权无势的群体一样，都觉得**用语言**对抗羞辱其他女性主义者，比**用身体**对抗男性的父权制更容易。"

讽刺的是，当斯泰纳姆出现在1977年休斯顿万众瞩目的全国女性大会时，反对女性主义的保守分子并不关注她们产生的分歧，反而利用起她们之间的共识。大会是"自由派女性主义的高光时刻"，在开幕式上，一群女运动员在塞内卡瀑布镇点燃火炬，宣读了玛雅·安杰卢（Maya Angelou）写的新宣言。[23]大约有"两万名女性参加，35% 是非白人女性代表，近五分之一是低收入群体”。[24] 当凯特·米利特、安德里亚·德沃金（Andrea Dworkin）、比莉·简·金（Billy Jean King）、玛格丽特·米德（Margaret Mead）、科瑞拉·金（Coretta King）、第一夫人罗莎琳·卡特（Rosalynn Carter）、贝蒂·福特（Betty Ford）和博德·约翰逊（Bird Johnson）女士出现在两党会议上，尤其当“自由派们”投票决定将女同性恋权益囊括进女性主义运动时，反女性主义者菲莉丝·施拉夫利意识到她终结《平等权利修正案》的时刻即将到来。[25] 后来几年里，施拉夫利利用这次投票的录像破坏女性主义内部团结，甚至在电视广告上投放录像，以反对《平等权利修正案》。“在她看来，”教育家希拉·托比亚斯（Sheila Tobias）注意到，“那天在休斯顿，女性主义者表现出对女同性恋的支持，最终奠定了她的成功。”

1977 年在休斯顿，施拉夫利还召开了一场反对大会，召集了几千名反对《平等权利修正案》和堕胎的男女，会上还聚集了反对同性恋权益的群体，手里摇晃着“上帝创造了亚当和夏娃，不是亚当和史蒂夫”的纸板。施拉夫利认为的邪恶三部曲——女性主义、女性要求生育控制权、同性恋——将很快把新右派集结起来。[26] 在多个宗教团体的集会上，她强调“她们普遍认为，神圣的上帝创造了性别角色和家庭结构”。[27]“停止平等权利法案”是因为要“停止剥夺我们的权利”。

其他女性名人则是阿特伍德的《使女的故事》中的塞丽娜·乔伊的化身。前选美冠军阿妮塔·布莱恩特（Anita Bryant）

开展了“救救孩子”运动，反对男同性恋。不知出于什么原因，她声称男同性恋因为不能生孩子，所以就来骚扰“我们的孩子”。[28] 电视剧《莫德》展现了一位遵循玛拉贝尔·摩根（Marabel Morgan）——反女性主义手册《全方位女人》（*The Total Woman*，1973）的作者——教诲的女性角色，全身上下仅用保鲜膜裹住身体，迎接归家的丈夫。[29] 但菲莉丝·施拉夫利比她们做得更决绝，不难理解为什么唐纳德·特朗普会在她的葬礼上致悼词。身为律师、政治候选人、作家和演讲家，她强烈地抨击女性主义，认为女性主义在侵害家庭主妇和全职母亲的权益，而这些权益受到法律保护。

奥德蕾·洛德瓦解主人之家

尽管右翼开展了猛烈反攻，但在70年代人们对《平等权利修正案》依然充满希望。如果说有人能直接应对女性主义里的各种分歧，那个人就是奥德蕾·洛德。洛德的散文集《外人姐妹》（*Sister Outsider*，1984）中的大多数文章都来自洛德70年代的演讲，该书和她的很多巡回演讲一样，捕捉到了洛德在第二波女性主义浪潮走向分裂时扮演的角色。她矛盾的书名表明了她的状态：一方面对女性主义十分投入，另一方面坚持将自己放在外人的位置，质疑着女性主义的边界。

在60年代，洛德和一位深柜同性恋经历了一段婚姻，有了两个孩子。1968年，洛德前往密西西比州的图伽罗学院，找到了自己的职业——为学校工作的诗人（poet-in-residence）。“我开始学习勇气，我开始学会说话。”[30]洛德觉得自己的婚姻前景渺茫，下一段亲密关系的对象将是学者弗朗西斯·克莱顿（Frances Clayton），她意识到“教书是我需要做的事”。回到纽约后，她在城市学院、莱曼学院和约翰·杰伊学院参加了“探索教育、提升与知识”项目。

在接下来几年里，洛德作为一个黑人社群里恐同的女同性恋奋斗着。身为非裔美国人，她谴责白人女性主义者的欧洲中心思想。作为育有一儿一女的母亲，她抨击同性恋隔离论者。作为一个和白人男性结婚并与一个白人女性共同育儿的黑人女性，她痛斥种族隔离论者。身为诗人，她斥责高高在上的学者经常忽视的经济不公。身为癌症患者，她谴责医疗机构。通过表达身为局外人的愤怒，洛德成了一位好争执的姐妹。她不是一个好相处的人，大胆地使用“差异的坩埚”，从中塑造了她的散文写作风格，获得了比写诗时更广阔的读者群。她的演讲和文章都来自个人的早期经验，激励着20世纪女性主义者摆脱19世纪选举权论者的种族歧视，从她们不快的分歧中获得教训。

洛德和女儿贝丝、儿子乔纳森以及克莱顿住在纽约的斯塔腾岛，在那里她出版了自己的第3本诗集《来自其他人住的土地》（*From a Land Where Other People Live*）。在编辑的坚持下她妥协了，删去了《情诗》：“进入她的时候我知道我是/刮过她森林空谷里的强风/手指低语的声音/蜂蜜从阴道里流出……”[31]负责这套著名的黑人系列图书的男编辑无法想象这是女人写下的诗。[32]但对洛德而言，“发声是一种保护机制”——一种直面反对者的方式。于是 1974 年，她在《女士》杂志上发表了《情诗》，把它挂在了约翰·杰伊学院英语系的墙上。[33]

洛德的文章《刮挠表面》探讨了黑人社群里的“女同性恋诱饵”如何破坏了黑人女性的团结，也破坏了黑人女性和其他种族的女性之间的关系。她指责黑人男性造就了破坏女性团结的环境，引导她们争相获取男性认同。黑人社群将能量浪费在“反女同性恋狂热”上，把洛德等女同性恋组织“康比河公社”里的人当成替罪羊。[34] 在诗歌中和另一篇文章中，洛德表示“黑人男性必须意识到，性别歧视和仇女是非常严重的错误”，因为“它们与种族主义和仇视同性恋同宗同源”。[35]

如果说黑人群体里的恐同和性别歧视让她恐惧，那么白人女性主义的种族歧视也让她惊骇。在《致玛丽·戴利的公开信》中，她督促后基督教女性主义神学家解决“白人女性无法听到黑人女性声音的历史遗留问题”。洛德读到戴利在《妇科 / 生态学》（*Gyn/Ecology*，1978）中对女神的描述时，对这个“白人、西欧、犹太基督教”的形象感到困惑：“艾丽柯特、叶玛亚、奥雅、玛乌丽莎在哪里？伏都教的女战神、达荷美亚马逊女勇士、丹族的女勇士在哪里？”这些都是引发她诗歌创造的缪斯。

洛德很早以前就会穿西非的大喜吉服装和头巾，但现在她会在朗读会上穿戴它们，并在书末签上“愿艾丽柯特庇佑你”。洛德认为，戴利的书只把非欧洲女性展现成“受害者”，尤其是她只展现非洲文化里的割礼，而忽略它的其他积极元素。戴利甚至误用了洛德的话："你真的读过我的作品，还是只是随意翻阅它们，唯一目的就是寻找能引用的话，以支持一个你已经确信的过时观点，以扭曲我们之间的关系？"

从洛德的传记作家亚历克西丝·德·沃克斯提供的证据看来，这封给戴利的公开信在结尾处降格为人生威胁——"我希望自己不要有意识地摧毁你"——似乎有点奇怪。在这封信开头，洛德提到自己是因为没有收到戴利的回应才把信件公开，但德·沃克斯援引了玛丽·戴利对信件的礼貌回应，所以洛德应该是收到了回复，于是沃克斯进一步猜测，这种矛盾是因为"洛德与白人女性爱恨交织的竞争关系"："里奇和戴利之间的姐妹情，让她觉得自己成了局外人，让她很没有安全感，又无比嫉妒，有一点'姐妹反目成仇'的意味。"德·沃克斯将洛德的占有欲和她的"丰富情史"联系起来——她瞒着克莱顿，和其他人有私情，她的众多一夜情被芭芭拉·史密斯、阿德里安·里奇、米歇尔·克里夫（里奇的爱人）等诸多好友极力反对。

合作或竞争，洛德在两者间摇摆。1974年，洛德被国家图书大奖的诗歌奖提名。她加入里奇和沃克"抵制父权制竞赛规则"的队伍。在阿德里安·里奇的介绍下，洛德认识了W.W.诺顿出版社的编辑约翰·本尼迪克特，该出版社于1976年出版了里奇的《煤炭》(*Coal*)。出版社在她的新书背后为里奇的书打广告的行为惹火了洛德。她们之间就性别和种族问题的对话也丝毫未能减轻洛德对于更负盛名的对手的焦躁与不安。实际上，洛德知道里奇身为教师和思想家非常关注反种族歧视工作，所以两人间的纷争更像是一场具有象征意义的探讨，它采取的是“黑人女性/白人女性的视角，而远非阿德里安和奥德蕾的视角，就仿佛我们是两种声音”。

洛德的怒火最大程度地向我们揭示了她的心理。在诗歌《权力》中，她猛烈地抨击一位白人警官在射杀皇后区一名10岁孩子后被无罪释放，宣泄自己对司法种族歧视的怒火：“诗歌和修辞之间的差别/是准备杀死你自己/而不是你们的孩子。”[36]她最著名的一句话是“主人的工具永远无法拆毁主人的房子”，它出现在一篇文章的标题中，在一次参加全场没有其他黑人女性或同性恋的大会后，她写下了这篇文章。据洛德所说，白人女性主义者在使用“父权制种族歧视的工具……来审视父权制的果实”。她们忽略了压迫的多样性。“事实是，在你们参加女性主义理论会议时，打扫你们的房子、帮你们带孩子的，大多是贫困女性或有色人种女性”，若选择忽视这点，那她们创造的也是“种族歧视的女性主义”。在发言结尾，她让每位观众“潜入自己知识的深处，触碰那种对差异的恐惧，看看它的脸是什么样的”。

1977年，在里奇的建议下，洛德触碰了她内心深处的恐惧，发表了一场名为《将沉默转化为语言和行动》的演讲。那段时间里，她被患癌的恐惧占据，最后发现这种恐惧是无依据的：活体组织检查发现肿瘤是良性的。在等待“最后的沉默”（死亡）的3周时间里，洛德最后悔的就是她的沉默。她个人的发现——“我的沉默没有保护我”——演变成了她在演讲中传达的信息：“你的沉默不会保护你。”对“被看见、审视、评判、痛苦、死亡”

的恐惧让我们变得脆弱，但言论自由能丰富“你最强大力量的源泉”，因为词句“能搭建我们之间的桥梁”：“不是差异限制了我们的沟通，而是沉默。现在有太多沉默等待打破。”正如蒂莉·奥尔森（Tillie Olsen）所说，洛德通过语言触及了为被剥夺权力的人赋权的议题。奥尔森的文章《沉默》发表于1962年，专著《沉默》(*Silences*)发表于1978年。

洛德在散文写作中从童年经历出发，在文章《诗歌不是奢侈品》中将诗歌视作“帮助无名者获得名字的方式，让他们能出现在人们的脑海里”，尤其是为情绪赋名。如果“白人父亲告诉我们，我思，故我在”，那“我们每一个人体内的黑人母亲——诗人——就在我们梦里低语，我感受，故我自由”。在《色情的用法：色情作为一种力量》中，色情被定义为“女性生命动力的来源，那股被赋权的创造性能量的来源，我们现在正在语言里重拾色情的知识和用法”。

在石墙事件10周年纪念日那天，在声势浩大的“华盛顿同性恋权利游行”上，奥德蕾·洛德发表了演讲，她的长期好友兼短期恋人，历史学家布兰琪·库克（Blanche Cook）称这次演讲“振奋人心”。等到1979年，洛德已经成为一名极具领袖气质的演讲者，哪怕仅仅一年前，44岁的她刚进行了乳房切除手术。用洛德的儿子乔纳森的话说，“她的生活有了一种急迫感，大多数人一辈子也不会发展出这种特质”。

洛德很快便决心打破关于她乳腺癌的阴谋论，她拒绝穿戴乳房假体，开始就癌症写文章。在1979年的《不祥的智慧》杂志上，她回忆了乳房切除手术的经历，该文章日后被写成了《癌症日记》(*The Cancer Journals*，1980)。洛德在书中描述了她经历的痛苦，女性社群如何为她疗伤，以及她如何决心直面"死亡的可怕含义，将其作为一项武器，一种力量"，因为她不想"逃避这种恐惧，而是想把它当成一种燃料来使用"，来找到自己"愤怒的力量"。[37]

在接下来的10年里，她会变成为病人维权的先锋，质疑乳房重建手术的流程，关注癌症的环境诱因。她的回忆录成为病人回忆录的模板，不断地挑战着医学界的理论假设和实践方式。面对女性运动内部的分裂，洛德相信"愤怒能转化为行动表达出来，造福我们的未来，我们将迎来解放，自身变得强大，一切变得更加明晰"。[38]人们认为她"拥有"那种"莫奈对睡莲"的愤怒，于是她强大的内心持续地激励着当代女性主义者。[39]

汤亭亭的鬼魂与战士

即使远离东海岸女性主义激烈政治斗争的中心，西海岸的女性主义者也在努力将沉默转化为语言和行动。蒂莉·奥尔森是位大人物，但她的战友也包括厄休拉·勒古恩、乔安娜·鲁斯、多萝西·布莱恩特（《阿塔的亲人在等你》的作者，爱丽丝·沃克称该书为"全世界我最喜欢的书之一"[40]）、苏珊·格里芬（《女性和自然：内心深处的嘶吼》）、鲁斯·罗森（《麦蜜手记》）、安吉拉·戴维斯，甚至包括了爱丽丝·沃克、阿德里安·里奇等东海岸“难民”。

1976年，“身份政治”的概念刚开始出现，西海岸作家汤亭亭出版了《女勇士：在鬼中间长大的女孩的回忆录》(*The Woman Warrior: Memoirs of a Girlhood Among Ghosts*)。[41]在70年代对男女差异探讨的背景下，这本类型新颖的女性主义书籍提醒人们注意其他差异——地理位置、语言、料理——以及它们在女性的成长过程中扮演的标志性角色。该书刚问世时，金伯莉·克伦肖(Kimberlé Crenshaw)还没提出“交叉性”[i]理论，汤亭亭笔下的女主角既抵制中国传统文化中的厌女元素，又抵制长期以来美国对中国移民的歧视，这些都使得其所属的种群关系不断发生变化，而克伦肖直到80年代才将这复杂的变化描述清楚。

《女勇士》读起来非常吸引人，但这本文笔精彩的回忆录和很多回忆录一样，都是碎片式的，不是直接叙事，而是用戏剧闪回的方式讲述一个故事。但通过仔细的阅读和分析，我们会发现《女勇士》是一本“艺术家成长小说”(Künstlerroman)，讲述了一位作家的童年和受教育经历，这个作家可能就是汤亭亭本人。毫无疑问，小说主人公和作者的经历有很多相似之处：都在加利福尼亚州的斯托克顿市出生，在当地人际联系紧密的中国移民社区长大；都来自大家庭，[42]父母从来不学英文；两人的母亲都喜欢“讲故事”；和很多第一代美国人一样，都有对“母国”的复杂情

---

i 交叉性(intersectionality)指多个身份的组合(如性别、种族、宗教)引起的多重歧视和压迫。

绪；都在各自的领域才华横溢。

可能正因为这些相似之处，就连汤亭亭的书名也显得暧昧不清。大部分时候，小说像是主角和母亲共同写成的，母亲负责**向**女儿讲故事，而主角负责讲述**关于**母亲的故事。[43]那么，书名《女勇士》说的是谁？这个形象是模糊的，既是母亲（母亲的名字为“勇兰”），又是女儿（女儿想象自己 / 母亲成为花木兰的翻版）。两位女性都是勇士，她们的战斗很大程度上是针对彼此的，暗示“玛克辛”或“小狗”（她在书中的昵称）正在受到不明缘由的母亲恐惧症（matrophobia）的折磨。

那么副标题《在鬼中间长大的女孩的回忆录》呢？请记住，这本小说不是连贯的单人回忆录，而是母亲和女儿共同的回忆录。“在鬼中间”这个关键词最能引起共鸣。对中国移民来说，美国 / 白人就像是“鬼”——据叙述者的母亲所说，不是真正的“人类”。

> 美国到处都是机器和鬼——出租车鬼、公交车鬼、警察鬼、消防鬼、停车计费表的鬼……有一段时间，这个世界被鬼覆盖，我几乎喘不过气来。[44]

白鬼很吓人，不仅因为他们的外形特征不像人类，还因为他们压迫中国移民，总是用公开或隐蔽的方式对中国移民们表示不屑。但这些美国鬼不是小说里唯一的鬼魂。还在中国时，勇兰遇到过像怪物一样的鬼魂，有些是亲身经历的，有些是从故事里得知的，通过这些故事，她了解了自己母国文化的本质。传统西方口头故事中的鬼多是真实的人物的灵魂所变，那这些鬼是真人变成的鬼魂吗？大概率不是，它们更像是不断变化形态的恶灵。

不过，本书最重要的鬼魂出现在开头的寓言故事《无名女人》中 。“我接下来要告诉你的东西，你不能告诉任何人。”勇兰告诉女儿（但女儿背叛了母亲，告诉了我们）。在一段离奇的情事后，一个年轻的弟媳有了婚外孕。女人的丈夫已经去了美国，她是被强奸的吗？还是她被卷入了这场情事？她怀孕了，临盆之际，全家人被愤怒的“村民”袭击。她在猪圈里生下孩子，随后带着孩子跳井自杀。“我一直害怕这位婶婶的鬼魂，”讲故事的人承认道，“我告发了她，而她是含恨自杀……中国人一直很害怕淹死的人，死者哭泣的鬼魂……会在河边安静地等着，直到把别人作为替身拖下水。”

《无名女人》让《女勇士》在恐惧中开场。勇兰告诉女儿这个故事，警告女儿女性性别的可怕之处。女孩必须朴素低调，然而她们即便守了规矩，也可能面临像无名婶婶那样的命运。对这个暧昧不清的故事，叙事者曾设想过故事的无数种可能性，在其中一个版本里，叙事者想象那个未知的爱人“命令”无名女人“和他睡觉”，而她屈服了，因为“她一直听别人的话”，但叙事者继续想象，即使是这样，“他最后还是策划了村民对她的暴行”。

似乎是为了强调这位婶婶的无助命运，汤亭亭在故事中插入了另一段骇人的记载，是关于古代中国裹脚的习俗。母亲告诉她，姐妹们“从前坐在床上，一起哭泣……母亲或用人每晚会解开她们的裹脚布几分钟，让血液重新在血管里流动”。女性的小脚有时被认为是优雅和精致的象征，但实际上，裹足确保女孩从7岁起就只能坐着不动，做纺织工作。与此同时，这种文化习俗象征着无名女人从一出生就面临的无助境地：女性身处压迫的环境中，无处可逃。

汤亭亭的《女勇士》以结局惨淡的道德寓言开场，却在后面几章幻想逃离的可能。在《白老虎》这个章节里，“马克辛”幻想自己爬上了一座魔山，在那里她将接受训练，成为第二个花木兰——一位传奇的中国战士，代替父亲参军，带领军队打倒腐败政权。因此，如果说《无名女人》向我们介绍了落后的反乌托邦中国，那《白老虎》则代之以一幅乌托邦图景，在那里女人可以挥舞利剑，翻越房屋，指挥军队，向这个并非她们所建造的世界复仇。

《白老虎》中的一切都宛如迪士尼电影一般魔幻：一对半人半神的老夫妇对小女孩进行训练，让她变得勇敢强壮。小女孩在寒冷的半山腰挨饿时，一只兔子大发慈悲牺牲自己，跳进了篝火。还有一个魔力水碗，能让她看见远在山谷的父母。变强大以后，她要去拯救中国，不然中国就会吞灭她。父母在她的背上刺上报仇宣言。她带领一支军队，成了真正的花木兰，在父权制世界代替**父亲**成为指挥官战斗。

但之后——但之后——她回到了斯托克顿，回到了洗碗时打碎碗的那个时刻。面对父母“坏孩子”的责骂，她只觉得欣喜，宣布自己长大后想成为“俄勒冈州的伐木工”。在现实生活中，人们会说“在洪水里捞鱼寻宝时，千万别打捞女孩子（暗指她们不值钱）”，她不得不“远离那些心怀恨意的人”。她总结道，事实上，“我和女战士并不是没有相似之处……我们的背上都刻着字，我身上有太多字——关于‘中国佬’和‘亚洲佬’的字——它们不贴合我的皮肤”。[45]

在《萨满巫师》中，叙事者追溯了勇兰的过去。勇兰在中国获得医学学位，然后回到老家的村子里行医，在那里遇到了更多怪异的幽灵。这章是所有章节里最能展现恐怖怪象的一章：惊险的接生、心怀感激的病人、一个在村里游荡的疯女人、日本人的轰炸、两个早夭的孩子。在这里，勇兰变成了一位职业女性，靠自己在社会上打拼。

等她移民到了遍地是鬼的美国，情况却变得恰好相反。她被整日囚禁在老套的中国移民经营的洗衣店内，为她的“美国”孩子做饭，孩子却嫌饭菜恶心。

> 我母亲会为我们做饭：浣熊、臭鼬、鹰、城市里的鸽子、野鸭、野鹅、黑皮矮脚鸡、蛇、花园里的蜗牛、储藏室地板上爬的乌龟（有时还会藏到冰箱或火炉下面）、浴缸里游的鲇鱼……她有一条规则，能让我们远离羊肚菌等食物：“如果东西好吃，那就对你不好……如果东西难吃，那就对你有好处。”我们必须面对四五天前的剩饭，直到我们把它全部吃完。

勇兰为孩子做各种古怪的食物，她的孩子觉得“中国”难以下咽：简直是无法消化。

如果中国对孩子们来说是一道难解的谜题，那美国就是父母心中猜不透的谜语。勇兰离开中国30年后，勇兰的妹妹月兰也来到美国。勇兰以为妹妹会想和妹夫团聚，妹夫早前移民来了美国，现在住在洛杉矶。但在《西宫门外》这一章中，在那么多警世恒言和爆炒臭鼬后，“马克辛”的母亲误判了现实，坚持在美国语境下沿用中国传统价值观，甚至忘记了中国的一些根本情况。

尽管月兰与女儿都说，丈夫已经另娶，有了3个“美国”孩子，勇兰依然坚持载母女俩去洛杉矶“宣誓”主权。这趟旅途成了一场灾难。月兰既脆弱又害羞，拒绝和出轨的丈夫对峙，而且觉得丈夫闻起来“像美国人”，“头发是黑的，且没有皱纹”，勇兰这才想起“在中国，家里会把小男孩嫁给年龄大一点的女孩”。妹夫已经成了一位美国脑科医生，事业有成，地位颇高，这样的创伤终于将月兰逼疯。所以，如果说《萨满巫师》展现了勇兰在中国最好的一面，那《西宫门外》就揭露了她在美国脆弱的一面，美国是她解不开的谜题。

这些都成为“马克辛”的学习素材。“马克辛”从恐惧中国女性受到的拘束，到后面以微妙的方式理解了母亲的弱点。由于勇兰从来没有踏出狭小的中国“村民”社群，她注定要迎来失败。但在《羌笛野曲》中，“马克西姆”终于开始纠结自己在美国的位置。她在中式学校（每个人都无拘无束地吵吵闹闹）和美式学校（她无法说话，用黑色墨水铺满白页）之间感到撕裂，终于将怒火转向另一个被美国消音的中国女孩，去欺负一个哑巴中国同学。她的恶行受到惩罚，她生了一场大病。但与此同时，她成功地从《羌笛野曲》中找到了自己的定位。《羌笛野曲》为几千年前一位被囚的中国女诗人所作，可能让她意识到自己能成为另一位中国女诗人，以亲身经历讲述在美国野蛮人之间成长的故事。还是说她会成为一位美国诗人，以亲身经历讲述中国的异域传说？在幻想中的旧中国和当下令人困惑的美国生活之间存在一种张力，问题的答案就从中诞生。

晚宴

汤亭亭在夏威夷高中教书，开始写《女勇士》时，我们在印第安纳州的布鲁明顿一起任教，然后开始合作撰写《阁楼上的疯女人》。此时，想史无前例地云集一群女性作家的主意冒了出来，这感觉就像要召开一场明星晚宴。

但这场晚宴可能也是一次觉醒，是一个供哀悼叹惋的场所。我们赞美19世纪的天才女性作家，但同时也看到她们生活中的悲剧——简·奥斯汀在客人到访时，要把手稿藏在记账本下面；罗伯特·骚塞有一句箴言“文学不能也不该成为女人的职业”，作为回复，夏洛蒂·勃朗特表示“我不仅试着履行女人的职责，还试着对它们感兴趣”；艾米莉·狄金森带一位年轻朋友去她的房间，锁上门后说“马蒂：这里是自由”。[46]

这些女作家的成就和她们被迫经受的束缚形成鲜明对比。1974年秋天分别时，我们就知道自己必须写一本书。我们开始写——像疯子一样写。通过朋友的介绍，我们和耶鲁大学出版社签订了合同，但我们对自己手稿的厚度有些警觉，我们写了快1000页，会印成一本700页的大部头。在现代语言协会的某次会议上，我们胡乱地将一半的书稿塞进一个打印纸盒子里，将另一半塞进另一个箱子，希望我们的好编辑埃伦·格雷厄姆（Ellen Graham）会以为我们给了她两份书稿。但她太精明了。“这是书的前半部分，那是后半部，对不对？”她用她可爱的南方口音说道。书末的索引卡多得能装进鞋盒，差点让我们没法出版，但《阁楼上的疯女人》很快得到审阅，第一批审阅者之一是著名学者兼悬疑小说作家卡洛琳·海尔布伦，她日后会成为我们敬爱的导师。1979年，《阁楼上的疯女人》出版，之后的每一天都像一场惊喜派对，至少一开始是这样。

然后有一场取名为“晚宴”的艺术庆典，为本次出版画上句号。女性主义艺术家朱迪·芝加哥（她抛弃了父权制下父亲和丈夫给予自己的姓氏，用自己长大的城市名代替）组织了一场大型展品秀，既为纪念女性在针织、陶艺、纺织领域创造的居家艺术，也为纪念历史上的女勇士。展览入口处挂着纪念女神的节日横幅，上面是一条乌托邦式的庄严讯息：

她们聚集在她面前

她给她们指出一个方向
她们看见了一幅景象
从今往后她们互吐衷肠
分裂的万物重新结合
万物又回到了伊甸园[47]

在巨大昏暗的展品室，有一张巨大的三角形桌子，让人联想到《维纳斯的三角区》，上面摆满手工缝制的跑鞋、高脚杯，还有绘有精美图案的盘子，都是芝加哥精挑细选用来代表39位女勇士的物品。女勇士的名单从布狄卡女王到弗吉尼亚·伍尔夫，从修女赫罗斯维莎到艾米莉·狄金森，从伊丽莎白一世到艺术家乔治娅·奥基夫（Georgia O'Keefe）。色彩和设计有时大胆，有时微妙柔和，反映了芝加哥对这些人物的感觉。展品的形状就是阴道的外形。太像阴道了！最冷酷的评论家如是说。芝加哥总结了他们的攻击："就是阴道摆在盘子上。"[48]艺术评论家希尔顿·克莱默在《纽约时报》上总结道："对女性想象的一次大胆解放。"[49]

但这些展品在旧金山现代艺术博物馆首展时，我们中的一个（桑德拉）见到了它们。当时展厅里有一种仪式感。亚瑟王的圆桌变成了女性的三角区，原来用剑戳食物的盔甲骑士也不见了，来客都是女性，她们在以前可能是那些骑士的战利品。展示区很安静，人们四处走动，静静地研究每个设计、每块地毯、每条横幅。这里为历史上的女勇士编排了一出默剧，她们可能被瓦格纳

（Wagner）、威尔第（Verdi）、普契尼（Puccini）等作曲家忽略，但在这里被召回。

但将每个女性都简化为性器官的行为**确实有**问题。阴唇、外阴、阴道——每个女人都是，除了黑人女性的展区：索杰纳·特鲁思的展品不是外阴形状的物品，而是三张脸。等等，为什么艾米莉·狄金森的“阴道”围了一层层精致的粉色蕾丝？粉色蕾丝没有火山爆发般的力量！恰恰相反，粉色蕾丝是轻浮脆弱的装饰品。

后来的女性主义者将在70年代成果的基础上提高对种族问题的敏感度，并质疑一成不变的女性身份的本质，这些探讨在人们发现索杰纳·特鲁思展品的异常以及对其他展品中间都有的那条狭缝的反应中就初见端倪。为什么索杰纳·特鲁思是“晚宴”里唯一一个非裔美国人，偏偏又只有她的展品没有那条狭缝？那其他展品中间的那条狭缝呢？

关于第一个问题，爱丽丝·沃克等人指出，朱迪·芝加哥不愿意加上那条狭缝，可能是因为她无法想象黑人女性有阴道。[50] 还有观众站在芝加哥这边，认为芝加哥之所以这样做，是因为她觉得黑人女性长久以来只被其生殖/性器官所定义。至于第二个问题，芝加哥创作的这件作品，和很多种族多元的女性主义者70年代思考的问题形成共鸣，这个问题甚至能一直追溯到五六十年代。

几个世纪以来，女性都被那条狭缝定义，它让她们有能力生产，可以被强奸，可以被当成沉默的战利品。她的所有成就，都是那条狭缝之上开出的那朵花完成的。可能这些展品的设计就是为了展现女性的内在和外在（关于性/母性的狭缝），以及她超越性/精神上的成就（狭缝周围的那朵花）。如果新潮的法国精神分析学家雅克·拉康将阴茎/阳具定义为“先验的能指”，为什么朱迪·芝加哥不能顺着他指出阴道既是内在的又是超越性的？

芝加哥不是唯一一个认为女性是以某种方式和X染色体本质相连的人，尽管女性气质是在社会的规则和约束下孕育而生的。70年代末期举办的这场“晚宴”，让我们直面女性主义者长期面临的困局：阴道（生理）摆在展盘（文化）上！这是女性一直以来的处境吗？很多跨性别或非二元性别的思想家会在21世纪试图反驳这一点。但她们的反驳都建立在后结构主义女性主义者的成果之上。后结构主义女性主义者公开反对所谓的“本质主义”。

在20世纪最后的20年里，“女性”的定义开始在女性运动内部造成震荡，而女性运动开始受到世俗和宗教保守分子的猛烈攻击。70年代末期，女性主义已经完全显形。正如舒拉米斯·费尔斯通所做的警告：“不管权力来自哪里，怎么发展，如果没有斗争，掌权方是不可能主动放弃权力的。”[51]

第四部分

不断修正的 80 年代和 90 年代

第八章　身份政治

从女性主义者的角度来看，80 年代一开始就迎来了负面新闻。共和党候选人罗纳德・里根当选总统，他反对堕胎自由权，撤回了之前对《平等权利修正案》的支持，导致它没有获得批准。1984 年，在连任竞选演讲上，里根表示“美国重新迎来了早晨”，竞选海报是白人夫妇在绿植茂密的背景里购房，买闪亮的新车。80 年代是见证新时代的到来，还是重回 50 年代的旧时代？

接下来的一幕有些像回到50年代的召唤：1981 年，贝蒂・弗里丹宣称女性运动已经结束，并且也应该告一段落了：“在反对女性气质奥秘的同时，我们不幸落入了女性气质奥秘的圈套，即否认女性作为一个人的核心价值是通过爱、养育和家庭实现的。”[1] 在 1982 年《纽约时报》上的一篇关于“后女性主义”的文章里，几位年轻女性认为女性主义是“一个脏词”。[2] 这个时期，我们教的一些本科生开始告诉我们：**“我们已经走得很远了，教授！我们打破了玻璃天花板！”** 还有些人开始说一些令人沮丧的话：“我不是女性主义者，但……”

不过，70 年代激进运动带来的成果正不断扩大：武装部队、美国国家航空航天局，还有大多数男子大学都开始欢迎女性。从爱丽丝・沃克和托妮・莫里森获得普利策小说奖，到杰拉尔丁・费拉罗（Geraldine Ferraro）竞选副总统，《新闻周刊》杂志的民调显示71%的女性认为女性运动改善了她们的生活。[3]《墨菲·布朗》《黄金女郎》等电视剧开始流行，奥普拉开始统治主流媒体。在博物馆领域，匿名女性主义组织“游击队女孩”（Guerrilla Girls）反对男性对艺术的垄断，在诺拉·埃夫隆的浪漫喜剧《当哈利遇见莎莉》里，演员梅格·瑞恩（Meg Ryan）在小餐馆的餐桌上模拟性高潮，娱乐了餐馆里其他客人，也娱乐了银幕外的观众。在电影《朝九晚五》里（后改编成电视剧集和百老汇剧目），简·方达（Jane Fonda）、莉莉·汤姆林（Lily Tomlin）和多莉·帕尔汀（Dolly Partin）向她们性别歧视的老板发起挑战。

诚然，女性主义已经占领了一部分娱乐圈和学术圈。我们的学生告诉我们，因为女性研究课程在校园里越来越常见，她们已经选修或有机会选修一部分，所以她们“已经走得很远了”。70年代的激进运动逐渐从街头消失，隐退到象牙塔里。学术运动的兴起扩大了我们能探讨的范围，但学术运动显然和之前的公共运动不一样，女性主义不再是一项使命，而渐渐变成了一个学科。

里根在发展新的社会福利网时，不断地把“女性骗保”当成靶子攻击，导致女性贫困和贫富差距变得愈发显著。[4]致命的艾滋病病毒给同性恋社群造成了巨大打击，引发了恐慌狂潮，导致了对同性恋的歧视。随着艾滋病并发症成为男性死亡的主要原因，性向焦虑愈发不可收拾，男同性恋和支持男同权益的女性主义者被当成替罪羊。暴力示威者试图关闭女性健康诊所，右翼书籍开始为所谓的“文化大战”煽风点火。

我们要怎么定义在最保守的八九十年代诞生的第二波女性主

义浪潮呢？毕竟，“浪潮”在不同时代的传播速度不同，包含的内容也不同。在20世纪末期，女性主义思想被两种视角重塑：身份政治（本章要讨论的内容）和后结构主义理论（下一章要详谈的内容）。在这两者的影响下，女性主义者开始质疑“女人”这个概念，怀疑这个概念里混杂了太多不同背景和性向的人。

身份政治联合了那些致力于探索自己的种族、民族、语言和宗教源头的女性。从《这座桥叫我回去》(*This Bridge Called My Back*，1981）和《女人都是白人，男人都是黑人，但我们有些人很勇敢》(*All the Women Were White*，*All the Men Were Black*，*But Some of Us Were Brave* ，1982）这两本文选开始，很多书关注墨西哥裔美国女性、非裔美国女性、亚裔美国女性、印第安裔美国女性。[5] 后结构主义理论的支持者们怀疑身份的分类标准，推翻了男性气质和女性气质、异性恋和同性恋的传统定义，并在这个过程中让人们注意到性欲的多种形式。

在学术界内部，女性主义者开始为学界同僚而不是大众写作。对于身份政治的支持者来说，“女性”这个词太过空泛，需要定语做修饰（如黑人女性、印第安裔美国女性）。对后结构主义者来说，“女性”的对立面是异性恋男性，未免太过狭隘。在身份政治和后结构主义的影响到达高峰时，两股思潮的支持者对女性主义者形成了挑战，激励女性主义者探索新的领域，以新的方式思考。在低谷期时，两路人马都指责70年代的前辈是“种族歧视者”(对有色人种女性的现实处境不管不问），或者是“本质主义者”(对社会建构性别的过程不管不问）。[6]

学术界的讨论变得越来越晦涩难懂。但安德里亚·德沃金、格洛丽亚·安札杜尔（Gloria Anzaldúa）、阿德里安·里奇和托妮·莫里森等女作家向人们生动地揭示，女性主义者之间的不同，实际上来源于女性之间的不同。尤其在身份政治的运用上，她们将女性主义者对性别和种族歧视的分析延伸到跨国语境中。最终，随着文学评论家和作家开始探索性别如何受到经济、宗教、语言和地域因素的微妙影响，“交叉性”的概念从身份政治中诞生了。

安德里亚·德沃金和性战争

80年代初期，妇女运动内部经历了一场战争，女性主义者们开始相互指责。70年代的激进主义者在示威活动中联手，抗议女性时常经历的暴力：强奸、乱伦、虐待儿童、家庭暴力、工作场合的骚扰、针对女性的屠杀（来源于19世纪的法律术语）。激进主义者们对早期性解放者提出质疑：在男性主导的文化里，性自由到底有多自由？

色情杂志和色情电影越来越多，似乎暗示色情作品要为女性遇袭负责。虐杀电影人气大涨。我们要怎么办？这个问题导致了所谓的色情战争或性战争。尽管反对性别暴力的声音此起彼伏，没有一位战士能代表所有声音，但安德里亚·德沃金还是经常被当成代表。激进分子组织“夺回夜晚”游行时，德沃金开始替名为“女性反对色情作品”的组织代言。她声音洪亮，体形庞大。

作为激进女性主义者，她解释说自己是“美国最愤怒的女人”，但“不是好玩的那种类型”。[7]

在讲坛上，德沃金“夸张的受害者姿态和宗教集会式的表演”来源于她受伤的经历。[8]她在9岁时受过侵害，后来逃离了有暴力倾向的丈夫。在那段婚姻之前，她在本宁顿学院自由自在，为自己“从来没有睡过教职员工，只睡过他们的妻子”而骄傲。[9]后来，她和激进女性主义者约翰·斯托尔滕贝格（John Stoltenberg）结婚，斯托尔滕贝格也是同性恋。在一次反越战示威被捕后，德沃金在纽约市女子拘留所的一次妇科检查中被“暴力对待”。后来德沃金提起诉讼，拘留所最终被关闭。在欧洲时，她曾有一段时间无家可归，不得不从事性工作，最终返回美国后，她决定以女性主义者的身份讲演，“因为我自己的作品在出版过程中遇到了太多麻烦”。

她声称自己穷到买不起最喜欢的妇女运动的标语纽扣“别吸，去咬”，公开反对女性要为自己遇袭负责的观点：“我们总是假定女性在勾引男性，或者想用强奸的指控毁掉一个男人。”她呼吁“新一代战士出现，永不疲惫，不会被收买。每位女性都需要去感受她经历过的事，把感受转化为行动，把每滴泪转化为前进的一步，我们需要一把能劈开侵害者的刀”。

德沃金反对那些与民权运动的自由派结盟，拒绝任何形式的审查的女性主义者，也反对后来被称为“拥护性行为”（pro-sex）的女性主义者。那些拥护性行为的女性主义者受够了自古至今阻止女性享受性的道德教条，强调“情色”和“色情”很难区分：

“激起我性欲的就是情色；激起你性欲的就是色情。”艾伦·威利斯调侃道。[10]德沃金反对这种观点，认为这是与敌人同流合污。她赞成罗宾·摩根的看法，认为“色情产品是理论基础，强奸是付诸实践”。[11]

格洛丽亚·斯泰纳姆认可德沃金的努力，夸赞她是“《旧约》里描述的先知”；苏珊·布朗米勒称德沃金是“一声惊雷”：“她在其标志性的牛仔连体服里大汗淋漓，用一种特殊的演说节奏，让自己成为一名偶像，在往后几年里被当成嘲笑的对象。”对其他人而言，她“是一名女性权益倡导者，不过似乎是一个卡通化的厌女版本，在连体服下面是一把禁欲的斧头，要砍向男性的欲望”。[12]德沃金的专著《色情产品：男性拥有女性》(*Pornography: Men Possessing Women*，1981）在凯特·米利特《性政治》的影响下写成，反映了许多女性主义者的观点，即色情产业总是描绘女性受辱的形象，剥夺了女性作为人的尊严，同时鼓吹暴力。德沃金相信，淫秽杂志和淫秽电影让男性在潜移默化中习得了如今所说的“有毒的男性气质”。

德沃金的反对者指出，德沃金经常将性描述成一种侵犯行为。她将异性恋性行为和女性的卑贱化（abjection）结合，这点尤其体现在她的专著《交媾》(*Intercourse*，1987）里：“交媾自始至终是一种方法，能从心理上让女人变得地位低下，一点点让她知道自己的低下地位……猛推进她，一次又一次，直到她放弃抵抗，屈服——在男性的词库里，这个瞬间通常被称作**投降**。”[13]换句话说，她宣扬了男人来自火星（生来为了侵略和巧取豪夺），女人来自金星（生来为了互惠和亲密关系）的观念。[14]很多反色情作品的女性主义者表示，在男性统治的文化里，男性的价值观从本质上与女性价值观区分开来。一些分离主义社群和音乐节发展起来。有些建在乡村的分离主义社区被称作“womyn 的土地”，音乐节中最出名的属“密歇根 womyn 节”。请注意，重要的是用“myn”把“women”里的“men”替换掉，从而在语言上将女性和男性区分开来。

在和弗洛伊德的又一次格斗中，尤其在与母亲和婴儿是“前俄狄浦斯配偶”的理论的格斗中，分离主义者找到了支持自己的论点。例如，多萝西·迪纳斯坦（Dorothy Dinnerstein）提出厌女根植于女性的生产和育儿过程中，也就是说，婴孩生命里的第一个他者一般就是母亲。她表示，随着孩子长大，他们的焦虑和敌意被投射到一个女性人物上，这个女性人物包含了一些非人类的他者性。[15]心理学家南希·乔多罗考虑到家庭罗曼史（family romance）的另一个后果，即男女婴儿最早期的欲望对象都是母亲。因为女孩的首要依恋对象是一个女性人物，所以在她们的性欲中，同性恋始终是一个重要元素。乔多罗表示，女孩和母亲拥有交叉身份，而男孩通过把母亲放在对立面来定义自己。女人在成长过程中相互依赖，从而获得流动的自我边界，而男人的自我边界非常僵硬死板，主要通过对立来定义自我。[16]卡罗尔·吉利根将这个视角延伸进伦理学。[17]

这些猜想结合起来，在学术界建立了女同性恋研究，[18]催生了分离主义的观点，认为女性不需要和男性相同，而要重新评估她们与男性的不同：差异女性主义（difference feminism）由此和平等女性主义（equality feminism）区分开来。从分离主义社群为女性建立了独特的新身份这一点来看，社群建立者可以被认为是身份政治的第一批拥护者。在某些女同性恋女性主义者圈子里，男性变得和女性气质的陷阱——高跟鞋、化妆品、裙子——一样可疑。但这样的观点不仅疏远了异性恋关系中的女性，还疏远了那些关注性工作者权益的女性，还有那些认为自己是男性化一方或女性化一方的女同性恋者。同样令人不安的是，这样的观点有可能巩固维多利亚时期的性别观点，即男性是性欲亢进的狩猎者，而女性是纯洁的模范。这样的观点还可能加强更古老的刻板印象，即男性是主动、理智的一方，女性是被动、情绪化的一方。

反色情作品和拥护性行为的女性主义者之间的矛盾愈演愈烈，在 1982 年的巴纳德会议上到达顶峰。在主题为“通往性别政治”的会议上，拥护性行为的激进分子试图为女性主义者重拾“愉悦和危险”。[19] 在被夸大的危险面前，愉悦尤其有被遗忘的风险。由于害怕破坏名声，巴纳德会议的负责人收回了策划委员会排的会议日程表。“女性反对色情作品”组织的成员身穿胸前写着“为女性主义者的性体验”、背后写着“反对虐恋”的 T 恤，在会场外面进行抗议。在派发的小册子上，她们指控拥护性行为的组织者在“支持压迫所有女性的性别机构和价值观”。[20]

人类学家盖尔·鲁宾（Gayle Rubin）是巴纳德会议上最主要的性积极主义者。她发现自己因为会议之后接踵而来的讥讽而

"饱受创伤"。反色情作品的抗议者"试图和女性主义运动中不同意她们的人割席，并极力破坏不站在反色情产品战线上的活动"。[21] 拥护性行为的成员想为女性夺回性幻想的权力，发表文章探讨虐恋、女同性恋中的男女方角色、性压抑的历史，以及女同性恋如何被净化成姐妹情。诗人莎朗·奥德斯（Sharon Olds）和切丽·莫拉加（Cherrie Moraga）大声地读出她们的诗歌。在一次校外演讲上，拥护性行为的组织"女同性爱黑手党"用幻灯片展示了假阴茎、乳夹和绑绳。反色情作品杂志《别来烦我们》的记者公开谴责有人想回归被支配的地位，但作家苏西·布莱特（Susie Bright）很快为"爱冒险的女同性恋"创立了拥护性行为的杂志《来烦我们》。

巴纳德会议的风波过后，凯瑟琳·麦金农（Catharine MacKinnon）成为德沃金意想不到的助手。麦金农展现出她在常春藤名校培养的专业法律素养。[22] 在《职业女性的性骚扰》（*Sexual Harassment of Working Women*，1979）中，麦金农提出"经济权力之于性骚扰，就如肢体力量之于强奸"。[23] 1983 年，德沃金和麦金农在明尼苏达州大学合上一门课，在课堂上表示色情电影侵害了女性的基本民权。

两人先是在明尼苏达州大学，后来又去往印第安纳州大学，起草了民权法令，要在法律上禁止塑造贬低女性的色情形象。[24] "如果有女性被强迫制造色情产品，或者因为色情产品而被强奸或侵害，那色情产品的制作方或发行方将要承担民事侵害的责任。"德沃金这样解释法令。[25] 为什么菲莉丝·施拉夫利[26] 会支持德沃金和麦金农？随着越来越多人误会艾滋病或对其持逃避态度，保守派开始宣扬以禁欲为唯一内容的性教育，提议审查所有性暴露的内容。用一位历史学家的话来说，反色情产品和拥护性行为的女性主义者很快意识到，“国家对于性表达的限制，和扩大女性权益毫无关系”。

在法令因为违宪被否决后，这场色情影片大战的评论员大多都相信是拥护性行为的那方赢了。[27]作为观战方，我们都读过拉伯雷、乔伊斯、劳伦斯、纳博科夫等人创作的被贴上淫秽标签的作品，我们发现自己对任何形式的审查都持怀疑态度，因此站在了拥护性行为的那一边。[28]但我们现在感觉更加分裂。在一个每三分钟就有强奸案在美国发生的年代，拥护性行为和反对性行为的人都将承受损失。两方的努力都被我们所在的社会所稀释，这个社会一边提倡清教教规，一边将各种形式的性商业化，让性成为一个扭曲的高利润行业。

要怎么应对这一切？在哈佛大学被学生记者问到这个问题时，安德里亚·德沃金的回答很谨慎。“所以女性的第一人称证词尤为重要，”她说，“因为主流会说，‘哦，这种事没有发生’。然后一群女性会说，‘可是这种事发生在我身上了’。”2018年《善行与疯举》（*Good and Mad*）的作者丽贝卡·特雷斯特（Rebecca Traister）用一句评价为这句话收尾：“是的，我也是。”约翰娜·费特曼（Johanna Fateman）是2019年出版的德沃金作品集《热缝中的最后岁月》（*Last Days at Hot Slit*）的编辑之一，她称赞德沃金是“末世前的先知”。[29]

格洛丽亚·安札杜尔的混血儿意识

德沃金的话语和我们时代的“Me Too”运动的参与者形成共鸣，同时代的作家格洛丽亚·安札杜尔的写作则记录了移民政策的历史，描绘了孩子在墨西哥边境和父母分离，被监禁在昏暗的牢房。格洛丽亚·安札杜尔以第一人称讲述自己作为墨西哥裔美国女性在得克萨斯州南部长大的经历，启发了女性主义者去思考种族身份政治和跨国议题。

格洛丽亚·安札杜尔出生在一个牧场里的定居点，11 岁时和家人搬到了得克萨斯州的哈吉尔。在很小的时候，她就因为荷尔蒙失调而提早发育，并因此承担了羞耻和痛苦——“我 6 岁的时候就来月经，而且乳房发育了，为此我总是感到羞耻”——但她很快发现“阅读是一种逃离的方式”，最终通过写作达成了身体和心灵上的疗愈。[30] 父亲在她 15 岁时去世后，安札杜尔就作为移民劳工打工，直到 1969 年获得学士学位，1972 年获得硕士学位，成为一名高中老师。在写作《边境》(*Borderlands/La Frontera*）的过程中，与刚从得克萨斯搬到加利福尼亚成为作家时相比，她思考墨西哥裔美国女性的处境变得“更极端，更政治化，更愤怒”，但“没错，我总是愤怒，我依然愤怒着”，她在因此书成名后解释道。

安札杜尔称，“性别不是唯一的压迫”。种族和地域在《边境》中扮演了重要角色，在书中安札杜尔用历史、人物传记和神话增进了墨西哥裔文化社群间的理解，同时加强了美国墨西哥裔文化社群与黑人、印第安人、美国白人以及国际文化社群的交流。此书的核心观点是，她呼吁人们对矛盾的事物抱有一种新意识，她称之为“**混血儿**意识”：即意识到那些居住在边境的女性注定会有明显矛盾的效忠对象，她们必须学会带着多重身份活下去。

对安札杜尔来说，**混血儿**意识从对美国白人的愤怒中诞生，美国白人征用了墨西哥的土地，将它并入得克萨斯州，由此带来了司法不公，非法移民受到歧视。她从里根执政时期的南北交通写起，提醒我们边境目前的危机已经持续几十年了：“没有桥的便利，‘偷渡客’坐在充气小艇上，从格兰德河一路漂流过来，或者涉水或者赤身裸体游过来，衣服紧紧绑在头顶。”女性墨西哥移民面临的风险更大，她们经常被“偷渡头目”强奸，有时“他会把她当妓女贩卖，而她因为不懂英语，又怕被遣返，所以无法寻求国家或州的医疗或经济援助”，“这里是她的家 / 在铁丝的 / 边缘”。哪怕对土著来说，边境土地也是剥削的场所，在这里“第三世界和第一世界产生摩擦流血，痂在结好前又破裂流血，两个世界的命脉汇聚在一起，形成第三个国家——一种边境文化”。

在墨西哥裔美国女性社群里，“男性制定规则和法律，女性负责传输指令”。只有“极少数”能避开屈从的命运，“进入教育和职业的世界”，安札杜尔就是如此，她是家里第一个上大学的人。安札杜尔忠实于自己的文化，但她还是痛恨这种文化“削弱了女性”并“让男性拥有夸张的男子气概”。“身为女同性恋，在天主教家庭长大”会让人变成“疯子”，因为“女性站在出格的梯子底下。墨西哥裔美国文化、墨西哥文化和一些印第安文化对出格行为没有容忍度”。她觉得自己被美国白人“出卖”，同时被自己的族群出卖：“黑皮肤的女人……沦为奴隶，被当成廉价劳动力，被西班牙人殖民，被美国白人殖民，被自己民族的人殖民。”

由于安札杜尔个人的反抗“代价高昂，伴随着失眠和自我怀疑”，她知道受过创伤的边境女性通常需要疗愈。[31] 在《边境》中，安札杜尔完成了语言和精神上的治疗。正如本书分节的标题“Borderlands/La Frontera”，英语和西班牙语必须缝合在一起，才能反映混血儿意识。安札杜尔混用标准英语、英语俚语、标准西班牙语、墨西哥西班牙语、北墨西哥方言、墨西哥裔美国人用的西班牙语和得克萨斯西班牙语写作。她在不同语言代码间切换，并不把“迎合”英语读者放在第一位。与之相反，她故意留下一些没有翻译的段落，希望提高他们对自身语言局限的意识。她从克里奥尔语的俗语里开采出各种图像，作为“被激发的情感和有意识的知识之间的桥梁”，从“一种不安的心理状态中，在边境的土地上”创造意义。

正如洛德转向非洲女神，安札杜尔转向印第安、墨西哥和天主教神话里强大的女性人物，将她们改造成她自我认同的精神需求的支持者。马丽娜丽（又名玛琳切），一位墨西哥女性，曾是西班牙殖民者埃尔南·科尔特斯（Hernaán Cortés）的顾问；哭泣女，民间传说里痛哭的弃妇，最后带着孩子投水自杀；还有瓜达露佩圣母（即圣母玛丽亚）。一切都需要重新想象。安札杜尔还尝试重塑阿兹特克文明的女神科亚特丽库、特拉佐蒂奥特和奇瓦卡特尔，因为“阿兹特克-墨西哥文化赋予了她们怪物的特征”。

她的多语写作和精神冥想打破了二元对立关系（处女 / 妓女、超自然 / 自然、人类 / 动物、精神 / 身体），塑造了混血儿意识，培养了“对模棱两可的容忍度”，最终让她宣布自己重生为一个矛盾的生物：

> 作为混血儿，我没有国家，我的母国将我驱逐了出去，但我又属于所有国家，因为我是每一个女人的姐妹或潜在的恋人。作为女同性恋，我没有种族，我的族人抛弃了我，但我又属于所有种族，因为所有种族都有像我一样的酷儿。作为女同性恋，我没有文化根基，因为我要挑战拉丁美洲和美国白人中的所有男性衍生的集体文化 / 宗教观念，但我又有文化根基，因为我在创造另一种文化，书写另一个故事，用于解释这个世界和我们在其中的位置，创造另一种价值体系，用图像和符号将我们和彼此、我们和这个星球相连。

通过回应弗吉尼亚·伍尔夫在《三个几尼》中的宣言——“作为女人，我没有国家。作为女人，我也不想要国家。作为女人，我的国家就是整个世界”[32]，安札多尔找到了自己在跨大西洋女性主义谱系里的位置。

《边境》的成功表明美国的女性主义者开始意识到，女性主义运动是一项全球性的运动。[33]到了80年代中期，在埃莱娜·西苏（Hélène Cixous）、露西·伊利格瑞（Luce Irigaray）、莫妮克·维蒂格（Monique Wittig）和茱莉娅·克里斯蒂娃（Julia Kristeva）等法国女性主义者的引导下，大量理论文本的翻译开始出现，这些理论借用雅克·拉康的精神分析观点、雅克·德里达的解构主义理论，探讨和格洛丽亚·安札杜尔的作品类似的一项议题：为女性在历史上被打击、压迫、妖魔化的形象平反。和安札杜尔一样，法国的女性主义者为神话人物重新作传（西苏的《美杜莎的笑声》），想象男性优先秩序的另一种可能（伊利格瑞的《此性非一》），赞美同性性取向（维蒂格的乌托邦小说《游击战》），探索卑贱（abject）这种心理状态（克里斯蒂娃的《恐怖的权力》和《黑太阳》）。[34]

在她们的影响下，美国的女性主义者开始转向国际议题。1984年，罗宾·摩根出版了文集《全球姐妹阵营》（*Sisterhood Is Global*），就连西蒙·德·波伏娃也贡献了作品。摩根决心“不为单文化主义妥协”，宣布了“姐妹力量大机构”的行动注意事项，[35]等到80年代末期，她接过新晋的国际化杂志《女士》的编辑岗位。20世纪80年代的女性主义向多元文化主义延伸，但也受到了后殖民批评家佳亚特里·查克拉巴蒂·斯皮瓦克（Gayatri Chakravorty Spivak）的批评。斯皮瓦克在印巴分治几年后出生在印度加尔各答，在康奈尔大学深造，后来成为第一位将德里达著作译成英文的译者。

斯皮瓦克投身比较文学，却也怀疑好意的西方知识分子能否真正理解第三世界女性的处境。在1985年的文章《庶民能发声吗?》中，她提醒西方知识分子，女性庶民是被征服的人，没有公共机构支持，无法发声，作品也无法流通。[36]与此同时，她为印度母国的孩子制定扫盲计划，正如格洛丽亚·安札杜尔将注意力转向双语儿童文学，向孩子讲授墨西哥裔美国人的历史。安札杜尔欣赏斯皮瓦克对后殖民主义的贡献，但和我们一样，她发现《庶民能发声吗?》晦涩难懂："解码她的句子花了我很长时间。"[37]

阿德里安·里奇的犹太教

80年代，奥德蕾·洛德帮助在加勒比地区、南非、古巴成立女性主义支持组织的时候，阿德里安·里奇转向身份政治，最终将自己的出身追溯为"从根部分裂"的南方犹太人。"从根部分裂"(split at the root)的说法取自她早期的诗歌作品，被她当作1982年所发表文章的标题，在文章中，她与自己的微妙反犹心理做斗争。[38]这种心理继承于她的父亲阿诺德·里奇，阿诺德·里奇是约翰·霍普金斯医院的一位医生，从来不谈论犹太教，而是选择世俗生活，信奉自然神论，被主流社会同化。[39]

她在文章里告诉我们，里奇家族骄傲而注重隐私。阿德里安的母亲海伦不是犹太人，在南方拿腔拿调的氛围下长大，并试图用同样的方式养大里奇姐妹。父母——或者只是阿诺德——在刻意摒弃犹太教吗?阿德里安向父亲询问宗教的事情，父亲"用刻意的姿态"告诉她，他从未"否认"自己是犹太人，但犹太教对他来说“不重要”。但（这将对她的人生产生重大影响）里奇引用了父亲的一位非犹太人同事的话，同事认为“这种（南方）背景的犹太人看不起波兰、俄罗斯等东欧犹太人，因为东欧犹太人受教育程度普遍没有那么高”。

从主流社会的角度看，东欧犹太人，也就是近期的移民，为人吵闹粗俗。因此，在里奇去拉德克里夫学院上学之前，母亲建议她在调查宗教背景的表格上填写“美国圣公会”。事实上，阿德里安和姐妹都是作为圣公会教徒接受洗礼，并参加周日教会服务的。家里也从来不讨论犹太教和反犹的概念。16岁时，里奇独自去看了最早描绘纳粹集中营解放的电影，看到成堆的尸体、骨瘦如柴的幸存者。她的父母“不太高兴”；她觉得自己“被指责对恐怖事物有猎奇心……在死亡周围嗅探，只为感受刺激”。但她逐渐明白，尽管“犹太人”和“反犹主义”在她成长的“空气城堡”里是“禁忌词”，但她本人本将和那些银幕上被卑贱化的受害者面临同样的命运：“在纳粹的逻辑里，我的两位犹太人祖父母会让我成为‘一级犹太混血’，根据‘犹太人问题最终解决方案’的规定将无法赦免。”

在拉德克里夫学院，她遇到了两位犹太女孩。两位女孩坦然地面对自己的犹太血统，向她传授了很多犹太教的知识。但即使到了这一步，她依然对自己的文化根基犹豫不决。在一家服装店，一位难民跪在她脚边，一边帮她缝合裙子边缘，一边和她闲聊。“你是犹太人？”缝衣服的女人“急切地低声”问道。“18年以来融入主流的训练”促使她嘟囔道：“不是。”“人生中有一些时刻，会让我当下就意识到这是欺骗，现在就是这样的时刻。”这不是欺骗一个试探顾客的移民服装师，而是在欺骗自己——一个想接受自己的出身，但又对此撒谎的女孩。

为什么阿德里安·里奇的父母拒绝参加里奇和阿尔弗雷德·康拉德在哈佛大学的犹太文化楼的婚礼？康拉德——起初的叫法是科恩——来自东欧东正教家庭，是那种不正统的犹太人。里奇写道：“我父亲认为这场婚姻使我落入了东欧犹太家庭的陷阱。”里奇和父母的决裂持续了几年，直到父母勉为其难去见3位姓康拉德的外孙。

诗歌《源头》和《从根部分裂》相辅相成，两者创作于同一年，在诗歌中，里奇时而愤怒，时而满怀爱意地思索自己在《从根部分裂》中探索的复杂出身问题。《源头》很能反映问题的一点在于，这首诗诞生于阿尔弗雷德·康拉德举枪自尽的“16年后”，并且是里奇在康拉德自尽地点旁的佛蒙特农场完成的。里奇在新英格兰山间小镇的住所思考，注意到她这里只有清教徒或法国天主教特比拉斯会教徒的名字，而找不到“我的名字”。[40]但这座房子本身象征了那个令她越来越不安的美国，似乎在问她一个问题：“你这个南方犹太人，你生长的力量从哪里来 / 你从根部分裂，在空气城堡里长大。”文本的核心是一场隐性的对话，其中两个剑拔弩张的男人——信奉自然神论的严厉父亲和东欧犹太丈夫——塑造了她的灵魂。

《源头》生动地描述了佛蒙特的乡间生活和历史、犹太教和大屠杀的编年史、家庭记忆，但在诗歌的中心段落，里奇以散文的形式向父亲和丈夫喊话，就像是她“从根部分裂”的自我的无助呐喊。她对父亲说道：“这么多年来，我一直在你的世界里挣扎……你对人的分类，你的理论，你的意志，你的爱里掺杂着无法去除的残忍……这些都在一座空气搭建的城堡里，这个漂浮的世界里住着那些被融入主流的人，他们知道但否认自己永远会是外乡人。”但她克服了自身的愤怒，找到一种方式，重新想象这个“长着父权制的脸”的男人。

> 以前我看到你的本色就是男性的权力和傲慢；我在那下面看不见犹太人的挣扎，也看不见外乡人的印记，因为你让它们对我不可见。只有现在，在强大的女性视角下，我才能解密你的痛苦与挣扎……

“女性视角”，里奇在这里暗示，因为她的女性意识觉醒了，所以她才能开始理解父亲隐秘的挣扎，以前父亲让这些对她不可见。她自己的“意识提升”帮助她意识到父亲的痛苦、父亲“分裂”的自我。

向过世父亲的喊话满含悔恨与不满，给过世丈夫的一封平实的信则是忧愁又温和的。我们在下文援引最核心的一段：

> 这么多年来，我一直很抗拒假装你能收到我的信而给你写信的念头。我和父亲关系紧张，我和他之间……有一场持续的战争，我们是活着还是死了都无关紧要。但对你，我一

直想保护你的存在，而不是仅仅把你当成诗歌创作的题材，或者某种悲伤的灵感来源……

但我不和你说这些，就完成不了这首诗。我需要对你说，而不仅仅是说你的事。你知道这里除了食物和幽默之外还有别的东西，你在1953年说这句话的时候，我就知道这是你找到的一条秘方，用来隔开你和痛苦。刀下的裸麦粗面包的裂缝，我们在面包片上放的粗制黄油和红洋葱；新鲜洋葱圈上的熏鲑鱼和奶油芝士……你说这些是文化仅存的东西，还有新鲜的哈拉面包，会迅速变硬但外表依旧好看。

这就是我现在想对你说的原因。我想说，没有哪个想为自己身份承担责任的人应该孤身一人。这世界上肯定有一些人，可以让我们坐在他们身边抽泣，然后站起来继续做一个战士（我用爱编织，为你做了这个怪异且怒气冲冲的小袋子）。我想你以为世界上没有你容身的地方，可能确实没有，可能现在也没有；但我们必须努力创造出这样一个地方，我们想结束这种折磨……

对于融入主流的原生家庭，里奇的回忆富有激情但语焉不详。但她会通过食物的画面以温暖的方式追忆康拉德。童年的“房子在山上”，和现实隔绝，但被阿诺德·里奇抗拒的东欧犹太教生活方式击得粉碎。哪怕和康拉德的婚姻瓦解后，里奇还是把康拉德和她从父母处得不到的养育方式联系起来。她在“空气城堡”里得到的又是哪种食物呢？

在梳理完自己的童年、自己和丈夫的家族背景后，里奇明确感觉到自己准备好开展一个大项目：在《艰难世界的地图集》中宣示并命名本国和外国的图景。她采用女性主义版惠特曼的口吻和视角探索 80 年代的美国。和惠特曼一样，她集结了一系列个人故事、梦幻文段、对不同州的大致介绍，来达成她的写作目的："我下定决心要理解爱国的含义。"[41] 在这句直白的宣言后面，是一系列问题和一个值得探讨的结论：

> 地球的历史和埋葬其间的骸骨？
>
> 土壤和城市，承诺被许下、被嘲笑，犁出羞耻与希望的轮廓？……
>
> 我由矿物、痕迹和谣言组成，是微不足道的纤维，
>
> 一个和别的女人相像又不相像的女人，像愚弄命运那样，愚弄了她的职责范围？
>
> 一个和其他公民相像又不相像的公民，在路上相碰又不相碰，
>
> ——现在我们每个人都是被驱使的谷粒，一个分子，一座危机中的城市……
>
> 爱国者不是武器。爱国者是那些为国家的灵魂斗争的人。

《艰难世界的地图集》是一篇宏大的宣言，也是里奇政治激

情的总结。她谈到种族歧视（黑人活动家兼作家乔治·杰克逊在索莱达州立监狱被单独监禁）、恐同情绪（女同性恋被谋杀的案件）、美国的贫困问题（“这里是冷漠的大海，盐粒闪闪发光……这里是默许成风的郊区……这里是金钱和悲哀的首都”）。但她也让诗歌扎根于自己的生活和爱。她把倒数第二段献给“M”——米歇尔·克里夫，她同居了15年的对象。在这段文字里，作为对美国之旅的总结，她赞扬克里夫“提供了感知世界的手，你用燕麦和丝绸、黑莓汁和鼓做的手”。[42]

然后，在诗歌的中间，对阿尔弗雷德·康拉德的回忆几乎是不自觉地浮现出来。在佛蒙特的房子里收拾那些对于她的回忆至关重要的东西时，她注意到

> 一些古怪的红酒杯或白兰地杯，来自无知而激情的岁月——我们还是二十多岁
>
> 孩子的父亲在树林里挖旧药瓶，
>
> ——午后听唱片，向对方大声朗读卡尔·夏皮罗的《一个犹太人的诗》和奥登的《无论疾病或健康》
>
> ——那种急促的吸气声，就好像语言让人承受不住
>
> 距离我上一次听到这种声音，已经过去二十年
>
> 那种声音像克莱兹默曲一样有回音、不平整、尖锐、嘶哑
>
> 笼罩布鲁克林的街道，占满哈佛园
>
> ——我本来可以认识任何地方的任何音节。

这首诗里依然可以看出阿诺德·里奇和阿尔弗雷德·康拉德剑拔弩张的影响。阿诺德没有出现在诗里，可能是因为他被击败了。但他真的被击败了吗？他“忠诚的苦苦挣扎的孩子”长大成了预言家式的女人，他教导她“勤奋做事”的习惯成就了她在诗坛的野心。对于阿尔弗雷德·康拉德来说，他活着时就如同他的自杀带来的创伤一般令人难以忘怀。但对里奇来说，阿诺德的“空气城堡”变成了一个反乌托邦一样的地方，而她在佛蒙特的房子——在里奇开枪自尽的地方附近——似乎越来越有乌托邦的特质，哪怕在她和米歇尔搬到加州之后也是如此。

托妮·莫里森的交叉性

尽管阿德里安·里奇是诗人里最生动地描绘种族歧视和性别歧视的一位，并且将两者和美国 20 世纪末的道德衰退联系在一起，但小说家里最彻底地探讨种族歧视和性别歧视的相互作用的当属托妮·莫里森。她在批判性文章和小说中都谈到这点。在小说《宠儿》(*Beloved*，1987）里，两个疯女人站到了舞台中央。《宠儿》是一个讲述美国历史上的鬼屋的鬼怪故事。莫里森表示是女性运动给了她灵感。在《苏拉》中，她拾起了女性主义者“作为女人支持其他女人的勇气”，而在《宠儿》里，她聚焦另一个女性主义议题，即“拥有身体自主权的自由”。如果一位奴隶母亲宣布她拥有自己的身体和孩子的自由——“换句话说，不是作为繁殖者，而是作为父母存在？”——会怎样？[43]

莫里森解释道，《宠儿》的开场句子——“124号充满恶意”——本意就是让读者困惑。一个数字怎么会充满恶意？[44] 她想将读者引向奴隶制令人困惑的后果。这栋房子的地址缺了数字3，同时被前奴隶母亲赛丝的第三个孩子的鬼魂纠缠。《宠儿》回到过去，讲述了赛丝如何从奴隶主那里逃离，急切地想避免自己和孩子被抓回去。就好像美狄亚的神话再现，她在白人奴隶抓捕员追踪到她时杀死了自己的小女儿；在自杀之前，她被套上了镣铐。小说回到现在，记录死去的孩子如何变成一个年轻女鬼作恶，向母亲复仇。鬼魂的名字叫作“宠儿”，因为这是她墓碑上唯一的词。

在为非裔美国人回忆录合集《黑皮书》(*The Black Book*, 1974）收集素材的时候，莫里森就了解到这起弑子案件。逃跑的奴隶玛格丽特·加纳（Margaret Garner）决心杀死孩子，避免她们经历她认为比死亡更糟糕的人生：成为奴隶。在兰登书屋做编辑的时候，莫里森亲自负责这本书的出版。她在《最蓝的眼睛》后的小说都享有赞誉，但是《宠儿》让她赢得了1988年的普利策奖。第二年，莫里森接受了普林斯顿大学的创意写作部门的教职，开始创作非虚构作品来审视她所在时代的种族歧视和性别歧视。

《宠儿》质问奴隶制：当人类被当成财产对待，会有什么后果？从开篇纪念“6000万人和更多人”的悼词——对应600万人的犹太人大屠杀——到小说的结尾，莫里森一直在试图确定奴隶制受害者的范围，以及奴隶制和其他人祸的区别。犹太人大屠杀想把犹太人当田鼠一样赶尽杀绝，而奴隶制是通过剥削黑人，把他们变成有用的动物，从而创造出巨大的利润。她笔下的奴隶角色与马或奶牛没有多大差别，可以生育后代，但是无法结婚或做父母。

赛丝相对仁慈的主人制定了一系列规则，营造出一种类似家庭的氛围，但赛丝对自己的身体没有所有权，也无权选择心仪的男人做丈夫，无权选择自己的孩子。这一切在一次白人带来的巨大的创伤性经历中昭然若揭：她的母乳被偷，她被强奸。赛丝目睹黑人男性被降格成繁育工具，黑人小孩被当成商品出售。《宠儿》中的角色的人格就这样被折损，他们日益积攒的怒气化作行动，想要重获自由。

大多数逃跑行动都以失败告终，反映出奴隶制如何使白人垄断书写和教育。由于奴隶们不比马或奶牛更应该学会阅读或写字，《宠儿》里的反派之一就是让科学、文学和宗教服务于白人至上主义的老师。奴隶们不仅因为血统被剥夺学科语言，就连他们能使用的其他语言也被禁锢他们、将他们去人化的法律扭曲。《宠儿》将不公平的印刷文字对立于视觉、身体、口头交流模式：劳动时唱的歌、合唱、绳结密码、身体上的烙印、缝合的布块、布道、一条绸带、一个残留的非洲地名、一个来自神灵的短语。这些交流模式起源于那些被迫从家乡来到异国他乡的人。

《宠儿》形式上的复杂性——变幻的视角和时空、碎片化的独白——印证了奴隶制带来的创伤，尤其是母乳被偷所象征的母亲身份遭受创伤带来的后果。18 年后，宠儿作为女鬼进入 124 号，象征着赛丝谋杀至亲时被压抑的恐惧回归。尽管赛丝努力“不受过去控制”，宠儿的出现还是激发了闪回，或者说“忘不掉的记忆”，并且重启了两人的母女关系：宠儿迫切想获得她不曾拥有的母爱，同时在这个过程中吸干杀死她的母亲；赛丝无休止地补偿自己把宝贝女儿安置在“安全”地方的行为。“我的”这个词回荡在两人漫长而艰难的斗争之间，莫里森开始审视爱是否“太厚重”。对被剥夺权力的母女来说，爱无法和怒火分离开来，最终转换为占有欲。

在一次社区驱魔活动后，《宠儿》以重复那句“这个故事不可以传承下去（pass on）”结尾。如果强调最后一个词（on），那句子就暗示了这个故事的恐怖不该延续下去。如果强调倒数第二个词（pass），那意思就是我们不应该忘却这个故事。它的悲惨之处不该被忽视。这个重复的句子是小说形式的化身，强调了《宠儿》里还隐藏着很多依旧是谜团碎片的故事，因为绝大多数被从非洲偷来的奴隶没有机会讲述他们的经历。这本书是对奴隶制带来的创伤的总结，强调了巨大灾祸造成的失声，即无数“不可言说的事情没有被诉说”，这句话后来成了莫里森 1988 年在密歇根大学所做的演讲的名称。

但莫里森确实将故事传承了下去，正如内莉·Y. 麦凯（Nelie Y.McKay）、宝拉·吉丁斯（Paula Giddings）、金伯莉·威廉姆斯·克伦肖（Kimberlé Williams Crenshaw）等学者用学术视角审视美国奴隶贸易在性心理、政治和经济层面造成的后果，还有学者和莫里森合著了分析种族和性别歧视的文集。克伦肖提出的

“交叉性”概念提醒人们关注压迫的多重结构，对她们的观点输出至关重要。[45]交叉性和安札杜尔的混血儿意识一样，激发了人们对多重拥护对象的讨论。

等到90年代，两个影响广泛的事件刺激莫里森深入探究当下的不平等：1991年安妮塔·希尔（Anita Hill）控告克拉伦斯·托马斯（Clarence Thomas）性骚扰的听证会，与1995年的辛普森杀妻案审判。在关于希尔诉托马斯案的合集《种族正义、性别权力》（*Race-ing Justice, En-Gendering Power*，1992）中，莫里森严厉地批评了短视的种族团结论者，指责他们对黑人社群中的性别不公视而不见。在讨论辛普森案的著作《国家的诞生》（*Birth of a Nation'hood*，1997）中，她提出根深蒂固的性别偏见让白人社群对种族不公视而不见。在两本书之间，莫里森还做了一篇关于美国文学想象的研究，为新兴领域白人研究（whiteness studies）奠定了基础。[46]

35岁的俄克拉荷马大学法律教授安妮塔·希尔面对白人男性组成的参议员司法委员会，指证克拉伦斯·托马斯在和她共事过程中对她进行性骚扰，讽刺的是，性骚扰发生的地点正是美国公平就业机会委员会。希尔表示，尽管她拒绝了他的暗示，托马斯还是和她大谈兽交、多人性爱和强奸。他问她“是谁把阴毛放到我的可乐上”，而且提到色情片演员隆·冬·西尔维（Long Dong Silver），很显然是为了炫耀自己的性能力。[47]在托马斯公开谴责所谓的“对自豪的黑人使用高科技私刑”前，电视观众就被牢牢吸引了。[48]委员会里的共和党成员奇怪地引用电影《驱魔人》来反对希尔，并且称她有“钟情妄想”，暗示她对托马斯的指控都是她的幻想。[49]

在几票之差的优势下，托马斯继续作为最高法院最保守的大法官之一，但是仅在一年后，包括参议员戴安·菲恩斯坦（Dianne Feinstein）、卡罗尔·莫斯利·布朗（Carol Mosley Braun）在内的一群女性赢得政治竞选，1992 年成了“女性之年”。希尔相信，因为自己和华盛顿的精英没有联系，所以被“当成了……激进女性主义者恶意的棋子、钟情妄想的受害者、一个可怜但可恨的人物”。[50]但她的证词揭示了工作场所的性骚扰。[51]丽贝卡·沃克继承母亲爱丽丝·沃克的衣钵，基于“电视播出的污名化行为”在她体内积聚的怒火，总结说：“我不是后女性主义的女性主义者。我是第三波女性主义浪潮。”[52]

在《种族正义、性别权力》的前言中，托妮·莫里森提出托马斯只有被“漂白，成为无种族的人”才能在“一尘不染”的最高法院上取得一席之地。[53]他也因此能战胜安妮塔·希尔。托马斯否认希尔的指控，与他的支持者一起将希尔的行为归咎于她对浅肤色女性的嫉妒——“也就是……托马斯娶的白人女性”——因为“众所周知”，莫里森讽刺地解释道，跨种族爱情“能把一个黑人女性逼疯”。尽管希尔教授看上去像独立女性的代言人，但她还是变成了“疯癫、混乱性倾向、突发语言暴力”的集合。

在莫里森看来，托马斯最终变成了《鲁滨逊漂流记》中的星期五，“从**附和**主人的话到**像**主人一样思考”。星期五和托马斯都“内化了主人的语言”，只能“模仿”，并且“崇拜”他们的主人，

“但从来不说一句对自己的文化有益的句子”。因此，她总结道：“无条件的种族团结的时代该结束了。”黑人社群在种族团结的盾牌下无条件地支持托马斯，正中其他社群的下怀。

不过，莫里森也在《国家的诞生》中指责白人又在散布3K党最有毒的流言。《国家的诞生》是一本关于辛普森案的文集，由莫里森和文学教授克劳迪娅·布罗迪斯基·拉库尔（Claudia Brodsky Lacour）共同编辑。文集名字疑似取自1915年颂扬3K党的电影《一个国家的诞生》，将媒体创造的辛普森案奇观解读为一次重演。莫里森最关心的不是案件本身，而是全国人民如何痴迷于提前给辛普森定罪。为什么肤色较浅的辛普森在《时代》杂志封面上就变黑了呢？

著名退役橄榄球运动员辛普森经历了两次谋杀庭审，分别被指控刺死前妻妮可·布朗·辛普森和她的好友罗纳德·古德曼。他与妮可跨种族恋爱的照片和谋杀案证物——一只带血的手套——从法庭内传出，在媒体间传播。两次从刑事法庭无罪释放后，辛普森在布朗家和古德曼家提起的一次民事诉讼中被判有罪。从一开始，大多数白人都默认辛普森有罪，而大多数黑人都默认他无罪。莫里森认为辛普森是一位跨种族人物，他跨越的种族鸿沟源于一种被称作“逆向分类”的观念。辛普森帅气多金，跨入了白人世界。在白人群体中，他的案子印证了人们对他的看法，即那副文明的躯壳下隐藏着黑人非理智的兽性，意图糟蹋白人少女：这正是《一个国家的诞生》里的强奸叙事，也是3K党以净化为目的动用私刑的前提。白人默认有罪的行为让莫里森将

“媒体引发的种族迫害”和私刑相比：“人们已经迫不及待地想把一个活人的人头挂在棍子上。”

文章中有一个段落差点就变成对受害者妮可·布朗·辛普森的指责。关于她在生前经受的暴力，莫里森表示，在关于家暴的讨论中“有一个很不受欢迎的反调，那就是女性也有责任”，女性的责任在于她“过于服从，甚至到了值得谴责的程度”。莫里森最后总结道：“只要人们还不负责任地用‘她做什么都没用’来回答‘是她让我这样做的’这种蠢得无可救药的问题，权力/虐待关系中的帮凶就永远不会被注意到。”莫里森表示，由于帮凶没有被注意到，而且“性别暴力……是躲不掉的”，辛普森最后变成了“整个需要矫正、监禁、审查、噤声……的种族”的化身。

在发表这些“不受欢迎的”言论时，她一定预料到了格洛丽亚·斯泰纳姆等白人女性主义者的不满，后者只想看到人们把更多（而不是更少）注意力放在辛普森对妮可·布朗·辛普森的虐待上。[54]包括安德里亚·德沃金在内的人指出，刑事法庭没有向陪审团呈现辛普森的家暴历史，而家暴史本可以和谋杀联系起来。[55]法律学者帕特里夏·J. 威廉姆斯表示：“黑人女性主义者开始感觉到一种过于熟悉的尴尬：我们是在反对家暴，还是在反对种族歧视？”[56]

鉴于白人和黑人之间的隔阂，莫里森强调“女性责任”和“帮凶”的行为说明什么？我们认为，它说明莫里森坚信，黑人女性由于看到黑人男性在种族歧视社会经历的系统性压迫与暴力，会在女性运动中扮演关键角色，同时并非所有白人女性都担得起这个角色。莫里森还借用了黑人女性主义者弗朗西斯·比尔（Frances Beal）的观点，后者在1970年的文章《双重迫害》中提出，如果想让黑人女性主义者加入，那白人女性主义者需要与种族歧视抗争。在著作《我不是女人吗？》（*Ain't I a Woman*，1981）中，贝尔·胡克斯重申了这个观点。[57]莫里森冒着读者反应两极化的风险，完整地阐述了她的观点，即黑人的权利不应该从属于女人的权利。

在小说里，莫里森从来不回避描写无处不在的男性狩猎行为，但她在塑造这些形象的同时，也会分析种族歧视对黑人男性造成的伤害，描述这些伤害如何摧毁黑人女孩和女人的人生。在和格洛丽亚·斯泰纳姆就辛普森案进行的对话中，帕特里夏·J.威廉姆斯提出了一个和莫里森类似的观点。遭受家暴的黑人女性不愿意"太直接地公开"发声，因为她们害怕自己"过度性化的……闪耀的黑色身体"会变成"那种被过度夸大的奇观"，"一有涉及黑人男性的话题，就被搬出来"。威廉姆斯和斯泰纳姆同意莫里森的观点，认为如果妮可·布朗·辛普森是"一个长相普通的黑人女性"（用威廉姆斯的话说），那么"没有人会关心她"。

包括《宠儿》在内的多部小说中，莫里森都在平衡对家暴者和男性角色的刻画，比如《宠儿》中的保罗·D，他为奴的经历加深了他对黑人女性的同情。通过这样的平衡，莫里森完成了她在《在黑暗中玩耍》（*Playing in the Dark*，1992）中分析并批评的那段文学史。[58]在她的审视下，美国文学史透露出白人的一种迫切需求，即把对于"非自由"和"非我"的恐惧投射在非裔的存在上。[59]她在埃德加·爱伦·坡、马克·吐温、薇拉·凯瑟（Willa Cather）、欧内斯特·海明威的文学作品中找到一种白人优越感，这种优越感建立在一种强大而不自知的观念之上，即黑人需要被奴役，或者至少被当成二等公民。

1993年，托妮·莫里森获得诺贝尔文学奖，大大减少了莫里森的支持者对《宠儿》未获得全国图书大奖的怒气。[60]奥普拉·温弗瑞的读书俱乐部、同名的改编电影都助长了销量，莫里森成为年轻一代学者的灵感来源，后者开始将种族问题融入女性主义，并且注意到种族歧视中的性别问题。莫里森的所有作品都在暗示，由于黑人女性拥有不同的历史背景，她们面临的问题会和白人女性显著不同，因此女性主义需要扩展。正如奥德蕾·洛德在1986年一次采访中说的那样，“黑人女性主义不是给白人女性主义画上黑脸”。[61]

在1989年的一次讲座上，莫里森展现了自己对交叉性议题的投入，提出只有女性主义者从“种族歧视和阶级差异”的视角关注美国性别歧视的形成，“破坏整体女性运动”的“内讧”才会停止：“只有两个问题都受到关注，男性至上主义才会垮台，女性间如滔滔海水般的怨恨才会干涸。”她在同时代的艺术家和学者中间看到了“不像男人，不被男人统治，也能被当成一个人那样尊重”的可能性，她的同辈正驶向一个新的地方，在那里“对男性气质概念的崇拜已经死去，对与我们不同的女性的理性同情终于可以浮现”。

第九章 进出象牙塔深柜

里根政府以“家庭价值观”为名，瞄准打击妇女运动，削减社会福利，无视艾滋病疫情。1992年，4个警察殴打罗德尼·金（Rodney King）却被无罪释放，引发非裔美国人在洛杉矶的大规模暴乱，副总统丹·奎尔（Dan Quayle）将暴力归责于情景喜剧《墨非·布朗》的同名主角，称其单身生育的决定导致社会陷入“价值观低谷”。[1]奎尔也与总统里根和宗教右翼组织联手，一起推进“家庭价值观”的建设。这些政策过分地强调家庭的神圣性，同时忽略无法结婚的男女同性恋。作为回应，一些女性主义者开始扩展妇女运动的范围。

在托妮·莫里森教导女性主义者黑人权益就是女性权益的同时，一些同时代的人对于公众对男同性恋社群艾滋病的传播不闻不问极其愤怒，宣称男同性恋的权益也是女性权益。在学术界内部，一拨新的理论学者借用欧陆后结构主义思想家的视角，开始审视阿德里安·里奇所说的“强制性异性恋”。和里奇一样，她们也试图打破异性恋是**唯一**正常的性心理的观念。在整个90年代，伊芙·科索夫斯基·赛吉维克（Eve Kosofsky Sedgwick）和朱迪斯·巴特勒（Judith Butler）这两位性别研究理论家闻名于大学校园。

在各大女性主义会议之间穿梭的时候，我们被那些重新挖掘重要诗人、小说家、戏剧家的同行激励。不到十年的时间，人文学科在70年代展现的刻板形象显著逆转。以前必须参加的无聊会议变成了交换创新想法的绝好机会。

赛吉维克和巴特勒这样的后结构主义理论家为我们带来了一丝学术畅想的滋味。她们的理论大多试图重新想象了社会性别、生理性别和性取向。这些理论家重新评估“酷儿”一词的价值，界定酷儿研究领域的范围，激励后现代主义艺术家的创作，滋养为非二元性别和跨性别人群发声的运动。但她们的作品充满了晦涩难懂的表述，这种写作在阿德里安·里奇这样的跨领域前辈的文章里是找不到的。女性主义著作开始出现转向：从文学写作转向哲学话语。因此，尽管这批新的理论家反对身份政治所赞扬的社会群体分类，但酷儿理论的诞生依旧预示着女性主义者之间将产生的新隔阂：墙的一边是学术圈内的女性主义者，另一边是学术圈外的女性主义者。

我们该怎么理解这样一个事实：在社会受所谓“道德多数”的影响日趋保守的同时，女性主义者反而纷纷形成激进理论？白人男性参议员对安妮塔·希尔不屑一顾的同一年，苏珊·法吕迪（Susan Faludi）出版了《回火》（*Backlash*，1991），展示了男性对女性成就普遍抱有的敌意；电影《末路狂花》的女主角在女性主义公路之行的尽头，以虚无主义的态度开车冲向大峡谷；与此同时，还有一些女性像阿特伍德笔下的赛丽娜·乔伊那样，产出不少冗长的反女性主义文章。

女性主义者现在面临愈发严重的回火局面，她们有可能被赶进狭小的学术壁龛——仿佛一个象牙塔深柜——从此被边缘化吗？在互联网占领我们生活的同时，对“后女性主义”的呼唤遇上了将“第三波浪潮”提上日程的建议。[2] 新一代妇女运动的成员会跨进乌托邦般的未来，还是退到反乌托邦般的过去？

文化战争

所有被势力日增的基督教右翼当成替罪羊的人和事物——职业女性、同性恋、堕胎——都向我们预示，文化战争的一个主要目标就是女性主义。艾滋病肆虐时，这场战争也转向了被污名化的男同性恋群体。在电视布道节目责怪女性主义者鼓励女人“离开丈夫、杀死孩子、摧毁资本主义、变成女同性恋”的同时，[3] 里根总统对所谓的“男同性恋瘟疫”迟迟不肯做出有效回应。他的拖延态度恰好呼应了他的助手帕特里克·布坎南（Patrick Buchanan）对于艾滋病的看法：“可怜的同性恋。他们对自然宣战，现在自然要进行可怕的回击了。”[4]

1986年的鲍尔斯诉哈德威克一案反映了当时社会的逆反情绪。该案件宣告了乔治亚州更改法律，使口交或肛交（哪怕是由知情同意的成年人在家中进行的）违法的决定符合宪法规定。大法官沃伦·伯格（Warren Burger）认为肛交是“一种无法言说的罪行……是反对自然的可鄙罪行”。[5] 最高法院的判决“深刻地”影响了案件原告迈克尔·哈德威克，因为“法院否决了人的基本权利——人和他们选择的成年搭档进行性行为的权利——看起来像集权社会才会有的法律秩序”。[6]牧师杰里·福尔韦尔（Jerry Falwell）表示，肛交和堕胎构成了“上帝口中的谋杀”。[7]

随着“解救行动”中的“生命权”志愿者在全国范围内阻止女性去堕胎诊所求医，新保守主义艺术家和知识分子开展了一场反对社会进步进程的运动，将有色人种列入敌人名单。当作家索尔·贝娄（Saul Bellow）问出“祖鲁人的托尔斯泰是谁？巴布亚人的普鲁斯特是谁？”时，他实质上是在宣扬白人男性创造的西方文学经典的优越性。[8]贝娄为阿兰·布鲁姆（Alan Bloom）的畅销书《走向封闭的美国精神》(*The Closing of the American Mind*, 1987）撰写前言，该书称斯坦福大学的西方文明项目囊括多部黑人作家和女性作家的作品，让大学开始接受非裔美国人、女性主义者，以及（在布鲁姆看来最糟的）摇滚乐信徒的作品，使野蛮得以入侵。

出于相似的原因，政评家乔治·威尔（George Will）相信美国国家人文学科基金会的保守派领袖琳恩·切尼所面临的国家安全危机，比她的丈夫副总统迪克·切尼所面临的更严峻。[9]一方面，西方社会的右派支持者嘲笑“政治正确”的进步者，称他们在给言论自由套上束身衣；另一方面，右派称安德烈斯·索拉诺（Andres Serrano）、罗伯特·梅普尔索普（Robert Mapplethorpe）和凯伦·芬利（Karen Finley）等艺术家的血腥或色情的作品需要被审查，而不是被国家艺术基金会赞助。[10]保守派参议员杰西·赫尔姆斯（Jessie Helms）建议国家“管心理变态叫心理变态”。[11]几年后，他拒绝给提名为美国住房与发展部部长助理的女同性恋投票，说："如果你想叫我老古董，没问题。"[12]

这样看来，女性主义者加入男同性恋斗争也就不奇怪了。据活动家兼作家萨拉·舒尔曼（Sarah Schulman）所说，在 80 年代，"很多有经验的女同性恋者和异性恋女活动家被她们与男同性恋的关系、同理心以及对反男同、反性行为的叙事的政治理解触动……在艾滋病疫情的背景下，加入刚形成的'行动起来'游行"，用抗议示威的方式，唤醒大众，惊醒医学研究人员。[13]这种同盟关系被舒尔曼写进了小说《波希米亚老鼠》（*Rat Bohemia*, 1995）中。

舒尔曼所在的男同性恋先锋运动团体还包括托尼·库什纳（Tony Kushner），后者创作了两幕戏剧《天使在美国》（1991），悼念艾滋病灾难，描绘了深柜律师罗伊·科恩——麦卡锡的律师——如何从里根政府手里秘密接到治疗艾滋病的新兴反转录药物，并且被埃塞尔·罗森堡的鬼魂纠缠（他协助判处了埃塞尔死刑）。女性主义学者开始关注备受打击的男同性恋社群和深柜引发的毁灭性后果，将其对生理性别及心理性别的探讨延伸至性取向和恐同心理上。

伊芙·科索夫斯基·赛吉维克和朱迪斯·巴特勒的酷儿理论

里根和布什执政的时期说明了为什么女性主义理论家会竭尽全力消除性别二元对立，不再让一类人向另一类人开火。等到

1990年，伊芙·科索夫斯基·赛吉维克和朱迪斯·巴特勒已经开始为妇女运动重新制定方向。要想做到这一点，还有比打破传统性别分类更好、更大胆的方法吗？她们对帕特里克·布坎南和大法官沃伦·伯格的回复是，“制定眼下这种糟糕的性别分类法”的不是自然，而是文化。如果我们能意识到二元对立思维模式造成的灾难性后果，我们就能改良自己对生理性别的看法。赛吉维克和巴特勒打击的目标是所谓的“异性恋规范”，即宣扬异性恋是唯一健康正常的性取向的观念。

矛盾的是，赛吉维克和巴特勒主要受到男性思想家的影响，而且经常关注男同性恋群体。她们继承了后结构主义的观点，认为语言反映了我们内在的认识方式，给事物赋予意义，且意义是多重的、不确定的。赛吉维克借用欧陆哲学家德里达和福柯的视角，解构了性取向的公理，巴特勒则解构了生理性别和社会性别的基础。两者的作品引领酷儿研究进入公众视野，后来在唐娜·哈拉维（Donna Haraway）的帮助下（哈拉维用半人体半机械的赛博格概念探究人类的定义），又促使跨性别研究、男性气质研究、生态女性主义、赛博格女性主义、后人类主义等相继诞生。

赛吉维克接受的是文学批评的训练，在早期著作里推广了“同性友爱”（homosocial）这个词，用于描述男性之间的情感纽带。她的《男性之间》（*Between Men*，1985）的封面选用了马奈的画作《草地上的午餐》，画上两个（穿戴整齐的）男人正通过一个（裸体）女人进行交谈。赛吉维克认为，马奈画中的裸体是亲密交谈进行的必需品，却和交谈的内容无关。通过一系列文本细读，赛吉维克提出，男性密友为了让亲密关系不被怀疑，总是会安插一个女性形象作为中介，或者通过贬损同性恋来维护自身。她总结道，尽管有这两种策略存在，但同性友爱和男同性恋情欲之间并没有明确界限。

赛吉维克的下一本书《深柜认识论》(*Epistemology of the Closet*)分析了西方的认识论如何充斥着异性恋 / 同性恋的分类法。在书的开头，她讲述了她所在的社群如何因鲍尔斯诉哈德威克案“恶毒的判决”而愤慨，强调了本书“反恐同心理”的宗旨。[14]考虑到她的用词足以吓退大多数读者——如富集（pullulate）、痛淫（algolagnia）、古早（retardataire）、侵吞（defalcations）、谕旨（ukase）和跃移（saltation）——早期的评论家指责她的文章“冗长晦涩”也就不奇怪了。[15]但那些清晰智慧的段落足以阐释她的观点，即一个人选择什么社会性别的人作为性伴侣决定了我们怎么给这个人分类，这个人的其他特性相比起来则无足轻重。

赛吉维克试图说明我们不一定非要将人分为异性恋和同性恋，她列出了其他可行的分类法，比如“有些人喜欢经常发生性行为，有些人很少或不发生性行为”。为了展现社会对同性恋迫害的独特之处，赛吉维克将同性恋和另一个被污名化但无法清晰辨认的群体进行对比：在反犹情绪强烈的社会，犹太人——如波斯王国的以斯帖皇后——可以选择公开或隐藏自己的犹太人身份。但是，这个类比因为同性恋深柜的“独特结构”而无法成立。当以斯帖皇后公开自己的犹太人身份时，没人告诉她这个阶段会过去，或者问她怎么确定自己真的是犹太人。这些复杂性来自“现代社会定义同性欲望时集体累积的矛盾看法”。

赛吉维克关注“同性欲望”的定义中的两个矛盾点。第一个矛盾点是“少数论”对“普遍论”。少数论认为人群中有一组特定的人“真的是同性恋”，而普遍论认为性取向是不可预测的，异性恋也可能对同性产生性欲望，反之也成立。第二个矛盾点是“性别倒置派”对“性别分离派”。打扮男性化的女同性恋可能会被想象成自我认同为男性的女人，或者被想象成困在了女性身体里的男性；但女同性恋分离派不想跨越性别界限，而是想拥抱自己的性别，作为“自我认同为女性的女性”存在。赛吉维克随后探索了这些派别的排列组合如何形成了同性恋文学经典。

我们也不该假设这种传统只存在于少数作家身上，尤其当我们知道同性欲望的“普遍论”如何与“少数论”共存。赛吉维克借用索尔·贝娄关于祖鲁人的托尔斯泰的问题假意地问道，世界上有没有同性恋的苏格拉底、莎士比亚或普鲁斯特？她用另一个问题作为回答：“教皇会穿裙子吗？”换句话说，文学经典一直包括同性恋作家，这个事实她的老师阿兰·布鲁姆肯定知道。

早在写下这些想法之前，赛吉维克就被视为对美国文化的威胁。保守文化战士罗杰·金博尔（Roger Kimball）曾炮轰她一篇论文的标题《简·奥斯汀和手淫的女孩》，称它是“学术界道德败坏的指标”，该文被收录在一本“在这篇冒犯性论文写出来之前就印刷出来”的书里（他在美国现代语言学会的一个项目里发现了这篇论文）。[16] 在往后的论文和专著中，无所畏惧的赛吉维克继续探索自己作为一个认同男同性恋的女人、佛教诗人、拼贴画艺术家、乳腺癌活动家的处境。在这些著作中，她从不公开承认或否认自己的同性恋倾向，并以此为荣，尽管她和心理学家哈尔·赛吉维克（Hal Sedgwick）有着长达 40 年的婚姻。她在康奈尔大学读本科时认识了哈尔，后者是她身后作品的管理者。[17]

巴特勒的《性别麻烦》(*Gender Trouble*，1990）和《深柜认识论》类似，同为酷儿理论的奠基性文本，也从来没有使用过“酷儿”这个词。[18] 如果说赛吉维克破坏异性恋 / 同性恋二元分法的著作有过度晦涩的嫌疑，那巴特勒挑战人们对社会性别和生理性别传统看法的文字则是沉浸在抽象的词句中。《性别麻烦》出版 8 年后，她获得了《哲学与文学》期刊的“差劲写作”奖项。[19] 在 1999 年重印版《性别麻烦》的序言里，巴特勒谈到了“文字风格的困难”。[20] 她相信人们可以“从这种语言困难的体验中总结出一些东西”。“如果社会性别自身已经通过语法规范自然化……那么要想从最根本的认识论层面改变社会性别，就要对抗塑造社会性别的语法。”今天，当我们用“they/them”指代性别非二元论者或性别酷儿个体（性别不是绝对的男或女的人）时，她的意思就很明显了。

巴特勒的艰巨任务是将身份、生理性别和社会性别去自然化。[21] 她接受的是哲学训练，“一直被身份范畴困扰”，因为身份范畴试图控制它们自称在描述的群体。[22] 在这种范畴之中，“女人”或“女同性恋”是什么样、应该是什么样已经被悄悄地提前制定。那些落入“女人”范畴的人除了多少都经历过性别歧视，不一定有共同点。那些被分到“女同性恋”组别下的人除了多少都经历过性别歧视和恐同情绪，可能也没有什么共通之处。换句话说，这些身份范畴——哪怕具体到“美国拉丁美洲裔女性”或“黑人女同性恋”——只是把彼此迥异的人堆在了一块。对这个问题的政治解决方案不是重新评估该范畴，而是“质询”或“破坏”（queering）这个对男性和异性恋有利的框架。

巴特勒第二个颠覆性的观点就做到了这点。她对大众广泛接受的生理性别/心理性别系统提出异议。十多年以来，绝大多数女性主义者都将生理性别和固定的生物特征（先天）联系起来，将社会性别和流动的社会状况（后天）联系起来。但巴特勒表示，生理性别和社会性别都是社会建构的结果，且都是可变化的。两者都是由语言和行为构成的，却让人以为它们在语言和行为之前就存在。社会性别看起来很自然，是因为它“生产出一个先定的、自主的主体的幻觉作为它的**结果**。在这个意义上，社会性别并不是先定主体进行的操演。社会性别具有操演的性质，是因为它建构出它所表达的主体作为它的结果”。

社会性别是没有先定操演者的强制性操演，这个观点很难理解，很多读者迅速转向巴特勒对变装皇后秀的分析。变装以夸张的方式展现了社会性别是多么易变。但在表演结尾，男扮女装的表演者通常会揭示他们隐藏的第二性征。但考虑到巴特勒的论点是生理性别同样是社会建构的，这种对性征的展示似乎与论证无关。不管生理性别是通过染色体、生殖器还是生殖能力定义的，人体的生理性别都需要被我们所处的文化阐释才具有意义。[23] 在生理性别和社会性别上，巴特勒的观点似乎是，“那里空无一物”（正如格特鲁德·斯泰因对奥克兰臭名昭著的评价）。[24]

巴特勒挑战读者，让他们打破束缚我们所有人的认知惯性。如果说社会性别有操演的性质，那它就有无数种操演的方式。和赛吉维克相似，巴特勒想重新思考一些传统观点，因为这些观点在谴责男人的同时，也以同样的力度谴责了女人，让她们“在生活中死亡”。用被社会性别、生理性别和性取向深深影响的语言去反对这些概念，去争辩心理性别、生理性别和性取向是可变的，这些目标给巴特勒和赛吉维克的写作项目加上了一抹乌托邦色彩。和苏珊·桑塔格在《艾滋病及其隐喻》（*Aids and Its Metaphors*）中规避对同性恋命运的私人探讨不同[25]，赛吉维克和巴特勒的著作成功地让很多女性主义者相信，男同性恋权益是女性权益。她们的观点在学术界受到激烈讨论，让人疑惑却具有革命意义。然而，正如政治哲学家南希·弗雷泽（Nancy Fraser）指出的，如果没有人可以确认自己是女人或同性恋，那就很难想象有谁会加入女权运动或反恐同运动。[26]

激进女性主义理论的兴起是对那个时代的反抗，还是仅仅是对那个时代的反映？学术是否在取代或阻碍行动？在1993年的同性恋骄傲日上，名为“女同性恋复仇者”的活动组织派发卡片，上面写着：“女同性恋！男人婆！同性恋女人！我们要复仇，而且现在就要！”据萨拉·舒尔曼所说，她们要“远离抽象的理论探讨”，让运动得以持续。2005年，在评价欧陆理论对女性主义学者的影响时，格洛丽亚·斯泰纳姆说：“无法让人理解的知识是没有用处的知识。"[27]

或许对"女人"范畴的理论层面的抵抗复燃了丹妮丝·莱维托芙和伊丽莎白·毕肖普早前表达过的二等地位的焦虑。酷儿理论家的反身份政治原则是学术精英主义的产物吗？它是否忽视了真实世界人们所处的物质环境？[28]我们禁不住想问：奥德蕾·洛德会怎么想？

安妮·卡森的诗学：爱与失

奥德蕾·洛德没有活着见到女性主义者学术理论掌控了象牙塔深柜，但其他诗人见到了。一直以来，作为文学家的卡森被苏珊·桑塔格用少有的激情口吻评价为"为数不多几位我愿意读完全部作品的英语作家"。[29]卡森很早就对理论有很深的了解，2013年访问纽约市时，她和朱迪斯·巴特勒上演了卡森那部革命性的戏剧《安提戈涅》(索福克勒斯的同名原作改编)。[30]更早的时候，在90年代，她对女性噤声进行了详细分析。

她的学术专著《苦甜的爱欲》(*Eros the Bittersweet*，1986)是对女同性恋萨福的致敬，也是对古代的男人和男孩之间、男人和女人之间的情欲纽带的探讨。她的诗集，尤其是早期的《玻璃、铁和神》(*Glass, Irony & God*，1995)，聚焦她在《玻璃散文》中提出的核心问题("什么是爱？")，同时探究了爱情的黯淡结局。[31]卡森关注爱欲的痛苦和反常快感，也深入探究古希腊文化定义的"声音的性别"。[32]

卡森在书中提出，“在女性嘴巴上放上一道门，这是父权制文化从古至今重要的任务之一”。通过追溯潜意识里女性上面的嘴（有牙齿和舌头的嘴）和下面的嘴（乱糟糟、黏糊糊的阴道）的相似之处，卡森解释说：“女性的声音在意识形态层面与怪物、失序以及死亡有关。”对古希腊人来说，“女性的声音”是“难听的”，因为它是不理性的、兽性的，是“尖锐刺耳的喊声”，在城市边缘外的淫荡场所（正如在《酒神的伴侣》中）或葬礼悼念上出现，而男性声音是“彬彬有礼的、有序的”。女人发出“一种特别的尖叫，‘ololyga’——这个词后来演变成英语里的‘尖声呼叫’”。所以，为了防止女人的声音变成愤怒、欲望或哀悼的哭号，女人需要被噤声或静音。

《声音的性别》出现在《玻璃、铁和神》的结尾处，几乎像这本书的注释。它以长诗《玻璃散文》开头，全诗是对艾米莉·勃朗特的追忆，一个被抛弃的女人发出低沉的吼叫、哀悼的“oloyga”，一次创伤性分手后的一段夸张的心理呆滞状态。这首散文诗的情节很简单。在名叫劳尔（Law，名符其人）的爱人离开她后，女主角去见在“春天像刀刃一样敞开”的“北方荒原”上“独居”的母亲。她在那里“踱步”——勃朗特式的踱步——穿过“被冰麻痹的荒原”，难以面对让她的心“碎成两半”的那个时刻。“劳尔离开的时候，我感觉非常糟糕，甚至想去死，”她坦白道，并干瘪地补充说，“这并不少见。”

他“在9月一个漆黑的夜里”抛弃了她，那时“冰冷的残月正在升起”。他站在她的客厅里，不敢看她，怪异地说“这不够

有趣”，然后

他说，我不想和你有性关系。一切都疯了。
现在他看着我。
没错。我一边说一边褪去衣物。

一切都疯了。赤身裸体，
我背向他，因为他喜欢。
他贴上我。
我所知的关于爱及其必需品的一切
都是在这个时刻学到的。
在这个时刻，我找到了自己。

将我小小的、像狒狒一样通红的臀部
推向一个不再珍惜我的人。
我的头脑被塞满。

没有被这个行为吓坏，我身体的其他部分
也做不出不同的事。
但谈论头脑和身体也绕不开这个问题。

灵魂在头脑和身体之间延伸，
像里程碑的碎石表面，

在那里这些必需品研磨产生。

“艾米莉会说 / 那一晚置身于天堂和地狱之间，”叙述者评论道，但很快简短地提出，“他早上就离开了。”

女主角与现实或隐喻中的劳尔关系破裂，女主为劳尔的离去而叹惋，这是《玻璃散文》的核心部分，但并不意味着它是全书的核心。玻璃作为玻璃窗、眼镜、冰的意象反复出现，作为失去、隔离、麻痹的关联物。艾米莉·勃朗特和《呼啸山庄》帮助卡森将主角置于传统哥特小说残酷的情欲和失落中；记得希斯克利夫“在风暴里紧贴着金属架，啜泣着 / 进来！进来！进到他珍爱的宝贝的鬼魂里”，玻璃将她隔开，他看得见她，听得见她的声音，却无法触碰她。卡森注意到，艾米莉把希斯克利夫放进“一个灵魂的地方 / 凯瑟琳从他的神经系统无情离去……她让他的时刻全部碎成两半”。她补充道：“我对这种碎成两半的生活有所了解。”

但她的生活中还包括她的心理治疗师，一个名字可笑的豪尔医生（是对劳尔的嘲笑？）试图让她走出悲痛；她年迈的母亲既不理解她的女性主义思想（“哦，所以你是‘她们’中的一员”），也不理解她为何沉浸在失去的悲痛中无法自拔（“所以说他是索取者，你是奉献者”）；她的父亲在“二战”期间曾是一名英俊的飞行员，现在却在阿尔茨海默病的折磨下入院，“向空气里散发一股愤怒的蒸汽”；最后我们看到一系列视觉“裸体”，即她的自画像，来自她自愿脱光以吸引劳尔的卑贱时刻。

卡森的女主角表示，裸体“有着艰难的性命运”：有些裸体像“血肉做成的卡片……卡片是一个女人生命中的日子”。在她从荒原回到自己的公寓后，这些图像依旧困扰着她。但在诗的结尾，在最终和解的时刻，她对终极裸体有了几乎是神谕式的、先知式的图景。

我看见一个人类的身体
试图对抗呼啸的狂风，血肉都被从骨头上撕去，
却感觉不到一丝疼痛。
狂风
在洗涤骨头。
银色的骨头清晰可见，不可或缺。
这不是我的身体，不是一个女人的身体，是我们所有人的身体。
它从光里走出。

随着她穿过悲痛的冰雪荒原，来到这个含糊不清的救赎时刻，卡森改写了由阿里阿德涅、美狄亚、狄多、萨福等经典文学人物夸张演绎的弃妇传统。[33] 作为后现代主义诗人，她深刻地意识到弃妇诗学如何影响了她最重要的一位前辈，西尔维娅·普拉斯的写作。

事实上，在《玻璃散文》出版之前，普拉斯就已经出现在她的几篇短作里。在其中一篇《关于西尔维娅·普拉斯》中，卡森

问："你在电视上见过普拉斯的母亲吗？她的话语平实却很灼人。她说我认为那是一首精彩绝伦的诗，但它伤害了我。"[34] 在另一篇《西尔维娅镇》中，卡森想象普拉斯的"眼睛被根茎撑开"。卡森在写《玻璃散文》时一定已经明白，她所详细描写的失去不仅不是艾米莉·勃朗特探索的那种失去，也不是《爱丽尔》诗中弥漫的被抛弃的怒火，而是她在《丈夫的美丽》（《玻璃散文》后对被弃情结的分析）中写的那样，"伤口散发出自己的光芒"。

但卡森还对生理性别/社会性别制度感到愤怒，是它塑造了被抛弃女人的两难局面。她在《上帝的真相》（《玻璃散文》之后的作品）中对此展开了讨论。这段关于"上帝的女人"的文字或许可以作为一本叫作《依然疯狂》的书的导言：

> 大自然让你愤怒吗？上帝问他的女人。
> 对，大自然让我愤怒，我不希望自然
> 依附在你粉色的棍子上，深入我两腿之间，
>
> 或者每当你的皮带扣需要舔的时候
> 就像山河一样铺开
> 创造万物是什么意思？
>
> 上帝环绕住她。
> 火。时间。火。
> 选择吧。上帝说。

后现代主义 / 跨性别主义

在安妮·卡森为苦甜的“爱与失”传统沉思时，后现代主义艺术家和跨性别主义思想家也在讽刺浪漫故事里的女主角。在流行文化领域，当人们普遍认为“和同性恋群体联系在一起不是什么好事”时，麦当娜高调地成为同性恋在性别操演上的偶像。[35] 她是一条性感的变色龙，可以“像处女一样”，可以像玛丽莲·梦露，可以像双性人，可以像 SM 女王，但不属于以上任何身份。她常变的发色、突出性征的服装、华丽的舞台设计高调地宣示她不愿被自己扮演过的任何角色定型。她“眨着俏眼做着这一切”，挑战了大众的性别和性向观念。[36] 大量观众享受她对性别歧视和恐同情绪的讥讽态度。她在多媒体巡演上自我商品化的行为为她赋权，让她得以对“道德大多数”不屑一顾，并且日赚斗金。

在朋克亚文化里，年轻女性表达露骨的政治反抗的方式，是通过粉丝杂志和乐队来宣传女孩的力量，抨击被男性垄断的音乐行业。在《起义女孩宣言》（1992）中，歌手凯瑟琳·汉娜（Kathleen Hanna）宣布，她和其他起义女孩想“通过创造狗屎基督教资本主义的做事守则的替代品……每天创造属于自己时代的革命”。[37]

辛迪·舍曼（Cindy Sherman）的作品相当于麦当娜在艺术界的先声。通过 70 年代的《未命名胶片静物》和 1982 年扮成玛丽莲·梦露的自画像，舍曼展现了 50 年代的女性气质中“似乎要从缝隙里渗透出来”的“内在焦虑”。[38] 在先锋派文学圈子里，凯西·阿克（Kathy Acker）和克里斯·克劳斯（Chris Kraus）等后现代主义小说家创造的叙事通过戏仿和拼贴强调身份认同的文本属性，模糊了现实和虚构的边界。和安妮·卡森的文章一样，克里斯·克劳斯的邪典女性主义“自传小说”《我爱迪克》(*I Love Dick*，1997）探索了女性面对性捆绑时的受虐倾向。[39] 克劳斯实验性的作品受到了表演艺术家汉娜·威尔克（Hannah Wilke）的影响。在70年代，汉娜·威尔克曾问道：“如果女人因为被困在‘私人领域’，而没办法创造‘普世’的艺术，那么为什么不将‘私人’普世化，让‘私人’成为我们艺术的主题呢?”[40] 诗人艾琳·迈尔斯（Eileen Myles）表示，克里斯·克劳斯“把女性的卑贱地位翻了过来，对准男性”。

迈尔斯使用“they”作为人称代词，代表那些努力挑战男性气质和女性气质的桎梏的艺术家。正如莱斯利·费恩伯格（Leslie Feinberg）的现实主义小说《石墙蓝调》(*Stone Butch Blues*，1993）——一个“他/她”角色的故事——所说，在电视开始关注跨性别议题之前，女性主义者就已经开始对此展开辩论了。[41] 1992年，在小册子《跨性别解放》(*Transgender Liberation*）中，对于歧视“那些批评（男）人造性别条框的人”的行为，费恩伯格给予了严厉批评。[42] 第二年唐娜·哈拉维的学生桑迪·斯通（Sandy Stone）在《帝国的回击》中回应了针对跨性别群体的偏见。[43] 在女同性恋分离派以琼·伯克霍尔德（Jean Burkholder）不是“生而为女的女人”为理由将伯克霍尔德从密歇根“womyn”

音乐节除名后，斯通公开反对这种恐跨心理。斯通要求“跨性别理论要有更深入的分析性语言”，[44]强烈反对“跨性别女性不是女性，而是入侵女性空间的假男人”的观点。

在1993年的剧本《我在霞慕尼村庄上方对维克多·弗兰肯斯坦说的话》中，跨性别理论家和电影人苏珊·斯特赖克（Susan Stryker）披上玛丽·雪莱笔下怪物的外皮，它的“非自然的身体”和唐娜·哈拉维的赛博格有相似之处：“是血肉被撕碎后又缝合成型，而不是生而如此。”[45]为了反对将跨性别污名化成非自然或人造的声音，斯特赖克重塑了弗兰肯斯坦的怪物的声音，一如其他人开始重新解读**男人婆、酷儿、荡妇**等词：

> 听我说，怪物们。我长居在和我的欲望不匹配的躯体里。我的身躯变成不配套身体部件的集合。我只有通过不自然的过程才能获得一副自然的身体，我对你们发出警告：你们用于折磨我的“自然”是个谎言……你们和我一样都是建构的产物；我们诞生于同样混乱无序的子宫……听进我的话，你们会在自己身上发现线头和缝合处。

在目睹一个情人生产后，斯特赖克的怒火更盛。她感受到“性别给我造成的巨大痛苦”：“我的身体做不到这个，我甚至无法在没有伤口的情况下流血，但我可以称自己是个女人。怎么做到的？为什么我一直觉得自己是个女人？我真是个怪胎。我永远无法变成别的女人的样子，但我也永远做不成一个男人。可能世界上真的没有我的容身之处。”斯特赖克在怒火中重生，因为跨性别者“做了艰苦的工作，反对自然秩序，用自己的方式塑造身体”，不得不“放弃‘自然’的特权”，“和混乱无序结盟……可自然就是从混乱无序中诞生的”。

在专著《性别罪犯》(*Gender Outlaw*，1994）中，表演艺术家凯特·伯恩斯坦（Kate Bornstein）描述自己如何从一个异性恋男人变成同性恋女人，虽然她寻求的是一个非男非女的认同空间。在女性主义者争论跨性别权益是女性权益的同时，针对跨性别群体的暴力日趋严重。1993年的布兰登·蒂纳（Brandon Teena）被杀案启发了1999年的电影《男孩不哭》。为了纪念被谋杀的非裔跨性别女性丽塔·赫斯特（Rita Hester），“铭记死者”运动成立。[46]

唐娜·哈拉维在1985年的《赛博格宣言》中就预见了非男非女的赛博格，这代表了哈拉维将女性主义从饱受争议的身份政治中解放的努力。作为有理科背景的理论家，哈拉维想象了一个半血肉半机械、能整合各种矛盾点的个体。[47]赛博格存在于一个后性别世界，瓦解了自然和文化间的界限，同时让“强有力的融合与危险的可能性”有了希望。和安札杜尔的混血儿意识相似，哈拉维的赛博格跨越了边界。哈拉维发现“女人的概念含糊不清”，拒绝宣告某种身份，也拒绝接受阿德里安·里奇的“梦想中的共同语言”。赛博格——不是与生俱来的，而是人造的——揭示了一种基于“吸引，而非身份认同”的政治是可能的。在被社会性别和生理性别挫伤后，“我们需要重构，而不是彻底重生，重构的可能性包括了一个乌托邦式的梦想，即我们将拥有一个没有社会性别的奇异世界”。

在文章结尾，哈拉维转向女性主义科幻小说，说明这种幻想符合她“我宁愿做赛博格也不做女神”的宣言。在这两个选择之间，她揭示了后结构主义思想家和后现代主义艺术家的作品中对人类的失望。和赛吉维克、巴特勒一样，哈拉维揭示了女性主义者间的分歧，很多女性主义学者的理论对女性主义活动家来说依然是无法理解的。

女性主义谁说了算？

让事情变得更糟的是，一群女性开始在大众领域对女性主义进行抨击。[48]1990 年，卡米尔·帕格利亚（Camille Paglia）因一本奇异的文学批评专著而“名声大噪”。[49] 这本颂扬虐恋小说家萨德侯爵的《性面具》(*Sexual Personae*）之所以获得关注，是因为它通过不断攻击女人，来称赞“男性文明的灿烂光辉”吗？帕格利亚宣称：“如果世界落在女人手里，那我们现在还活在茅草屋里。”[50] 她还表示尿道的解剖学结构决定了命运：“女人……蹲伏局限在地面”，她们“只能勉强淋湿地面”，而“男性的尿液真的是一种成就，是一道超越的弧光”。她扮演故意作对的赛丽娜·乔伊，以清教徒的道德观严厉谴责女性主义者，并称约会强奸是虚构的神话。[51]

帕格利亚逆主流而行，却得到了克里斯蒂娜·霍夫·萨默斯（Christina Hoff Sommers）、凯蒂·洛芙（Katie Roiphe）等辩论家的呼应，在这些人里，有些宣称自己是女性主义者，但所有人都想把女人从女性主义者里解救出来。和琼·狄迪恩一样，她们经常宣称妇女运动将女性变成了受害者。[52]随着人身攻击越演越烈，贝尔·胡克斯等人警告女性主义者必须做出更大“努力，用大众可以理解的方式去写作和讨论女性主义观点”，不然“我们就是在助长反女性主义者的回击。反女性主义者处于大众媒体的中心，在大众传媒的支持下，宣称自己代表女性主义发言”。[53]女性主义由谁说了算显然是个问题。无意的误传和有意的误导都将造成负面影响，让女性主义持续地被误读。[54]

当然了，大部分美国人对女性主义者的争端没那么感兴趣，他们更感兴趣的是麦当娜、迈克尔·杰克逊、蒂纳·特纳（Tina Turner）出格的表演，或者电子游戏和《星球大战》系列电影，还有可能在仔细阅读喜剧演员比尔·考斯比（Bill Cosby）的人生建议书《父亲生活》(*Fatherhood*，1986)。这本令人不适的书是来历不明的色情文化和老派道德观的结合——考斯比没有在该书上署名，且彼时还没有被曝出性丑闻——这类题材在本世纪末频频成为电影界和政界的热门话题。美国人喜欢在电影院和华盛顿的新闻报道里观看淫乱行为，可谁会因为淫乱行为受到惩罚？单身独立女性。

导演阿德里安·林恩（Adrian Lyne）的《致命诱惑》(*Fatal Attraction*，1987）以一个精神错乱的未婚女人为主人公。男主角是一名律师（迈克尔·道格拉斯饰），他和一名图书编辑（格伦·克洛斯）有婚外情，该编辑后来成了一个疯女人，跟踪他，杀死并吃下他女儿的宠物兔子，绑架他的孩子，随后在浴缸里袭击他的妻子，于是这位忠诚纯洁的妻子杀死了这个精神病，我们看到这个神圣的家庭毫发未伤。[55] 影评家保琳·凯尔（Pauline Kael）一针见血，将电影定义为“恶意版女性主义”，也就是男人把“女性主义者看作女巫”：“参与联合杀戮的家人站在一起，而观众被蛊惑，为杀戮喝彩。”[56]

在格伦·克洛斯夸张地展示过度追求职业目标而非家庭给女性带来的心理创伤前，女性周围就充斥着要趁年轻嫁人的错误言论。在《新闻周刊》的专栏文章《赶不上白马王子？》中，女人被告知自己 40 岁时被恐怖分子杀死的概率比找到丈夫的概率还高。[57] 整篇故事描述了一场“危机”，并引起了大众热议，尽管后来文章被证实采用了伪数据。[58] 媒体对延迟结婚的灾难性后果大书特书：尽快安定下来，否则你的生物钟会停摆。那些关于“妈妈职业生涯”——指女人需要和男人不一样的工作安排——的新闻报道同样激起千层浪，用众议员帕特里夏·施罗德（Patricia Schroeder）的话说就是，“强化了女人只能在家庭和职业中二选一的观念”。[59]

90 年代媒体的影响与日俱增，而性感女孩成了标志性的景观。电视真人秀、维多利亚的秘密和伟哥的大规模广告宣传、性病的蔓延、丁字裤的流行、整容手术，骨瘦如柴的模特看起来像没发育一样：这些都是淫欲的标志，是年轻女性主义者的书籍使妇女运动误入歧途的后果。[60] 在多米尼加裔美国小说家茱莉亚·阿尔瓦雷斯（Julia Alvarez）、南方地区主义者多萝西·艾利森（Dorothy Allison）和孟加拉裔美国短篇小说家裘帕·拉希莉（Jhumpa Lahiri）将女性主义的探究范围延伸到身份政治，创造出《加西亚女孩是怎么失去口音的?》(1991)、《卡洛琳娜的私生女》(1992)、《疾病解说者》(1999）等享有盛名的作品时，女性主义还是选择出售氨纶束胸衣、肉毒杆菌、巴西蜡脱毛和总统芭比娃娃。

女性主义思想家开始通过聚焦女性身体来关注年轻女性在如此低级趣味的文化中长大所面临的问题。两个例子已经足够。苏珊·鲍尔多（Susan Bordo）的《不能承受之重》(*Unbearable Weight*，1993）关注文化如何建构身体的理论性探讨，而娜奥米·沃尔夫（Naomi Wolf）的《美貌的神话》(*The Beauty Myth*，1990）理论性稍弱，但两位作者都强调了不现实的审美标准如何被强加在女人身上。女人取得越多的成功，时尚界、美妆界和媒体行业就将越多不现实的理想强加在女性身体上，最终引向厌食症、暴食症、隆胸或缩胸手术。[61] 沃尔夫和鲍尔多认为，对女性外貌的过分强调是“一种针对女性进步的政治武器”。[62] 被称作小妞文学——名字主要来源于英国的流行小说《BJ单身日记》（*Bridget Jones's Diary*）——的作品不断宣扬女主角爱美成瘾、沉迷于狩猎丈夫的异性恋爱情故事，这与70年代的畅销书对于社会过度重视女性美貌和男性对女性的保护进行大肆批评截然相反。

1994年，克林顿政府让“别问，别说”政策合法，炮制出经典的虚伪性向宣言。该政策原来意在保护在军队服役的同性恋，却导致不愿为自己的性取向撒谎的人受到歧视。在克林顿总统的婚外情曝光，迫使希拉里·克林顿扮演受委屈的忠实妻子角色的一年后，克林顿总统签署了《捍卫婚姻法案》(1996)，宣布同性婚姻不受到联合政府的承认。

但没有什么比斯塔尔（Starr）在克林顿弹劾案的调查更符合淫秽的政治环境。人们后来发现，调查报告大部分由一位年轻律师起草，这名律师日后会成为颇受争议的最高法院大法官布雷特·卡瓦诺（Brett Kavanaugh）。这份充满色情内容的报告的核心是一位22岁的单身女孩，被称作交际花、小妞、花瓶，以及（最著名的）"那个女人"：这个说法来自"我和**那个女人**之间不存在性关系"。在克林顿总统的诡辩里，口交根本不算性关系。

在和芭芭拉·沃尔特斯（Barbara Walters）的一场长时间的电视访谈上，莫妮卡·莱温斯基（Monica Lewinski）承认是这些言论让她彻底结束和上司的感情。[63] 莱温斯基解释道，在那个时刻，总统本可以否认性关系，但仍与她以朋友相称。但当克林顿的一位顾问指证她跟踪总统，要求总统和她发生性关系，还嘲笑他的犹豫，甚至威胁他时，她感到震惊。在莫琳·多德（Maureen Dowd）等专栏作家的笔下，她被塑造成了一个无休止地破坏别人家庭的人，正如《致命诱惑》里的格伦·克洛斯。[64]

希拉里在这个灾难性的时刻怎么样了？作为第一夫人，她依然被克林顿早前的证券欺诈丑闻纠缠。当她在一次匆忙的演讲里说出"我不想待在家里烤曲奇饼"，试图表明自己对事业的认真态度时，克林顿竞选团队大惊失色，开始在民主党竞选大会上派发"希拉里的曲奇"。[65] 早在1992年，"弹劾"一词刚开始出现在右派共和党狂热的痴梦里时，哈佛大学学生报纸《哈佛绯红报》的一名年轻写手就注意到“老旧的信条还在持续：一个强大的男人是领袖，一个强大的女人就是女巫”。然后她用一段几乎是预言的段落总结道：

> 希拉里·克林顿从西装革履到身着浅色服装派发曲奇的景观并不好玩。它简直是羞辱人。它用一种悲伤的方式提醒我们，我们没有自己想象的那么先进。我们宁愿放弃克林顿团队里的智囊，也不愿意看到一个意志坚定、在政坛活跃的第一夫人。

25 年后，我们在 2016 年的竞选上看到了同样的事。[66]

等到 20 世纪 90 年代末期，不管是哪种女性主义者——激进派、自由派、异性恋、同性恋、黑人、拉丁美洲裔美国女性、后殖民主义者、后结构主义者、后现代主义者、跨性别者、第三波浪潮——似乎都在右翼散播的洗脑宣传下无处可逃，右翼分子嘲笑她们是广播评论家拉什·林博（Rush Limbaugh）口中的“女性主义纳粹”。[67] 她们面对的还有女性主义被商品化，被出售，仿佛成了海伦·格利·布朗烹调的一种有趣的生活方式。

妇女运动的参与者是否失去了信心，不再像之前那样以“我们”的身份谈论“我们的”需求和诉求？就像是对 20 世纪最后 10 年所经受的创伤的总结，在 1991 年，阿德里安·里奇写下了一篇预言式的诗歌《在那些年里》。以下是全文：

在那些年里，人们会说，我们偏离了轨道，
误解了“我们”和“你们”的含义。
我们发现自己被削减为单一的“我”
整件事变得愚蠢、讽刺、可怕：
我们试图过自己的生活，
而且，没错，这是我们目光可及之处
唯一可见的生活。

但历史的巨大黑鸟尖叫着俯冲进
我们的私人天空。
它们的目的地在别处，但它们的喙和羽毛
沿着海岸散落，穿过浑浊的浓雾，
到达我们站着的地方，说着“我”。[68]

1998年的一期《时代》杂志封面选用了苏珊·B.安东尼、贝蒂·弗里丹和格洛丽亚·斯泰纳姆集体站在黑色背景前的照片，一起的还有神经质的电视剧角色艾丽·麦克比尔（卡莉斯塔·弗洛克哈特饰）。封面上有一句红色字母写成的句子：“女性主义死了吗?”封面似乎在暗示，哪怕女性主义还没有死亡，它也站在了毁灭的边缘。[69]尽管这个预测符合当时很多人的观点，但我们接下来将看到，宣告女性主义死亡有些言之过早。

第五部分

衰退/复兴的21世纪

第十章　新旧两代人

21 世纪以困惑和焦虑开场。随着新千年迫近，电脑专家开始担心所谓的千年虫问题，即电脑系统可能出现故障，误将 2000 年认成 1900 年，导致诡异的灾难发生。飞机可能会从天上坠落，医院的记录可能会被清空，政府官方软件可能会忘记自己在做什么。但千年虫问题让所有人失望了。公共场合的时钟出现紊乱，但大多数事情都正常进行。可在政治领域，美国的情况不容乐观。女性士兵第一次参战引发了广泛的争议，说明女性运动仍在不断发展，并将很快走向复苏。

新千年

在 21 世纪初的总统竞选中，阿尔・戈尔（Al Gore）对阵 H.W. 布什的大儿子乔治・W. 布什，以佛罗里达州灾难性的重新计票收尾，布什向最高法院上诉，最高法院最终以 5 比 4 判决赢得普选的戈尔输掉佛罗里达州。布什上任后，他和黑武士一般的副总统迪克・切尼让整个国家进入应激模式。“9・11” 事件当天，世贸中心双子塔被伊斯兰教自杀式恐怖分子摧毁，导致美国入侵伊拉克。伊拉克的集权政府领袖萨达姆・侯赛因（Saddam Hussein）被认为拥有“大规模杀伤武器”，可能策划了“9・11”

事件，尽管沙特阿拉伯人本·拉登领导的伊斯兰教恐怖组织基地组织很快被确认为罪魁祸首。

但在美国入侵伊拉克之前，至少有一位重要女性在评价双子塔坍塌事件时，公开反对她口中的政客宣传时“自以为是的谵语”。[1]“‘9·11’事件不是对‘文明’或‘自由’或‘人类’或‘自由世界’的‘懦夫式’袭击，而是对世界上自满的超级大国的袭击，是美国特定的结盟和行为带来的后果，这种认识在哪里？”苏珊·桑塔格在《纽约客》上的一篇简短宣言中写道，因为这篇文章，她几乎遭到了全世界的口诛笔伐。

但随着美国打响战争，整个国家进入了更灰暗的时刻，标志性事件是阿布格莱监狱虐囚事件、对囚犯使用水刑、中情局名下的秘密地窖（被称作“黑基地”），还有关塔那摩监狱无限期拘留囚犯的曝光。国际特赦组织在 2005 年表示，关塔那摩监狱是“我们时代的古拉格”。年轻的女士兵——最主要的是 21 岁的二等兵琳迪·英格兰（Lynndie England）——不仅参与阿布格莱监狱骇人的折磨行动，还被拍到对一个赤身裸体、流血不止的伊拉克囚犯大笑，这为女兵入伍的支持者带来了巨大的震颤。女性主义者怎么会和这种行为——还是美国政府执行的这种行为——同流合污？

在阿布格莱监狱照片曝光后不久，苏珊·桑塔格在《纽约时报》杂志上发表了《旁视对他人的折磨》，作为她在伊拉克战争前一个月出版的《旁视他人的痛苦》（2003）的后续评论。桑塔格将阿布格莱监狱的伊拉克囚犯的照片和大屠杀的犹太受害者、被私刑处置的南方黑人做对比，提出“照片里展示的恐惧和照片拍摄现场的恐惧息息相关——加害者对着无助的囚犯摆造型，幸灾乐祸”。照片揭示了一种“无耻的文化”和一个“对残忍毫无歉意的统治集团”。[2] 阿德里安·里奇用《等待》和《废墟里的学校》等诗歌与格蕾丝·佩雷、爱丽丝·沃克、汤亭亭、厄休拉·勒古恩等人一起加入反战队伍。[3]

其中有些人加入了女性主义者组织“粉色代码：女性为和平”。该反战组织成立于2002年，在后续几年里蓬勃发展。该组织对自己的定义很有野心：她们是“女性领导的草根组织，目标是终结美国的战争和军国主义，支持和平和人权运动，让税收流入医疗、教育、环保岗位和其他保护生命的项目”。[4] 她们也很大胆，有戏仿的精神。抗议者服装的标志性颜色是亮粉色，组织的名字也让人想起国土安全局在“9·11”事件后发布的“橘色代码”的“红色代码”，当然了，采用粉色也是对于那种认为粉色是小女孩的颜色，粉色代表糖果、香料和各种漂亮东西的观点的揶揄。

组织创始者之一美狄亚·本杰明（Medea Benjamin）随时随刻穿着粉色；她的“手提包、钱包和手机都是粉色的”。[5] 相对应地，“粉色代码”在华盛顿的总部也是一间全部装修成粉色的安全屋，前来参加抗议活动的成员可以在屋里停留。她们的策略呢？有些喜剧效果：穿着粉色的手术服，派发粉色纸条上的“和平药方”，“要求布什下台”；还有些宣讲性质：在参议院办公室的门厅举着巨大的粉色横幅，上面写着“为和平投票/让布什下台”。“粉色代码”的抗议活动向我们展示，妇女运动并没有在20世纪末结束。随着女性运动者在政治和流行文化领域失去地位，类似“粉色代码”的组织——更主流的同类型组织是“艾米丽的名单”，致力于选举支持堕胎权的民主党女性候选人——开始繁荣发展，桑塔格、里奇、佩雷、汤亭亭、勒古恩在21世纪的继承人队伍也开始发展壮大，尽管福音派和另类右翼对妇女运动依旧抱有敌意。

女性主义仍然被“道德大多数”、福音派教徒和保守主义的茶党运动妖魔化。比如，在双子塔倒塌后，帕特·罗伯逊（Pat Robertson）马上赞扬了杰里·福尔韦尔对恐怖袭击的分析：“堕胎支持者们要为此承担后果，因为上帝不能接受被嘲笑……那些试图推行另类生活方式的异教徒、堕胎支持者、女性主义者、男同性恋和女同性恋……他们都试图世俗化美国——我会用手指指着他们的脸，说，是你让这件事发生的。”[6]很多白人被2008年第一位黑人总统上任的历史性选举激怒，加入推崇白人、男性和基督教优越性的新纳粹组织。尽管第一夫人米歇尔·奥巴马精心设计自己的形象，得体地表达自己的主张，但她知道自己和丈夫依然会受到种族主义者的嘲讽。但美国白宫迎来第一位非裔美国人总统激励了很多女性主义者，一如2003年鲍尔斯诉哈德威克案翻案，2005年同性婚姻合法，1964年的《民权法案》到2020年增加了对跨性别群体的保护。

21世纪的头20年，新一代艺术家紧跟时事，时常创作出新的艺术形式。在革新后的艺术市场，他们和同时代的艺术家改造了流行的类型，架起了理论和实践之间的桥梁。这个文化现象让女性主义者转到新的道路上：转到我们本章会探讨的酷儿、跨国、跨性别议题上，也转到有关“黑人的命也是命”抗议活动、环保运动、“我也是”运动的讨论上，这些运动我们将在最后一章做进一步讨论。面对激增的仇恨犯罪、校园枪击、集权或排外主义政权抬头，以及全球变暖等现象，女性主义者需要与政治或意识形态相似（而不是拥有共同身份认同）的其他组织结盟，这也正回应了早前理论家们的呼吁。

2014年，年轻的活动家马拉拉·优素福扎伊（Malala Yousafzai）赢得了诺贝尔和平奖，该殊荣肯定了她为争取女孩教育机会做出的巨大努力，塔利班曾因此在公交车上向她开枪。几年后，102位女性众议员进入南希·佩洛西（Nancy Pelosi）领导的众议院。新晋众议员占了接近四分之一的席位，引领了史无前例的性别占比的改变。最近，6位女性和几位自我认同为女性的男人参与了民主党总统初选。到这时，很多女性主义者开始相信教育是走向更平等未来的关键。

艾莉森·贝克德尔的文学谱系

女性主义在第二波浪潮**之后**进入鼎盛期意味着什么？艾莉森·贝克德尔用两部视觉文学回忆录《欢乐之家》和《你是我的母亲吗？》（2012）回答了这个问题。贝克德尔结合漫画的嬉笑怒骂和回忆录的自省，回顾了自己的青春期。第一本书主要聚焦她和父亲的关系，第二本则是她和母亲的关系，两本书都探讨了女性主义和男同性恋权益运动的兴起对她成长的影响。“我和母亲的戏剧性关系一部分来源于她运气不好，在 20 世纪 50 年代长大。我们站在妇女解放运动的对立面，而我收获了运动的好处。”贝克德尔解释道。“我和父亲也是一样，站在了石墙运动的对立面。如果我父母晚一点出生，”她补充道，“他们可能会更幸福，而我不会存在。”[7]

贝克德尔创作的革命性的文学类型几乎和她一样年轻。她的视觉文学回忆录起源于 20 世纪中早期的男子气概漫画（《超人》《蝙蝠侠》和法国的《丁丁历险记》《阿斯泰里克斯历险记》），在漫画家阿特·斯皮格曼（《鼠族》）的画笔下变得更加精巧，从 20 世纪 70 年代到 90 年代受到地下女性主义漫画团队（《女人漫画》,《乳房和阴蒂》）的深刻影响。贝克德尔从这些复杂的文化遗产中汲取力量，紧随漫画家琳达·巴里（Lynda Barry）和（巴黎的）马嘉·莎塔碧（Marjane Satrapi）开始刊登作品。在《欢乐之家》发表 8 年后，漫画家罗兹·查斯特发表了《我们就不能谈点更愉快的事吗？》，用漫画辛辣地刻画了她年老的父母。

贝克德尔作品的与众不同之处，在于其深刻的文学隐喻。在《欢乐之家》中，她着重刻画父亲角色布鲁斯·贝克德尔，一位高中英语老师，私人图书馆里堆满了现代文学经典。就连章节名也都取自 20 世纪名著，第一章《老父亲，老工匠》的名字来自詹姆斯·乔伊斯（James Joyce）的《一个青年艺术家的肖像》。表面上看，这个题目暗指布鲁斯对室内装潢的痴迷，但结合乔伊斯书中的全句来看（“老父亲，老工匠，现在和以后，请以我为荣”），这个标题很像在召唤作为灵感缪斯的父亲。

第二章的名字是《一场快乐的死亡》，这个讽刺性的标题暗指加缪的同名小说。第三章《那场旧灾难》引自华莱士·史蒂文斯的诗歌《周日早晨》，后来我们了解到这是布鲁斯最喜欢的诗歌。第四章《在少女花影下》将艾莉森和父亲融入普鲁斯特的同名小说里。第五章《亮黄色的死亡大篷车》的标题部分来自儿童小说《柳林风声》，一方面从字面上暗指小说里蛤蟆先生飞驰的座驾，另一方面提及艾莉森儿时喜爱的故事，用两者构成对布鲁斯死亡的叙述。第六章有一个王尔德式的讽刺标题《理想的丈夫》：艾莉森的母亲扮演《不可儿戏》中的布莱克内尔夫人，但随着布鲁斯的同性恋倾向浮出水面，雷丁监狱[i]的阴影开始笼罩文本。最终，第七章《反英雄之旅》暗指乔伊斯《尤利西斯》的主角利奥波德·布鲁姆的都市浪荡之旅，让我们为《欢乐之家》的感人结尾做好准备，在结尾处，主角艾莉森想象自己拥抱了真实世界和精神世界里的父亲，就像斯蒂芬·代达罗斯拥抱了布鲁姆。

在充满隐喻的上下文里，《欢乐之家》反思了贝克德尔自己的生活记忆。贝克德尔出生于1960年，父母是高中英语老师，她和两个兄弟在宾夕法尼亚州的一个小镇长大，住在一栋维多利亚时期风格的大房子里，不远处是家庭经营的殡仪馆，父亲在那

i 王尔德因同性恋身份被判入狱，关押在雷丁监狱。

里担任葬礼总策划。她先是在巴德学院接受教育，后在欧柏林学院深造，在此期间广泛阅读现代主义和女性主义女同性恋文学。1980年，在毕业的前一年，她44岁的父亲在一场交通事故中丧命——也可能是主动走到飞驰的卡车前自杀——几个月前，她刚作为女同性恋向父母出柜。母亲在电话里告诉她，布鲁斯·贝克德尔一直过着深柜生活，然后说自己决定离婚，接着告知她布鲁斯死于车祸的时候，艾莉森只有19岁。

艾莉森需要20年的时间消化那场死亡带来的创伤——事故之突然和对父亲性取向的震惊。在这20年里，她尝试了各种工作来支持自己的艺术创作。在看到漫画家霍华德·克鲁斯（Howard Cruse）编辑的《同志漫画1》后，她的画作开始发生转向。[8]1983年，贝克德尔的漫画《小心蕾丝边》开始出现在女性主义报纸《女人新闻》上。漫画一直连载到2008年，多次获得拉姆达文学奖。贝克德尔的卡通替身莫，戴着眼镜，颇有些男孩子气，与其亲密好友聚集在自家公寓或疯女人书店里，共同经历同性恋生活里的点点滴滴：行动主义、约会潜规则、情侣承诺仪式、出柜派对。

贝克德尔在《小心蕾丝边》的《漫画家自序》中解释道，她最初尝试过更为传统的写作，但阿德里安·里奇的一封拒信（日后将成为她"最宝贵的收藏"）说服她改用画笔去为女同性恋"作传"，去"描绘那些未被描绘的"。[9]她的漫画是"一针解毒剂，批判了女同性恋在主流社会眼中的形象要么是扭曲、病态、毫无幽默感、毫无吸引力的"，要么是"超级模特——就像奥运会上的五项全能运动员，男性出于本能凝视的对象”。90 年代教会了她“女同性恋也可以是反动的挑衅者”（这句台词所在的那一格漫画里出现了卡米尔·帕格利亚的《性面具》），让她明白“很显然，**没有人**本质上是**任何东西**”（那一格漫画里出现了朱迪斯·巴特勒的《性别麻烦》）。贝克德尔又给阿德里安·里奇写了一封信，收到了里奇充满赞赏的回信，这也促使她不断继续前行。

若不是《欢乐之家》登上了《时代》杂志的畅销书榜单，贝克德尔本会承受很大的经济压力。在本书的中间位置，两个没有页码的页面组成了“一张插页”：[10] 一幅写实风格的素描，画的是一张照片，照片上一个穿着短内裤的男孩舒服地躺着。这张画作揭示了贯穿艺术家贝克德尔多年创作的一个主题。照片上的罗伊是家里请的后院工人兼保姆，艾莉森 8 岁的时候，父亲在全家去度假时拍下了这张照片——艾莉森的母亲当时没在。这幅横跨两页的画佐证了贝克德尔对父亲的爱恨交织。一方面她感到愤怒，因为他们的过去充满了欺骗，最终导致她曝光了父亲布鲁斯出柜的秘密。另一方面，她发现这张照片很漂亮，可能因为“我太理解父亲的禁忌之叹”。[11]

《欢乐之家》的一个特色是循环时间线叙事，贝克德尔由此能用挽歌一般的文本抒发情感。一位批评家指出，“全文被一种灰绿色的墨水笼罩着，贝克德尔将其描述为‘某种悲痛的颜色’”。[12] 艾莉森在“欢乐之家”（Fun Home）——孩子们对殡仪馆（funeral home）的简称——与父亲在尸体间进行的互动，让死亡和悼念的主题多了图像的力量。《欢乐之家》是图片和文字的结合体，将年轻女艺术家的肖像和这首挽歌融合，将布鲁斯·贝克德尔与年轻男孩的幽会和艾莉森创作的出柜故事并置。他是（解放运动）之前的她，她是（解放运动）之后的他。

不过，《欢乐之家》也在抵抗这种过度简化（哪怕有可能利己）的进步叙事。尽管在故事开头，艾莉森为父亲不断进行室内装修，几乎把家族房子变成博物馆而深感愤怒，但后来贝克德尔不断地回到布鲁斯在场的场景，以夸张的方式展现了父亲的工匠活和女儿的艺术创造之间的联系。在贝克德尔追踪的酷儿谱系里，有两张年轻时候的照片（一张是他的，另一张是她的），让人猜测或许是他的男性爱人拍下了他，就像她的女性爱人拍下了她。这种相似性“几乎接近翻译所能达到的程度”。

在整部《欢乐之家》里，布鲁斯想用发夹、珍珠、裙子装饰她男孩子气的女儿，她却为自己发育的胸部而烦恼，研究男性的穿着，试穿父亲的西装。第一次看到自己的“蕾丝边”装扮时，她内心的“狂喜浪潮”一定迅速被浇灭，因为父亲期待她摒弃男性化的打扮。但在两代人的斗争中，他们面对的逆境也是双向的。还是小男孩的时候，他曾经把自己打扮成女孩；还是小女孩的时候，她把自己打扮成小男孩。她和他对男性的裸体有共同的仰慕；两人都是男性气质的行家。他对室内装修的痴迷呼应了她的强迫症，她曾用“我觉得”装点儿时日记里的每一个陈述句，后来又在每一个句子里加入校对用的补充符号，最后补充符号大到占满整张纸。在艾莉森向父母告知自己出柜后，母亲也说出了布鲁斯出柜的秘密。

尽管布鲁斯脾气暴躁，在关系疏离的家庭里鲜少用肢体动作展现爱意，但布鲁斯和艾莉森还是通过书籍建立起最亲密的连接，这一点更加能说明为什么贝克德尔拒绝与保守的过去一刀两断。对图书馆、阅读及教学场景、打印版手稿、书封和书店的描绘无处不在，强调了《欢乐之家》的文本间性。艾莉森将母亲想象成亨利·詹姆斯式的角色，将父亲想象成菲茨杰拉德式的角色，“爸爸将现实和虚构之间的界限勾画得很模糊”。贝克德尔写道，但这句话也适用于女儿。

《欢乐之家》里关于出柜的好几篇漫画都描绘了艾莉森躺在床上，身边是爱人和书——阿德里安·里奇的《梦想中的共同语言》和诗人奥尔加·布鲁玛斯（Olga Broumas）的《从O开始》——“对我来说，是一本充满话语和行动的小说”。艾莉森大笑着，赤身裸体和爱人缠绕在一起，重新意识到《飞天巨桃历险记》的重要地位，因为“在女性主义黎明的刺眼光线下，所有事情看起来都不一样了”。（爱人的欢喜和女性主义需要“刺眼”的看法恰到好处地形成对比）。艾莉森被女同性恋史吸引，好奇自己是否有艾森豪威尔时代的女同性恋的勇气，以自己知道“女性着装三件守则”[i]为傲。她对普鲁斯特使用的“倒置者”一词津津乐道，哪怕她清楚“这个词不准确、不充分地把同性恋定义为社会性别与生理性别相斥的人”。“我们不只是倒置者，”她想到

i 女性着装三件守则，指艾森豪威尔执政时期要求女性身份的人必须拥有三件以上属于女性的服装。

自己和父亲，“我们是彼此倒置后的样子。”

布鲁斯给了儿时的艾莉森一本日历，让她能记日记，也给了大学期间的艾莉森一本柯莱特的《人间天堂》和乔伊斯的《尤利西斯》。柯莱特讲述了女人如何在巴黎的蒙马特山共享“她们的喜好”，成为艾莉森如痴如醉地阅读的海量文本的有益补充，那些文本足以开设“从当代和历史的视角看同性恋”这样一门独立的阅读课程。艾莉森在报纸文章上引用柯莱特的一句话——“论这纯粹但无定型的激情”——“正式”出柜后，贝克德尔画出了艾莉森左手捧着柯莱特的书，右手自慰的画面：“她甚至很适合手淫。”此刻她同时经历了文学觉醒和性觉醒。

尽管《尤利西斯》的研讨会让艾莉森感到无聊，但贝克德尔在《欢乐之家》的整个尾声处花费了大篇幅来描述它。在父亲赠送的两件礼物——乔伊斯和柯莱特——的合力影响下，在《欢乐之家》的结尾处，贝克德尔附上了玛格丽特·安德森（Margaret Anderson）和简·希皮（Jane Heap）的画像，两位在自己创办的杂志《小评论》上连载过《尤利西斯》。她还附上了西尔维娅·比奇（Sylvia Beach）的画像，比奇出版了一幅“没有人能碰的手稿”。贝克德尔不得不承认，可能“只是巧合，但这些女人——包括西尔维娅的爱人阿德里安·莫尼尔——都是女同性恋”。但在一幕艾莉森阅读柯莱特的场景里，贝克德尔写道：“我愿意相信她们会支持这本书，**因为**她们都是女同性恋，也因为她们对性欲的真谛略懂一二。”帮助救赎布鲁斯·贝克德尔的是他遗赠给女儿的文学谱系，一条跨越第二波女性主义浪潮之前和之后、石墙运动之前和之后的鸿沟的谱系。[13]

《欢乐之家》用布鲁斯的死亡（在一辆呼啸而来的卡车前面）以及他又复活的双重形象结尾：布鲁斯站在一个游泳池里，抬起头，手臂展开，小艾莉森正准备从跳水板跳进他的怀里，跳进他所处的水里。她象征性地扎进了自己家庭生活的废墟，一如阿德里安·里奇富有创造性地记录了自己跳进婚姻的废墟。

你是我的母亲吗？

2013年，《欢乐之家》的百老汇音乐剧版本首映，赢得了5项托尼奖。这时，贝克德尔已经和画家霍莉·雷·泰勒（Holly Rae Taylor）搬到了佛蒙特的乡间，发表了漫画《你是我的母亲吗？》。在这部续集里，《欢乐之家》中聪明但有距离感的母亲演变成中心角色。这部续集获得的奖项比前作要少，可能因为其在精神分析上，尤其是精神分析学家D.W.温尼科特（D.W.Winnicott）的理论上花了很多笔墨。但在这里，贝克德尔关注的点在于，一位在妇女运动前出生的母亲，会对在妇女运动后进入青春期的女儿带来什么影响？在这个过程中，她描绘了很多女孩的心理，她们的母亲都默认她们和自己生来就该被定义为第二性。

《你是我的母亲吗？》用大量篇幅回忆了海伦·贝克德尔尝试用母乳喂养宝贝女儿，保护小艾莉森不受布鲁斯暴怒的伤害，后来还在经济上资助年轻的女儿。但在艾莉森和心理治疗师的面谈里，在艾莉森和海伦的电话聊天里，贝克德尔描绘了一个极度自我的母亲形象。用温尼科特的话说，海伦是一个好母亲吗？年迈的海伦接通艾莉森的电话后，在艾莉森不认识的人和事情上“讲个没完”。“她对我的生活不感兴趣。”艾莉森心想。可能“也有一部分是女同性恋的原因，就好像她害怕我一有机会说话，就会说出‘舔阴’这种词”。“就好像我才是母亲。”她总结道。

母亲贬低艾莉森自传作品的话让艾莉森痛苦不堪（“会不会范围太窄了？”），母亲觉得很尴尬（“你不打算用真名，对不对？”），她听上去和凯特·米利特的母亲一样恐同：“我想看到你的名字出现在书上，但不是女同性恋漫画书上。”当艾莉森透露她签下了一本女同性恋漫画的合约时，海伦说：“我对此不太舒服，你是知道的。”艾莉森挂断电话，俯身哭泣。

说这些伤人的话时，海伦经常是在读报纸。我们开始认定她是一个自恋的母亲，无法给予女儿所需的认可。但贝克德尔知道，从她所画的几千张关于自己的漫画来看，她只会比海伦更自恋。这些漫画还揭示了她的艺术才华，所以母亲的教育还是有正确之处的。

在心理治疗师说服艾莉森去问母亲“你从母亲那里学到的最重要的事是什么”后，我们终于解开了“在妇女运动前出生意味着什么”这个谜题。海伦毫不犹豫地说“学到了男孩比女孩更重要”。海伦的母亲崇拜自己的儿子，正如海伦崇拜自己的儿子。这清楚地表明，在女性主义诞生前的年代，哪怕是爱意满满的母亲也会轻视自己的女儿。这场母女间的交谈最终变成了一连串有关阴茎嫉妒、弗吉尼亚·伍尔夫的小说《到灯塔去》以及对伍尔夫残暴的父亲的看法的漫画独白，这或许是因为伍尔夫说出了女儿们对兄弟所享有的特权的愤怒，这些特权源自母亲接受了丈夫的价值观。[14]

“(女性运动)之前”和“(女性运动)之后”是令伍尔夫困扰不已的词语，贝克德尔为《到灯塔去》勾勒的简图里也凸显了这一点。《到灯塔去》的第一章用传统女性讲述维多利亚时期残留的秩序，第二章设定在第一章所述时代之后的第一次世界大战的“长夜”；第三章讲述的是现代世界，在摧毁殆尽的废墟上，解放后的女性开始出现。像《到灯塔去》的主角莉莉·布里斯克一样，艾莉森也很难接受服务专制男人需求的传统的妻子和母亲角色。一如伍尔夫通过描写新女性的崛起来缓解对母亲的伤痛，贝克德尔也通过分析自己从传统女性身份中解放对母亲的养育意味着什么，来与母亲达成和解。

在《你是我的母亲吗？》的结尾处，贝克德尔将海伦的保留态度更多归因于“审美距离”而不是情感上的抗拒。她有没有随着时间变化，开始接受女儿的才华？海伦接受了《欢乐之家》的出版，甚至开始捍卫女儿的努力，但这种描述是出于叙事需求，而不是出于家庭需求。海伦试读续集的节选后给出的大度评价——“是通顺的”“是一本元书[i]”——被女儿欣然接受，并引发了一段关于“残疾孩子”游戏的重要记忆，贝克德尔将这段记忆

i 元书，指让读者在阅读过程中意识到自己在阅读一本书的书。

和“母亲教我写作的时刻”联系起来。

学龄前的艾莉森假装自己是一个残疾孩子。在这场游戏中，她演绎出了海伦的“男孩比女孩重要”观点给她造成的缺失感：有这样一个母亲，出生的女儿生来便是残疾的，或者用弗洛伊德的话说，生来就被阉割。但海伦愿意参与“残疾孩子”的扮演游戏，这让贝克德尔得以用自己继承的才华来抵消受到的伤害。有一件事海伦做对了：她激发了还在学步的女儿的想象力。在画面里，海伦为假扮“残疾”的幼儿提供虚拟的支架和虚拟的特制鞋。贝克德尔心想：“她看得见我隐形的伤口，因为那些也是她的伤口。”

在最后一页，小艾莉森决定，“我觉得我现在可以长大了”，然后贝克德尔对海伦做出总结：“她给了我一条出路。”就像伍尔夫笔下的莉莉·布里斯克抗拒母亲作为传统女性的教导，却将母亲视作灵感来源，贝克德尔受到母亲的伤害，却依然深爱母亲，将母亲视作灵感缪斯。解放后的女性在良好的养育下养成了大度精神，在打破传统女性的桎梏后向传统女性致敬。

在用两本自传逃离了复杂的家庭罗曼史后，不难理解为什么贝克德尔会想结束童年的话题。她的下一本书，《超人力量的秘密》很显然想关注身心健康和生命的有限，但当时的政治环境拖慢了此书的创作进程。《小心蕾丝边》重出江湖，作为特朗普执政时期急需的“药方”。贝克德尔认为，在特朗普时期，对跨性别和黑人的攻击愈演愈烈，那些“爆发的暴力”更是让她觉得“非常无力，惊恐万分”。[15]

伊芙·恩斯勒的反暴力日

在贝克德尔研究女性童年时期所受的心理伤害的同时，其他学者也在关注女性群体身体上受的伤害。表演艺术家伊芙·恩斯勒比贝克德尔大 7 岁，开始反抗那些威胁女性的“暴力”。1998 年的情人节当天，恩斯勒建立了一年一度的反暴力日（V-Days），呼吁停止针对有阴道的人的暴力。而当时，如恩斯勒所说，很多人甚至对“阴道”一词仍难以启齿。

在恩斯勒小时候，母亲常年不在身边，父亲则对她有身体上和性方面的虐待。从米德伯里学院毕业后，她就对酒精和毒品上瘾，被当时的丈夫送进过戒毒所。而当她结束了这段长达 10 年的婚姻后，她仍和收养的继子保持良好的关系。1996 年，旨在用戏剧让世界变得更安全，她召集了一批组织创造了自己著名的作品《阴道独白》，为反暴力行动主义者筹款。该剧取材于上百个真实采访，以第一人称讲述了女性对自己身体的忽视与羞耻，以及她们对月经、自慰、生育、家暴、强奸和割礼等话题的矛盾意见。《阴道独白》的首演由恩斯勒本人亲自出演，随后即由简·方达（Jane Fonda）、乌比·哥德堡（Whoopi Goldberg）和苏珊·萨兰登（Susan Sarandon）等知名演员和无数大学戏剧社的学生接手。如今，《阴道独白》已被翻译成 48 种语言，在超过 140 个国家上演。

2009 年，恩斯勒在刚果民主共和国与战争及酷刑受害者合作，在此期间被诊断出子宫内膜癌。她即刻意识到，“子宫内膜癌的损害，与强奸对于成千上万刚果妇女受到的伤害极其相似”。[16] 她指出，“瘘”——阴道、膀胱和直肠之间因病变形成的洞——“可由强奸造成，特别是轮奸，以及用瓶子或棍子等异物强奸。在刚果东部，成千上万妇女因被强奸而受瘘折磨，数量之多，让这种伤害被视作需要被打击的犯罪行为”。她希望将自己的病痛和她在“世界的躯体”上所目睹的伤痛相联系，编写了同名的回忆录以及同名的女性独角戏。[17]

在接下来的 2012 年，恩斯勒发起了一项全球性的活动“十亿人起义”。该活动脱胎于此前的“反暴力日”。2016 年的大选选举出一位“女性公敌”成为总统，更是坚定了她投入的决心。[18] 因为全球约三分之一的妇女在一生中会遭遇性暴力，恩斯勒希望在世界范围内让更多人意识到恐怖主义、原教旨主义和战争对女性的威胁。此外，她还帮助建立了专门收留逃离割礼的女孩的安全屋。[19]

作家丽贝卡·索尔尼特曾指出，“从 2001 年‘9·11’事件恐怖袭击到 2012 年‘反恐战争’结束，11766 人因家暴而自杀，比‘9·11’事件的受害者和所有在‘反恐战争’里牺牲的美国士兵加起来都多”。[20] 近年来，女性在网络上受到的骚扰（如“玩家门”事件的厌女电玩文化），以及在约会网站的境遇（比如，男性未经许可便向女性发送自己的生殖器照片），也证明了恩斯勒的活动与作品完美切中时弊。同样直击要害的还有帕特里夏·洛克伍德（Patricia Lockwood）。她于 2013 年创作的诗歌《强奸笑话》，一经发表便风靡全国，赢得了美国文学出版界的手推车奖。

艾玛·苏考维兹（Emma Sulkowicz）2014 年的《床垫表演》也登上了各大报纸的头条。在哥伦比亚大学里，她扛着 50 磅的宿舍床垫出行，公开指控她遭到了同学的强奸。[21]

2019 年，或许是受“我也是”运动的影响，恩斯勒推出了新作《道歉》(*The Apology*)。在书中，恩斯勒以自己去世父亲的口吻，写下了自己等待已久的来自父亲的道歉。[22] 这本书是写给“所有仍在等待道歉的女性”的。[23] 推出该书后，恩斯勒感觉自己终于摆脱了父亲的阴影，因此改名删去父亲的姓氏，给自己取了新名——单字 V。

恩斯勒的“反暴力日”和“10 亿人起义”是早期女性主义者尝试让全球女性联手的缩影。伊朗伊斯兰革命后的数星期，凯特·米利特便来到当地，协助伊朗女性抗议强制要求佩戴头巾的政策。80 年代中期，罗宾·摩根建立了全球姐妹协会。在德国养病时，奥德蕾·洛德和非裔德国女性一起抗议她们遭受的种族歧视和仇外情绪。[24]1993 年至 1996 年期间，年逾花甲的苏珊·桑塔格 11 次到访波黑首府萨拉热窝，以抗议波斯尼亚的种族大屠杀。在躲避炮火期间，她导演了《等待戈多》。[25]

两位女性主义人文学者，理论家佳亚特里·查克拉巴蒂·斯皮瓦克和哲学家玛莎·努斯鲍姆（Martha Nussbaum）也走向了世界。她们因在教育领域的国际贡献而被授予京都奖（日本的诺贝尔奖）。和斯皮瓦克一样，努斯鲍姆组织的社会运动旨在替边缘群体发声，她的努力是后殖民主义学者称为“无边界女性主义”或“跨国女性主义”的实践的一个缩影。[26] 斯皮瓦克把京都奖的奖金捐给了自己的祖籍地印度西孟加拉邦，用于该地区贫困学校的建设。[27]努斯鲍姆则捐给了母校芝加哥大学的哲学和法律课程。如努斯鲍姆所说，两人都相信教育是“女性改善生活的关键”。[28]努斯鲍姆指出，在超过四分之一的国家，男性的受教育程度要比女性至少高出15%。努斯鲍姆在日本接受京都奖时，特朗普前一天刚刚当选。她即刻开始撰写自己的新书《恐惧的专制：一位哲学家审视当今政治危机》。[29]

女性主义心理学家卡罗尔·吉利根也将目光投向教育领域。她将2016年总统选举带来的“震撼”转化成一个能在课堂上讨论的问题：为什么父权制仍然存在？[30]她和学生内奥米·斯奈德（Naomi Snider）合作，后者曾参加过她2014年的法律研讨会“抵抗不公正”。两人“交换了意见”，仍对父权制结束和民主胜利抱有一线希望。民主“像爱一样，取决于人与人之间的关系：取决于每个人都能发声，说出自己的亲身经历”。

跨性别的可见性：从苏珊·斯特赖克到玛吉·尼尔森

恩斯勒一定最初就意识到，人们可能会因为《阴道独白》指控她为本质主义者，[31]但她没想到自己会受到年轻女性主义者的另一种攻击。在2004年跨性别演员咨询她后，她就为跨性别演员新添了一段独白，几年后，她惊讶地发现一群大学组织给《阴道独白》贴上了恐跨的标签，并取消其演出计划。作为回应，她呼吁新形式的性别活动不该抹去或者辱损旧的活动。[32]跨性别权益很重要，但也不该因此否认早前强调妇女权益的运动，尤其是在这个敌方不断回击的时代。“特朗普正在让我们明白我们的国家是个多么种族主义、性别主义、恐同的国家。”恩斯勒说道。[33]但这场争议显示，跨性别群体和跨性别研究已经开始在学术界扎根是不争的事实。在 21 世纪，许多作家参与到提高跨性别群体可见度的进程中来。

2008 年，苏珊·斯特赖克出版了《跨性别史》(*Transgender History*)，但跨性别议题依然不太为人所知，一直到 2013 年，拉薇安·考克斯（本身为跨性别女人）在电视剧《女子监狱》中出演了一名跨性别女人。吉尔·索罗威的电视剧《透明家庭》于 2014 年首播。2015 年，运动员兼电视名人凯特琳·詹纳（Caitlyn Jenner）作为跨性别女人出柜。2018 年，讲述艾滋病疫情时期跨性别舞厅文化的电视剧《姿态》首播。2019 年，改编自安妮·利斯特（Anne Lister）的加密日记的电视剧《绅士杰克》首播，利斯特是维多利亚时期一位情史丰富、女扮男装的女同性恋。正如斯特赖克解释的那样，随着“跨性别”(transgender）一词取代旧词“变性”(transsexual)，无数术语开始出现。[34]抗拒男性女性分类的群体开始扩大，这一点在很多州的立法讨论里都有所体现，这些州开始考虑通过法案，在驾照上除了选择代表女性的 F 和代表男性的 M，还可以选择代表非二元性别者的 X。

和非二元身份认同一样，跨性别身份认同包括了性取向，但最根本的还是社会性别认同。“简单来说，”有色人种跨性别女人珍妮·莫克（Janet Mock）在回忆录《重新定义真实》(*Redefining*

Realness，2014）中解释道，“我们的性取向取决于我们**和**谁上床，而我们的性别身份认同取决于我们**作为**谁上床。”她借用了《纽约时报》专栏作家詹妮弗·芬妮（Jennifer Finney）在回忆录《她不在此：两种性别的一生》(*She's Not There*：*A Life in Two Genders*，2003）中的观点，“身为男同性恋或女同性恋关乎性取向。身为跨性别关乎身份认同”。[35] 在解释“跨性别人士可以是异性恋、同性恋、双性恋等”时，珍妮·莫克进一步表明“对一个长阴茎的女孩来说，世界是一个残忍的地方”。

在做变形手术以前，莫克被反复告知“我不是‘真的’女人，也就是说，因为我永远不会是顺性别女人，所以我是假女人”。但“如果一个跨性别女人了解自己，在世界上作为女人生活，被视作、认为是女人，被当成女人对待、看待，那她不就是在做自己而已吗？她不是**假扮**女人；她就是在**做**女人”。为了阐明自己的性别政治，莫克等跨性别权益宣传者——莫克参与导演、编写、制片了电视剧《姿态》——频繁地使用女性主义理论家在90年代发展出的社会性别、生理性别、性取向理论。

有一位年轻的作家称自己是“同性恋跨性别女孩”，为了捍卫自我身份认同，成了女性主义谱系上出乎意料的一员。大三的时候，安德里亚·隆·褚（Andrea Long Chu）阅读了瓦莱丽·索拉纳斯的《渣滓宣言》，了解到跨性别女性是“某种女性主义先锋队”。[36] 褚很欣赏索拉纳斯从美学方面否认男性。《渣滓宣言》里的一篇文章尤其让褚着迷：“如果男人够聪明，就会想办法变成女性，他们会做深入的生物学研究，让男人有办法做脑部和神经系统的手术，得以……从心理和生理上都变成女人。”[37] 褚相信索拉纳斯展现了一种可能性，即“男至女的性别转变不仅可以表达对男性身份的不认同，还能表达与男人的割席”。从这个角度看，“跨性别女性决定开始变性，不是为了‘顺从’内心的某种性别身份认同，而是因为做男人愚蠢又无聊”。

不用说，褚很清楚，索拉纳斯是因为强调要消除所有带 Y 染色体的宝宝而被贴上了本质主义者和恐跨人士的标签。褚也明白，通过挖掘《渣滓宣言》来为跨性别社群正名听上去有点奇怪，且跨性别社群和顺性别女性主义者之间将持续存在冲突，她对杰梅茵·格里尔的评论也说明了这点。2015 年，《魅力》杂志的编辑决定将“年度女性”奖颁给凯特琳·詹纳，杰梅茵·格里尔对此发表了被褚准确地称作“珍贵声明”的评论：“只是剪短阴茎和穿裙子，不会让你变成他妈的女人。”格里尔声称：“我让医生把我的耳朵拉长，让我的皮肤上长斑，我再穿上棕色大衣，但那不会让我变成一条他妈的可卡犬。”[38] 但无法改变的是，“女性主义史上超级讽刺的一点在于”，褚总结道，“没有哪个女人比我这种同性恋跨性别女孩更认同自己是女人”。而且因为跨性别女人的出现，“事实就是，**这个星球上的男人更少了**。至少瓦莱丽会为此骄傲的。‘阉割男性协会’很适合做一个跨性别读书俱乐部的名字”。

玛吉·尼尔森的《阿尔戈英雄》(*The Argonauts*) 赢得了 2015 年美国国家图书评论圈大奖。本书不同于格里尔或索拉纳斯的尖刻批评，却也将女性主义者和跨性别的对话进一步延伸。尼尔森将她诗歌中的抒情引入其有诗歌韵味的散文之中，讲述了自己的女性主义教育经历。这本混合了多种体裁的回忆录的标题让人联想到法国思想家罗兰·巴特的一篇文章，文章将反复宣誓的爱意与“阿尔戈英雄们在航海期间修补船只，但不给船只改名”的行为联系起来。尼尔森用她自称为“自理论”的写作形式——自传和理论探讨的结合——通过一连串引语让一群同游者集体现身，讲述了同游者如何修补船只，让她和爱人得以安全航行，一路上她和爱人因为性别自由流动的誓愿而深受鼓舞的故事。

尼尔森的阿尔戈英雄们是那些“矫情的老太婆”，她们组成了“我心中的多位性别教母”，即她的老师和智者。[39] 她们包括韦恩·克里斯鲍姆（Wayne Koestenbaum）、朱迪斯·巴特勒等酷儿理论家，尤其是伊芙·赛吉维克；艺术家格特德鲁·斯泰因、朱娜·巴恩斯（Djuna Barnes）、艾莉森·贝克德尔、玛雅·安杰卢（Maya Angelou）、爱丽丝·门罗（Alice Munro）、凯瑟琳·欧佩（Catherine Opie）、安妮·斯普林克尔（Annie Sprinkle），尤其是艾琳·迈尔斯；女性主义思想家苏珊·福莱曼（Susan Fraiman）、丹妮丝·莱利（Denise Riley）、萨拉·艾哈迈德（Sara Ahmed）、苏珊·桑塔格和玛丽·安·考斯（Mary Ann Caws）。尼尔森把这些“好女巫”聚集起来，为酷儿大家庭献上祝福。她在书中尝试团结酷儿大家庭，默默地质疑了70年代早期的多位激进女性主义者对于核心家庭的攻击。

《阿尔戈英雄》是一系列非线性、碎片化片段的集合，一开始就语出惊人，“在你第一次操我屁股的语境下”说出“我爱你”，用肛交和含糊不清的“你”（出于善意使用的无性别人称代词）让读者震惊。两者都赞美了玛吉·尼尔森与非男非女的艺术家哈利·道奇（Harry Dodge）的非常规关系。很多时候，她们会被问候的路人当成女同性恋情侣、异性恋情侣或两位女性朋友。

《阿尔戈英雄》继续讲述玛吉和哈利的爱情故事，然后讲述玛吉非常规的怀孕（精子来自捐赠）和哈利的变性过程（睾酮治疗和上半身手术），两者都是身体上巨大的转变。“表面上看，似乎是你的身体在变得越来越‘男性化’，我的身体变得越来越‘女性化’。但内心感受并非如此。在内心深处，我们是两个生物体，在彼此身边经历了转变，并且轻松地见证了对方的转变。换句话说，我们在一起变老。”

尼尔森不仅对有性别针对性的代词持怀疑态度，还对任何靠施加而非选择获得的身份认同表示怀疑。她不断地回顾传统的刻板印象如何将女性限制在禁锢其发展的盒子里。她带着怀孕的身体站上讲坛，引发了“一道狂野的矛盾奇观，**一个怀孕的女人居然会思考**，而这不过是更随处可见的矛盾奇观（**一个女人居然会思考**）的膨胀版”：“不过我可是女权主义者，绝不会自动接受那种认为身为女性或者怀孕就会丧失思考能力的想法。”

尼尔森对伴随养育孩子而来的多疑情绪做了探究。她描述了那种意识到孩子让我们成为命运的人质后我们感受到的恐慌。在《阿尔戈英雄》靠近结尾处的一个感人的段落里，尼尔森将生育付出的体力劳动（宫颈一点点扩张）和死亡付出的体力劳动（哈利母亲咽下最后一口气）相对比。她记得有传闻说丽塔·梅·布朗“曾劝女同性恋同胞们抛下孩子，以加入运动”，她观察到“总的来说，哪怕是最激进的女性主义者和/或女同性恋分离派圈子，孩子也一直在身边（切丽·莫拉加、奥德蕾·洛德、阿德里安·里奇、凯伦·芬利、暴动小猫乐队……名单可以一直列下去）”。不管是哪种情况，她都受够了“那种无趣的二分法，将女性气质、繁衍、常态置于一边，将男性气质、性取向、酷儿抵抗置于另一边”。反之，她开始思考“同性恋常态化的崛起，以及它对酷儿气质的威胁”。

和艾莉森·贝克德尔一样，尼尔森用喜剧的方式写下了她的女性主义教育经历：尼尔森受到的是伊芙·科索夫斯基·赛吉维克的古怪教育，后者通过询问研究生院学生们的图腾动物来增进对他们的了解。“我一下子说了**水獭。**”尼尔森承认道。她觉得自己需要水獭的轻巧敏锐，更多的是想逃离或拒绝“选边站的可怕压力”。但她知道“习得的逃避态度有其局限”，于是她最终选择拥抱我们所说的终身学习：“认识到这一点其实很快乐：一个人可能需要经历相同的顿悟时刻，在书页边写下同样的笔记，在作品中回归同样的主题，重新学习同样的情感真谛，一遍遍写下同样的书，这不是因为这个人愚蠢或迟钝或没有能力改变，而是因为这种回顾恰恰构成了人生。”

第十一章　重整旗鼓

等到世纪之交时，好几位第二波浪潮的先锋者迎来了衰老带来的打击。在1992年死于肝癌之前，奥德蕾·洛德化名甘木巴·阿迪萨（Gamba Adisa），意思是“战士，让她的意义为人所知的人”。[1]格洛丽亚·安札杜尔和苏珊·桑塔格于2004年去世，死后受到了大众赞誉。安德里亚·德沃金于2005年去世，贝蒂·弗里丹于2006年去世，格蕾丝·佩雷于2007年去世，玛丽莲·弗伦奇和伊芙·科索夫斯基·赛吉维克于2009年去世，乔安娜·鲁斯于2011年去世。阿德里安·里奇于2012年死于类风湿关节炎带来的并发症。凯特·米利特于2017年在她心爱的巴黎离世。在厄休拉·勒古恩2018年去世后，一部纪录片上映，讲述了她害怕自己未能颠覆科幻小说的大男子主义根基。[2]

文学评论家南希·K.米勒开始作悼词。在《我的天才女友们》（2019）中，她向意大利小说家埃莱娜·费兰特（《我的天才女友》的作者）致敬，为我们的导师卡洛琳·海尔布伦、女性主义理论家娜奥米·舒尔（Naomi Schor）、女性主义传记作家戴安娜·米德尔布鲁克（Diane Middlebrook）的离世而悼念。令我们无比悲伤的是，托妮·莫里森于2019年的夏天离世，彼时我们正在完成此书的初稿。和卡洛琳·海尔布伦一样，她是我们的终身挚友，也是我们一直以来的灵感来源。

我们还活着的人继续努力，女性主义研究继续积累成果。但人文学科的日渐式微让学界人士感到丧气。入读文科的新生不断减少，传统人文学院规模缩水。我们开始担心，当女人们开始整合形成一个职业，这个职业的价值是不是注定会被低估？

在学界内外，女性主义者都有警觉的理由。虽然职业女性在家务、育儿和养老上比男人付出得更多，但我们在平价育儿和灵活的工作 / 家庭安排上依然没什么进步。[3]女学生在法律、医学和商科学院里获得应有位置的同时，阿莉·霍克希尔德（Arlie Hochschild）1989 年的《第二次转向》（*The Second Shift*）于 2012 年再版，书里对职业母亲双重负担的分析在今天看来依然适用。尽管抗议活动不少，但非裔美国女性、拉丁裔美国女性、美国土著女性依然只能获得次等的医疗服务。正如社会学家特雷西·麦克米伦·科特姆（Tressie McMillan Cottom）在 2019 年提出的那样，“在这个世界上最富裕的国家，黑人女性因生产死去的比例和不富裕或被殖民国家的比例相当”。[4]

堕胎权受到严重限制，在乡村地区和经济不发达地区更是如此。很多州通过了限制堕胎的法律，还有很多州则试图联合让堕胎不合法。[5]保守派权威人士安·科勒特（Ann Coulter）在访谈节目上称，单身母亲应该让孩子被领养，那些支持单身母亲的女性主义者都是“愤怒、仇男的女同性恋”。[6]尽管生物科技在事后避孕药、体外受精、精子和卵子冻结领域的发展让父母对生育有更大的选择权，但生命权运动的大火依然不断蔓延。随着白人至上分子联手，仇恨犯罪、吸毒过量死亡和网络攻击现象持续增长，那些跟随总统特朗普的脚步，在社交媒体上用“假新闻”诽谤主流新闻记者的人也越来越多。当然了，很多人也开始意识到冰川融化、山火和洪水预示着严重的气候变化。

在这些威胁面前，21 世纪的女作家和多方联手（例如“黑人的命也是命”运动人士与环保活动家）。随着诗人克劳迪娅·兰金（Claudia Rankine）、科幻小说家 N.K. 杰米辛（N.K.Jemisin）和回忆录作家帕特里夏·洛克伍德深入地思考种族不平等、生态灾难、父权制宗教机构等问题，很多同时代的人支持妇女运动，使其持续焕发生命力。当人们清楚地发现，要想跨过特朗普政权的泥潭，还有很多路要走时，年轻活动家和年长政治家们开始开辟新的路径。

克劳迪娅·兰金让黑人的命也是命

当下美国白人和黑人家庭间存在巨大的收入和医疗差距，因此比以往任何时刻都需要反种族歧视话语的参与，这时重新学习黑人女性主义者的见解意味着什么？当代非裔美国活动家和艺术家用多种方式回答了这个问题。

帕特希·库拉斯（Patrisse Cullors）、艾丽西亚·加尔扎（Alicia Garza）和欧帕尔·托米提（Opal Tometi）称自己是“三个黑人女性，两个是酷儿女性，一个是尼日利亚裔美国人”，三人于 2013 年发起了“黑人的命也是命”运动，想超越“狭隘的民族主义”，不再让“顺性别异性恋黑人男性站在运动前沿，而我们的姐妹、酷儿、跨性别和残疾同胞只充当背景里的角色，甚至不充当任何角色”。[7] 在特拉伊冯·马丁（Trayvon Martin）因为穿着连帽卫衣看起来“可疑”而被害的一年后，在乔治·弗洛伊德（George Floyd）的谋杀被录像机捕捉的7年前，“黑人的命也是命”运动成立，激发了2015年的“说出她的名字”运动，该运动强调有色人群在种族歧视社会中时常遭受的暴力，有些暴力甚至（或者可能尤其）来自本该保护他们的警察和法律系统。[8]

这10年里，黑人女作家对于种族关系的绝望日益加剧。和以往很多情况一样，痛苦能激发艺术创新。随着特拉伊冯·马丁、迈克尔·布朗（Michael Brown）和桑德拉·布兰德（Sandra Bland）被害的视频疯狂传播，克劳迪娅·兰金在专著《公民：一首美国抒情诗》(*Citizen: An American Lyric*，2014）的封面上印了一个空的连帽卫衣，她将自己的很多首诗和速写都命名为“纪念……”，以悼念种族歧视谩骂、无理由殴打、警察不端行为的受害者，还有那些在卡特里娜飓风等自然灾害中被忽视的人。

在《阿尔戈英雄》出版的一年前，兰金这本混合体裁的专著赢得了美国国家图书评论圈大奖的诗歌奖项。玛吉·尼尔森试图用代词“你”来表达性别中立，而兰金用“你”来审视黑人遭受系统性种族歧视时经历的自我异化。《公民》采用混合形式写作，全书包含了对微观歧视经历的叙述、多篇散文诗、一篇文章、一些超现实的预言、挽歌，以及一些艺术作品的复刻，这些让兰金呈现的心理状态与她最重要的先驱者左拉·尼尔·赫斯顿形成了对比，赫斯顿的文字既出现在《公民》一书的文字中，也出现在书中重印的格伦·利贡（Glenn Ligon）的蚀刻版画[i]上。

引文和蚀刻版画都来自赫斯顿1928年的自传性文章《做有色的我是什么感受》，在文章中，这位哈莱姆区文艺复兴运动的作家报告说自己有时感觉“属于宇宙”，不属于“任何种族”，尽管在听爵士乐时她变得肤色很深，并且在“被扔到一片全白（人）背景下时感觉自己肤色最深”。[9]她暗示种族和性别一样，都是社会建构的结果，她记得“我有了肤色的那天”。[10]赫斯顿坚持道，在许多场景下，“我的肤色并不悲剧”。兰金作品中的叙述者就很难做出同样的表述，这种表述也不适合她。

《公民》中记录了很多“你”面对“全白（人）背景”时的轶事，也就是一系列看似轻微、实则伤人的话。一个女孩作弊，抄了你的作业，然后感谢你，解释说“你身上很好闻，而且看起来像白人”；一个同事告诉你“他的上司让他雇一个有色人种，而外面有这么多优秀的作家”；一个朋友把你的名字叫成了她家清洁工的名字；飞机上一对母女正在协商该谁坐在你旁边。“我不知道黑人女人也会得癌症。”一位拥有多个学位的女士对你说。这些微歧视行为有着严重的后果，滋长了叙述者日益累积的疲惫、头痛和麻木。

这个“你”的目的是什么？叙述者是女性，有幸受到教育，有自己的职业，却被剥夺了人的身份，变得不可见或超可见，不

i 蚀刻版画，一种版画的作画方式，先在金属板上雕刻，然后用强酸腐蚀，制成凹版，再用油墨印刷成版画。

再拥有“我”的自主性。白人说的每句话都在否认一个假设，即她是一个完整的人。兰金的叙述者用异化的眼光看待自己，但她没有体现精神分裂式的“双重意识”或“两重性”（W.E.B. 杜波依斯为非裔美国人下的诊断）。[11] 她遭受的是一种永恒的排斥感和被贬低感。“你”不是自我，而是被异化的他者。第二人称作为一种修辞策略，强迫兰金的白人读者进入文本，对不断被美国白人种族歧视观念打击的“你”产生认同。

白人说的话除了激发你的怒火，还能激发你的什么反应呢？但兰金的叙述者将怒火本身问题化。《公民》中关于网球明星赛雷娜·威廉姆斯（Serena Williams）的文章在网球礼仪的“全白（人）背景”下，深入探讨了黑人的愤怒在个体层面的危险性。总统奥巴马曾在白宫一次记者晚宴上谈到这个话题，当时“路德”（由喜剧演员基根–迈克尔·基扮演）充当“翻译他愤怒的译员”。[12] 在一次竞选活动上，米歇尔·奥巴马发现她“女性、黑人、强壮的特质……”被某些观众“全部翻译成了‘愤怒’”，而且这些观众的反应开始让她“有点愤怒”：“刻板印象可以成为切实的陷阱，这点令人震惊。”[13] 兰金将刻板印象中的愤怒和“商品化的愤怒”联系起来，认为发自内心的愤怒“真的是一种意识：一种既让人清晰又让人失望的意识”。

在“觉得她黑色的身体不属于球场的人”面前，没有什么力量能保护赛雷娜·威廉姆斯。裁判的判决让人质疑，她因被指控违反网球规则而受到惩罚，媒体报道也有所偏颇，这些都助长了愤怒，让愤怒以一连串脏话的形式爆发。所有“喝倒彩声、关于她（因为外表和行为）让网球运动变得不光彩的批评”都增长了沮丧情绪，引起更大的怒火爆发，让威廉姆斯进一步受到指责。当“一个全新的泰然自若的赛雷娜”出现，兰金好奇这位运动员是否认定“越少发声越好”，以及“这种模棱两可是否可以认定为心理学意义上的解离”：赛雷娜·威廉姆斯“不得不将自己分开，创造不同的人格”。她进入了“你”所指定的领域。赫斯顿在 20 世纪初认为自己可以做一条变色龙，这和兰金的观点相反，兰金在 21 世纪相信“发生在你身上的事不属于你”：“你一无是处 / 你什么都不是 / 你。”

在对比种族不平等现状和赫斯顿对世界的畅想（每个人都属于宇宙，都无种族，都是五彩缤纷的）时，兰金在八九十年代的前辈没有那么悲观。表演艺术家阿德里安·派珀（Adrian Piper）参加了一场白人社交活动，被默认是白人后向每个发表歧视言论的人派发了一张印刷好的卡片：“我是黑人 / 我相信你们在发表 / 赞同种族歧视言论 / 或者因为它发笑时没有意识到这点……我为我在场给你造成的任何不适而道歉，正如我确信你会为你的种族歧视给我带来的不适道歉。”[14]

派珀在 1986 年开始这场叫作《我的名（片）》的表演，当时离托妮·莫里森创作《宣叙》(*Recitaif*) 过去了 3 年。《宣叙》是“一个带有含糊不清的记号的故事，让读者意识到种族标签的任意性”。[15] 莫里森 1997 年的小说《天堂》(*Paradise*) 也特意不透露女孩们的种族。她“希望读者对这些女孩的种族感到好奇，最后却发现她们的种族根本不重要”。[16] 和法学家帕特里夏·J. 威廉姆斯（Patricia J.Williams）一样，莫里森将性别歧视和种族歧视盛行归责于一种长期的思考“习惯”，“只要我们想象”自己打破它，就能和它抗争。天才演员和剧作家安娜·迪佛·史密斯（Anna Deavere Smith）就是一个例子。[17]

在90年代，安娜·迪佛·史密斯采访了种族冲突事件的当事人，在两部女性独角剧里复刻了采访者的言行举止：《镜中火》讲述了1991年的皇冠高地暴乱，《暮色：洛杉矶》讲述了1992年的洛杉矶暴乱。“要是舞台上的男人能为男人代言，舞台上的女人能为女人代言，舞台上的一个黑人能为所有黑人代言，”迪佛·史密斯相信，“那我们就又一次违背了戏剧的精神……”

比如说，在《镜中火》里，演员迪佛·史密斯是一条变色龙，同时扮演阿尔·夏普顿（Al Sharpton）、安吉拉·戴维斯、莱蒂·柯汀·帕格瑞宾（Letty Cottin Pogrebin）和约瑟夫·斯皮尔曼（Joseph Spielman）拉比[i]。谈到她所扮演的反种族歧视者和种族歧视者时，她说“我会爱上”他们，或许这就是为什么她不愿扮演被她称作我们的“终极自恋狂”的那位政治家。[18]迪佛·史密斯的表演强调了那些人们不愿承认存在的联系。这种联系在戏剧观众的眼里是如此明显，但在剧中人眼里却如此不可见，它激发了“喜爱外人心理”，是迪佛·史密斯的多个角色表达的“仇视外人心理”的解药。不管迪佛·史密斯扮演的角色是白人或黑人、亚洲人或拉丁美洲人、女性或男性，她都能将他们演绎得淋

---

i 拉比，犹太教神职人员的名称。

漓尽致。

在90年代，视觉艺术家卡拉·沃克（Kara Walker）的壁画《终结了，一个年轻女黑人的昏暗大腿和心之间发生内战的历史浪漫小说》（1994）走红，捕捉到了兰金所探索的跨种族暴力。沃克用最文雅的艺术形式（剪影）来刻画南北战争前南方的病态场景。和菲斯·林戈尔德（Faith Ringgold）在其艺术绗缝被中展现的跨文化哈莱姆区文艺复兴不同，在《法国合集》（1990—1997）系列作品中，卡拉·沃克描绘的过去是人物的黑色剪影背靠雪白的墙，在参与色情仪式，这些仪式正是凯特·米利特和安德里亚·德沃金最初批评的性别政治的表现：卡通黑人小孩、耶洗别[i]和雄畜放荡地侵犯卡通种植园的男女主人（当然也是黑色剪影），或被他们侵犯。[19]

2019年，沃克的巨型雕像“美国喷泉”出现在伦敦的泰特现代美术馆。该雕像戏仿了白金汉宫外的维多利亚女王纪念碑，正如沃克给出的解释，这件作品探讨了美国、英国和非洲在“黑色大西洋”——几个世纪以来奴隶船经过的那片海——上的交叉结合。近300万游客涌入美术馆欣赏这件戏仿作品的细节，在雕像上方是“维姬女王”，旁边是溺水的黑人小孩、反抗的黑人船长、一根上面有套索的树干，喷射的水覆盖在所有东西上面。在和泰特的合约到期后，沃克曾想为这件展品找新家，但随着新冠疫情来临，全世界范围内的大量画廊关闭，雕像最后还是在4月初拆

i　耶洗别，以色列国王亚哈的妻子，《圣经》记载其崇拜异教神，杀害著名先知以利亚。

除。但雕像已经被广泛记录，在网上可以找到配有沃克精彩评论的录像。

N.K. 杰米辛和破碎的地球

兰金和沃克对于性别和种族关系的悲观态度，在21世纪初的主流科幻小说中并不少见。与沃克愤而回顾过去的南北战争相反，杰米辛想象了未来世界奴隶制复兴的恐怖。凭借《破碎的地球》(*Broken Earth*）三部曲，她蝉联了2016年、2017年、2018年三届雨果奖，是首位获此成就的小说家。杰米辛描绘了全球变暖之后气候变化对环境的毁灭性打击。在她想象的后末世反乌托邦世界中，人类文明早已被多次地震和火山爆发埋葬，幸存的土地被熔断成一块孤立的大陆，叫安宁洲。文明衰败不振，幸存的人类在饱受摧残的星球上几乎难以生存。

在杜兰大学，杰米辛获得了心理学学士学位，并在马里兰大学取得教育学硕士学位。毕业后，她从事咨询行业。这些经历无疑帮助她理解了全球性的天灾和荒谬的奴隶制度所带来的创伤。在看见密苏里州弗格森市的警察粗暴对待弗格森事件的抗议者[i]后，她开始创作自己的三部曲。在书中，原基人（orogenes）能操控原始能量，缓解频繁摧残地球的地质灾害。[20]但他们在安宁

i 弗格森事件发生于2014年8月9日。18岁的非裔美国青少年迈克尔·布朗在手无寸铁的情况下，被白人警员达伦·威尔逊射杀。此事件在美国各地引发了大规模的抗议活动。

洲为人奴役，他们不被视为人，而仅仅是人类的工具。

原基人被蔑称为“基贼”（rogga）。虽然他们的特殊能力能帮助人们抵抗地震动乱，但其他人惧怕这种能力，因为原基人可以借此轻易铲除对自己的一切威胁。原基人要么被杀害于襁褓之中，要么就在被政府的守护者（Guardians）严格训练和测试后，培训成武器。杰米辛致敬了非裔美国科幻小说先驱作家奥克塔维娅·巴特勒（Octavia Butler），并像她一样，试图探讨人类所面临的种族、性别和生态噩梦。[21]

在三部曲的首部《第五季节》中，杰米辛以三条交织的主线剖析了奴隶制。在第二人称现在时的视角下，小说讲述了伊松的故事。原基人伊松发现，儿子只因无意展现了原基力天赋，就被丈夫谋杀，而女儿则被丈夫绑架。她因此踏上了寻找女儿的旅途。达玛亚的故事则以第三人称过去时展开。达玛亚是一个年轻的原基女人，在支点（Fulcrum）训练中心，被洗脑成替政府工作的大型毁灭性武器。茜奈特的故事则是第三人称现在时。茜奈特是一个训练有素的原基人。在一次棘手的行动中，她意识到自己的任务仅仅是繁育并培养更多原基人，而这些原基人最终的归宿都是自杀式行动。

借助诸多生动而暴力的场景，杰米辛刻画了三人在一个去人性化的社会系统中，为维系生活、性命以及一点点自治权而做出的艰辛抗争。这些都传达出作者的悲痛。在故事的最后，我们才得知三个女性角色——母亲、学生和战士——其实是同一个人，只是处在人生的不同阶段。至此，小说将自己重新整合为一个为了生存付出巨大代价的有力故事。这个出乎意料的反转，阐释了杰米辛写给本书的献词："献给那些为了获得与他人一样的尊重而战的人。"[22]

《破碎的地球》三部曲警示了奴隶制的恐怖，以及混乱的生态环境可能给人类带来的频繁天灾侵扰。在生态女性主义者分析杰米辛小说里被摧毁的生态系统的同时，[23]安妮·迪拉德（Annie Dillard）、玛丽·奥利弗（Mary Oliver）、芭芭拉·金索沃尔（Barbara Kingsolver）、莱斯利·马蒙·西尔科（Leslie Marmon Silko）、路易丝·厄德里奇（Louise Erdrich）和玛格丽特·阿特伍德等女作家开始培养人们对自然界的敬畏，或提高全球对新冠疫情的意识。现任桂冠诗人乔伊·哈尔霍（Joy Harjo）——克里克印第安原住民后裔和"第一民族"[i]历史学学生——就经常拜访灵性世界以疗愈女性、部落文化和地球面临的伤痛。[24]

亦有不少女性主义活动家借助各种媒体来应对全球变暖带来的威胁。[25]顺着蕾切尔·卡森（Rachel Carson）在《寂静的春天》(*Silent Spring*，1962）开创的研究传统[ii]，伊丽莎白·科尔伯特（Elizabeth Kolbert）在著作《第六次大灭绝》(*The Sixth Extinction*）中预测 20%—50% 的现存物种将在 21 世纪末灭绝。该书于 2015 年获得普利策奖。科尔伯特希望人类能把眼光放得更长远些，变

---

i "第一民族"，指北美洲原住民及其子孙。

ii 早期的美国环保运动主要关注土地资源的最大化利用。《寂静的春天》则摆脱此局限，将目光放在人类社会和自然之间的交互影响上，揭露杀虫剂对自然界的危害，是西方现代环保运动的启蒙作品。

得更利他一些："人类一次又一次地展示了，他们对蕾切尔·卡森所提出的'如何与其他物种共享我们的地球'并非漠不关心；人类愿意为其他物种做出牺牲。"[26]同样，丽贝卡·索尔尼特指出，我们应努力发展一种"能意识到物种间彼此联系的世界观"。用厄休拉·勒古恩的话来说，"人类构建的任何权力都能为人类所抵抗，或者被人类改变"。[27]

帕特里夏·洛克伍德戏仿教会和家庭罗曼史

但有人可以抵抗或改变权力吗？在一个世俗的后现代社会，教会父权制如何继续运作，又如何塑造了家庭父权制？这个问题不仅导致理论家开始批评天主教的大男子主义，还引发了对于70年代以来所有制度化的宗教的大男子主义的批评，[28]塑造了帕特里夏·洛克伍德的回忆录《牧师爸爸》(2017)，一个关于青春期的故事。其中记载了一位年轻诗人的反叛，她现实生活中的父亲是一名对上帝忠实的天主教神父。如一位热情的评论家所说，她的书为"'坦白型回忆录'赋予了一层新含义"；另一位评论家指出，它很多地方"精彩得愚蠢"。[29]主人公是一位超现实主义诗人，靠"性推文"(例如，"一个鬼魂暧昧地脱掉床单。床单下的他太性感了，所有人都会大声尖叫")和病毒式传播的"强奸笑话"("长着山羊胡的强奸笑话")闻名网络。这样看来，洛克伍德在《牧师爸爸》中记录的家庭不可能是虚构的。[30]

怎么会有人有"牧师爸爸"？不是因为聆听告解的牧师色诱

了告解者，告解者诞下私生子，而是因为这位天主教神父曾在潜水艇上服役，在那里看了《驱魔人》70 多次后皈依信义宗[i]，后来“厌倦了（新教徒）的葡萄汁”，想喝酒，于是重新皈依天主教，成了牧师。[31] 但在这些转变发生的时候，格雷格·洛克伍德已经有了妻儿，所以他只在梵蒂冈的特别恩准下获得圣职，在仪式上，作者告诉我们她穿了一件让她发痒的裙子。

《牧师爸爸》用模棱两可的视角关注这位尤其需要质疑的父亲，这点和艾莉森·贝克德尔的《欢乐之家》有异曲同工之处。但如果说贝克德尔的父亲难以捉摸，是因为他的深柜性取向和他大家长的角色不贴合，那么洛克伍德的父亲古怪，则是因为他私下作为一家之长的粗俗行为和他在公共领域扮演的神父角色相冲突。在家里，他几乎总是只穿一条四角短裤，同时听着政评家拉什·林博和比尔·奥莱利（Bill O’Reilly）的节目，在看电视转播比赛时大喊“好耶”，给自己做超大份的培根或汉堡，拨弄他收藏的贵重吉他——这套收藏太珍贵（有一把曾经属于保罗·麦卡特尼），他甚至筹不到女儿的大学学费。在外面，他佩戴白色罗马领，资助反堕胎游行，招待半素食主义者，负责与洗礼、婚姻和死亡相关的宗教仪式。

一个男人怎么可以既是粗鲁爸爸又是牧师爸爸？这个问题潜伏在洛克伍德小说的幽默面具之下，让这本书看起来像是一篇令人眼花缭乱的分析，涉及父权制的方方面面：男性的特权、男性

---

i 信义宗，基督教新教分支，允许其神职人员有世俗婚姻。

的自我放纵、男性的权威、男性的幼稚、男性的自私，当然还有男性的厌女情结。尽管格雷格·洛克伍德爱慕自己那精力充沛的妻子，但孩子大多数时候似乎只是道具，用于这场进行中的“爸爸最懂”的肉体/精神游戏。而他的女儿知道他所服务的教会参与掩盖了几场罪恶的性秘密。

洛克伍德的回忆录是西尔维娅·普拉斯的“爸爸，爸爸，你这个浑蛋，我受够了”的加强版复述？就本书的核心部分而言，似乎是这样的。她告诉我们，在16岁时，她觉得“房子似乎是由尖叫建成的，我四处游荡，想在那雷鸣般喧嚣的配乐中……找到一个安静的隔间”。她补充道，这种感觉逼她吞下“一百片泰诺止痛片”，最后被送到心理医院的病房，和普拉斯笔下艾斯特·格林伍德待的病房有异曲同工之妙。父亲第一次去医院探望她时（不是以神父的身份），残忍地说出：“我只想谢谢你毁了我们的结婚周年纪念。”但在这里，正如格雷格·洛克伍德和贝克德尔的毒舌父亲有不同之处一样，父亲和西尔维娅笔下神秘的“穿黑衣、脸上写着《我的奋斗》的男人”也有不同之处。比如说，19岁时，帕特里夏·洛克伍德有幸遇到一位比上述父亲都更温柔、更绅士的男人，并和他成婚。

再比如说，她知道对教区的人来说，洛克伍德神父的客厅（他的孩子不准入内）是他们讨论损失和恐惧的地方：“一个接一个周日，我们的客厅里都会坐着意想不到的人，和父亲聊天。”还有，尽管父亲“会舒服地躺在家里，指使我们上下楼梯给他跑腿”，但“若有人凌晨3点呼叫他，他会起床开门，不叹气也不抗议，去服务那些意想不到的人，为他们读仪式词，拍拍枕头让他们躺得更舒服些。他的临终祈祷用具箱就放在前门的楼梯上”。

所以就算格雷格·洛克伍德有糟糕的政治倾向、不良行为和厌女情结，他依然是可以救赎的？作为“前”天主教徒，他的女儿却尊重他对角色的投入，一方面作为父权制仪式里的角色，另一方面作为多少能安抚人心的仪式性角色。他半裸着身体，是恶霸或唯我论者。穿着天主教黑袍和白领，他努力为那些把信念——**信仰**——放在他身上的人服务。然而，在回忆录结尾，他的女儿带母亲去佛罗里达州的基韦斯特岛进行了一场感性的旅程，在那里他们无视了长得像海明威、在热带小镇街上游荡、在海滩上野餐的人。“哦，真**好玩**。”母亲低语道。洛克伍德和丈夫把她带回堪萨斯州的父亲那里时，母亲评价父亲“就是那种人，永远只会是那种人”。在结束本书时，我们可不可以也用同样的话评价教会和国家勾勒出的父权制呢？

女性主义头条：从丽贝卡·索尔尼特到碧昂丝

“父权制是什么？”N.K. 杰米辛在《纽约时报》的一篇书评里问道，“不过是一个作用于所有性别的谎言，在受害者和受益者耳边低语，让他们以为自己就该经受所有的苦难。”[32] 杰米辛在为《纽约时报》撰写的“另类世界”专栏里点评幻想小说和科幻小说，指出了女性主义者在新闻界提升地位的方式。尽管《纽约时报》直到 1986 年才接受“女士”的用法，但最近几年，杂志宣传了各式各样的女性主义写作，最著名的当数双周新闻简报《用她的话说》，还有系列讣告《不再被忽视》，关注那些因为编辑的种族或性别偏见而被忽视的逝者。

丽贝卡·索尔尼特在“充满男性暴力”的家庭里长大，在写作中让这种暴力“变成大众议题”。她笔下的世界“到处是陌生人，他们似乎因为我的性别就讨厌我，希望伤害我”。[33] 她的文章《男人对我解释事情》在网上发布后，在名为《学术界男人向我解释事情》的网站上，“数百位大学里的女性分享了她们被说教、贬低、驳斥等的经历”。[34] “‘男性说教’（mansplaining）这个词就是在这篇文章后出现的……是我的文章，还有所有体现了‘男性说教’的男人，一起让这个词诞生。”合成词“男性盗用”（bropriate）——指窃取或挪用女性的话或想法——的来源依然不清楚。“男性霸位”（manspreading）出现在社交媒体汤博乐（Tumblr）上，用户用这个词来探讨男人如何伸长手脚，过度占用公共空间。

等到2020年，若我们因太多的男性说教而灰心丧气，我们可以去看看蕾切尔·玛多（Rachel Maddow）主持的电视节目，也可以去关注无数的女性主义博客，它们都蕴含了罗克珊·盖伊（Roxane Gay）等评论家呼吁的多样的、非统一的视点。[35] 各种奇特的抗议活动不断出现。名为“狂醉女性主义集体”的网站使用了新造词“狂醉”（疯狂且醉酒）来定义自己的使命：“我们喝下令人迷醉的女性主义理论，宣布另一种世界是有可能存在的。”[36] 在戴安娜·威玛尔（Diana Weymar）的“小刺头项目”中，威玛尔和合作者将“我是一个十足的天才”缝进传家的被毯上，来抗议特朗普这些愚蠢的发言。[37]针脚的细密完美反衬出文字的粗俗。跨性别女性主义者娜塔莉・韦恩（Natalie Wynn）用 Youtube 频道《反对意见》来驳斥泛右翼的政治议程，被誉为“YouTube 上的奥斯卡・王尔德”。[38]

与此同时，重量级女性主义小说家继续在美国或别国出版新的作品。[39]2019 年，玛格丽特・阿特伍德出版了《遗嘱》(*The Testaments*)，这是值得报道的大事件，她身着高定时装登上了《星期日泰晤士报》的“时尚”版块封面（2019 年 9 月 8 日），或许尤其是因为她的小说在灰暗的时刻能带来希望。我们发现，在前作《使女的故事》中反抗清教国家吉利德对女性不公行为的疯女人竟是莉迪亚嬷嬷，吉利德的首要女性缔造者。《遗嘱》通过秘密回忆录，解释了莉迪亚嬷嬷为什么会加入父权制执行者的队伍，在回忆录里，她描述了指挥官统治国家时，她与其他女性法官及律师被赶进集中营。在那里她被关进肮脏的营房，被迫目睹大规模屠杀，然后被单独关进感谢罐，在那里遭受折磨，直到一条解决方案在她脑海中形成：**“我会让你为此付出代价。我不管要用多久，不管在这个过程中我要忍受多少垃圾，我会让你付出代价的。”**[40]

阿特伍德向我们说明，有些人跟女性父权制执行者和敌人合作，是为了能活下来，她们最终或许能削弱自己服务的厌女力量。《遗嘱》因此成了一本乐观的书，一本畅想父权制的吉利德坍塌，而美国重新建立的小说。为了向父权制统治者报复，莉迪亚嬷嬷联合奥芙雷德的两个女儿充当信使，将吉利德指挥官的龌龊行径传递给加拿大的地下女性组织。事实证明，姐妹情是强大的。她的遗嘱道出了权力的真相，真相让美国重获自由，也让《纽约时报》专栏作家米歇尔·戈尔伯格（Michelle Goldberg）下结论说《遗嘱》是“乌托邦式的”，因为在特朗普统治下，“真相已经失去了其政治重要性”。[41]

在艰难时期，流行文化同样出现了一位重要人物。在一系列深受年轻观众喜爱的视频中，碧昂丝和合作者潜入女性主义的过去，让它的现在和未来重放光芒。2019年的影片《返校节》记录了她2018年在科切拉音乐节上的表演，在台上她以托妮·莫里森的题词开场：“如果你向空气投降，你就可以驾驭它。”[42]电影出现了来自妮娜·西蒙、玛雅·安杰卢、儿童福利宣传家玛丽安·怀特·埃德尔曼（Marian Wright Edelman）和爱丽丝·沃克的话，还强调了其中几位曾经就读的学院，因为《返校节》非常重视那些一直以来以招收黑人为主的大学和学院。电影名字让人想起学院返校节上的游行和足球赛中场的表演，影片突出展示了游行铜管乐队、军乐队女指挥，还有高层看台，看台下的舞台上挤满了歌手、舞者和乐手。

奥德蕾·洛德的名言“没有社群支持，就没有解放”闪现在屏幕上，[43]作为影片振奋人心的结尾。在如同古罗马酒神节式的狂欢结尾中，碧昂丝和所有歌手与舞者向那些为大家“打开一扇门”的女性致敬。在《女人我最大》的音乐声中，可以听到尼日利亚裔美国小说家奇马曼达·南戈齐·阿迪奇的声音：“我们教女孩学会畏缩，学会把自己变得更渺小。我们对她们说：‘你可以有抱负，但不要太远大。你应该朝成功努力，但注意别太成功，不然就威胁到男人了。’ ”[44]在歌曲《说出我的名字》后，玛雅·安杰卢用旁白告诉我们，“为了让这个国家变得比今日更好”，碧昂丝用歌声结尾，“亲爱的，我看见星星了”。

启　程

当代艺术家在前进的同时，也会通过召集女性主义过去的发声来回望过去。有时她们会直接取用奠基性的文本材料。有时她们会磨炼技能，帮助有需要的群体应对父权制。美国女人用笑声、叹气声或喊声，持续抗议那些让她们感到痛苦或脆弱的生存情况。在晚期的一首诗歌中，伊万·博兰德（Eavan Boland）用预言式的直觉表达了这些行为的动力：“我们的未来会成为其他女人的过去。”[45]

为了守护那样的未来，随着女性主义意识不断觉醒，越来越多的女人急切地想举证身处高位的男人们的侵犯行为。2017 年，几千人在推特上用“Me Too”的标签发帖。这个短语由女演员艾丽莎·米兰诺（Alyssa Milano）引自活动家塔拉纳·伯克（Tarana Burke），伯克曾在 2006 年宣传有色人种妇女遭受性暴力遭遇时使用它。[46]从罗丝·麦高恩（Rose McGowan）到格温妮丝·帕特罗（Gwyneth Paltrow），大量女性加入“Me Too”运动。好莱坞制作人哈维·韦恩斯坦（Harvey Weinstein）被认定犯有性侵害罪，关押在纽约。性侵的投资家杰弗里·爱泼斯坦（Jeffery Epistein）被逮捕入狱，（有充足证据证明是）在牢房里自杀。与此同时，女性开始指控更“普通”的性骚扰者或性侵者。所有声音都毫无疑问地喊出：**我也是！同样的事也发生在了我身上！我的身体被男人控制，我受到伤害，我是幸存者，我很痛苦、愤怒，厌倦了没有结果的求援：我也是！**

“2017年和2018年有‘我也是’运动。2014年有‘是的所有女人’运动。1991年有‘我相信安妮塔’运动。你可以觉得我们之前输了……但我觉得我们每次都在发出更大的声音，都在离需要进行的改变更进一步。”莫伊拉·多尼根（Moira Donegan）如是说。多尼根总结了一张表格，上面是女人列出的媒体行业涉嫌不当性行为的男人。[47]苏珊·崔（Susan Choi）的虚构元小说《信任练习》（*Trust Exercise*）斩获2019年国家图书大奖，说明信任问题将持续塑造女性小说。

安妮塔·希尔出现在性骚扰抗议活动上，回忆起1991年三分之二的美国人都认为她在宣誓后撒谎：“我觉得在今天的环境里，更多人会相信我的故事，理解我的故事。”[48]在2017年末，《韦氏词典》选择“女性主义”作为年度热词，《新闻周刊》选择“打破沉默的人”，也就是大批发声举报不当性行为的人，作为集体年度人物。

令人不安的是，安妮塔·希尔的故事在2018年有了翻版。51岁的克里斯蒂娜·布拉西·福特（Christine Blasey Ford）在美国众议院司法委员会面前作证，称布雷特·卡瓦诺不适合任职最高法院。福特解释说她觉得自己有“公民的义务”去曝光她青春期遭受的创伤性经历。她告诉委员会当时 17 岁的卡瓦诺性侵了 15 岁的她。在希尔 / 托马斯和福特 / 卡瓦诺听证会上，受伤的女人都小声地发言，努力控制自己的情绪，尤其是愤怒。媒体分析家索拉雅·切梅利（Soraya Chemaly）注意到，“没有哪个活着的女人会不明白，女人的怒火会被公开抵制”。[49] 作为回应，施暴的男性们不仅幸灾乐祸，还理直气壮地大放厥词。

从历史角度看，女性已经在争取平等方面取得了进步，但进步是不均衡的，且永远受到威胁。威胁来自谁？其中一个答案很明显：美国人在 21 世纪目睹的大规模集体屠杀——商场、酒吧、学校、宗教场所的大规模枪击案——都是白人男性在男性气质受损后，为泄愤复仇而犯下的。《纽约时报》用了一个醒目的标题：“大规模杀人者的共性：对女性的仇恨。”[50] 高等教育不够向大众开放是否也阻碍了进程？有分析指出，特朗普最忠实的支持者都是没上过大学的白人：“我爱教育水平不高的人。”这位总统候选人在集会上说。[51]

诺拉·埃夫隆 1996 年在卫斯理学院做了开学演讲，她强调进步永远被美国文化里的一股“暗流”所威胁，让听众警醒“美国社会有强大的拒绝改变的能力”。[52] 相似的是，米歇尔·奥巴马在纽约城市大学做开学演讲，警示人们不要“将多元性视作需要控制的威胁而不是可以利用的资源”。[53] 她话里暗示的是，特朗普政府准许的种族歧视将造成危险。2019 年 7 月，特朗普总统让 4 个有色人种议员“小分队”“回到”他们出生的地方。其中 3 个在美国出生，第 4 个是已归化的公民。危险已经很明显了。[54]

在自传结尾，米歇尔·奥巴马回忆她对娱乐新闻节目《走进好莱坞》的录像带的反应，在录影带里，特朗普吹嘘自己性侵妇女的经历。她听到他说出一些恐怖并且"熟悉的伤人之语"："我可以伤害你，然后不受制裁。"这种"仇恨表达"是"每个女性都熟知的……每个被迫感觉像'他者'的人都熟知的"。她在大选前公开抗议："这不再是往常的政治。这是可耻的，不可忍受的。"之后，她只能"好奇到底是什么让这么多女人拒绝一个优秀称职的女性选举人，去选一个厌女者当她们的总统"。

同样的问题也困扰着我们，让我们关注赛丽娜·乔伊的继任者——那些以催促女性放弃平等权利为己任的人。这种公众发言人（通常是白人）只会在**有**女性主义运动出现的时候出现，因为她就专门致力于破坏女性主义运动。这些人物对特朗普政府有用，但我们都很清楚，特朗普团队里有一群恶霸：从特朗普自己到蓬佩奥、巴尔、麦康奈尔，这些人以瓦解前辈建立的社会安定和环境安全为己任。有一位打不倒的女众议员挡住了她们的路：南希·佩洛西在 80 岁的时候为自己谱写了一首勇气之歌。

不管你是爱她、恨她，还是对她无可奈何，南希·佩洛西和希拉里一样，在美国女性主义运动里扮演了至关重要的角色。作为第一位女性众议院议长，她是美国政坛最有权势的女人，仅次于总统，经常被认为是（半个世纪前）传奇的塞缪尔·雷伯恩（Sam Rayburn）之后最胜任这一重要职位的人。但她出生于 50 年代好莱坞电影赞扬的那种传统家庭。

南希·帕特里夏·亚历山德罗（Nancy Patricia D'Alesandro）于1940年出生在巴尔的摩的一个富裕家庭，是家里漂亮的老幺，也是唯一的女儿。她的父亲托马斯·亚历山德罗（Thomas D'Alesandro）是一位声名显赫的政治家，曾就职于国会，并任巴尔的摩市长；她的一位兄长也是巴尔的摩市长；她的母亲是社区里的政治活动家。作为意大利裔美国人，南希·亚历山德罗似乎一直对自己的种族泰然处之。从巴尔的摩的三一学院毕业后，她嫁给了另一位意大利裔美国人保罗·佩洛西（Paul Pelosi），她跟着这位商人先是到了纽约，后去了旧金山，在那里6年内生下5个孩子，成为我们现在所说的全职妈妈，投身于养育孩子。

和里奇或普拉斯等近现代女性不同，佩洛西似乎没有对婚姻、母职或家庭生活表露出矛盾心理。恰恰相反，在养大一帮活泼孩子的同时，她形成了一套策略，对她日后政治生涯将有所帮助。在接受有线电视新闻网的采访时，她的女儿亚历珊德拉说："她能把你的头砍下来，你连自己在流血都不知道。"[55] 她的女儿克里斯蒂娜补充道，"就连在家里时，她也练习联合策略，平衡二对三，或者四对一的需求"，直到大家达成某种共识。这种方式在众议院同样适用。[56] 她自己也指出，一个忙碌的母亲对人性会有很多认识。当她不肯帮特朗普筹集资金，建造后者心爱的边境墙时，特朗普怒气冲冲地走出会议室，她评价道："我是5个小孩的母亲，9个小孩的祖母。我一看就知道这是不是在发脾气。"[57]

在养育一屋子孩子的同时，佩洛西就已开始为民主党募集资金，她的老练技能让她最终成为加州民主党领袖，也成为“美国历史上最成功的非总统筹款人”。[58] 从巴尔的摩的小意大利区的政治家父亲那里，她学会了如何统计选票，如何竞选。剩下的不必多说，她闯进了参议院议会，用一位观察家的话说，成了“现代最强大、最成功的议长”。[59]

佩洛西不断地被右翼评论家叫作“泼妇”“西方坏女巫”“长舌妇”[60]，但她一直明白自己在女性主义历史上的位置。2007 年第一次竞选成为议长的时候，她呼唤道：“对于我的女儿和孙女来说，天空是没有界限的，对她们来说，一切皆有可能。”然后她指出：“把我想象成一头母狮子：威胁我的幼崽，你就有麻烦了。”2018 年民主党夺回众议院，她蝉联议长，宣誓就职时，身边围着一群孙子孙女和其他孩子。上任后，她马上宣讲“乐观精神”，同时不遗余力地反对特朗普及其同僚，但同时也准备着（迫不得已之时）让同事亚当·希夫（Adam Schiff）的弹劾条例在参议院足够雄辩有力。

佩洛西有自己的怪癖。她向记者坦白自己“从记事起，就吃黑巧克力雪糕做早餐”——两勺！[61] 就算有那么多甜食和精致的优雅气质，她依然是出了名的冷静且复仇心切，这让她得以团结国会阵营。

想想 2020 年 2 月 5 日星期二，精疲力竭的共和党多数派将宣判特朗普总统无罪，罪名由佩洛西和众议院的同事提交。参议员和众议员都坐在讲坛前面，特朗普在讲坛上发表演讲，身旁是最高法院大法官和其他大人物。总统到场时，佩洛西大胆地伸出手，但他拒绝握手。她穿着量身定做的长裤西装，颜色是妇女参政论者标志性的白色，她在民主党的大多数女同事也是同样的穿着。

总统完成了讲话，捍卫了持枪自由，将总统自由奖章（偏偏）颁给拉什·林博，大声赞扬他伟大坚固的边境墙，不断宣扬自己虚假的功绩。[62]他讲话时，佩洛西和副总统迈克·彭斯在他身后，佩洛西一直摇头，脸上是略带讥讽的轻笑。但大厅里有掌声和喝倒彩声。

佩洛西站着，神情严肃，然后做出一个既有象征意义，又有表演意义的惊人之举：她冷静地将总统演讲稿的每部分都撕成了两半。她在撕碎充满谎言的文字、自恋狂的文字，也在撕碎她想让我们国家能远离的霸凌、破坏国家安全网的霸凌。有些人会觉得她不过是特朗普长篇大论里的“疯南希”。但她不是。

她依然疯狂，但疯狂的原因是好的。我们也是。

注　释

题词

1 Sylvia Plath, "Stings." *The Collected Poems*, edited by Ted Hughes, 2008. Harper Perennial Modern Classics, 2018, p. 214—215; p. 215.

2 Barbara Bush, "Mrs. Bush's Address to the Wellesley College Class of 1990." Wellesley Commencement Ceremony. Wellesley College. 1 June 1990.

3 Ruth Bader Ginsberg, "A Conversation with Ruth Bader Ginsburg." Dean's Lecture to the Graduating Class series, 4 February 2015, Georgetown University Law Center, Washington, DC. Guest Lecture.

4 bell hooks, "Consciousness-Raising: A Constant Change of Heart Rate." *Feminism is for Everybody: Passionate Politics.* South End Press, 2000, p. 7.

前言

1 Molly Haskell, *Love and Other Infectious Diseases.* William Morrow, 1990, p. 248.

2 Sojourner Truth, "Keeping the Thing Going while Things Are Stirring." *The Norton Anthology of Literature by Women* I, pp. 512—513.

3 Sandra M. Gilbert and Susan Gubar, *The Madwoman in the Attic.* Yale, 1979.

4 伊丽莎白·沃伦退出民主党初选后，脱口秀主持人吉米·基梅尔（Jimmy Kimmel）说："尽管她经验丰富、履历优秀、辩论技能出众，美国人最终用投票决定，她不具备他们心中成为总统的必要条件：阴茎。" *The New York Times* 3/6/2020.

5 Inslee and tweets, *NY Times* April 27, 2020.

6 Hillary Rodham Clinton, Interview. *60 Minutes.* CBS, WCBS, New York, 26 Jan, 1992.

7 Hillary Rodham Clinton, "Remarks to the United Nations Fourth World Conference

on Women Plenary Session." United Nations Fourth World Conference, 5 Sept 1995, Beijing.

8 见 Elaine Showalter, "Pilloried Clinton." *The Times Literary Supplement*, 26 Oct 2016. www.the-tls.co.uk/articles/public/hillary-clinton-vs-misogyny/。

9 James Robenalt, *January 1973*. Chicago Review Press, 2015.

10 鲁斯·罗森和桑德拉·吉尔伯格的邮件通信，May 4, 2020。

11 更多关于与女性乌托邦式的总统竞选尝试，见 Ellen Fitzpatrick, *The Highest Glass Ceiling*。

12 *Signs: Journal of Women in Culture and Society*, *Feminist Studies*, *Women's Studies*, *Chrysalis*, *Frontiers*, *Aphra*, and The Feminist Press.

13 这里有两个例外：Jeanette Howard Foster, *Sex Variant Women in Literature: A Historical and Quantitative Survey.* Vantage Press, 1956 和 Gwen Needham, *Pamela's Daughters.* Russell & Russell, 1972。

14 W.B. Yeats, "Easter, 1916." *The Collected Poems of W.B. Yeats.* Edited by Richard J. Finneran, Scribner, 1996, pp. 180—181, p. 180.

15 D.H. Lawrence, *Studies in Classic American Literature.* Cambridge University Press, 2003, p. 14.

16 Gilbert and Gubar, *Norton Anthology of Literature by Women.* Vol. II, Norton, 1985, p. 618.

17 Gloria Steinem, "In Defense of the 'Chick-Flick.' " *Alternet*, 6 July 2007.www.alternet.org/story/56219/gloria_steinem%3A_in_defense_of_the_%27chick_flick.

18 布洛克的文本见 https: //www. Wellsley。作为第一位非裔美国人参议员，布洛克是内尔森·洛克菲勒式的自由派共和党人。

19 Hillary D. Rodham, "Hillary D. Rodham's 1969 Student Commencement Speech." *Wellesley College*, www.wellesley.edu/events/commencement/archives/1969commencement/studentspeech.

20 见 Charles Bethea, "Race, Activism, and Hillary Clinton at Wellesley." *The New Yorker*, 11 June 2016. www.newyorker.com/news/news-desk/race-activism-and-hillary-clinton-at-wellesley.

21 Hillary Clinton, *What Happened.* Simon & Schuster, 2017, p. 117.

22 "Hillary Rodham Clinton interview, 1979." *YouTube*, uploaded by AlphaX News, 13 May 2015, www.YouTube.com/watch?v=bg_sEZg7-rk.

23 Nancy Sinatra, "These Boots Are Made for Walkin'." *Boots*, Reprise Records, 1966.

24 Rodham Clinton, *What Happened.* Simon & Schuster, 2017, pp. 113—114.

25 Bethea, "Race, Activism, and Hillary Clinton at Wellesley." *The New Yorker*, 11 June 2016. www.newyorker.com/news/news-desk/race-activism-and-hillary-clinton-at-wellesley.

26 Hillary Rodham Clinton, *What Happened.* Simon & Schuster, 2017, p. 115。学者们已经对她遭受的厌女症攻击进行了充分研究，其中包括她被描画成蛇头美杜莎的样子，以及她的脸被印在卫生纸上，两者在网上都可以找到。

27 在海外，伊斯兰国、基地组织、博科圣地等恐怖组织在曾经被称为第三世界的国家有过极度暴力的厌女行径：博科圣地把年轻女孩抓起来，在身上绑上炸药，让她们走进人群引爆。Dionne Searcey, "Boko Haram strapped suicide bombs to them. Somehow these teenage girls survived." *New York Times*, 25 Oct. 2017. www.nytimes.com/interactive/2017/10/25/world/africa/nigeria-boko-haram-suicide-bomb.html.

28 Sheryl Sandberg, *Lean In: Women, Work, and the Will to Lead.* Knopf, 2013.

29 Claire Cain Miller, "The Upshot: Sexes Differ on Persistence of Sexism." *New York Times*, 19 January 2017, p. A3.

30 Zeisler, *We Were Feminists Once: From Riot Grrrl to Covergirl®, the Buying and Selling of a Political Movement*, pp. xii.

31 Rebecca Solnit, *The Mother of All Questions.* Haymarket, 2017, p. 69.

32 Zeba Blay, "How Feminist TV Became the New Normal." *Huff Post*, 18 JHI Sune 2015. www.huffpost.com/entry/how-feminist-tv-became-the-new-normal_n_7567898.

33 Kirsten Gillibrand, Women's March on Washington, 21 January 2017, Washington DC. Speech.

34 Atwood, *New York Times*, 10 March 2017.

35 Hailing the timeliness of the adaptation of *The Handmaid's Tale*, numerous essays

proliferated about its relevance. 见 Mona Eltahawy, "Why Saudi Women Are Literally Living 'The Handmaid's Tale.' " *New York Times*, 24 May 2017. www.nytimes.com/2017/05/24/opinion/why-saudi-women-are-literally-living-the-handmaids-tale.html; and Jennifer Lahl, "'The Handmaid's Tale' Shows Exploited Surrogacy As Fiction, But It's Happening in Our World Today." *Verily*, 26 April 2017. verilymag.com/2017/04/the-handmaids-tale-hulu-surrogacy-exploitation.

36 电视剧版本和原著不同的地方在于选用了黑人女性饰演使女。

37 Margaret Atwood, *The Handmaid's Tale*. Anchor, 1998, p. 45.

38 Alison Bechdel, "The Rule." *Dykes to Watch Out For*, 1985.

39 Virginia Woolf, *A Room of One's Own*. Mariner Books, 1989, p. 76.

40 鲁斯・罗森指出，冷战的恐慌讽刺性地促使美国让女孩接受教育，*The World Split Open: How the Modern Women's Movement Changed America*. Penguin Books, 2006, p. 42。

41 Margaret Atwood, *The Handmaid's Tale*, p. 90.

42 Margaret Atwood, *The Handmaid's Tale*, p. 186.

第一章

1 Robert Lowell, "Memories of West Street and Lepke." *Selected Poems*. Farrar, Straus, and Giroux, 2007. p. 129.

2 Rich's unpublished letters to Carruth qtd. in Michelle Dean's "The Wreck." *The New Republic*. 03 April 2016.

3 Jacqueline Rose, *The Haunting of Sylvia Plath*. Virago, 1991. p. 26.

4 在 1952 年和 *Pageant* 杂志的访谈中，梦露说："我个人反对晒黑肤色，因为我想做一个彻底的金发白皮肤女孩。"

5 *The Journals of Sylvia Plath*. Knopf, 2013. p. 319.

6 *The Journals of Sylvia Plath*. Knopf, 2013. p. 212.

7 *The Unabridged Journals of Sylvia Plath*. Ed. Karen V. Kukil. Knopf, 2007. p. 249.

8 参见 Ginia Bellafante, "Suburban Rapture." *The New York Times*. 24 Dec 2008。

9 "纸娃娃"展览由安妮・科瓦尔策划，在 Owens Art Gallery (2011) 和 Mendel

Art Gallery（2012）展出了普拉斯的娃娃。见科瓦尔的展出目录，其中描述普拉斯给娃娃的服装起了“浪漫的名字”。娃娃也可以在布鲁明顿市印第安纳大学的利利图书馆里的普拉斯文献里找到。达琳·J. 萨德利尔描述并重印了其中一些，见 Darlene J. Sadlier, *The Lilly Library from A to Z*. Indiana University Press, 2019, pp 39—40。

10 *Varsity*. 26 May 1956.

11 Sylvia Plath, Letters Home. Ed. Aurelia Schober Plath, Faber and Faber, 1975, pp. 236—237.

12 *The Letters of Sylvia Plath: 1940—1956*. Harper, 2017, Volume 1, p. 1203.

13 *Unabridged Journals*. 211.

14 *The Letters of Sylvia Plath: 1940—1956*. Harper, 2017, Volume, p. 1247.

15 *Letters*, Vol. 1, p. 1228.

16 Ted Hughes, “You Hated Spain.” *Birthday Letters*. Farrar, Straus, Giroux, 1998. 39—40.

17 *Unabridged Journals*. p. 22.

18 Ibid. p. 20.

19 Ibid. p. 160.

20 Ibid. p. 77.

21 *The Bell Jar*. Harper, 2013. p. 85.

22《小姐》的客座编辑的个人回忆录及关于这个时期的普拉斯的延伸阅读，见 Sandra M. Gilbert, “A Fine, White Flying Myth.” in *Rereading Women*, W.W. Norton, 2011。

23 见 Cailey Rizzo, “A Sylvia Plath Retrospective Finally Puts Her Visual Art on Display.” *Vice*. 28 July 2017。The collage is held in the Mortimer Rare Book Collection at Smith College。

24 *The New Yorker*. 25 Oct 1941. p. 19. 另见 *Eye Rhymes: Sylvia Plath's Art of the Visual*, edited by Kathleen Connors and Sally Bayley. Oxford UP, 2007。

25 见 Bellafante, “Suburban Rapture”。

26 Elaine Tyler May, *Homeward Bound: American Families in the Cold War Era*. Basic

Books, 1999, p. 14.

27 Plath, *Ariel*. Harper, 2018. p. 13.

28 Plath, "Munich Mannequins." *The Collected Poems of Sylvia Plath*. Harper, 2018. p. 262.

29 Adrienne Rich, *Of Woman Born: Motherhood as Experience and Institution*. Norton, 1995, p. 224.

30 更赤裸裸地，在《就职日，1953 年》——它预示了普拉斯的拼贴画——一诗中，洛威尔说，"共和国召唤艾特 / 她心中的那座陵墓"，Ibid. p. 57。

31 W.H. Auden, *The Age of Anxiety: A Baroque Eclogue*. Princeton, 2011.

32 David K. Johnson, *The Lavender Scare: The Cold War Persecution of Gays and Lesbians in the Federal Government*. The University of Chicago Press, 2004.

33 她是认真地，还是轻佻地颠覆这个美国机构，即福特汽车制造公司？不管她是不是话里有话，她都和"家庭主妇诗人"菲丽丝·麦金利一起统治了《纽约客》杂志。

34 见 Vivian R. Pollak, "Moore, Plath, Hughes, and 'The Literary Life.' " *American Literary History*. 17.1（2005）: 103。

35 Ibid. p. 107.

36 Ibid.

37 Ibid. p. 108.

38 *The Letters of Sylvia Plath: 1956—1963, Volume 2*. Harper, 2008, p. 110.

39 *Unabridged Journals*. p. 354.

40 David Holbrook, *Sylvia Plath: Poetry and Existence*. 1976. Bloomsbury Publishing, 2013, p. 89.

41 Ferdinand Lundberg and Marynia F. Farnham, M.D., *Modern Woman: The Lost Sex*. Harper & Brothers, 1947, p. 143。该句子引自"The Feminist Complex"一章，Joanne Meyerwitz 特意指出该书在当时被认为思想极端，"没有反映出主流大众文化"。参见 Beyond the Feminine Mystique: A Reassessment of Post-War Mass Culture, 1946—1958, *The Journal of American History*（March 1993）, pp. 1455—1482; p. 1476。

42 Jane Gerhard, *Desiring Revolution: Second-Wave Feminism and the Rewriting of American Sexual Thought, 1920—1982*. Columbia University Press, 2001, p. 47.

43 Helene Deutsch, *The Psychology of Women: A Psychoanalytic Interpretation*, vol. 1. Grune & Stratton, 1944, p. xiii.

44 作为在反犹太的波兰成长起来的女孩，多伊奇日后承认自己“恨”亲生母亲，母亲仅仅因为她不是男孩就殴打她，一直“像暴君一样监控（女儿的）贞操”，因为她只在乎“地位、社会规范和好名声。”在被哥哥性侵后，多伊奇把爸爸作为行为模范，她早期在维也纳和精神分析之父做的精神分析是她日后在美国的辉煌的职业生涯的前章。引自 Helene Detusch, *Confrontations with Myself: An Epilogue*. W.W. Norton, 1973, pp. 62—63。

45 Alfred C. Kinsey et al., *Sexual Behavior in the Human Female*. W. B. Saunders Company, 1953, p. 582.

46 见 James H. Jones, *Alfred C. Kinsey: A Public/Private Life*. W.W. Norton, 1997, chapter 27。

47 Jonathan Gathorne-Hardy, *Alfred C. Kinsey: Sex the Measure of All Things: A Biography*. Pimlico Press, 1999, p. 439.

48 Sharon R. Cohany and Emy Sok, "Trends in labor force participation of married mothers of infants." *Monthly Labor Review*, February 2007, p. 10.

49 关于50年代常见的避孕形式，参见 Vern L. Bullough and Bonnie Bullough, *Contraception: A Guide to Birth Control Methods*. Prometheus Books, 1990；关于美国1973年罗诉韦德案前的危险堕胎行为，参见 David A. Grimes, M.D. with Linda G. Brandon, *Every Third Woman in America: How Legal Abortion Transformed Our Nation*. Daymark Publishing, 2014。

第二章

1 Allen Ginsberg, *Howl and Other Poems*. City Lights, 1956, pp. 17—18.

2 Diane di Prima, *Recollections of My Life as a Woman: The New York Years*. Penguin, 2001, p. 92.

3 Diane di Prima, *Memoirs of a Beatnik*. *Last Gasp of Francisco*, 1969, p. 131。这本书有

诸多版本，是因为迪·普里玛需要钱，以及编辑对手稿的反应。莫里斯·基罗迪亚斯（Maurice Girodias）总是在书稿页首处写下“再多一点性描写”，p. 137。

4 Gwendolyn Brooks, “The Bean-Eaters.” *Selected Poems*. Harper & Row, 1963, p. 72.

5 Gwendolyn Brooks, *Maud Martha*. AMS Press, 1953.

6 Brooks, “Bronzeville Woman in a Red Hat.” *Selected Poems*, p. 103.

7 Harry Belafonte, “Man Smart (Woman Smarter).” *Calypso*, RCA Victor, 1956.

8 Imani Perry, *Looking for Lorraine: The Radiant and Radical Life of Lorraine Hansberry* (Beacon, 2018）中提到了很多细节。关于《小厨房窗外的旗子》对布鲁克斯创作的影响的讨论见 p. 44。

9 Lorraine Hansberry, *To Be Young, Gift, and Black: An Informal Autobiography of Lorraine Hansberry*. Adapted by Robert Nemiroff, Signet, 1969, p. 63.

10 Anne Cheney, *Lorraine Hansberry*. Twayne, 1984, p. 10.

11 Lorraine Hansberry, “The Negro Writer and His Roots: Toward a New Romanticism.” *The Black Scholar*, vol.12, no. 2, 1981, pp. 2—12; p. 12.

12 Lorraine Hansberry, “In Defense of the Equality of Men.” *The Norton Anthology of Literature by Women*, edited by Sandra M. Gilbert and Susan Gubar, W.W. Norton, 1985, p. 2066.

13 https: //www.lhlt.org/gallery?page=2.

14 Lorraine Hansberry, “Simone de Beauvoir and *The Second Sex*: An American Commentary.” *Words of Fire: An Anthology of African-American Feminist Thought*, edited by Beverly Guy-Sheftall, New Press, 1995, pp. 128—42; p. 129。在收录进这个文集之前，汉斯伯里的文章从未被出版。

15 Lorraine Hansberry, *A Raisin in the Sun*. Benediction Classics, 2017, p. 61.

16 在后续一连串的活动出席和电视露面上，汉斯伯里为这部戏剧正名，反驳了那些认为戏剧成功是因为“每个有共鸣的人都是黑人”的人。汉斯伯里表示，是技艺高超的导演和演员，还有她自己对阿努伊、贝克特、迪伦马特和布莱希特等剧作家的了解让这部剧大获成功：“我相信，像奥凯西说的那样，真正的戏剧在于观众的参与度，以及舞台上人的情感转化程度。我相信我们可以用情感传递观点。”(Ross). Lillian Ross, “How Lorraine Hansberry Wrote ‘A Raisin in

the Sun'." *The New Yorker*, 2 May 1959. www.newyorker.com/magazine/1959/05/09/playwright.

17 关于这一批评，参见 Margaret B. Wilkerson, "*A Raisin in the Sun*: Anniversary of an American Classic." *Theatre Journal*, vol. 38, no. 4, 1986, pp. 441—452。

18 Langston Hughes, "Harlem." *Selected Poems of Langston Hughes*, Vintage Classics, 1990, p. 268.

19 bell hooks, *Killing Rage*: *Ending Racism*. Henry Holt, 1995, p. 67.

20 Lorraine Hansberry, "In Dense of the Equality of Men." NALW, 1985, p. 2060.

21 Adrienne Rich, "The Problem with Lorraine Hansberry." *Freedomways*, vol. 19, no. 4, 1979, pp. 247—255; p. 252.

22 戴尔·马丁和菲莉·莱昂丝解释道："很多参与到同性恋运动中的黑人女性发现自己不得不在两条'道路'上二选一，而这两条路都和她们的私人生活息息相关。她们中的一位写了一出百老汇大热戏剧。" Del Martin and Phyllis Lyon, *Lesbian/Woman*. Bantam Books, 1972, pp. 121—122。一位研究汉斯伯里文献的历史学家引用了一封寄给《梯子》的信，在信中，汉斯伯里提议，若要对抗"同性迫害"和"反女性主义教条"，不能通过分离主义，而要通过融合："同性恋想要而且需要的不是脱离人类的自治权，而是彻底融入人类中。"然后她补充道："但我感觉我可能是错的。" Kevin J. Mumford, *Not Straight*, *Not White*: *Black Gay Men from the March on Washington to the AIDS Crisis*. University of North Carolina Press, 2016, p. 18。

23 关于汉斯伯里，我们所知的大部分内容都经过了她丈夫本意为善的过滤。在汉斯伯里死后，她的丈夫出版了被她称作"自传"的《年轻、有才、黑皮肤》。据凯文·芒福德所说，收藏在 Schomberg Center for Research in Black Culture 的非公开文件里包括汉斯伯里给女性爱人的回信、联邦调查局对她与共产党联系的调查文件、一篇关于白人回击的文章、一些关于反复出现的低落情绪的记录，还有期数完整的同性恋杂志，表明"她的女同性恋欲望是多么强烈"。芒福德教授寄给苏珊·古芭的邮件，September 21, 2017。

24 Audre Lorde, *Zami*: *A New Spelling of My Name*. The Crossing Press, 1982, p. 242.

25 di Prima, *Recollections*, p. 73.

26 Interview with Marion Kraft in 1986 in *Conversations with Audre Lorde*, edited by Joan Wylie Hall. University Press of Mississippi, 2004, p. 149.

27 Audre Lorde, *Sister Outsider*. The Crossing Press, 1984, p. 82.

28 Alexis De Veaux, *Warrior Poet: A Biography of Audre Lorde*. W. W. Norton & Company, 2004, p. 26.

29 Audre Lorde, "Learning from the 60s." *Sister Outsider*. The Crossing Press, 1984, p. 134.

30 Tracy Daugherty. *The Last Love Song: A Biography of Joan Didion*. Macmillan, 2015, p. 80.

31 见 Tracy Daugherty, *The Last Love Song*, 取材自诺尔·帕门特尔对蒂蒂安的回忆。另见 Meghan Daum, "The Elitist Allure of Joan Didion." *The Atlantic*, September 2015, https://www.theatlantic.com/magazine/archive/2015/09/the-elitist-allure-of-joan-didion/399320/。

32 Betty Friedan, *Life So Far*. Simon & Schuster, 2000, p. 99.

33 引自 Kirsten Fermaglich, *American Dreams and Nazi Nightmares: Early Holocaust Consciousness and Liberal America, 1957—1965*. UP of New England and Brandeis UP, 2000, p. 68。基尔斯滕·费尔马格利奇（Kirsten Fermaglich）和丽莎·M. 法恩（Lisa M. Fine）在《女性气质的奥秘》的前言部分进一步情景化了这句引言，*The Feminine Mystique*. W.W. Norton, 2013, xi—xx。

34 *The New York Times*, 28 June 1960. 另引自 Betty Friedan, *The Feminine Mystique*. W.W. Norton, 1963, p. 22。

第三章

1 关于艾森豪威尔夫妇菜单的描述，见 Sandra Gilbert, *The Culinary Imagination: From Myth to Modernity*. Norton, 2014. p. 205。关于肯尼迪夫妇的午餐菜单的描述和画面，见 *The Gilded Age Era* blogspot, "Grace Kelly Visits the Kennedys." 10 May 2014。

2 "Jacqueline Kennedy in the White House." *John F. Kennedy Presidential Library and Museum*, https://www.jfklibrary.org/learn/about-jfk/jfk-in-history/jacqueline-kennedy-

in-the-white-house.

3 见 Mary Ann Watson，“A Tour of the White House：Mystique and Tradition.” *Presidential Studies Quarterly*. 18.1（1998）：92 and “A Tour of the White House with Mrs. John F. Kennedy.” Directed by Franklin J. Schaffncr. CBS and NBC. 14 February 1962。

4 沃霍尔解释道：“玛丽莲·梦露那个月去世时，我想到一个主意，就是把她美丽的脸展示出来，最初的《玛丽莲双联画》。” Andy Warhol and Patt Hackett, *Popism：The Warhol Sixties*. New York，1980，p. 28。

5 Plath，*Letters Home*. Ed. Aurelia Schober Plath，Faber and Faber，1975. p. 473.

6 在下一个十年里，女性主义批评家会批评弗里丹删去了有关工人阶级白人妇女和有色人种妇女的讨论。Marilyn Hacker，“The Young Insurgent's Commonplace Book.” in “Adrienne Rich：A Symposium.” *Field*（2007）：16—20。

7 Imani Perry，*Looking for Lorraine*，p.164.

8 沃霍尔回忆道：“（肯尼迪）之死对我没有什么影响。让我不安的是电视和收音机有意让所有人都难过。” *Popism*，p. 77。

9 Sylvia Plath，*The Unabridged Journals of Sylvia Plath*. Anchor，2000. p. 648.

10 Sylvia Plath，“Morning Song.” *Ariel*. Harper，2018. p. 5.

11 Plath，“Letter in November.” *Collected Poems*. Harper，2018. p. 253.

12 *Ariel*. p. 86.

13 Ibid. p. 88.

14 Anne Stevenson，*Bitter Fame：A Life of Sylvia Plath*. Mariner，1998，p. 277。“西尔维娅……用一种嘲讽的、有喜剧色彩的声音（向她的朋友克拉丽莎·罗奇）大声朗读《爸爸》，两人都大笑起来。”

15 *Ariel*. p. 75.

16 “Script for the BBC broadcast ‘New Poems by Sylvia Plath.’ ” *Ariel*. p. 195.

17 *Ariel*. p. 75.

18 Ibid. p. 74.

19 Ibid. 当然了，这里很重要的一点是，奥托·普拉斯因为糖尿病未及时治疗生成坏疽，最终不得不截肢。西尔维娅埋怨父亲从来不肯寻求医疗帮助。

20 Ibid. p. 76.

21 Ibid. p. 74.

22 Ibid. p. 76.

23 普拉斯手稿传真的复印件见 *Ariel: The Restored Edition.* Harper，2004。

24 *Letters Home.* p. 491.

25 Ted Hughes，"The Inscription." *Collected Poems.* Ed. Paul Keegan. Farrar，Straus and Giroux，2003. p. 1154.

26 Sylvia Plath. *The Letters of Sylvia Plath，Volume 2：1956—1963*，ed. by Peter K.Steinberg and Karen V. Kukil. Harper. p. 968.

27 见 Sandra Gilbert，"Introduction：The Treasures That Prevail." *Adrienne Rich's Essential Essays：Culture，Politics，and the Art of Poetry*，Norton，2018：ix—xvii。

28 见奥登为里奇撰写的前言，*A Change of World*（Yale UP，1951）。

29 见 Gilbert，"A Life Written in Invisible Ink." *The American Scholar.* 06 September 2016。

30 Adrienne Rich，"Juvenilia." *Collected Early Poems.* Norton，1995. p. 156.

31 见 Gilbert，"Introduction：The Treasures That Prevail。"

32 Ibid.

33 Ibid.

34 Plath，*The Unabridged Journals of Sylvia Plath.* Anchor，2000. p. 354.

35 "Split at the Root." *Essential Essays.* p. 212.

36 "When We Dead Awaken." *Essential Essays.* p. 14.

37 *Collected Poems.* Norton，2016. p. 117。从文学的角度看，腐败的婚礼蛋糕让人想起狄更斯《远大前程》中未婚的新娘郝薇香小姐，郝薇香小姐让蛋糕一直放着，自己则在布满蜘蛛网的房间里坐了几十年，本该庆祝的婚礼一直没有举办。

38 很重要的一点是，里奇一直坚持让孩子——后来还有孙辈——叫她"阿德里安"，就好像"母亲"和"外婆"这些家庭身份的载体会和"因无用的经验而沉重"的蛋糕一样致命。但所有人都说她是一位慈祥的母亲和外婆。但她比普拉斯更经常在私人、政治和诗歌领域之间周转。她的孙女 Julia Conrad 写下一篇优美的散文"For Adrienne"，让我们得以短暂瞥见里奇和家庭的关系。见

Massachusetts Review, 57, 4, Winter 2016。

39 最后一个句子来自波德莱尔的诗歌《致读者》，在诗中，诗人轻蔑地对读者和自己喊话："虚伪的讲师——我的同伴——我的兄弟！" Charles Baudelaire. "Au lecteur." *Fleurs de Mal et Ouevres Choisies*, edited and translated by Wallace Fowlie. Dover, 1992, p. 18。

40 但《第二性》中描绘这幅图景的这段话和里奇的《快照》辞藻华丽的结尾有相像之处，又有不同之处。对波伏娃来说，这里的"她"是原型人物，也是一个有问题的人物，是"第二性"他者的代表。对里奇来说，"她"的他者性让"她"变成了一个乌托邦式的救世主。Simone de Beauvoir, *The Second Sex*, translated and edited by H.M. Parshley. Vintage, 1989. p. 729。

41 "When We Dead Awaken." *Essential Essays*. p. 14.

42 见 Ashbery's review of Rich's *Necessities of Life*, qtd in Albert Gelpi's *American Poetry After Modernism*. Cambridge UP, 2015, p. 141。阿什贝利用"郊区的艾米莉·狄金森"打发了她。

43 见 Michelle Dean, "The Wreck." *The New Republic*. 03 April 2016。

44 *Collected Poems*. p. 310.

45 安吉拉·戴维斯的话引自 Alan Light, *What Happened, Miss Simone? A Biography*. Crown Archetype, 2016, p. 103。

46 托妮·莫里森 的话引自 David Brun-Lambert, *Nina Simone: The Biography*. Aurum, 2009, pp. 156—157。

47 阿米尔·巴拉卡的话引自 Michael Gonales, "Natural Fact: The Nina Simone Story." *Wax Poetics*, June 25, 2015. www.waxpoetics.com/blog/features/natural-fact-the-nina-simone-story。

48 关于妮娜·西蒙的电影都讲述了这三起事件。*Nina*. Directed by Cynthia Mort, RLJ Entertainment, 2016; and *What Happened, Miss Simone?*. Directed by Liz Garbus, Netflix, 2015。

49 Nina Simone with Stephen Cleary, *I Put a Spell on You: The Autobiography of Nina Simone*. Da Capo Press, 1991, p. 26.

50 西蒙·仙诺将会翻译并在巴黎出演汉斯伯里的《阳光下的葡萄干》。

51 Website for "Mississippi Goddam" .

52 妮娜·西蒙的话引自 Joe Hagan, "I Wish I Knew How It Would Feel to Be Free: The Secret Diary of Nina Simone." *The Believer*, no. 73, July 1, 2010. www.believermag.com/i-wish-i-knew-how-it-would-feel-to-be-free/。

53 Nina Simone, "Pirate Jenny." *Genius*. www.genius.com/Nina-simone-pirate-jenny-lyrics.

54 Ruth Feldstein, *How It Feels to Be Free: Black Women Entertainers and the Civil Rights Movement*. Oxford University Press, 2013, p. 96.

55 Nina Simone, "Go Limp." *Genius*. www.genius.com/Nina-simone-go-limp-lyrics.

56 Angela Davis, *With a Mind on Freedom: An Autobiography*. Bantam Books, 1975, p. 159.

57 Stokely Carmichael quoted in Mary King, *Freedom Song: A Personal Story of the 1960s Civil Rights Movement*. William Morrow & Company, 1985, pp. 451—452.

58 Nina Simone, "Four Women." *Genius*. www.genius.com/Nina-simone-four-women-lyrics.

59 Nina Simone, "Images." *Genius*. www.genius.com/Nina-simone-images-lyrics.

60 Mary Anne Evans 关于《四个女人》的长篇访谈重印于 Light, *What Happened, Miss Simone? A Biography*, pp. 132—134。正文里所有关于角色的评价都来自这场访谈。

61 Nina Simone. "I Wish I knew How It Would Feel to Be Free." *Genius*. www.genius.com/Nina-simone-i-wish-i-knew-how-it-would-feel-to-be-free-lyrics.

62 妮娜·西蒙的话引自 Nadine Cohadas, *Princess Noire: The Tumultuous Reign of Nina Simone*. The University of North Carolina Press, 2010, p. 224。

63 关于汉斯伯里的讲座 "The Nation Needs Your Gifts" 的讨论见 Perry, *Looking for Lorraine: The Radiant and Radical Life of Lorraine Hansberry*, p. 197。

第四章

1 Philip Larkin, "Annus Mirabilis." *The Complete Poems: Philip Larkin*, edited by Archie Burnett, Farrar, Straus and Giroux, 2012, p. 90.

2 见 Loren Glass, "Redeeming Value: Obscenity and Anglo-American Modernism." *Critical Inquiry*, vol. 32, no. 2, 2006, pp. 341—361. *JSTOR*, www.jstor.org/stable/10.1086/500706。

3 见 Elaine Tyler May, *America and the Pill: A History of Promise, Peril, and Liberation.* Basic Books, 2010。

4 关于"准婚姻",见 Carolyn Heilbrun, *The Education of a Woman: The Life of Gloria Steinem.* Ballantine Books, 1996, pp. 112, 115。

5 Gloria Steinem, "Introduction: Life Between the Lines." *Outrageous Acts and Everyday Rebellions.* Holt, Rinehart and Winston, 1983, pp. 1—26; p. 16.

6 Gloria Steinem, "I Was a Playboy Bunny." *Outrageous Acts and Everyday Rebellions.* Holt, Rinehart and Winston, 1983, p. 29—69; p. 30.

7 休·赫夫纳 1967 年的访谈引自 Carina Chocano, *You Play the Girl: On Playboy Bunnies, Stepford Wives, Train Wrecks, and Other Mixed Messages.* Houghton Mifflin Harcourt, 2017, p. 6。

8 Gloria Steinem, "The Moral Disarmament of Betty Coed." *Esquire*, Sep. 1962, pp. 97—157; pp. 97, 153。玛丽·麦卡锡的小说《她们》(*The Group* , Harcourt, 1963)讨论了许多避孕的问题。

9 Helen Gurley Brown, *Sex and the Single Girl.* Bernard Geis Associates, 1962, p. 4.

10 朱迪斯·图尔曼表示,这是古利·布朗著名的"最喜欢的格言"。Judith Thurman, "Owning Your Desire: Remembering Helen Gurley Brown." *The New Yorker*, 15 Aug. 2012. www.newyorker.com/books/page-turner/owning-your-desire-remembering-helen-gurley-brown.

11 Jennifer Scanlon, *Bad Girls Go Everywhere: The Life of HGB.*

12 William H. Masters and Virginia E. Johnson, *Human Sexual Response.* Little, Brown and Company, 1988, p. 21.

13 对马斯特斯和约翰逊的首篇重要回应见 Mary Ann Sherfey, "The Evolution and Nature of Female Sexuality in relation to Psychoanalytic Theory." *Journal of the American Psychoanalytic Association*, vol. 14, no. 1, 1966。

14 Susan Sontag, *Reborn: Journals and Notebooks, 1947—1963.* Ed. by David Rieff.

Picador, 2009, p. 213.

15 Benjamin Moser, *Sontag: Her Life and Work*. HarperCollins, 2019, p. 90.

16 Terry Castle, "Desperately Seeking Susan." *London Review of Books*. 17 March 2005.

17 Sigrid Nunez, *Sempre Susan: A Memoir of Susan Sontag*. Riverhead, 2014.

18 Daniel Stern, "Life Becomes a Dream." *The New York Times: Books*, 8 September 1963.

19 Carolyn G. Heilbrun, "Speaking of Susan Sontag." *The New York Times*, 27 August 1967.

20 Susan Sontag, "Notes on Camp." *Susan Sontag: Essays of the 1960s & 70s*, edited by David Rieff, Library of America, 2013: 259—274. p. 263.

21 西蒙厌恶地表示，桑塔格眼里的"坎普"文化是"反常的、颠倒黑白的"，而欧文·豪尔用怪诞的比喻（和他的厌女情结）将桑塔格贬低为"出色的公关人士，从奶奶的补丁布片里织出一床华美的被子"。引自 James Penner, "Gendering Susan Sontag's Criticism in the 1960s: The New York Intellectuals, the Counter Culture, and the *Kulturkampf* Over the 'New Sensibility'." *Women's Studies* 31 (2008): 921—941. p. 935 and p. 926。

22 见 Theodore Roszak, *The Making of a Counter Culture: Reflections on the Technocratic Society and Its Youthful Opposition* (Berkeley: University of California Press, 1969)。相似的论点另见 Charles A. Reich, *The Greening of America* (New York, Random House, 1970)。

23 Susan Sontag. "What's Happening in America?" *Susan Sontag: Essays of the 1960s and 1970s*. Edited by David Rieff. The Library of America, 2013: 452—461. p. 452.

24 Joan Didion, "John Wayne: A Love Song." *Saturday Evening Post*. 14 August 1965. pp. 76—79.

25 Joan Didion, "A Preface." *Slouching Towards Bethlehem*. Farrar, Straus and Giroux, 1968. pp. xi—xiv.

26 Joan Didion, "Slouching Towards Bethlehem." *Slouching Towards Bethlehem*. Farrar, Straus and Giroux, 1968: 84—128. p. 84—85.

27 *The Centre Will Not Hold*. Directed by Griffin Dunne, Netflix, 2017.

28 本段中所有引用均来自 Michael J. Kramer, "Summer of Love, Summer of War." *New York Times*, Aug. 15, 2017。

29 引自 Ellen Hopkins, "Susan Sontag Lightens Up." *Los Angeles Times*. 16 August 1992。

30 Todd Gitlin, *The Sixties: Years of Hope, Days of Rage*. 1989. Bantam Books, 1993, p. 265.

31 Ruth Rosen, *The World Split Open: How the Modern Women's Movement Changed America*. Penguin Books, 2000, p. 59.

32 另见其他发言人，如 Barbara Deming, "Southern Peace Walk: Two Issues or One?" (1962) and Angela Davis, "The Liberation of Our People" (1969) in *War No More: Three Centuries of American Antiwar and Peace Writing*, edited by Lawrence Rosenwald, The Library of America, 2016, pp. 348—361 and pp. 507—513。

33 William Packard, "Craft Interview with Denise Levertov." *Conversations with Denise Levertov*, edited by Jewel Spears Brooker. University Press of Mississippi, 1998, p. 50。丹妮丝·莱维托芙谈论的是 1966 年后的运动。

34 Denise Levertov, *Poems 1968—1972*. New Directions Publishing Corporation, 1987, p. 121.

35 Muriel Rukeyser, "Poem." 1968. *The Collected Poems of Muriel Rukeyser*, edited by Janet E. Kaufman and Anne F. Herzog with Jan Heller Levi. University of Pittsburgh Press, 2005, p. 430.

36 Mary McCarthy, *Vietnam*. Harcourt, Brace & World, 1967, p. 33.

37 Mary McCarthy, *Hanoi*. Harcourt, Brace & World, 1968, p. 123.

38 Letter by McCarthy quoted in Michelle Dean, *Sharp: The Women Who Made an Art of Having an Opinion*. Grove Press, 2018, p. 165.

39 Susan Sontag, "Trip to Hanoi." *Styles of Radical Will*. Picador, 1969, p. 223.

40 Grace Paley, "Report from North Vietnam." 1969. *A Grace Paley Reader: Stories, Essays, and Poetry*, edited by Kevin Bowen and Nora Paley, Farrar, Straus and Giroux, 2017, p. 265.

41 引自 Donna Krolik Hollenberg, *A Poet's Revolution: The Life of Denise Levertov*. University of California Press, 2013, p. 240。

42 Denise Levertov, "Part IV: Daily Life." *Poems 1968—1972*, p. 188.

43 Sara Evans, *Personal Politics: The Roots of Women's Liberation in the Civil Rights Movement and the New Left*. Alfred A. Knopf, 1979, p. 188.

44 1967年，"女性解放工作坊"在"学生民主协会"的全国大会上提出了《女性宣言》，将女性的地位与被殖民者的地位作对比，要求"兄弟们"处理好自己的"男性沙尔文主义"。见 Gayle Graham Yates, *What Women Want: The Ideas of the Movement*. Harvard, 1965, pp. 7—8。

45 Shulamith Firestone, "The Jeanette Rankin Brigade: Woman Power?." *Notes from the First Year*. New York Radical Women, 1968, p. 18. www.repository.duke.edu/dc/wlmpc/wlmms01037.

46 Kathie Amaniek, "Funeral Oration for the Burial of Traditional Womanhood." *Notes from the First Year*. New York Radical Women, 1968, p.22.www.repository.duke.edu/dc/wlmpc/wlmms01037.

47 见 Kathie Sarachild, "Consciousness-Raising: A Radical Weapon." First National Conference of Stewardesses for Women's Rights, 12 March 1973, New York City. Talk. www.organizingforwomensliberation.wordpress.com/2012/09/25/consciousness-raising-a-radical-weapon/。另见 Ruth Rosen, *The World Split Open: How the Modern Women's Movement Changed America*, p. 197。

48 见 Breanne Fahs, *Valerie Solanas: The Defiant Life of the Woman Who Wrote SCUM (and Shot Andy Warhol)*. The Feminist Press, 2014。沃霍尔枪击案的记录见 Olivia Laing, *The Lonely City: Adventures in the Art of Being Alone*. Picador, 2016, pp. 77—93。

49 Valerie Solanas, *Scum Manifesto*. AK Press, 1997, p. 1.

50 阿特金森相信"索拉纳斯第一次将女性主义带入了现代"(引自 Fahs 174)。

51 名为 Radicals in Boston's Cell 16 的组织创造了早期期刊 *No More Fun and Games*，宣传女性独身项目，组织《渣滓宣言》朗读活动。

52 Robin Morgan, *Saturday's Child: A Memoir*. W. W. Norton, 2001, p. 315.

53 Gail Collins, *American Women*. HarperCollins, 440.

54 Sara Evans, *Personal Politics: The Roots of Women's Liberation in the Civil Rights*

Movement and the New Left. Alfred A. Knopf, 1979, p. 203.

55 见 Susan Brownmiller, *In Our Times: Memoir of a Revolution.* The Dial Press, 1999, pp. 36—40。

56 Erica Jong, "Don't forget the F-word." *The Guardian*, April 11, 2008. www.theguardian.com/books/2008/apr/12/featuresreviews.guardianreview11.

57 Laura Kaplan, *The Story of Jane: The Legendary Underground Feminist Abortion Service.* The University of Chicago Press, 1996, 2019, pp. 27 and 47.

58 Walter Ray Watson, web.

59 Alexis De Veaux, *Warrior Poet: A Biography of Audre Lorde.* W.W. Norton, 2004, p. 105.

60 引自 Todd Gitlin, *The Sixties Years of Hope, Days of Rage.* Revised edition. Bantam, 1993, p. 404。

61 引自 Susan Brownmiller, *In Our Times: Memoir of a Revolution.* The Dial Press, 1999, p. 14。另见 Winifred Breines, *The Trouble Between Us: An Uneasy History of White and Black Women in the Feminist* Movement. Oxford, 2006, p. 26。很多文章探讨过 19 世纪和 20 世纪女性主义运动都诞生于种族歧视游行的相似性。比如见 Elaine Showalter, "A Criticism of Our Own: Autonomy and Assimilation in Afro-American and Feminist Literary Theory." *The Future of Literary Theory*, edited by Ralph Cohen, Routledge, 1989, pp. 347—369。

62 Eldridge Cleaver, *Soul on Ice.* Delta, 1999, p. 33.

63 Baraka, "Babylon Revisited." *Selected Poetry of Amiri Baraka/Leroi Jones.* William Morrow and Co., 1979, p. 119.

64 Robin Morgan, "Introduction: The Women's Revolution." *Sisterhood Is Powerful: An Anthology of Writing from the Women's Liberation Movement*, edited by Morgan, Vintage Books, 1970, pp. xiii—xl; p. xx.

65 较短的版本于 1968 年出现在《第一年的笔记》。我们引用的是《第二年的笔记》中较长的版本。

66 Anne Koedt, "The Myth of the Vaginal Orgasm." *Notes from the Second Year: Women's Liberation*, edited by Shulamith Firestone, 1970, pp. 37—41; p. 41.

67 简·奥莱利于1971发表在《女士》杂志上的文章《家庭主妇的真相时刻》让大众更加认识到性别歧视。更近期的关注见 *Click: When We Knew We Were Feminists*, edited by Courtney E. Martin and J. Courtney Sullivan. Seal, 2010。

68 1969年，墨西哥裔学生在长滩市建立了"夸乌特莫克的女儿"组织。Benita Roth, *Separate Roads to Feminism: Black, Chicana, and White Feminist Movements in America's Second Wave*. Cambridge, 2004, p. 138; Marge Piercy, "The Grand Coolie Dam." *Sisterhood Is Powerful: An Anthology of Writing from the Women's Liberation Movement*, edited by Robin Morgan, Vintage Books, 1970, pp.421—438; pp. 430, 438.

69 Morgan, *Saturday's Child*, p. 30.

70 Robin Morgan, "Goodbye to All That." *Dear Sisters: Dispatches from the Women's Liberation Movement*, edited by Rosalyn Baxandall and Linda Gordon, Basic Books, 2000, pp. 53—57; pp. 53, 54, 57。艾伦·威利斯是"红袜子"的创始人之一，在此之前就宣告"女性解放运动将作为独立革命运动诞生，有潜力代表半数人口。我们想对体制提出自己的分析，把自己的利益放在第一位，不管它对（男性主导的）左派是否有利"。见 Ellen Willis, "Women and the Left." *Radical Feminism: A Documentary Reader*, edited by Barbara A. Crow. New York University Press, pp. 513—515, p. 513。

第五章

1 《时代》杂志使用尼尔的肖像画，是因为米利特拒绝坐下拍照；米利特不想因为自己名声大而被单独选出来，她宁愿和其他女性一起出现在照片上。Alice Neel, Cover Image. *Time*, 31 August 1970. www.content.time.com/time/covers/0, 16641, 19700831, 00.html.

2 House Joint Resolution 208, "Proposed Amendments to the Constitution of the United States." Government Printing Office, 23 March 1972. www.govinfo.gov/content/pkg/STATUTE-86/pdf/STATUTE-86-Pg1523.pdf.

3 "Nation: Who's Come a Long Way, Baby?." *Time*, 31 August 1970. www.content.time.com/time/subscriber/article/0, 33009, 876783-1, 00.html.

4 卡罗尔·哈米什在1969年写了一篇名为《私人的就是政治的》的文章，但很快被遗忘，没有女性主义者公布自己是这个短语的创作者。

5 一个黑人女同性恋团体，名字来源于康比河，哈莉特·塔布曼曾在康比河河岸上召开联盟集会，解放了几百位奴隶。

6 Adrienne Rich, "When We Dead Awaken." 1971. *Essential Essays: Culture, Politics, and the Art of Poetry.* Edited by Sandra M. Gilbert, W.W. Norton & Company, 2018, pp. 3—19; p. 13.

7 Adrienne Rich, "Arts of the Possible." 1997. *Essential Essays: Culture, Politics, and the Art of Poetry.* Edited by Sandra M. Gilbert, W.W. Norton & Company, 2018, pp. 326—344; p. 332.

8 Elaine Showalter, "Women's Time, Women's Space: Writing the History of Feminist Criticism." *Tulsa Studies in Women's Literature*, vol. 3, no. 1/2, 1984, pp. 29—43; p. 34.

9 Rachel Blau DuPlessis, *Blue Studios: Poetry and Its Cultural Work.* The University of Alabama Press, 2006, p. 22.

10 Ann Snitow, *The Feminism of Uncertainty: A Gender Diary.* Duke University Press, 2015, p. 71.

11 关于这些组织的兴起，见 Winifred D. Wandersee, *On the Move: American Women in the 1970s.* Twayne Publishers, 1988。

12 Kate Millett, "Introduction to the Touchstone Paperback." *Sexual Politics.* 1969. Columbia University Press, 2016, pp. xxv-xxviii; p. xxv.

13 从这个角度看，米利特的行为就是朱迪斯·菲特利所说的"抗拒式读者"，见 Judith Fetterley, *The Resisting Reader: A Feminist Approach to American Fiction.* Indiana University Press, 1981。

14 "*Sexual Politics* Part III: Jean Genet." *Rad Fem Hub: A Radical Feminist Collective*, 30 January 2012. https://radicalhubarchives.wordpress.com/2012/01/30/sexual-politics-part-iii-jean-genet/.

15 Kate Millett, *Flying.* 1974. University of Illinois Press, 2000, p. 23.

16 Radicalesbians, "The Woman-Identified Woman." 1970. *Women's Rights in the United*

States: A Comprehensive Encyclopedia of Issues, Events, and People. Edited by Tiffany K. Wayne and Louis Banner, vol. 3, ABC-CLIO, 2015, pp. 358—361; p. 358.

17 Jill Johnston, *Lesbian Nation: The Feminist Solution.* Simon and Schuster, 1973, p. 179.

18 Ti-Grace Atkinson quoted in Alice Echols, *Daring to Be Bad: Radical Feminism in America, 1967—1975.* 1989. University of Minnesota Press, 2003, p. 238.

19 *Town Bloody Hall.* Directed by Chris Hegedus and D. A. Pennebaker, Pennebaker Hegadus Films, 1979.

20 Irving Howe, "The Middle-Class Mind of Kate Millett." *Harper's Magazine*, December 1970, pp. 110—129; pp. 118, 110, 124.

21 Gore Vidal, "In Another Country." *The New York Review of Books*, 22 July 1971. www.nybooks.com/articles/1971/07/22/in-another-country/.

22 Kate Millett, *The Basement: Meditations on a Human Sacrifice.* Simon and Schuster, 1979.

23 Joyce Carol Oates, "To Be Female Is to Die." *New York Times*, 9 September 1979. www.nytimes.com/1979/09/09/archives/to-be-female-is-to-die-millett.html.

24 Susan Sontag, "The Pornographic Imagination." *Susan Sontag: Essays of the 1960s and 70s.* Library of America, 2013, pp. 320-352; p. 337.

25 Susan Griffin, *Pornography and Silence: Culture's Revenge Against Nature.* Harper and Row, 1981, pp. 227—228.

26 Susan Sontag, "The Double Standard of Aging." *Susan Sontag: Essays of the 1960s & 70s*, edited by David Rieff, Library of America, 2013, pp. 745—768; p. 766.

27 Susan Sontag, "A Woman's Beauty: Put-Down or Power Source?" *Susan Sontag: Essays of the 1960s & 70s*, edited by David Rieff, Library of America, 2013, pp. 803—805; p. 804.

28 Susan Sontag, "The Third World of Women." *Susan Sontag: Essays of the 1960s & 70s*, edited by David Rieff, Library of America, 2013, pp. 769—799; p. 782.

29 但关于桑塔格 60 年代隐秘的女性主义倾向、70 年代早期直接的女性主义倾向，以及她对《巴黎评论》"大家庭"的老左派成员的敌意，见 James Penner,

"Gendering Susan Sontag's Criticism in the 1960s: The New York Intellectuals, The Counter Culture and the *Kulturkampf* Over 'The New Sensibility.' " *Women's Studies*, vol. 37, no. 8, 2008, pp. 921—941。

30 Adrienne Rich and Susan Sontag. "Feminism and Fascism: An Exchange." *New York Review of Books*, vol. 22, no. 4, 20 March 1975, https: //www.nybooks.com/articles/1975/03/20/feminism-and-fascism-an-exchange/.

31 桑塔格对里奇的回应附在了里奇的信件上，见上述网址。

32 Terry Castle, "Desperately Seeking Susan." *London Review of Books*, vol. 27, no.6, 17 March 2005, pp. 17—20. https: //www.lrb.co.uk/v27/n06/terry-castle/desperately-seeking-susan.

33 Sigrid Nunez, *Sempre Susan: A Memoir of Susan Sontag*. Riverhead Books, 2014.

34 Kate Millett, *Sexual Politics*. Columbia UP, 2016, quote found on p. 54。在本章较前的地方，米利特使用"内部殖民"来描述父权制意识形态的心理机制。不用说，其他小说也捕捉到了 70 年代的女性主义体验，尤其是 Sue Kaufman, *Diary of a Mad Housewife* (1970) and Marge Piercy, *Small Changes* (1973), as well as Lisa Alther, *Kinflicks* (1976)。

35 Toni Morrison, *The Bluest Eye* (1970). With a new Afterword by the Author. Alfred A. Knopf, 1993, pp. 45—46.

36 莫里森反对"黑即美"的口号，她在 1974 年写道："外表美丽是美德是西方世界最愚蠢、最有害、最具毁灭性的观点之一，我们不要和它有任何联系。" Morrison "Behind the Making of *The Black Book*." *Black World*, vol. 23, no. 4, February 1974, pp. 86—90.

37 Toni Morrison, "A Slow Walk of Trees (as Grandmother Would Say), Hopeless (as Grandfather Would Say)." (1976) in Toni Morrison, *What Moves at the Margin: Selected Nonfiction*, edited by Carolyn C. Denard. University Press of Mississippi, 2008), p. 6.

38 芬妮·赫斯特的小说于 1933 年出版，被改编成两部成功的电影。

39 Toni Morrison, "What the Black Woman Thinks about Women's Lib." *New York Times Magazine* (22 August 1971) reprinted in Toni Morrison, *What Moves at the Margin*:

Selected Nonfiction, ed. Carolyn C. Denard. University Press of Mississippi, 2008, p. 19, pp. 18—30.

40 舒尔曼回忆一位读者向她发火，"抱怨说他的妻子在读了《前舞会女王回忆录》后就带着孩子离开了"时似乎并不后悔。Alix Kates Shulman, *Memoirs of an Ex-Prom Queen*. Preface to the revised edition, Penguin, 1997, p. ix.

41 比如，保罗·泰鲁批评"艾丽卡·荣无脑的女主角像猛犸象一样阴森地逼近，像卡尔斯巴德洞窟一样阴暗，将多情的探险家引诱到她深邃的石窟里"。Paul Theroux, *Sunrise with Seamonsters*. Mariner: Houghton Mifflin, 1985, p. 5.

42 Erica Jong, *Fear of Fifty: A Midlife Memoir*. Harper Collins, 1994, p. 295.

43 Olive Schreiner, *Woman and Labor*. Leipzig Bernard Tauchnitz, 1911, p. 74.

44 Erica Jong, *Fear of Flying*. Holt, Rinehart and Winston, 1973, pp. 9—10.

45 Joan Didion, "The Women's Movement" (1972) in Joan Didion, *The White Album*. Simon and Schuster, 1979, p. 112, pp. 109—118.

46 Rita Mae Brown, *Rita Will: Memoir of a Literary Rabble-Rouser*. Bantam Books, 1997, pp. 280—281.

47 "你只有一坨满是粉色皱纹的肉垂在那里。很丑。" Rita Mae Brown, *Rubyfruit Jungle*. Bantam Books, 1977, p. 4.

48 一位自认为是异性恋的女性爱人让莫莉假装她们在小便池旁，"而你说，'这根阴茎真棒，又大又多汁'"。一位自认为是异性恋的男性恋人想让她想象"我们在四季酒店的女洗手间，而你在欣赏我妖娆的胸部"。

49 小说在结尾处确实保持乐观。就好像有了哈克贝利·费恩的宙斯之盾护体，莫莉准备闯入电影制作的禁地，直到成为"密西西比河这边最火辣的50岁"。

50 Margaret Atwood, *Lady Oracle*. Simon and Schuster, 1976, pp. 46, 50.

51 Margaret Atwood, "You Fit Into Me." *Power Politics*. 1971. House of Anansi Press Incorporated, 2005, p. 1.

52 "美国人"被和谋杀联系起来——"只为证明他们能杀人，证明他们有杀人的权力"——加拿大人也是如此，事实上，问题缠身的作者经常想和同胞远离加拿大人。Atwood, *Surfacing*. Simon and Schuster, 1972, pp. 134, 162.

53 弗伦奇反对怀孕是荣耀，"因为怀孕将你撕碎，将你抹去"，悲剧来自好色的丈夫，醉醺醺的晚宴，围绕离婚的“贫困、污名和寂寞”，“无聊且痛苦，充满绝望”的日常家务，对妻子的暴力，婚内强奸（“一切发生得很快，他甚至没正眼看她”），对孩子的咆哮，电击治疗。Marilyn French，*The Woman's Room.* Summit Books，1977，pp. 49，133，141，162.

54 Kim A. Loudermilk，*Fictional Feminism: How American Bestsellers Affect the Movement for Women's Equality.* Routledge，2004，pp. 45—51，62—63.

55 Judy Chicago and Miriam Shapiro，“The Womanhouse.” 1972. *Womanhouse.* edited by Suzy Spence and Leslie Brack，2014. www.womanhouse.net.

56 Betsey Stevenson and Justin Wolfers，“Marriage and Divorce: Changes in their Driving Forces.” *Journal of Economic Perspectives*，vol. 21，no. 2，2007，pp. 27—52.

57 Sylvia Plath，*The Unabridged Journals of Sylvia Plath.* Anchor，2000；p. 275.

58 Sylvia Plath，*The Bell Jar.* Faber and Faber，1963.

59 比如见 D. H. 劳伦斯的诗歌《无花果》，普拉斯很熟悉它。

60 Sylvia Plath. “Hanging Man.” *Collected Poems*，edited by Ted Hughes. Faber and Faber，1981，p. 141.

61 自从《钟形罩》1971 年第一次在美国出版后，它的几个再版日期都和两篇引导日益激烈的妇女运动的论文相关。

62 Robin Morgan，“Arraignment.” *Monster*，Random House，1972，pp. 76—78；p. 76.

63 引自 Elaine Feinstein，*Ted Hughes，The Life of a Poet.* Weidenfeld and Nicolson，2001，p. 149。

64 Ted Hughes，*Birthday Letters.* Farrar，Straus，Giroux，1998，pp. 195—196.

65 Diane Seuss，“Self-Portrait with Sylvia Plath's Braid.” *Still Life with Two Dead Peacocks and a Girl.* Graywolf，2018. p. 84.

66 Erica Jong，“Alcestis on the Poetry Circuit.” *Half-Lives.* Holt，Rinehart and Winston，1973，pp. 25—26.

67 Anne Sexton，“Sylvia's Death.” *POETRY*，Jan. 1964，pp. 224—226. www.poetryfoundation.org/poetrymagazine/browse?contentId=29621.

68 Catherin Bowman，*The Plath Cabinet.* Four Way Books，2009. See also *The Plath Poetry Project*，https://plathpoetryproject.com/.

69 Joanna Biggs, "I'm an Intelligence." *London Review of Books*, vol. 40, no. 24, December 2018, https: //www.lrb.co.uk/v40/n24/joanna-biggs/im-an-intelligence.

第六章

1 Jane Austen, *Northanger Abbey.* Penguin Classics, 1995, p. 104.

2 见 Bradley v. State, 1 Miss. (Walker) 156, 1824。

3 Adrienne Rich and David Montenegro, *Points of Departure: International Writers on Writing and Politics.* U of Michigan P, 1991, p. 11.

4 Yeats, "Easter, 1916." *The Collected Poems of W. B. Yeats.* Edited by Richard J. Finneran, Scribner, 1996, pp. 180—181, p. 180.

5 Rich to Carruth, 引自 Michelle Dean, "The Wreck." *The New Republic*, 3 April 2016. https: //newrepublic.com/article/132117/adrienne-richs-feminist-awakening。

6 Michelle Dean, "The Wreck." *The New Republic*, 3 April 2016. https: //newrepublic.com/article/132117/adrienne-richs-feminist-awakening.

7 引自 John O'Mahoney, "Poet and Pioneer." *The Guardian*, 14 June 2002. https: //www.theguardian.com/books/2002/jun/15/featuresreviews.guardianreview6。

8 引自 Dean, "The Wreck。"

9 Emily Dickinson, "Tell all the truth but tell it slant." *The Poems of Emily Dickinson*, edited by R.W. Franklin, Harvard UP, 1998, p. 494.

10 Sandra Gilbert, "A Life Written in Invisible Ink." *The American Scholar*, 6 September 2016. https: //theamericanscholar.org/a-life-written-in-invisible-ink/#.XWdLF-hKhPY.

11 Adrienne Rich, "Diving into the Wreck." *Selected Poems: 1950—2012.* W.W. Norton, 2018, pp. 120—123; p. 122.

12 Margaret Atwood, "Diving Into the Wreck." *New York Times Book Review*, 30 Dec. 1973.

13 Leslie Farber. "He Said, She Said." *Commentary*, March 1972. https: //www.commentarymagazine.com/articles/he-said-she-said/.

14 Adrienne Rich, "Waking in the Dark." *Selected Poems: 1950—2012.* W.W. Norton, 2018, pp. 112—116; p. 113.

15 Adrienne Rich, "From an Old House in America." *Selected Poems: 1950—2012*. W.W. Norton, 2018, pp. 137—149; p. 147.

16 Adrienne Rich, "Trying to Talk with a Man." *Selected Poems: 1950—2012*. W.W. Norton, 2018, pp. 109—110; p. 110.

17 William Blake, "The Marriage of Heaven and Hell." *Collected Poems*.

18 Adrienne Rich, "From the Prison House." *Diving into the Wreck*, W.W. Norton, 1973, pp. 17—18; p. 17.

19 Adrienne Rich, "The Stranger." *Diving into the Wreck*, W.W. Norton, 1973, p. 19.

20 "A Marriage in the Sixties" (from *Snapshots*) and "Like This Together" (from *Necessities of Life*). Adrienne Rich, "A Marriage in the Sixties." *Selected Poems: 1950—2012*. W.W. Norton, 2018, pp. 29—31; p. 31. Adrienne Rich, "Like This Together." *Selected Poems: 1950—2012*. W.W. Norton, 2018, pp. 44—46; p. 45.

21 Adrienne Rich, "From A Survivor." *Selected Poems: 1950—2012*. W.W. Norton, 2018, pp. 132—133; p. 132.

22 Adrienne Rich, "Compulsory Heterosexuality and Lesbian Existence." *Essential Essays: Culture, Politics, and the Art of Poetry*, Norton, 2018, pp. 157—197; p. 159.

23 Rich, "Twenty-One Love Poems." *Selected Poems: 1950—2012*. W.W. Norton, 2018, pp. 165—177; p. 165.

24 这一传统中的著名作品包括Christine de Pizan's *City of Ladies* (1405) and Margaret Cavendish's *The Blazing World* (1666)，以及，距离吉尔曼的时代更近的Mary Elizabeth Bradley Lane's *Mizora* (1880—1881) and Elizabeth Corbett's *New Amazonia* (1889)。

25 Julie Phillips, *James Tiptree Jr.: The Double Life of Alice B. Sheldon*. St. Martin's, 2007, p. 245.

26 James Tiptree, Jr., "The Women Men Don't See." *Her Smoke Rose Up Forever*, Tachyon, 2004, pp. 115—143; p. 115.

27 James Tiptree, Jr., "The Girl Who Was Plugged In." *Her Smoke Rose Up Forever*, Tachyon, 2004, pp. 43—79.

28 James Tiptree, Jr., "The Screwfly Solution." *Her Smoke Rose Up Forever*, Tachyon,

2004, pp. 9—31.

29 不管这两个故事有没有相互直接影响，它们都惊人地相似，都是三个男性旅行者面对全女性的乌托邦，为她们的习俗着迷、惊讶、困惑。两个故事都从困惑（而且吃惊）的旅行者视角叙述。两个故事都描绘了和平的、全部是女性的世界，充满刻板印象中的——有时有点喜剧效果的——“女性”特质。两个女性主义乌托邦都强调了母亲身份和教育的重要性。在两个故事里，女人们都能不借助男人的辅助生育，《她的国》是通过单性繁殖，《休斯顿，休斯顿，能收到吗？》是通过精密的克隆技术。在两个故事里，三位男性中的一位都将女性性化，最终试图强奸一位女性，从而短暂惊扰了社群的宁静氛围。提普奇的传记作家朱莉·菲利普斯表示，没有证据显示爱丽丝·谢尔顿知道《她的国》——确实，吉尔曼的乌托邦故事直到1979年才以图书形式出版，这已是提普奇的故事出版的后几年。但《她的国》最初刊登在女性主义杂志《先驱者》上，并于1968年重印，所以谢尔顿——当时刚获得心理学博士学位，是一位严肃学者——有可能看过。

30 James Tiptree, Jr., “Houston, Houston Do You Read?” *Her Smoke Rose Up Forever*, Tachyon, 2004, pp. 163—216; p. 186.

31 引自 Pat Wheeler, “That Is Not Me. I Am Not That.” *On Joanna Russ*, edited by Farah Mendlesohn, Wesleyan UP, 2009, pp. 99—113; p. 99。

32 Joanna Russ, “The New Misandry.” *The Village Voice*, vol. 17, no. 41, 12 October 1972.

33 Joanna Russ, *The Female Man*. Bantam, 1975, p. 7.

34 但正如朱迪斯·加德纳在90年代观察到的那样，《女性男人》在几十年内开始显得过时。加德纳写道：“这本书是针对当时情况的一记重拳，我现在想起来当时的情况都惭愧。我很难描述那个时代猛烈的道德怒火、对自认正义的坚持、激情和团结的女性主义怒火，但也有在父权制逆境下的绝望。”（引自 Wheeler, p. 99）但最近出现了对这本小说高度积极的评价，见 B.D. McClay, “Joanna Russ, the Science-Fiction Writer Who Said No.” *The New Yorker*, Jan. 20, 2020。

35 勒古恩致提普奇的信件，引自 Phillips, 371。另见 Le Guin’s 1976 interview with Paul Walker for *Luna Monthly*。

36 Ursula Le Guin, *The Left Hand of Darkness*. Ace Books, 2010, p.100.

37 See Ursula Le Guin, "Is Gender Necessary? Redux." *Dancing at the Edge of the World: Thoughts on Words, Women, Places*. Grove, 1989, pp. 7—16.

38 "Coming of Age in Karhide" 出版于 1995 年，并重印于 *The Birthday of the World*（2002）。

39 Ursula Le Guin. "Sur." *The Compass Rose*. Harper and Row, 1982, pp. 230—246; p. 234.

40 Adrienne Rich, "Phantasia for Elvira Shatayev." *Selected Poems: 1950—2012*. Norton, 2016. pp. 153—156.

第七章

1 Vivian Gornick, "Who Says We Haven't Made a Revolution? A Feminist Takes Stock." *New York Times*, 15 April 1990. www.nytimes.com/1990/04/15/magazine/who-says-we-haven-t-made-a-revolution-a-feminist-takes-stock.html.

2 格洛丽亚·斯泰纳姆的话引自 Rebecca Traister, *Good and Mad: The Revolutionary Power of Women's Anger*. Simon & Schuster, 2018, pp. 109—110。

3 Gloria Steinem, "Alice Walker: Do You Know This Woman? She Knows You." 1982. *Outrageous Acts and Everyday Rebellions*. Holt, Rinehart, and Winston, 1983, pp. 259—275; p. 275.

4 Carolyn G. Heilbrun, *The Education of a Woman: The Life of Gloria Steinem*. The Dial Press, 1995, p. 255.

5 Betty Friedan, *It Changed My Life: Writings on the Women's Movement*. Random House, 1976. 这段话出现在名为《为个人真理而斗争（1971—1973）》的章节里，p. 244。

6 弗里丹反对《女士》杂志宣扬女性不要做任何"让自己对男性有吸引力的事。我很不满的是，格洛丽亚一边向《女士》杂志宣扬这种教条，与此同时又和光鲜亮丽的男人约会，在纽约一家名为'肯尼斯'的豪华发廊做头发。" Betty Friedan, *Life So Far*. Simon & Schuster, 2000, pp. 249—250.

7 Nora Ephron, "Women." *Esquire*, November 1972, pp. 10—18, 28; p. 10.

8 “(爱丽丝)不想全职上班，拒绝来参加会议也没问题。”斯泰纳姆心想。Evelyn C. White, *Alice Walker: A Life.* W.W. Norton & Company, 2004, pp. 265, 266。

9 Alexis De Veaux, *Warrior Poet: A Biography of Audre Lorde.* W.W. Norton & Company, 2004, p. 133. 奖金流向了纽约福利组织 Sisterhood of Black Single Mothers。事实上，真正的奖项在里奇和艾伦·金斯堡之间平分，正如沃克的解释那样，“我想她觉得自己在被我们排除在外的背景下无法接受任何东西”(White 271)。

10 文章重印于 Alice Walker, *In Search of Our Mothers' Gardens.* 1974. Harcourt Brace Jovanovich, 1983, pp. 231—243; p. 232。

11 文章收录于 *In Search of Our Mothers' Gardens*, 名字为 “Looking for Zora.” pp. 93—116。

12 Sara Blackburn wrote the review of *Sula* in *New York Times*, 30 December 1973. www.nytimes.com/1973/12/30/archives/sula-by-toni-morrison-174-pp-new-york-alfred-a-knopf-595.html.

13 沃克的传记作家伊芙琳·C. 怀特表示，疏远的来源是嫉妒心。“鲁凯泽未曾想过，一位来自乔治亚州、曾‘受自己庇护’的黑人贫困女性将盖过自己的文学光芒。”

14 鲁凯泽从来没有寄出写好的回信。在这封未寄出的信件里，鲁凯泽提到她曾给沃克堕胎的资金，当时沃克有自杀倾向，且没有地下堕胎的渠道（White, pp. 125—126, 275）。

15 Susan Brownmiller, *In Our Time: Memoir of a Revolution.* The Dial Press, 1999, p. 234.

16 卡洛琳·海尔布伦和布朗米勒讲述了撒加瑞斯公社因成员无法决定是否接受《女士》杂志的资助而走向终结的故事。

17 Jo Freeman, “Trashing.” *Ms.*, April 1976, pp. 49—51, 92—98, p. 49。

18 Heilbrun, pp. 280—281. 见 Ruth Rosen, “The Politics of Paranoia.” in *The World Split Open: How the Modern Women's Movement Changed America.* Penguin Books, 2000, pp. 227—260。

19 Letty Cottin Pogrebin, “Have you Ever Supported Equal Pay, Child Care, or Women's Groups? The FBI Was Watching You.” *Ms.*, June 1977, pp. 37—44; p. 37.

20 激进女性主义者指控斯泰纳姆的同一年,《女士》杂志的首位编辑伊丽莎白·福斯林·哈里斯(在第一期发布后离职)对斯泰纳姆提起诉讼,罪名是证券欺诈。

21 Erica Jong, *Fear of Fifty: A Midlife Memoir*, HarperCollins, 1994, p. 286.

22 Phyllis Chesler, *Letters to a Young Feminist.* Four Walls Eight Windows, 1997, p. 56.

23 Jill Lepore, *These Truths: A History of the United States.* W.W. Norton & Company, 2018, p. 660.

24 Winifred Breines, *The Trouble Between Us: An Uneasy History of White and Black Women in the Feminist Movement.* Oxford, 2006, p. 152.

25 Sheila Tobias, *Faces of Feminism: An Activist's Reflections on the Women's Movement.* Westview Press, 1997, p. 155.

26 关于施拉夫利成功的"支持家庭"和反平等权利法案的宣传运动,有一个讽刺的观点:希拉·托比亚斯解释道;"这场宣传运动为一个有野心但无法在其他领域'取得成功'、手握权力、入驻办公室的政界女性提供了机会。施拉夫利足够聪明,知道在1972年保守党的议题范围内,平等权利法案可以属于她。"施拉夫利戏剧性的掌权过程见葫芦网出品的电视剧集《美国夫人》。

27 Marjorie J. Spruill, *Divided We Stand: The Battle Over Women's Rights and Family Values that Polarized American Politics.* Bloomsbury, 2017, p. 91.

28 Lillian Faderman, "Enter, Anita." *The Gay Revolution: The Story of the Struggle.* Simon & Schuster, 2015, pp. 321—335; p. 332.

29 引自 Maude,同样见 The Rockford files。The Rockford files 的"Trouble in Chapter 17"(于1997年9月23日在NBC台首次播放)这集刻画了一个名叫 Anne Louise Clement 的角色。这个角色很大程度上也以 Marabel Morgan 为原型。

30 Audre Lorde, *Sister Outsider: Essays and Speeches by Audre Lorde*, New Foreword by Cheryl Clarke. Crossing Press, 2007, p. 90.

31 Audre Lorde, "Love Poem." *The Collected Poems of Audre Lorde.* W.W. Norton, 1997, p. 127.

32 Alexis De Veaux, *Warrior Poet: A Biography of Audre Lorde.* W.W. Norton, 2004, pp. 130—131.

33 阿德里安·里奇记得一年前在一家咖啡店听洛德读诗。“它真了不起。像一场反抗。光芒四射，”洛德解释道，“在黑人社群公开女同性恋身份不容易，但隐藏身份更不容易。”

34 或许在说出“黑人女同性恋在黑人男性和异性恋黑人女性之间都受到攻击”时，她也在试图保护新兴的康比河公社里的同僚芭芭拉·史密斯。关于康比河公社的发展和重要性，见 Chapter 4 of Winifred Breines, *The Trouble Between Us: An Uneasy History of White and Black Women in the Feminist Movement.* Oxford, 2006, pp. 117—149。

35 洛德关于年轻演员帕特里夏·考恩谋杀案的讨论见诗歌“Need: A Choral of Black Women's Voices.” *The Collected Poems of Audre Lorde*, p. 353; and “Sexism: An American Disease in Blackface.”

36 她日后解释道：“如果我们真的做好准备去捍卫自己相信的东西，那我们就能带来改变。不然的话，所有东西都只是空洞的修辞，我们的孩子就得重蹈覆辙。” Interview with Marion Kraft in 1986 in *Conversations with Audre Lorde*, edited by Joan Wylie Hall. University of Mississippi Press, 2004, p. 148.

37 Audre Lorde, “Breast Cancer.” *Sinister Wisdom* 10, Summer 1979; 引言出自这篇文章的结尾处。

38 “愤怒的使用”作为关键词出现在 1981 年的全国女性研究协会的大会上。

39 Casey Cep, “Fighting Mad: Reconsidering the Political Power of Women's Anger.” *New Yorker.* October 15, 2008, p. 84, a review of Soraya Chemaly's *Rage Becomes Her*, Brittney Cooper's *Eloquent Rage*, and Rebecca Traister's *Good and Mad.*

40 “Bryant.” *Feminist Writers*, edited by Pamela Kester-Shelton. St. James Press, 1996, p. 77.

41 尽管这部作品在华裔美国人社群里存在争议，一些金斯顿的同时代男作家声称作者没有描绘出“真正的”中国，但等到 90 年代，《女勇士》和相似的小说《中国佬》成为“在世美国作家创作的文本里，最常在大学校园里被讲授的”。Amy Ling, “Maxine Hong Kingston.” *Contemporary Authors.* Gale Research, 1991. 例如，著名华裔美国剧作家赵健秀就认为《女勇士》用伪基督教自传小说的模式，刻画了一个“虚假的”中国。见 Chin's preface to *Aiiieeee!: An Anthology of*

Asian American Writers. Howard UP, 1974。

42 出生在美国的"美国孩子"和在中国早夭的两个大孩子形成了对比。但美国孩子也都无法挣脱中国的鬼魂。

43 Alex Zwerdling, "Imagining the Facts in Kingston's Memoirs." *The Rise of the Memoir*, Oxford UP, 2017, pp. 185—218.

44 Maxine Hong Kingston, *The Woman Warrior: Memoirs of a Girlhood Among Ghosts*. Vintage, 1989, pp. 96—97.

45 当然了，迪士尼电影《花木兰》于 1998 年上映，但电影制作似乎表明创意团队没有读过《女勇士》。

46 Robert Southey, Letter, March 12, 1837. *The Letters of Charlotte Brontë: 1829—1847*, edited by Margaret Smith, Clarendon Press, 1995, vol. 1, pp. 166—67; pp. 166—167. Charlotte Bronte, Letter, March 16, 1837. *The Letters of Charlotte Brontë: 1829—1847*, edited by Margaret Smith, Clarendon Press, 1995, vol. 1, pp. 168—169; p. 169. On the Dickinson anecdote, see Rich's "Vesuvius at Home."

47 "The Dinner Party: Entry Banners." *Brooklyn Museum*, www.brooklynmuseum.org/eascfa/dinner_party/entry_banners.

48 见 Nadja Sayej, "Judy Chicago: 'In the 1960s, I Was the Only Visible Woman Artist.' " *The Guardian*, 20 Oct. 2017. www.theguardian.com/artanddesign/2017/oct/20/judy-chicago-the-dinner-party-history-in-the-making。

49 见 Hilton Kramer, "Art: Judy Chicago's 'Dinner Party' Comes to Brooklyn Museum." *New York Times*, 17 Oct. 1980, p. C1, C18; p. C1。

50 Alice Walker, "*One* Child of One's Own: A Meaningful Digression Within the Work (s)." *In Search of Our Mothers' Gardens: Womanist Prose*, by Walker, Mariner Books, 2003, pp. 371—393. 另见 Hortense Spillers, "Interstices: A Small Drama of Words." *Black, White, and in Color: Essays on American Literature and Culture*, by Spillers, University of Chicago Press, 2003, pp. 152—175。

51 Shulamith Firestone, "On American Feminism." *Woman in Sexist Society*, edited by Vivian Gornick and Barbara K. Moran. Basic Books, 1971, pp. 485—501; p. 495.

第八章

1 Betty Friedan, "Feminism's Next Step." *New York Times*, 5 July 1981. www.nytimes.com/1981/07/05/magazine/feminism-s-next-step.html.

2 Susan Bolotin, "Voices from the Post-Feminist Generation." *New York Times*, 17 Oct. 1982, p. 006029. www.nytimes.com/1982/10/17/magazine/voices-from-the-post-feminist-generation.html?searchResultPosition=2.

3 沃克在 1983 年因《紫色》获奖，莫里森在 1988 年因《宠儿》获奖。《新闻周刊》的民调于 1986 年公布；见 Eloise Salholz, et al., "Feminism's Identity Crisis." *Newsweek*, 31 March 1986, p. 58。

4 Marilyn Power, "Falling through the 'Safety Net': Women, Economics Crisis, and Reagonimics." *Feminist Studies* 10, 1 (September 1984): 31—58. 对富人减税与"削减教育、公共住房和大多数福利项目的资金"相匹配，见 Corey Dolgon, *Kill It to Save It: Au Autopsy of Capitalism's Triumph over Democracy.* Policy Preess, 2017, p. 182。

5 *This Bridge Called My Back* was edited by Cherríe Moraga and Gloria Anzaldúa; *All the Women Were White, All the Men Were Black, But Some of Us Were Brave* was edited by Gloria T. Hull, Patricia Bell Scott, and Barbara Smith.

6 不用说，我们两个也受到了严厉批评，苏珊的前研究生（很久以后）告诉我们，苏珊未能获得终身教职，是因为学院部门里的女性主义者成员认为，她的学术成就建立在我们那部已经"被推翻"的"问题"专著上。见 Kathleen Davies, *Sacred Groves: Or, How a Cemetery Saved My Soul.* Bedazzled Ink Publishing, 2019, pp. 86, 119。

7 "美国最愤怒的女人"是阿里尔·利维的话，引自 Rebecca Traister, *Good and Mad: The Revolutionary Power of Women's Anger*, Simon & Schuster, 2018, p. 154；"不是好玩的那种类型"描述了一个明显以德沃金为原型的虚构人物，见 Andrew Dworkin, *Ice and Fire.* Weidenfield & Nicolson, 1987, p. 110。

8 Susan Brownmiller, *In Our Time: Memoir of a Revolution.* The Dial Press, 1999, p. 302.

9 Andrea Dworkin, *Heartbreak: The Political Memoir of a Feminist Militant.* Basic Books,

2002, p. 4.

10 Ellen Willis, "Feminism, Moralism, and Pornography." *Powers of Desire*, edited by Anne Snitow, Christine Stansell, and Sharon Tompson. Monthly Review, 1983, pp. 460—467; p. 464.

11 Robin Morgan, *Going Too Far: The Personal Chronicle of a Feminist*. Random House, 1977, p. 169.

12 Michelle Goldberg, "Not the Fun Kind of Feminist." *New York Times*, 22 Feb. 2019. www.nytimes.com/2019/02/22/opinion/sunday/trump-feminism-andrea-dworkin.html.

13 Andrea Dworkin, *Intercourse*. The Free Press, 1987, p. 137.

14 约翰·格雷的《男人来自火星，女人来自金星》直到1992年才出版。

15 Dorothy Dinnerstein, *The Mermaid and the Minotaur: Sexual Arrangement and Human Malaise*. Harper & Row, 1976.

16 Nancy Chodorow, *Reproduction of Mothering: Psychoanalysis and the Sociology of Gender*. University of California Press, 1978.

17 卡罗尔·吉利根认为（吉利根的导师劳伦斯·科尔贝格也曾表示），女孩在道德推理上次于男孩，女孩对关爱的道德更上心，男孩则倾向对抽象的正义概念有反应。Carol Gilligan, *In a Different Voice: Psychological Theory and Women's Development*. Harvard University Press, 1982.

18 见 Carrol Smith Rosenberg, Bonnie Zimmerman, Lilian Faderman 等学者的先锋作品。

19 卡萝尔·万斯 认为"性经验的正面可能性"在于"对身体、好奇心、亲密关系、情欲、冒险、刺激、人类联结的探索，这种探索是婴儿式的探索，是非理性的探索，不仅值得付出，还提供源源不断的能量"。Carole S. Vance, "Pleasure and Danger: Toward a Politics of Sexuality." *Pleasure and Danger: Exploring Female Sexuality*, edited by Vance, Routledge & Kegan, 1984, pp. 1—27, p. 1 quoted.

20 Carole S. Vance, "Epilogue." *Pleasure and Danger: Exploring Female Sexuality*, edited by Vance, Routledge & Kegan, 1984, pp. 431—439; p. 433.

21 Gayle Rubin, "Blood Under the Bridge: Reflections on 'Thinking Sex.' " *GLQ: A Journal of Lesbian and Gay Studies*, vol. 17, no. 1, 2011, pp. 15—48; p. 16. 在《思

考性别》一文中，鲁宾反对右翼和反色情作品势力通过国家约束性经验的行为，她呼吁新的"性经验研究"，预示了日后酷儿研究的诞生。见 Gayle Rubin, "Thinking Sex: Notes for a Radical Theory of the Politics of Sexuality." *Pleasure and Danger: Exploring Female Sexuality*, edited by Carole S. Vance, Routledge & Kegan Paul, 1984, pp. 267—319。苏珊·斯特瑞克指出，"在发表这一重要观点的过程中……鲁宾清楚地将跨性别行为分类到性行为或情色行为下，而非性别身份认同或自我身份认同下"，见 Stryker, *Transgender History: The Roots of Today's Revolution.* 2 ed., Seal Press, 2017, p. 162。

22 见 Catharine MacKinnon, *Sexual Harassment of Working Women.* Yale University Press, 1979。

23 Catharine A. McKinnon, *Sexual Harassment of Working Women.* Yale University Press, 1979. pp. 217—218.

24 事实上，在印第安纳波利斯市，一位反对《平等权利修正案》的女议员借助了麦金农而非德沃金的帮助，因为"德沃金狂野的激进女性主义论调和不羁的外表不太容易被接受"。Carolyn Bronstein, *Battling Pornography: The American Feminist Anti-Pornography Movement, 1976—1986.* Cambridge University Press, 2011, p. 325.

25 在明尼阿波利斯市，该条例被投票认定为违反第一修正案。在印第安纳波利斯市，该法案受到菲莉丝·施拉夫利和基督教保守势力的支持，于 1984 年写进法律——同年密西西比州批准了第十九修正案，给予妇女投票权！——但很快被认定为违宪（Bronstein 328）。1986 年，最高法院裁定印第安纳波利斯市的反色情作品条例违宪。

26 阻碍平等权利法案进程的施拉夫利是贝蒂·弗里丹想"烧死在棍子上"的人。见 Donald T. Critchlow, *Phyllis Schlafly and Grassroots Conservatism.* Princeton University Press, 2005, p. 12。

27 据萨拉·舒尔曼所述，"性激进分子"赢得了女同性恋社群的控制。Schulman, *My American History: Lesbian and Gay Life During the Reagan/Bush Years.* Routledge, 1994, p. 8. 特雷斯特说："拥护性行为的女性主义者决定性地胜利了。"

28 Susan Gubar, "Representing Pornography: Feminism, Criticism, and Depictions of

Female Violation." *For Adult Users: The Dilemma of Violent Pornography*, edited by Susan Gubar and Joan Hoff, Indiana University Press, 1989, pp. 47—67.

29 Johanna Fateman, "The Power of Andrea Dworkin's Rage." *New York Review of Books*, 15 Feb. 2019. www.nybooks.com/daily/2019/02/15/the-power-of-andrea-dworkins-rage/.

30 Gloria Anzaldúa, Interview with Karin Ikas. *Borderlands/La Frontera*, by Anzaldúa, Aunt Lute Books, 1999, pp. 227—246; p. 238. 在其他多次采访里，她表示经期来得更早，造成了一定惊吓。

31 这是索尼娅·萨尔迪瓦尔·赫尔对一篇文章的翻译，出现在第 37 页，原文为西班牙语。

32 Virginia Woolf, *Three Guineas.* Annotated and with an introduction by Jane Marcus, Harcourt, 2006, p. 129.

33 当我们决定收集全世界女性英语作家的作品，用诺顿文集以记录女性主义文学谱系时，安札杜尔的书尚未出版。我们的《诺顿女性文集》于 1985 年出版，文集收录了几位非裔美国作家、美国土著作家、亚裔美国作家的作品，还有来自印度、非洲、澳大利亚、加拿大和加勒比地区的英语作家。在 1996 年的补充版，我们加入了格洛丽亚·安札杜尔的作品，一同收录的还有 Bessie Head, Bharati Mukherjee, Buchi Emecheta, Lorna Dee Cervantes 等人的作品。换句话说，在 1985 年到 1996 年间，随着女性主义自身向全球延伸，我们看到英语女性文学传统开始囊括全球各地的女作家。

34 法国重要女性主义者的简介见 Kelly Ives, *Cixous, Irigaray, Kristeva: The Jouissance of French Feminism.* Crescent Moon, 1998。另见 Part II of Moi's *Sexual/Textual Politics*。

35 Robin Morgan, *Saturday's Child: A Memoir.* W.W. Norton, 2001, p. 424.

36 Gayatri Chakravorty Spivak, "Critical Intimacy: An Interview with Gayatri Chakravorty Spivak." *Los Angeles Review of Books*, 29 July 2016. lareviewofbooks.org/article/critical-intimacy-interview-gayatri-chakravorty-spivak/#!.

37 Gloria Anzaldúa, "Toward a Metiza Rhetoric: Gloria Anzaldúa on Composition, Postcoloniality, and the Spiritual." *Gloria E. Anzaldúa: Interviews/Entrevistas*, edited by AnaLouise Keating, Routledge, 2000, pp. 251—280; p. 255.

38 Adrienne Rich, "Split at the Root: An Essay on Jewish Identity." *Essential Essays*, by

Rich, edited by Sandra Gilbert, W. W. Norton & Co., 2018, pp. 198—217.

39 Adrienne Rich, "Not How to Write Poetry, but Wherefore." *Essential Essays*, by Rich, edited by Sandra Gilbert, W. W. Norton & Co., 2018, pp. 264—269; p. 267.

40 Adrienne Rich, "Sources." *Selected Poems, 1950—2012*, by Rich, edited by Albert Gelpi, Barbara Charlesworth Gelpi, and Brett C. Millier, W.W. Norton & Co., 2018, pp. 211—227; p. 211.

41 Adrienne Rich, "An Atlas of the Difficult World." *Selected Poems, 1950—2012*, by Rich, W.W. Norton & Co., 1991, pp. 263—283; p. 279.

42 这几行诗呼应了布勒东的《我的妻子》以及聂鲁达和洛尔迦相似的诗歌。

43 Toni Morrison, "On *Beloved*." *The Source of Self-Regard: Selected Essays, Speeches, and Meditations*. Alfred A. Knopf, 2019, pp. 280—284; p. 282.

44 Toni Morrison, *Beloved*. Plume, 1988, p. 3; and Toni Morrison, "Unspeakable Things Unspoken: The Afro-American Presence in American Literature." *The Source of Self-Regard: Selected Essays, Speeches, and Meditations*. Alfred A. Knopf, 2019, pp. 161—197.

45 金伯莉·克伦肖于1989年第一次使用该术语，见"Demarginalizing the Intersection of Race and Sex: A Black Feminist Critique of Antidiscrimination Doctrine, Feminist Theory and Antiracist Politics." *University of Chicago Legal Forum*, vol. 1989, no. 1, 1989, pp. 139—167; p. 140。

46 见 Toni Morrison ed., *Race-ing Justice, En-gendering Power: Essays on Anita Hill, Clarence Thomas, and the Construction of Social Reality*. Pantheon Books, 1992; and Toni Morrison and Claudia Brodsky Lacour, editors, *Birth of a Nation'hood: Gaze, Script, and Spectacle in the O.J. Simpson Case*. Pantheon Books, 1997。

47 安妮塔·希尔的话引自 *Complete Transcripts of the Clarence Thomas-Anita Hill Hearings: October 11, 12, 13, 1991*, edited by Anita Miller and preface by Nina Totenberg, Chicago Review Press, 2005, p. 24。

48 克拉伦斯·托马斯的话引自 *Complete Transcripts of the Clarence Thomas-Anita Hill Hearings*, p. 118。

49 奥林·哈奇在听证会上提到《驱魔人》，在一次媒体发布会上，约翰·C. 丹福思表示希尔可能有“钟情妄想”，并附上一位法医心理医生对此病症的手写描述。哈奇的话引自 *Complete Transcripts of the Clarence Thomas-Anita Hill Hearings*, pp. 160—161；另见 Andrew Rosenthal, “Psychiatry's Use in Thomas Battle Raises Ethics Issue.” *New York Times*, 20 October 1991, p. 23。

50 Anita Faye Hill, “Marriage and Patronage in the Empowerment and Disempowerment of African American Women.” *Race, Gender, and Power in America: The Legacy of the Hill-Thomas Hearings*, edited by Anita Faye Hill and Emma Coleman Jordan. Oxford University Press, 1995, pp. 271—291; p. 273.

51 Anna Deavere Smith makes this point best in “The Most Riveting Television: The Hill-Thomas Hearings and Popular Culture.” *Race, Gender, and Power in America*, pp. 248—270.

52 Andi Zeisler, *We Were Feminists Once: From Riot Grrl to CoverGirl®, the Buying and Selling of A Political Movement*, PublicAffairs, 2016, p. 153; and Rebecca Walker, “Becoming the Third Wave.” *Ms.*, vol. 2, no. 4, January/February 1992, pp. 39—41; p. 41.

53 Toni Morrison, “Introduction: Friday on the Potomac.” *Race-ing Justice, En-gendering Power: Essays on Anita Hill, Clarence Thomas, and the Construction of Social Reality.* Edited with an introduction by Toni Morrison, Pantheon Books, 1992, pp. vii—xxx; p. xiii.

54 见 “Race and Gender: Charlie Rose Interviews Gloria Steinem and Patricia Williams.” 9 October 1995。*Postmortem: The O.J. Simpson Case: Justice Confronts Race, Domestic violence, Lawyers, Money, and the Media*, edited by Jeffrey Abramson, Basic Books, 1996, pp. 91—101。

55 见 Andrea Dworkin, “In Memory of Nicole Brown Simpson, 1994—1995.” *Last Days at Hot Slit: The Radical Feminism of Andrea Dworkin*, edited by Johanna Fateman and Amy Scholder. Semiotext (e), 2010, pp. 342—353; especially p. 350。另见 Elizabeth M. Schneider, “What Happened to Public Education about Domestic Violence?” *Postmortem: The O.J. Simpson Case: Justice Confronts Race, Domestic Violence, Lawyers, Money, and the Media*, edited by Jeffrey Abramson. Basic Books,

1996, pp. 75—82; especially pp. 78—79。一些处理家暴受害者的女性主义者和社工认为刑事法庭不够关注家暴问题，见 Lin S. Lilley, “The Trial of the Century in Retrospect.” *The O.J. Simpson Trials: Rhetoric, Media, and the Law*, edited by Janice Schuetz and Lin S. Lilley. Southern Illinois University Press, 1999, pp. 161—173。利利写道：“受害者妮可·布朗·辛普森的姐妹丹妮丝·布朗、受害者罗纳德·古德曼的姐妹金·古德曼成为反家暴组织的代言人。”全国妇女组织洛杉矶分部的负责人指责“那个由黑人和女性为主的陪审团”是城市的“耻辱”，不过全国妇女组织严厉地谴责了她的言论。Darnell M. Hunt, *O.J. Simpson Facts and Fictions: News Rituals in the Construction of Reality*, Cambridge University Press, 1999, p. 83; Tammy Bruce quoted in *O.J. Simpson Facts and Fictions*, p. 83.

56 Patricia J. Williams, “American Kabuki.” in *Birth of a Nation'hood*, p. 274.

57 bell hooks, *Ain't I a Woman?: black women and feminism*, South End Press, 1981, p. 122; and see Frances Beal, “Double Jeopardy: To be Black and Female.” *The Black Woman: An Anthology*, edited by Toni Cade Bambara, Washington Square Press, 1970, pp. 109—122.

58 回顾那段历史时，莫里森将批评集中在媒体上。她用赫尔曼·梅尔维尔的《班尼托·西兰诺》暗喻媒体在希尔和托马斯一案及辛普森案中扮演的角色。《班尼托·西兰诺》是一个白人目击者讲述的故事，这个故事由于目击者的种族主义观念而不可信。

59 Toni Morrison, *Playing in the Dark: Whiteness and the Literary Imagination*, Harvard University Press, 1992, p. 38.

60 见 Edwin McDowell, “48 Black Writer Protest by Praising Morrison.” *New York Times*, 19 January 1988, p. 63; William Grimes, “Toni Morrison is '93 Winner of Novel Prize in Literature.” *New York Times*, 8 October 1993, p. 88; and Yogita Goyal, “No Strangers Here.” *Los Angeles Review of Books*, 7 February 2018. www.lareviewofbooks.org/article/no-strangers-here/.

61 Interview with Marion Kraft in 1986, *Conversations with Audre Lorde*, edited by Joan Wylie Hall. University Press of Mississippi, 2004, p. 150.

第九章

1 丹·奎尔的话引自 Douglas Jehl, "Quayle Deplores Eroding Values; Cites TV Show." *Los Angeles Times*, 20 May 1992。 www.latimes.com/archives/la-xpm-1992-05-02-mn-241-story.html.

2 Leslie Haywood and Jennifer Drake, *Third-Wave Agenda* (1997). 另见 Jennifer Baumgardner and Amy Richards, *Manifesta* (2000)。

3 帕特·罗伯逊的话引自 Michael Schaller, *Right Turn: American Life in the Reagan-Bush Era, 1980—1992*, Oxford University Press, 2006, p. 41。

4 Michael Schaller, *Right Turn: American Life in the Reagan-Bush Era, 1980—1992*, pp. 163—164.

5 Lillian Faderman, *The Gay Revolution: The Story of the Struggle*. Simon & Schuster, 2015, p. 429. 审判结果见 Nan D. Hunter, "Banned in the U.S.A" and "Life After Hardwick" both in *Sex Wars: Sexual Dissent and Political Culture*. Edited by Lisa Duggan and Nan D. Hunter, Routledge, 1995, pp. 80—100。

6 迈克尔·哈德威克的话引自 Joyce Murdoch and Deb Price, *Courting Justice: Gay Men and Lesbians v. the Supreme Court*, Basic Books, 2001, p. 331。

7 杰里·福尔韦尔的话引自 Andrew Hartman, *A War for the Soul of America: A History of the Culture Wars*, The University of Chicago Press, 2015, p. 95。

8 索尔·贝娄对自己言论引发的怒火的反击见 Saul Bellow, "Papuans and Zulus." *New York Times Books*, 10 March 1994. www.movies2.nytimes.com/books/00/04/23/specials/bellow-papuans.html:"我们只要一开口,就会被谴责为种族主义者、厌女者、白人至上主义者、帝国主义者或法西斯主义者。"当被问到一个"在性方面受奴役,没有自己的思想"的女性角色时,贝娄反驳道:"不好意思,女孩们,但你们很多人差不多就那样。光靠杰梅茵·吉尔或贝蒂·弗里丹还是谁的几本书,是无法根除睡美人综合征的。"见 Nathaniel Rich, "Swiveling Man." *New York Review of Books*, 21 March 2019. www.nybooks.com/articles/2019/03/21/saul-bellow-swiveling-man/。

9 "长期来看,她丈夫迪克需要防御的外国敌人,远没有她需要对抗的家庭势力危险。" George F. Will, "Literary Politics." *Newsweek*, 21 April 21 1991. www.

newsweek.com/literary-politics-202084. 美国国家人文学科基金会 1986 年到 1993 年的领导琳恩・切尼相信福柯的“观点是对西方文明的一次侵犯”。见 Lynne V. Cheney, *Telling the Truth: Why Our Culture and Our Country Have Stopped Making Sense—and What We Can Do About It.* Simon & Schuster, 1995. p. 91。

10 索拉诺的耶稣在一罐尿液里被钉死在十字架上的照片、梅普尔索普的同性情欲主题、芬利将巧克力布丁涂抹全身，以象征女性忍受的种种的表演，以上话题在文化战争视野下的讨论见 Robert M. Collins, *Transforming American: Politics and Culture in the Reagan Years*, Columbia University Press, 2007, p. 188。

11 Edward I. Koch, "Senator Helms's Callousness Toward AIDS Victims." *The New York Times* (Nov 7, 1987) .

12 "Jessie, you're a bigot." *The Baltimore Sun* (May 26, 93) .

13 Sarah Schulman, *My American History*, p. 11.

14 Eve Kosofsky Sedgwick, *Epistemology of the Closet*, University of California Press, 2008, p. 6. Ed Koch, *NY Times*, Nov 7, 1987.

15 Publishersweekly.com978-0-520-07042-4 "Obtuse, cumbersome, academic prose limits the appeal of this treatise."

16 Eve Kosofsky Sedgwick, "Jane Austen and the Masturbating Girl." *Critical Inquiry*, vol. 17, no. 4, Summer 91, pp. 818—837; p. 818.

17 Eve Kosofsky Sedgwick, "Preface to the 2008 Edition." *Epistemology of the Closet*, University of California Press, 2008, pp. xiii—xviii.

18 1990 年，特蕾莎・德・劳雷蒂斯将酷儿（queer）一词和理论（theory）一词相联系。

19 她在《纽约时报》上的一篇取名巧妙的文章《“坏作家”咬回去》中作出回应。她指出这个奖项一般会颁给“左翼学者”，而且“常识有时只会维持社会现状”。文章继续写道，不寻常的写作才能颠覆现状。见 Judith Butler, "A 'Bad Writer' Bites Back." *New York Times*, 20 March 1999。 www.archive.nytimes.com/query.nytimes.com/gst/fullpage-950CE5D61531F933A15750C0A96F958260.html.

20 Judith Butler, *Gender Trouble: Feminism and the Subversion of Identity.* Routledge, 1999, p. xix.

21 在讲授和整合女性主义理论时，我们发现通过论文《模仿与性别的从属化》可以更好地介绍她的观点，或许因为她在论文开头就辛辣地表明，“将来要**作为**某样事物存在……这一点一直让我感到焦虑”，Judith Butler，“Imitation and Gender Insubordination.” *Feminist Literary Theory and Criticism：A Norton Reader*，edited by Sandra M. Gilbert and Susan Gubar，W.W. Norton andp. Company，2007，pp. 708—722；p. 709。

22 她在扩展莫妮克·威蒂格的观点，即女同性恋者不是女人，因为她们没有在异性恋体系里运作。见 Monique Wittig，*'The Straight Mind' and Other Essays*. Beacon，1992。

23 朱迪斯·巴特勒对生理性别议题的探索见 *Bodies that Matter：On the discursive limits of 'sex'*.” 1993. Routledge Classics，2011。另外，关于染色体、生殖器或其他生物学标记如何让生理性别变得不稳定，见 Anne Fausto-Sterling 的著作，尤其见 *Myths of Gender：Biological Theories about Women and Men*. Basic Books，1992；and *Sexing the Body：How Biologists Construct Human Sexuality*. Basic Books，2000。

24 Gertrude Stein，*Everybody's Autobiography*. Random House，1937，p. 289.

25 Benjamin Moser，*Sontag：Her Life and Work*. HarperCollins，2019，pp. 517—521.

26 Nancy Frazer，*Unruly Practices：Power Discourse and Gender in Contemporary Social Theory*. University of Minnesota Press，1989；and Gayatri Chakravorty Spivak's discussion of “strategic essentialism” in “Subaltern Studies：Deconstructing Histriography.” 1985. *The Spivak Reader*，edited by Donna Landry，Routledge，1996，pp. 203—236.

27 Melissa Denes，“Feminism? It's hardly begun.” *Guardian*，16 Jan. 2005. https：//www.theguardian.com/world/2005/jan/17/gender.melissadenes.

28 在《戏仿的教授》中，玛莎·努斯鲍姆认为巴特勒的视角缺乏对物质变化的关注，*The New Republic*（February 22，1999）。另见 Heather Love，“Feminist criticism and queer theory.” *A History of Feminist Literary Criticism*，edited by Gill Plain and Susan Sellers. Cambridge，2007，p. 302 and 309。

29 桑塔格的引文来自书的封底，*Glass，Irony & God*. New Directions，1995。

30 见 Sam Anderson，“The Inscrutable Brilliance of Anne Carson.” *New York Time*

Magazine, March 14, 2013。

31 "The Glass Essay." in *Glass, Irony and God*, p. 17. In Anne Carson, *Eros the Bittersweet.* Princeton UP, 1998, p. 124.

32 事实上，卡森确实将同性情欲夸张化，见她广受好评的 *Autobiography of Red*, New York: Knopf, 1998. "The Gender of Sound." *Glass, Irony & God*, pp. 119—142。

33 关于"弃妇"的传统，见 Lawrence Lipking, *Abandoned Women and Poetic Tradition*（1988），研究了几个世纪以来被抛弃的女主人公的痛苦的哀叹。

34 Anne Carson, *Plainwater: Essays and Poetry.* Knopf, 1995, p. 38.

35 Madonna, "Acceptance Speech." Billboard Women in Music 2016, 9 December 2016. New York City, New York. Acceptance Speech. www.billboard.com/articles/events/women-in-music/7617021/madonna-billboard-women-in-music-2016-speech. 另见 Sarah Churchwell, "On Madonna: 'She remains the hero of her own story.'" *The Guardian*, 15 July 2018。www.theguardian.com/music/2018/jul/15/sarah-churchwell-on-madonna-power-success-feminist-legacy; Laura Barcella, editor. *Madonna & Me: Women Writers on the Queen of Pop.* Soft Skull Press, 2012; and Georges-Claude Guilbert, *Madonna as Postmodern Myth.* McFarland and Company, 2002.

36 麦当娜的话引自 Sarah Churchwell, "On Madonna: 'She remains the hero of her own story.'" *The Guardian*, 15 July 2018. www.theguardian.com/music/2018/jul/15/sarah-churchwell-on-madonna-power-success-feminist-legacy。乔治-克劳德·吉伯特对围绕麦当娜的矛盾的女性主义观点见 *Madonna as Postmodern Myth.* McFarland and Company, 2002, pp. 175—184。

37 Kathleen Hanna/Bikini Kill, "Riot Grrrl Manifesto." 1992. *The Essential Feminist Reader*, edited by Estelle B. Freeman. Modern Library, 2007, pp. 394—396. 女孩子们应该反抗，"因为我们不愿意性别歧视的内化让我们的真实和有效的愤怒分散和转向我们自身"。"女孩的力量"同样在《吸血鬼猎人巴菲》（1997—2003）等电视剧上展现，奎恩·拉提法等说唱歌手也有展现。

38 Laura Mulvey, "A Phantasmagoria of the Female Body." *A Cindy Book.* Jeu de Paume, 2007, pp. 284—303. 引自 p. 299。

39 Chris Kraus, *I Love Dick.* Semiotext（e）, 1998.

40 Chris Kraus, *I Love Dick*, p. 211.

41 比如，1990 年，詹尼·利文斯通的获奖电影《巴黎在燃烧》记录了纽约拉丁裔美国人和非裔美国人变装舞会的文化。

42 Leslie Feinberg, *Transgender Liberation: A Movement Whose Time Has Come*. World View Forum Pub, 1992, pp. 1, 2.

43 其中一本从激进女性主义视角批判跨性别主义的书，也是斯通回应的那本，是 Janice Raymond, *The Transsexual Empire*（1979）。

44 Sandy Stone, "The *Empire* Strikes Back: A Posttranssexual Manifesto." *Camera Obscura*, vol. 10, no. 2（29）, May 1992, pp. 151—176; p. 166.

45 Susan Stryker, "My Words to Victor Frankenstein Above the Village of Chamounix." *GLQ*, vol. 1, pp. 237—254. 引自 p. 238。

46 见 Jacqueline Rose, "Who do you think you are?" *London Review of Books*。

47 Donna Haraway, *A Cyborg Manifesto: Science, Technology, and Socialist-Feminism in the Late Twentieth Century*. 1985. University of Minnesota Press, 2016, p. 10.

48 安·斯尼托将 1986 年锁定为"多少是女性主义内化的回火的巅峰之年"。Ann Snitow, *The Feminism of Uncertainty: A Gender Diary*. Duke University Press, 2015, p. 106.

49 Hartman, *A War for the Soul of America*, p. 146.

50 Camille Paglia, *Sexual Personae: Art and Decadence from Nefertiti to Emily Dickinson*. 1990. Yale University Press, 2001, pp. 9, 38. 见 Terry Teachout, "Siding with the Men." *New York Times*, 22 July 1990. www.nytimes.com/1990/07/22/books/siding-with-the-men.html。帕格利亚喜欢认为自己是苏珊·桑塔格的后继人，故意提及桑塔格以获得更多媒体关注，但桑塔格拒绝参与她的游戏，称从来没有听说过帕格利亚。

51 在克拉伦斯·托马斯和安妮塔·希尔一案上，帕格利亚坚称希尔"为一点带颜色的打趣的话而不适，让人们轻信了她"。托马斯因为 10 年前一场微不足道的午餐聊天而被公开指责，这可以和斯大林时期的俄罗斯媲美。Camille Paglia, "A Call for Lustiness: Just say no to the sex police." *Time*. 23 March 1998. www.cnn.com/ALLPOLITICS/1998/03/16/time/paglia.html.

52 见 Germaine Greer, *Sex and Destiny*（1984），在书中她谈到贞洁和穆斯林妇女的罩袍，另见 Daphne Patai and Noretta Koertge, *Professing Feminism: Cautionary Tales from Inside the Strange World of Women's Studies.* Basic Books, 1995; and Daphne Patai, *Heterophobia: Sexual Harassment and the Future of Feminism.* Rowman and Littlefield, 1998。

53 bell hooks, "Camille Paglia." *Outlaw Culture: Resisting Representations.* Routledge, 1994, pp. 83—90. 引自 p. 90。塔妮娅·莫德尔斯基让我们警惕一种“没有女人的女性主义”，苏珊·卢里让我们警惕对“女性主义政治”漠不关心的自我批评。Tania Modleski, *Feminism without Women: Culture and Criticism in a "Postfeminist" Age.* Routledge, 1991 and Susan Lurie, *Unsettled Subjects: Restoring Feminist Politics to Poststructuralist Critique.* Duke University Press, 1997, pp. 2—3.

54 在2016年的《公告牌》年度女性庆典上，麦当娜愤怒地回应卡米尔·帕格利亚的指控，帕格利亚称麦当娜自我物化，让女性地位倒退。她称呼帕格利亚是“著名女性主义者”：Madonna, "Acceptance Speech." Billboard Women in Music 2016, 9 December 2016. New York City, New York. Acceptance Speech. www.billboard.com/articles/events/women-in-music/7617021/madonna-billboard-women-in-music-2016-speech。但在90年代，帕格利亚捍卫麦当娜和当时MTV禁播的录影带《证明我的爱》，称该录影带是“色情艺术”和“真正的先锋艺术”，并且赞美麦当娜是“女性主义的未来”。Camille Paglia, "Madonna—Finally a Real Feminist." *New York Times*, 14 December 1990, www.nytimes.com/1990/12/14/opinion/madonna-finally-a-real-feminist.html.

55《致命诱惑》中克拉伦斯·托马斯的妻子这样解释安妮塔·希尔：“她大概是爱上了我的丈夫，但一直得不到她想要的。” Virginia Lamp Thomas, "Breaking Silence." *People.* 11 November 1991. www.people.com/archive/cover-story-breaking-silence-vol-36-no-18/.

56 Pauline Kael, "The Current Cinema: The Feminine Mystique." *The New Yorker.* 19 October 1987, pp. 106—112; p. 109.

57 Eloise Salholz, "Too Late for Prince Charming?" *Newsweek.* 2 June 1986, pp. 54—58.

58 Megan Garber, "When *Newsweek* 'Stuck Terror in the Hearts of Single Women'." *The*

Atlantic. 2 June 2016. www.theatlantic.com/entertainment/archive/2016/06/more-likely-to-be-killed-by-a-terrorist-than-to-get-married/485171/.

59 "Mommy Career Track Sets off Furor." *NY Times* (March 9, 89) .

60 见 Ariel Levy's *Female Chauvinist Pig* (2005), Andi Zeisler's *We Were Feminists Once* (2016), and Allison Yarrow's *90s Bitch* (2018) . Allison Yarrow, *90s Bitch: Media, Culture, and the Failed Promise of Gender Equality*. Harper Perennial, 2018。

61 See Jennifer Armstrong, "Revisiting 'The Beauty Myth.' " *HuffPost*. 12 June 2013. www.huffpost.com/entry/revisiting-the-beauty-myth_b_3063414. 人们发现沃尔夫的书夸大了厌食症的数据。

62 Naomi Wolf, *The Beauty Myth*. William Morrow and Company, 1991, p. 10. 两本书都建立在劳拉·穆尔维的观点上，即男性凝视塑造了电影里的女性表征。见 Laura Mulvey, "Visual Pleasure and Narrative Cinema." *Screen*, vol. 16, no. 3, 1975, pp. 6—18。

63 "Monica Lewinski Interview." *20/20*. ABC News, 3 March 1999. https: //www.YouTube.com/watch?v=fpCv-UT2yCU.

64 Maureen Dowd, "Liberties; Monica Gets Her Man." *New York Times*, 23 August 1998. www.nytimes.com/1998/08/23/opinion/liberties-monica-gets-her-man.html.

65 Jendi B. Reiter, "A Tale of Two Stereotypes." *The Harvard Crimson*, 21 July 1992. https: //www.thecrimson.con/article/1992/7/21/a-tale-of-two-steretotypes-pbtbhis/. 希拉里·克林顿告诉记者盖尔·希伊，对于很多"受伤的男人"来说，她代表了"他们从来不曾有的上司"或者"回到学校、多拿一个学位、得到和他们一样好的工作的妻子……他们恨的不是我这个人，他们恨的是我代表的变化"。Marjorie J. Spruill, *Divided We Stand: The Battle Over Women's Rights and Family Values That Polarized American Politics*. Bloomsbury, 2017, p. 324.

66 Jendi B. Reiter, "A Tale of Two Stereotypes." *The Harvard Crimson* (July 221, 1992).

67 希拉·托比亚斯在 90 年代观察到，妇女运动"不再团结，这意味着在政治领域，女性主义不再是需要应对的一股势力"。Sheila Tobias, *Faces of Feminism: An Activist's Reflections on the Women's Movement*. Westview Press, 1997, p. 225。其他人

强调了女性主义的停滞和征用，除了 Ariel Levy，Andi Zeisler，Allison Yarrow，另见 Jessa Crispin，*Why I Am Not a Feminist*. Melville House，2017 and Lynn S. Chancer，*After the Rise and Stall of American Feminism*：*Taking Back a Revolution*. Stanford University Press，2019。

68 Adrienne Rich，"In Those Years." *Selected Poems*：*1950—2012*. W.W. Norton，2018，p. 292.

69 见《时代》杂志 1998 年 6 月 29 日的封面。《哈泼斯》杂志曾在 1935 年发表的一篇文章里探讨了同样的问题；见 Laura Ruttum，"Is Feminism Dead?." *New York Public Library Blogs*，25 March 2009. www.nypl.org/blog/2009/03/25/feminism-dead。

第十章

1 见 Sontag's entry in "Tuesday，and After：New Yorker Writers Respond to 9/11." *The New Yorker*，24 Sep. 2001，www.newyorker.com/magazine/2001/09/24/tuesday-and-after-talk-of-the-town。关于右翼对桑塔格的批评的分析，见 Daniel Lazare，"*The New Yorker* Goes to War." *The Nation*，15 May 2003，www.thenation.com/article/new-yorker-goes-war/。

2 Susan Sontag，"Regarding the Torture of Others." the *New York Times Magazine*（May 23，2004）.

3 里奇的诗歌《废墟里的学校》和勒古恩的诗歌《美国战争》发表于反战文集 *Poets Against the War*，edited by Sam Hamill，Nation Books，2003。另见 Adrienne Rich，*The School Among the Ruins*：*Poems 2000—2004*. W.W. Norton，2006。沃克和汤亭亭都在反战抗议中被捕。

4 "What is CODEPINK?" *Codepink.org*，https：//www.codepink.org/about.

5 本杰明告诉记者"我们本来想取名'热辣粉红'代码，但已经有个色情网站叫这个了"。她和她带领的组织一样，都给自己取了一个讽刺的名字。她的原名是苏珊·本杰明，纽约广岛一个"善良的犹太小女孩"，但在大学期间改名为美狄亚·本杰明，以致敬古希腊悲剧。这段话中的引用来自 Libby Copeland，"Protesting for Peace with a Vivid Hue and Cry." *Washington Post*，10 June 2007，http：//www.washingtonpost.com/wp-dyn/content/article/2007/06/09/AR2007060901488.

html。

6 Jeffrey D. Howison, *The 1980 Presidential Election.* Routledge, 2014, p. 78. 另见 Laurie Goodstein, "Falwell: blame abortionists, feminists and gays." *The Guardian*, 19 Sep. 2001, www.theguardian.com/world/2001/sep/19/september11.usa9。

7 引自 Judith Thurman, "Drawn from Life: The World of Alison Bechdel." *The New Yorker*, 16 April 2012, www.newyorker.com/magazine/2012/04/23/drawn-from-life。

8 Edward Austin Hall, "Alison Bechdel." *Dictionary of Literary Biography: American Radical and Reform Writers, Second Series*, edited by Hester Lee Furey, p. 41.

9 Alison Bechdel, "Cartooninst's Introduction." *The Essential Dykes to Watch Out For*, by Bechdel, Houghton Mifflin, 2008, pp. vii—xviii; pp. xiii, xiv.

10 Alison Bechdel, Interview with Hillary Chute. *Modern Fiction Studies*, vol. 52, no. 4, 2006, pp. 1004—1013; p. 1006.

11 Alison Bechdel, *Fun Home.* Mariner Books, 2006, p. 101.

12 Hillary L. Chute, *Graphic Women: Life Narrative & Contemporary Comics.* Columbia University Press, 2010, p. 179.

13 这位用相似姿态面对过去的女性主义批评家是 Heather Love，她的 *Feeling Backward: Loss and the Politics of Queer History*（Harvard, 2007）指出，"关注那些过去难以做到的事，或许能告诉我们自己走了多远，但不止如此，它还能让当下生活里的损坏变得可见"。

14 尤其在《三个几尼》中，伍尔夫对女儿们在教育和经济上受到的不公表示愤怒。

15 Rachel Cooke, "*Fun Home* creator Alison Bechdel on turning a tragic childhood into a hit musical." *The Guardian*, 5 Nov. 2017, www.theguardian.com/books/2017/nov/05/alison-bechdel-interview-cartoonist-fun-home.

16 Eve Ensler, *In the Body of the World.* Henry Holt, 2013, p. 41.

17 这部女性独角剧又名《在世界的躯体上》，于 2016 年首演，导演是戴安娜・保卢斯。

18 Eve Ensler, "Even with a Misogynist Predator-in-chief, We Will not be Silenced." *The Guardian*, 24 August 2017, www.theguardian.com/commentisfree/2017/aug/24/20-

years-after-the-vagina-monologues-breaking-silence-is-still-a-radical-act.

19 世界卫生组织的报道称，如今有超过两亿女性曾遭受割礼。“Female genital mutilation（FGM）：Prevalence of FGM.” *World Health Organization*，https：//www.who.int/reproductivehealth/topics/fgm/prevalence/en/.

20 Rebecca Solnit，*Men Explain Things to Me*. Haymarket Books，2014，p. 23. 五分之一的美国女性在一生中会遭遇强奸。“Statistics About Sexual Violence.” *National Sexual Violence Resource Center*. 2015，www.nsvrc.org/sites/default/files/publications_nsvrc_factsheet_media-packet_statistics-about-sexual-violence_0.pdf.

21 Vanessa Grigoriadis，*Blurred Lines：Rethinking Sex，Power，and Consent*. Houghton Mifflin Harcourt，2017，pp. xiii—xvi. 涉事学生被免除指控，哥伦比亚大学向他收取了一笔未公开数额的赔款。

22 Eve Ensler，*The Apology*. Bloomsbury，2019.

23 Dedication page of *The Apology*. Bloomsbury，2019.

24 凯特·米利特对伊朗的更多讨论，见其 1982 年的专著《去伊朗》。奥德蕾·洛德在德国的更多经历，见 *Audre Lorde—The Berlin Years：1984—1992*，directed by Dagmar Schultz。在 90 年代早期，安·斯尼托资助了“东西方女性网络”，组织召集了“被围困的中欧和东欧女性主义者同盟”。Ann Snitow，*The Feminism of Uncertainty：A Gender Diary*. Duke University Press，2015，p. 204.

25 相似的是，有无数像南美洲和中美洲的“一个都不能少”、巴基斯坦的“觉醒的女孩”这样的土著女性主义组织，她们鼓励女性反抗性别不平等造成的暴力。雅兹迪·娜迪雅·穆拉德终结战争中群奸的运动让她赢得了 2019 年的诺贝尔奖。

26 斯皮瓦克将 63 万美元奖金捐赠给了自己于 1986 年成立的基金会，以支持孟加拉邦当地的初级教育。在和史蒂夫·保尔森的访谈中，斯皮瓦克谈到她在那里的工作，见“Critical Intimacy：An Interview with Gayatri Chakravorty Spivak.” *The Los Angeles Review of Books*，29 July 2016，https：//lareviewofbooks.org/article/critical-intimacy-interview-gayatri-chakravorty-spivak/。见 Gayatri Chakravorty Spivak，“Righting Wrongs.” *The South Atlantic Quarterly*，vol. 1，no. 2/3（Spring/Summer 2004）：523—581。

27 Martha C. Nussbaum, "Women's Education: A Global Challenge." *Signs* (2003) 21, pp. 327—328.

28 Chandra Talpade Mohanti 将她的论文 "Under Western Eyes" 加入 *Feminism Without Borders* (2005) . Inderpal Grewal 和 Caren Kaplan 合著了 *Scattered Hegemonies: Postmodernity and Transnational Feminist Practices* (1994)。

29 努斯鲍姆的专著于 2018 年由西蒙和舒斯特出版公司出版。

30 Carol Gilligan and Naomi Snider, *Why Does Patriarchy Persist?* Polity, 2018, pp. 5, 16.

31 Christine M. Cooper, "Worrying about Vaginas: Feminism and Eve Ensler's *The Vagina Monologues*"指责《阴道独白》是本质主义的, *Signs* 32, 3 (September 2007): 727—758。

32 与伊芙·恩斯特的访谈见 https: //www.YouTube.com/watch?v=TNss3qVhpog and here: https: //www.democracynow.org/2017/2/14/the_predatory_mindset_of_donald_trump。

33 Katherine Gillespie, "Do We Still Need the *Vagina Monologues?*" *Vice*, 2 October 2017, www.vice.com/en_nz/article/j5gk8p/is-the-vagina-monologues-still-woke.

34 Trans 现在包括了 MTF (从男到女) 或 FTM (从女到男);"顺性别者" 指性别常态和不是跨性别的人;"性别酷儿" 或 "性别非二元者" 指那些拒绝遵循男性或女性角色的人; TERF 这个缩写指不肯囊括跨性别女性的激进女性主义者的恐跨心理。见 Susan Stryker, *Transgender History: The Roots of Today's Revolution.* Seal, 2008, 2017, pp. 10—40。

35 Janet Mock, *Redefining Realness: My Path to Womanhood, Identity, Love & So Much More.* Atria, 2014, p. 50; Jennifer Finney Boylan, *She's Not There: A Life in Two Genders.* Broadway, 2013, p. 21. 芬妮·博伊兰引自 Jacqueline Rose, "Who do you think you are?" *London Review of Books* 38, 9 (5 May 2016): 3—13。

36 Andrea Long Chu, "On Liking Women." *n+1*, issue 30 (Winter 2018). 她最终没有为这个想法辩护, 因为 "遵循政治原则的强烈欲望没什么好结果"。

37 引自 Chu, "On Liking Women."《渣滓宣言》最初由索拉纳斯于 1967 年以油印本形式发布, 后在 1968 年由奥林匹亚出版社发布商业版本。

38 引自 Andrea Long Chu。格里尔完整的发言和上下文见 Cleis Abeni，“Feminist Germaine Greer Goes on Anti-Trans Rant Over Caitlyn Jenner.” *The Advocate*, 26 October 2015，https：//www.advocate.com/caitlyn-jenner/2015/10/26/feminist-germaine-greer-goes-anti-trans-rant-over-caitlyn-jenner。

39 Maggie Nelson，*The Argonauts*. Graywolf Press，2015，p. 57. 最后一个短语引自诗人达娜·沃德。

第十一章

1 见 Gwen Aviles，“Pride #50：Audre Lorde—Activist and Author.” *NBC News*，3 June 2019，www.nbcnews.com/feature/nbc-out/pride-50-audre-lorde-activist-author-n1007551。

2 艾莉森·弗勒德对电影《厄苏拉·勒古恩的世界》的讨论见 Alison Flood，“Ursula K Le Guin film reveals her struggle to write women into fantasy.” *The Guardian*, 30 May 2018，www.theguardian.com/books/2018/may/30/ursula-k-le-guin-documentary-reveals-author。

3 见 Bobbie Mixon，“Chore Wars：Men，Women and Housework.” *National Science Foundation*, 28 April 2018，www.nsf.gov/discoveries/disc_summ.jsp?org=NSF&cntn_id=111458&preview=false。

4 Tressie McMillan Cottom，*Thick and Other Essays*. The New Press，2019，pp. 86—87.

5 乔治亚州是 2019 年 5 月实施禁令的州之一，禁令持续了几个星期；俄亥俄州甚至禁止强奸或乱伦情况下的堕胎（见 Anna North and Catherine Kim，“The ‘Heartbeat’ Bills that Could Ban Almost All Abortions，Explained.” *Vox*，28 June 2019，www.vox.com/policy-and-politics/2019/4/19/18412384/abortion-heartbeat-bill-georgia-louisiana-ohio-2019）。阿拉巴马州试图全面禁止堕胎；见 Kate Smith，“Alabama Governor Signs Near-Total Abortion Ban into Law.” *CBS News*，16 May 2019，www.cbsnews.com/news/alabama-abortion-law-governor-kay-ivey-signs-near-total-ban-today-live-updates-2019-05-15/。

6 科勒特恶毒的反女性主义的例子之一，见 “Feminists are angry man-hating

lesbians | Ann Coulter interview | SVT/TV 2/Skavlan." *YouTube*, uploaded by Skavlan, 8 Oct. 2018, www.YouTube.com/watch?v=hxTtjGamJtI。

7 欧帕尔·托米提的话引自 Leigh Gilmore, *Tainted Witness: Why We Doubt What Women Say About Their Lives.* Columbia University Press, 2017, p. 161；艾丽西亚·加尔扎的话引自 Leigh Gilmore, *Tainted* Witness, p. 163。

8 在公布的报警电话里，乔治·齐默尔曼向警方举报特拉伊冯·马丁，因为马丁看起来"非常可疑"。引自 Charles M. Blow, "The Curious Case of Trayvon Martin." *New York Times*, 16 March 2012. www.nytimes.com/2012/03/17/opinion/blow-the-curious-case-of-trayvon-martin.html。

9 Zora Neale Hurston, "How it Feels to Be Colored Me." *The Norton Anthology of Literature by Women*, edited by Sandra M. Gilbert and Susan Gubar, vol. 2, 3rd ed., W.W. Norton & Company, 2007, pp. 357—359; p. 360 and p. 359; eaasy first published in *The World Tomorrow*, May 1928; and Claudia Rankine, *Citizen: An American Lyric.* Graywolf Press, 2014。格伦·利贡的《无题：四幅蚀刻版画》——出现了左拉·尼尔的句子——出现在《公民》的第 52 和 53 页，赫斯顿的句子出现在第 25 页。

10 Barbara Johnson, "Thresholds of Difference: Structures of Address in Zora Neale Hurston." *Critical Inquiry* 12, 1 (Autumn 1985): 278—289.

11 W.E.B. Du Bois, *The Souls of Black Folk.* 1903. Edited by Brent Hayes Edwards, Oxford University Press, 2007, p. 8.

12 Barack Obama with Keegan-Michael Key, "President Obama at White House Correspondents' Dinner." Correspondents' Dinner, 25 April 2015, White House, Washington, D.C. Address. www.YouTube.com/watch?time_continue=873&v=oi86E5GgawY.

13 Michelle Obama, *Becoming.* Crown, 2018, p. 265.

14 朱迪斯·威尔斯对派珀的职业变化的总结见 Judith Wilson, "In Memory of the News and of our Selves." *Third Text*, vol. 5, no. 16/17, 1991, pp. 39—64；这句引文出现在第 42 页。

15 Toni Morrison, "Recitatif." *The Norton Anthology of Literature by Women*, vol. 2, 3rd

ed., pp. 996—1008.

16 托妮·莫里森的话引自 Paul Gray, "Paradise Found." *Time*, 24 January 2001. www.content.time.com/time/magazine/article/0, 9171, 138486, 00.html。

17 Patricia J. Williams, *Seeing a Color-Blind Future: The Paradox of Race*. Farrar, Straus and Giroux, 1998, p. 16.

18 Richard Schechner, "There's a lot of work to do to turn this thing around: An Interview with Anna Deavere Smith." *The Drama Review*, vol. 62, no. 3, Fall 2018, pp. 35—50; pp. 47, 49.

19 Kara Walker, *Gone: An Historical Romance of a Civil War as It occurred b'tween the Dusky Thighs of One Young Negress and Her Heart*.1994, The Museum of Modern Art, New York. www.moma.org/collection/works/110565. 对这段话中的一些材料和菲斯·林戈尔德更有用的作品《在卢浮宫跳舞》的讨论见 Susan Gubar, *Critical Condition*. Columbia UP, 1999, pp. 26—37。

20 Ari Shapiro, "At the End of the Year, N.K. Jemisin Ponders the End of the World." *All Things Considered*, National Public Radio, 26 December 2018. www.npr.org/2018/12/26/680201486/at-the-end-of-the-year-n-k-jemisin-ponders-the-end-of-the-world.

21 见 N.K. Jemisin's foreword to the new edition of Octavia Butler's *Parable of the Sower*. Grand Central Publishing, 2019。

22 N.K. Jemisin. *The Fifth Season*. Orbit, 2015.

23 Annette Kolodny's many books and Carol J. Adams, *The Sexual Politics of Meat* (1990) were followed by a number of touchstone texts on ecofeminism: Maria Mies and Vandana Shiva, *Ecofeminism*. Zed Books, 1993; Greta Gaard, *Ecological Politics: Ecofeminists and the Green*. Temple University Press, 1998; and Karen J. Warren, *Ecofeminist Philosophy: A Western Perspective on What it is and Why it Matters*. Rowman & Littlefield, 2000.

24 对哈尔霍的赞誉见美国诗人学会的网站, "Joy Harjo." *Poets.org*, Academy of American Poets, https: //poets.org/poet/joy-harjo。

25 例如, 2016 年, 跨性别音乐家阿诺妮发布了专辑《绝望》, 抗议迫在眉睫的气候灾难。Anohni, *Hopelessness*. Secretly Canadian, 2016. 见 Anohni's Bandcamp page for excerpts from the album: https: //anohni.bandcamp.com/album/hopelessness。2019 年，琳达·张创办了“在为时已晚之前”，在南佛罗里达州创造了一幅 AR 壁画。路过的人可以把智能手机对准动物的画面，看到他们即将因为人类活动而灭绝的视频。见 Meg O'Connor, "New Wynwood Mural Uses Augmented Reality to Spark Conversation on Climate Change." *Miami New Times*, 15 January 2019。

26 Elizabeth Kolbert, *The Sixth Extinction: An Unnatural History*. Henry Holt and Company, 2014, p. 261.

27 Rebecca Solnit, "Everything's Coming Together While Everything Falls Apart" (2014) in *Hope in the Dark: Untold Histories, Wild Possibilities*. Haymarket Books, 2016, p. 136.

28 从罗斯玛丽·雷德福·路德和玛丽·戴利（天主教）到 E. M. 布罗纳和朱迪斯·普拉斯科（犹太教），莉拉·阿布卢格霍德和莉拉·艾哈迈德（伊斯兰教），菲莉丝·特里布尔（新教），宗教研究界的女性主义者继续质疑所有主流宗教里的大男子主义。

29 "a new layer of meaning": Solane Crosley, "What to Read Right Now: Elizabeth Strout's *Anything Is Possible*, Patricia Lockwood's *Priestdaddy*, and Secret Recipes from the Chiltern Firehouse." *Vanity Fair*, 16 May 2017.https: //www.vanityfair.con/style/2017/05/what-to-read-now-elizabeth-strout-patricia-lockwoods. "silly": Paul Laity, "*Priestdaddy* by Patricia Lockwood Review—a Dazzling Comic Memoir." *The Guardian*, 27 April 2017. https: //www.theguardian.com/books/2017/apr/27/priestdaddy-by-patricia-lockwood-review.

30 "Sexts": @TriciaLockwood. "A ghost teasingly takes of his sheet. Underneath he is so sexy that everyone screams out loud." *Twitter*, 7 June 2011, 10: 59 a.m., https: //twitter.com/tricia lockwood/status/78159153884958720. "Rape Joke": Patricia Lockwood, "Rape Joke." *The Awl*, 25 July 2013. https: www.theawl.com/2013/07/patricia-lockwood-rape-joke/.

31 Patricia Lockwood, *Priestdaddy*. Riverhead, 2017, p. 11.

32 N.K. Jemisin, "Three Sisters, an Island and an Apocalyptic Tale of Survival." *New*

York Times, 8 January 2019. www.nytimes.com/2019/01/08/books/review/water-cure-sophie-mackintosh.html.

33 Rebecca Solnit, *The Mother of All Questions*, Haymarket Books, 2017, p. 171.

34 Rebecca Solnit, *Men Explain Things to Me*. Haymarket Books, 2014, p. 12.

35 罗克珊·盖伊对她所说的“本质主义女性主义”的批评见 Roxane Gay, *Bad Feminist: Essays*, Harper Perennial, 1914, pp. 304—306。

36 “Mission Statement.” *Crunk Feminist Collective*. www.crunkfeministcollective.com/about/.

37 Diana Weymar, *Tiny Pricks Project*. www.tinypricksproject.com/.

38 *The Verge* 网站将娜塔莉·韦恩和王尔德联系起来，见 Katherine Cross, “The Oscar Wilde of YouTube Fights the Alt-Right with Decadence and Seduction.” *The Verge*, 24 August 2018. www.theverge.com/tech/2018/8/24/17689090/contrapoints-YouTube-natalie-wynn。同样见 Andrew Marantz, “The Stylish Socialist Who is Trying to Save YouTube from Alt-Right Domination.” *The New Yorker*, 19 November 2018. www.newyorker.com/culture/persons-of-interest/the-stylish-socialist-who-is-trying-to-save-YouTube-from-alt-right-domination。

39 乔伊斯·卡罗尔·欧茨、路易丝·厄德里奇、埃莱娜·费兰特、A.S. 拜厄特等老一辈小说家继续出版作品。年轻英语作家也是一样：Ann Patchett, Claire Messud, Siri Hustvedt, Han Kang, Sarah Waters, Jeanette Winterson, Arundhati Roy, Rachel Cusk, Zadie Smith, Sally Rooney, Lorie Moore, 尤其是创造力非凡的 Ali Smith。

40 Margaret Atwood, *The Testaments*. Doubleday, 2019, p. 149.

41 Michelle Goldberg, “Margaret Atwood’s Dystopia, and Ours.” *The New York Times*, 14 Sept. 2019, https://www.nytimes.com/2019/09/14/opinion/sunday/margaret-atwood-the-testaments-handmaids-tale.html.

42《返校节》引用的题词来自 Toni Morrison, *Song of Solomon*. 1977. Vintage International, 2004。

43 引文来自 Audre Lorde, “The Master’s Tools Will Never Dismantle the Master’s House.” 1979. *The Essential Feminist* Reader, edited by Estelle B. Freedman, Modern Library,

2007, pp. 331—335; p. 333。

44 Chimamanda Ngozi Adichie, *We Should All Be Feminists.* Anchor Books, 2012, pp. 27—28.

45 Eavan Boland, "Our Future Will Become the Past of Other Women."

46 2017年，贝齐·德沃斯收回了之前发布的大学校园性侵犯指控应对指南。见媒体公布的"Department of Education Issues New Interim Guidance on Campus Sexual Misconduct" *U.S. Department of Education*, 22 September 2017, www.ed.gov/news/press-releases/department-education-issues-new-interim-guidance-campus-sexual-misconduct。

47 Moira Donegan, "What Comes After the Media Men List? 'A Lot of Hard Work.' " *New York Times*, 19 January 2018. www.nytimes.com/2018/01/18/business/media/men-media-spreadsheet.html.

48 安妮塔·希尔引自 Dana Goodyear, "Can Hollywood Change its Ways?: In the Wake of Scandal, The Movie Industry Reckons with Its Past and Its Future." *The New Yorker*, 1 January 2018, www.newyorker.com/magazine/2018/01/08/can-hollywood-change-its-ways。

49 Soraya Chemaly, *Rage Becomes Her: The Power of Women's Anger.* Atria, 2018, p. xvi.

50 *New York Times*, 10 Aug. 2019.

51 Thomas B. Edsall, "We Are Not Seeing White Support for Trump For What It Is." *New York Times*, 28 Aug 2019. www.newyorktimes.com/2019/08/28/opinion/trump-white-voters.html. Josh Hafner, "Donald Trump loves 'the poorly educationated'—and they love him." Usatoday.com/story/news/politics/onpoliics/2016/02/24/Donald-trump-nevada-poorly-educated/80860078.

52 埃夫隆回忆她1962年的班上有一位朋友相信"我们的教育是一场带妆排练，为的是一种我们从未有过的生活"。她告诉1996年的班级，"你们的教育是一场带妆排练，为的是一种你们将有的生活"。Nora Ephron, "Nora Ephron'62 addressed the graduates in 1996." *Wellesley College*, 1996.www.wellesley.edu/events/commencement/archives/1996commencement.

53 Michelle Obama, "Commencement Address by First Lady Michelle Obama." *The*

City College of New York, 2016. www.ccny.cuny.edu/commencement/commencement-address-first-lady-michelle-obama. 在她的耶鲁大学发言中，希拉里·克林顿将现在定义为“一个基本权利、公民美德、媒体自由，甚至连事实和理性都遭到前所未有的攻击的年代”。她督促毕业生“持续施压，保持警觉”。见 Hillary Rodham Clinton，“Class Day Address at Yale University—May 20, 2018.” *Iowa State University*, 2018. www.awpc.cattcenter.iastate.edu/2018/07/06/class-day-address-at-yale-university-may-20—2018/。

54 Katie Rogers and Nicholas Fandos，“Trump Tells Congresswomen to ‘Go Back’ to the Countries They Came From.” *New York Times*, 14 July 2019.

55 Alexandra Pelosi.Interview with John Berman，*New Day*，CNN，2 Jan. 2019.

56 Ellen McCarthy. “‘Makes going to work look easy’：Decades before she was House speaker，Nancy Pelosi had an even harder job.” *Washington Post*, 23 Feb. 2019. https：//www.washingtonpost.com/lifestyle/style/makes-going-to-work-look-easy-how-being-a-full-time-mom-prepared-nancy-pelosi-for-this-moment/2019/02/12/416cd85e-28bc-11e9-984d-9b8fba003e81_story.html.

57 Nancy Pelosi，*ABC News*, 11 Jan. 2019.

58 John Bresnahan，“Heather Caygle and Kyle Cheney. “Pelosi faces growing doubts among Dems after Georgia loss.” *Politico*, 21 June 2017.https：//www.politico.com/story/2017/06/21/nancy-pelosi-fallout-georgia-special-election-239804. 截至这篇文章发表时，佩洛西“自 2003 年担任领导以来，为民主党筹集了 5.6 亿美元”。

59 来自布鲁金斯学会的学者托马斯·曼的表述。见 Any Koll and National Journal，“The Staying Power of Nancy Pelosi.” *The Atlantic*, 11 Sept. 2015. https：//www.theatlantic.com/politics/archive/2015/09/the-staying-power-of-nancy-pelosi/440022/。

60 Ronald M. Peters，Jr. and Cindy Simon Rosenthal，*Speaker Nancy Pelosi and the New American Politics.* Oxford，2010，pp. 215—216.

61 M. Elizabeth Sheldon，“Nancy Pelosi Traces Her Food Heritage to Risotto, Eats Dark Chocolate Ice Cream for Breakfast Every Day.” *Food & Wine*, 23 May 2017. https：//www.foodandwine.com/news/nancy-pelosi-traces-her-food-heritage-risotto-eats-dark-chocolate-ice-cream-breakfast-every-day.

62 Glenn Kessler，Salvador Rizzo and Sarah Calihan 列出了 31 项被夸大和存疑的功绩，见“Fact-checking President Trump's 2020 State of the Union address.” washingtonpost.com/politics/2020/02/04/fact-checking-president-trump-2020-state-union-address。

致　谢

在 2016 年选举的惨痛后果之下，能重新开始一项在 21 世纪初已经停止的合作令人振奋。这些年来，我们两个人走向了不同的道路。但在合著这本书的过程中，我们发现我们的兴趣让我们各自获得灵感，然后相互融合。

我们不仅想尽力捕捉 70 年代女性主义的先锋成就，还想囊括那些稍显尖锐的对话、不合和分流，它们最后大多助力形成了女性主义者想营造和促进的集体氛围。如果有人想更广泛地了解第二波女性主义浪潮的社会史，我们推荐 Ruth Rosen 的专著 *The World Split Open*：*How the Modern Women's Movement Changed America*，该书拥有广阔的社会文化视野，让我们得以聚焦诗人、小说家、戏剧家、回忆录作家和文学理论家们的独特贡献。

在众多人生导师的鼓励下，我们得以继续前行。桑德拉感谢研究助理 Rebecca Gaydos 和 Laura Ritland 的帮助，也感谢这么多年来朋友们提供的建议，包括 Marlene Griffith Bagdikian、Wendy Barker、Margo Berdashevsky、Elyse Blankley、已故的 Chana Bloch、Dorothy Gilbert、Gayle Greene、Susan Griffin、Marilyn Hacker、Diane Johnson、Marilee Lindeman、Wendy Martin、Eugenia Nomikos、Joan Schenkar、Peter Dale Scott、Elaine Showalter、Alan Williamson、Anne Winters，尤其是 Ruth Rosen。

苏珊想感谢她的三位研究助理，Patrick Kindig、Brooke Opel 和 Rory Boothe，以及其他朋友和同事：Matt Brim、Judith Brown、Ellen Dwyer、Dyan Elliott、Mary Favret、Georgette Kagan、Jon Lawrence、George Levine、Stephanie Li、Julia Livingston、Alexandra Morphet、Nancy K. Miller、Jean Robinson、Rebekah Sheldon、Jan Sorby 和 Alberto Varon。由始至终，Jonathan Elmer 用自己的知识和智慧帮助苏珊确定这个项目的研究方向。

我们合作的过程自然也少不了家庭的帮助。桑德拉一如既往地感谢她的儿子 Roger Gilbert、儿媳 Gina Campbell、长孙 Val Gilbert 和他的搭档 Noreen Giga 提供的智力和情感支持。她的女儿 Kathy Gilbert-O'Neill、女婿 Robin Gilbert-O'Neill 和他们两个可爱的儿子 Aaron 和 Stefan 为她提供技术支持，并且让她的生活充满盛宴和乐趣。她的女儿 Susanna Gilbert 愿意随时参与分析性的讨论，也一直提供私人帮助。她的孙女 Sopha Gilbert 一直照亮她的人生。但在完成这本书的过程中，她最需要感激的是爱人 Dick Frieden 的帮助，她度过了艰难的一年，而他让她在局势紧张时仍能继续前行，为她试读书稿，做饭，时刻伴其左右，并在情感上不离不弃。

苏珊尤其要感谢 Don Gray 在编辑和婚姻上的智慧。她前行的动力同样来自继女以及女儿 Julie Gray、Susannah Gray、Marah Gubar 和 Simone Silverbush 的智慧，女婿 John Lyons、Kieran Setiya 和 Jeff Silverbush 的善意，还有孙子孙女 Jack、Eli、Samuel、Jonah 和 Gabriel 的幽默和见解。她在海外的亲人——Bernard 和

Colin David 以及亲如女婿般的 Suneil Setiya——也一直不遗余力地支持她。

我们聪慧的代理人 Ellen Levine 让我们有勇气开始这个项目，并且让我们一直走在正轨上。我们机智的编辑 Jill Bialosky 提供了有效帮助，她和有远见卓识的助理 Drew Elizabeth Weitman 帮助我们把一份笨重的手稿转化成一本我们所希望的那种可读性强的图书。也感谢我们那对完美孜孜以求的文案编辑 Alice Falk，希望你继续做我们的好编辑。

我们所感谢的人都在用各种方式支持女性主义者，但我们也记得过去的日子，那些日子宛如昨天。我们都知道生活在妇女运动前的环境里意味着什么。在哥伦比亚大学博士学业接近尾声时，桑德拉被建议放弃寻找工作，因为有一位教授告知她，她将必须追寻丈夫的脚步，她的丈夫也是学者。刚到达印第安纳大学英语系时，一位年长的同事递给苏珊一份课堂材料，让她去打印，因为他以为她是秘书。这种事情现在看起来有点可笑，但也就发生在不久前，离我们并不遥远。直到第二波女性主义浪潮带来了不起的变革前，这种事情在任何时间、任何地方都很稀松平常。

图书在版编目（CIP）数据

依然疯狂 /（美）桑德拉·吉尔伯特，（美）苏珊·古芭著；张艳，许敏译. — 长沙：湖南文艺出版社，2024.3

ISBN 978-7-5726-1484-2

Ⅰ. ①依… Ⅱ. ①桑… ②苏… ③张… ④许… Ⅲ. ①女作家—文学研究—世界 Ⅳ. ①I106

中国国家版本馆CIP数据核字（2023）第221421号

著作权合同登记号：18-2021-230

依然疯狂
YIRAN FENGKUANG
［美］桑德拉·吉尔伯特　苏珊·古芭 著　张艳　许敏 译

出 版 人　陈新文
出 品 人　陈　垦
出 品 方　中南出版传媒集团股份有限公司
　　　　　上海浦睿文化传播有限公司
　　　　　上海市静安区万航渡路888号开开广场15楼A座（200042）
责任编辑　吕苗莉
封面设计　祝小慧
责任印制　王　磊
出版发行　湖南文艺出版社
　　　　　（长沙市雨花区东二环一段508号 邮编：410014）
印　　刷　深圳市福圣印刷有限公司

开本：880mm × 1230mm　1/32　　印张：13.75　　字数：283千字
版次：2024年3月第1版　　印次：2024年3月第1次印刷
书号：978-7-5726-1484-2　　定价：72.00元

出 品 人：陈　垦
策 划 人：顾冰珂
出版统筹：胡　萍
监　　制：余　西
　　　　　廖玉笛
编　　辑：何啸锋
装帧设计：祝小慧
营销编辑：尾　号
　　　　　哈　哈
　　　　　阿　七

欢迎出版合作，请邮件联系：insight@prshanghai.com
新浪微博@浦睿文化